LA FONTAINE

ET

LES FABULISTES

PAR

M. SAINT-MARC GIRARDIN

MEMBRE DE L'ACADÉMIE FRANÇAISE
PROFESSEUR A LA FACULTÉ DES LETTRES DE PARIS

———— \

TOME PREMIER

PARIS

MICHEL LÉVY FRÈRES, LIBRAIRES ÉDITEURS

RUE VIVIENNE, 2 BIS, ET BOULEVARD DES ITALIENS, 15

A LA LIBRAIRIE NOUVELLE

—

1867

LA FONTAINE

ET

LES FABULISTES

—

I

PARIS. — IMP. SIMON RAÇON ET COMP., RUE D'ERFURTH, 1.

PRÉFACE

En publiant ce cours sur la Fontaine, que j'ai fait à la Sorbonne en 1858-59, je n'ai pas la prétention de publier un livre. J'ai récrit, d'après mes notes et celles de quelques-uns de mes auditeurs, ces leçons qui n'avaient d'autre mérite que celui d'entretiens familiers sur le sujet le plus varié du monde, c'est-à-dire sur les Fables de la Fontaine. L'auditoire prenait part à ces entretiens par son attention et par son adhésion. Le professeur y parlait avec une franchise de sentiments qu'il se devait à lui-même devant la jeunesse qui l'écoutait, et que le gouvernement a eu le bon goût de toujours respecter. C'est une justice que je me crois obligé de rendre aux ministres de l'instruction publique auxquels j'ai eu alors affaire.

Je n'ai pas cru devoir changer la forme de ces leçons et leur ôter leur caractère de conversation. Ceux de mes auditeurs qui auront la curiosité de les lire y retrouveront les souvenirs de leur vive et studieuse jeunesse et de leur vieux professeur ; ils m'en sauront gré. Quant à moi, comme ces souvenirs de bienveillance, perpétués et renouvelés pendant trente-deux ans de professorat public, à travers bien des générations et deux ou trois révolutions, font le modeste honneur de ma vie, on ne s'étonnera pas que j'aie soigneusement conservé à ces leçons ce qui m'en rend la mémoire douce et précieuse.

Décembre 1866

TABLE

DU PREMIER VOLUME

———

Voir, à la fin du second volume, la table alphabétique des auteurs cités dans l'ouvrage.

PARIS. — IMP. SIMON RAÇON ET COMP., RUE D'ERFURTH, 1.

LA FONTAINE

ET

LES FABULISTES

PREMIÈRE LEÇON

LA FONTAINE ET L'APOLOGUE

Messieurs,

Le programme de la Faculté des lettres vous a dit quel serait cette année le sujet de nos entretiens. Nous étudierons les fables de la Fontaine : la Fontaine, c'est-à-dire le plus original de nos poëtes du dix-septième siècle; les fables de la Fontaine, c'est-à-dire je ne sais combien de petits drames, gracieux ou piquants, et

qui vont tous à l'adresse de quelques-uns de nos travers et de nos vices ; étude toute littéraire, fort paisible et fort douce, libre de toute arrière-pensée ; qui
ne touche à rien et à personne, sinon aux défauts et
aux ridicules de l'homme, et dont nous faisons tous
bon marché dans les autres ; étude enfin, si je ne me
trompe, qui ne peut pas gêner le professeur, lequel
consent de bon cœur à se faire, au besoin, sa part dans
cette *comédie à cent actes divers* qui s'appelle les fables
de la Fontaine.

Je pourrais me dispenser de traiter ici de l'apologue en général. Les fables de la Fontaine sont à part
de tout genre littéraire. Le poëte y est tout ; le genre
n'y est presque pour rien. Je veux cependant dire un
mot de ce que j'entends par l'apologue.

On a beaucoup dit que l'apologue avait été inventé
pour dire la vérité aux despotes sous le voile de la fiction. Je n'en crois rien. L'apologue a, selon moi, une
origine plus haute et plus universelle : il se rattache au
don et au besoin qu'a l'esprit humain d'exprimer ses
pensées sous des images et des emblèmes différents.
La métaphore, l'allégorie, la parabole, l'apologue, la
fable sont l'œuvre de la même faculté, l'effet du même
besoin que nous avons de donner à nos pensées et à
nos sentiments l'éclat ou le voile des images et des allégories. L'apologue n'est donc pas l'invention et la
ruse d'un esclave spirituel voulant parler à son maître

sans le fâcher. L'apologue n'est ni d'Ésope, ni de Crésus, ni de Lydie : il est de tous les pays, de tous les
temps, de tous les genres de gouvernement; il est de
l'homme enfin.

Je ne veux pas parler ici de Ménénius Agrippa, cet
orateur d'une puissante aristocratie aux abois, racontant au peuple révolté la fable des Membres
et de l'Estomac[1]. On me dirait qu'il n'y a pas de
pire despote que le peuple en colère, et que l'apologue était tout à fait de mise en cette occasion. J'y
consens. Cependant, si je me souviens bien de mon
histoire romaine, le peuple ne fut que médiocrement
touché de l'apologue de Ménénius, qui voulait conser-
ser à l'estomac sa vieille prépondérance. Les tribuns
furent créés comme des médecins chargés de veiller
sur les caprices et les appétits de l'estomac. Croyons
donc, si nous le voulons, que l'apologue de Ménénius fut inventé pour faire entendre la vérité à la
puissance populaire. Je prendrai dans Hérodote[2] un
apologue plus ancien, celui de Cyrus aux Ioniens et
aux Éoliens. Cyrus, avant d'attaquer Crésus, roi de Lydie, avait essayé de faire révolter contre lui les Grecs
de l'Ionie et de l'Éolie : ceux-ci avaient refusé son alliance. Après la prise de Sardes, ils vinrent eux-mêmes
la demander, et Cyrus leur répondit par l'apologue

[1] Tite Live, liv. II, ch. xxxii.
[2] Livre Iᵉʳ, ch. cxli.

suivant : « Un joueur de flûte, ayant aperçu des poissons dans la mer, joua de la flûte, s'imaginant qu'ils
viendraient à terre. Se voyant trompé dans son at-
tente, il prit un filet, enveloppa une grande quantité
de poissons qu'il tira sur le bord, et, comme il les vit
sauter : « Cessez, leur dit-il, cessez maintenant de
« danser, puisque vous n'avez pas voulu le faire au
« son de la flûte. » Cyrus était victorieux et tout-puissant : qu'avait-il besoin de cacher sa pensée sous le
voile de l'apologue? qui craignait-il de blesser? qui
voulait-il ménager? Personne assurément.

Ce jour-là l'apologue n'a point servi pour faire entendre la vérité aux despotes, puisque c'est le despote
lui-même qui s'en sert pour se moquer, à son aise, de
ses interlocuteurs.

J'ai encore à citer un fabuliste, peu connu sous
ce titre, et qui n'avait guère non plus le besoin ou
l'habitude de ménager personne : c'est l'empereur
Tibère. Flavius Josèphe raconte, dans ses *Antiquités
judaïques*[1], que Tibère n'aimait pas à changer les
gouverneurs de provinces; il les laissait volontiers
longtemps en place, et, quand on lui demandait pourquoi, il racontait l'apologue suivant : « Un jour, un
blessé était couché à terre, et il y avait sur ses plaies
un grand nombre de mouches. Un voyageur qui pas-

---

[1] Livre XVIII, chap. v.

sait eut pitié de lui, et, croyant qu'il était trop faible
pour chasser les mouches, il s'approcha et se mit à
lui rendre ce bon office. Le blessé le conjura alors de
n'en rien faire. Le voyageur lui ayant demandé pourquoi il ne voulait pas qu'on le délivrât de cette souffrance : « Tu me feras plus de mal encore, répondit-il,
« en chassant les mouches qui sont sur mes plaies ; car,
« comme elles sont déjà pleines de mon sang, elles ne
« me piquent plus avec la même furie qu'en com-
« mençant, et elles me laissent un peu de relâche. Mais,
« si tu chasses celles-là, il en viendra d'autres à jeun et
« affamées, qui, me trouvant déjà épuisé, me suceront
« jusqu'à me faire mourir. » Et voilà pourquoi Tibère ne
renouvelait pas souvent les gouverneurs de provinces.
Il aimait mieux que les provinces fussent sucées par des
mouches rassasiées que par des mouches affamées.

Voilà la fable de Tibère. Ce maître absolu du monde
n'avait certainement pas besoin de cacher sa pensée
sous aucun emblème. Quelle qu'elle fût, il était sûr
que Rome l'approuverait et s'y conformerait. L'a-
pologue n'est donc pas seulement l'adroite invention
des esclaves, puisque les despotes s'en servent aussi
fort ingénieusement pour exprimer leur pensée. Il est
dans toutes les bouches, dans les plus humbles comme
dans les plus hautaines, et il s'accommode à toutes les
conditions. Il est propre à tout le monde, parce que,
après tout, l'apologue n'est pas autre chose qu'une mé-

taphore ou une allégorie continuée, et que la métaphore et l'allégorie sont une des manières les plus naturelles de parler. J'irai volontiers jusqu'à dire que l'apologue court les rues, et je suis persuadé que, si chacun de nous voulait rassembler ses souvenirs de conversation depuis seulement une quinzaine, il trouverait dans sa mémoire je ne sais combien d'ébauches et de commencements d'apologues. Dans la conversation ordinaire, l'apologue reste presque toujours à l'état de métaphore et d'image; il va rarement jusqu'à l'allégorie. On sent cependant que, si on voulait pousser un peu plus loin la métaphore ou l'image, elle arriverait bien vite à l'apologue et à la fable.

Je lisais dernièrement un très-spirituel article de M. Philarète Chasles sur les nouvelles lettres de M. de Maistre, ce grand écrivain dont la gloire semble en train de changer de parti, et j'y trouvais un mot charmant de M. de Maistre. On se plaignait devant lui de l'effervescence libérale de l'empereur de Russie, Alexandre Ier, et on s'en prenait à ses conseillers qui, disait-on, étaient trop jeunes : « Il y avait autour de « lui trop de têtes blondes; il faudrait quelques têtes « blanches. — Sans poudre, » ajouta M. de Maistre. C'est une pensée fine et profonde, exprimée par un emblème familier; c'est un apologue commencé. La pire sagesse, en effet, est celle qui se prend comme une mode, qui blanchit la tête sans mûrir l'esprit.

J'assistais par hasard, il y a deux ou trois se-
maines, à une conversation entre industriels et spécu-
lateurs. « Mauvaise entreprise, disait l'un de je ne sais
« plus quelle affaire : elle n'a eu encore qu'une compa-
« gnie tuée sous elle. — Oui, répondait un autre, il
« faut encore deux ou trois générations d'actionnaires
« pour servir d'engrais. » Apologues commencés que
cette conversation, dont les interlocuteurs faisaient de
l'allégorie sans le savoir. Le soir, ouvrant un de mes
vieux livres, je trouvai mon apologue complet et achevé
dans une ancienne légende chinoise. « L'inventeur de la
« porcelaine, ayant allumé ses fourneaux pour la cuire,
« ne pouvait pas obtenir le degré de chaleur nécessaire
« à la cuisson. Il avait recommencé plusieurs fois sans
« succès. Un jour enfin, désespéré de son impuissance
« et pris de folie, il se jeta lui-même la tête la première
« dans le four. Il était très-gras. La graisse de son
« corps anima le feu, et les ouvriers, ce jour-là, trou-
« vèrent la porcelaine cuite à point. L'inventeur ne
« profita pas de son invention. Seulement, en mémoire
« de son sacrifice, les Chinois l'ont mis au rang des
« dieux. » Charmant et touchant apologue, qui traduit
le proverbe éternellement appliqué dans le monde : *Sic*
vos non vobis.

Et les proverbes! Quelle mine inépuisable d'apologues commencés! Quelles fables presque faites!

Bonne renommée vaut mieux que ceinture dorée.

Le drame et les personnages ne sont-ils pas déjà créés et prêts à paraître sur la scène? Vienne le poëte, c'est-à-dire celui qui sait donner la parole et par conséquent achever la création, l'apologue sera complet.

Adieu paniers, vendanges sont faites. Sots paniers en effet, qui croient qu'ils font la vendange parce qu'ils la portent, et qui veulent qu'on leur sache gré d'avoir été utiles, après qu'on n'a plus besoin d'eux. Ils méritent bien d'être mis en chansons, en fables, en comédies, étant dupes et n'étant pas contents.

Les lisières sont pis que le drap, ce que je traduis par un autre proverbe : *Il vaut mieux avoir affaire à Dieu qu'à ses saints.* Partout, si je ne me trompe, dans ces exemples l'apologue pointe, pour ainsi dire, sous le proverbe. Ne croyez pas cependant que tout le monde puisse d'un proverbe faire un apologue ou une fable. Cela est aisé assurément, si vous vous en tenez à la moralité : la moralité est déjà contenue tout entière dans le proverbe. Mais, si vous voulez faire une fable à la façon de celles de la Fontaine, c'est-à-dire créer une action et des personnages, prêter un caractère à ces personnages et leur donner la parole, voilà ce que la Fontaine a fait seul peut-être parmi tous les fabulistes.

Quelle idée, messieurs, devons-nous avoir du génie de la Fontaine?

On a fait de la Fontaine un personnage singulier, moitié grand homme et moitié idiot, distrait, insou-

ciant, paresseux, à qui un dieu complaisant envoie je
ne sais combien de beaux vers, dont le poëte lui-même
ne se doute pas. Ce personnage est une fiction. La
Fontaine connaît son propre génie ; il aime même à le
définir et à l'expliquer, sans y mettre trop de mo-
destie :

> Je m'avoue, il est vrai, s'il faut parler ainsi,
> Papillon du Parnasse et semblable aux abeilles
> A qui le bon Platon compare nos merveilles.
> Je suis chose légère et vole à tout sujet ;
> Je vais de fleur en fleur et d'objet en objet.
> A beaucoup de plaisirs je mêle un peu de gloire.
> J'irais plus haut peut-être au temple de Mémoire,
> Si dans un genre seul j'avais usé mes jours ;
> Mais, quoi ! je suis volage en vers comme en amours[1].

Non-seulement il explique son génie et parle volontiers de l'ingénuité de son talent[2], il explique aussi sa
manière de travailler : car il travaillait, et beaucoup, mais
à sa façon, sans trop de suite ; surtout grand ami des
Anciens, et ne les quittant pas aisément dès qu'il s'était
mis à les lire. Personne, au dix-septième siècle, après
Fénelon, ne sent et n'estime les Anciens mieux que ne
le fait la Fontaine, et non-seulement les poëtes qui
pouvaient avoir avec lui quelque parenté de génie ou

---

[1] *Épître à madame de la Sablière.*
[2] *Discours de réception à l'Académie.* « Vous voyez, messieurs, par
mon ingénuité et par le peu d'art dont j'accompagne ce que je dis, que
c'est le cœur qui vous remercie, et non pas l'esprit. »

de goût, mais les philosophes comme Platon [1], mais les
orateurs comme Démosthènes, dont il a fait ce grand et
juste éloge :

Cet homme et la raison, à mon sens, ne sont qu'un [2].

Personne, au dix-septième siècle, non plus, n'a
mieux compris et mieux exprimé le charme de la beauté
ou de la grâce que la Fontaine : la beauté, si nous en
croyons Vénus parlant à Adonis,

La beauté, dont les traits même aux dieux sont si doux,
Est quelque chose encor de plus divin que nous [3].

Pour peindre ce don divin de la beauté qu'il conçoit
si bien, mais qu'il veut toujours trouver dans quelque
être visible afin d'en mieux sentir le charme, la Fontaine trouve des expressions qui ne sont qu'à lui parmi
les poëtes de son temps. Voyez comme il peint la princesse de Conti [4] :

Elle allait en un bal s'attirer maint hommage.
Je la suivis des yeux : ses regards et son port
Remplissaient en chemin les cœurs d'un doux transport.
. . . .
Conti me parut lors mille fois plus légère
Que ne dansent aux bois la nymphe et la bergère ;

[1] *Considérations sur les dialogues de Platon.*
[2] *Œuvres diverses.*
[3] *Poëme d'Adonis.*
[4] Anne-Marie de Bourbon, fille de Louis XIV et de mademoiselle de
la Vallière.

> L'herbe l'aurait portée ; une fleur n'aurait pas
> Reçu l'empreinte de ses pas.
> Elle semblait raser les airs à la manière
> Que les dieux marchent dans Homère[1].

Avec cet heureux don qu'il avait de tout sentir et de tout aimer , la Fontaine a renouvelé l'apologue. L'apologue ancien ne s'intéressait qu'au sens et à la moralité ; point au récit, point aux personnages. Il ne s'agissait que d'enseigner une vérité morale et de l'enseigner d'une façon vive et spirituelle. Peu importait l'aventure et peu les personnages. La Fontaine changea tout. Il se mit à se prendre d'intérêt pour les bêtes, pour les arbres, pour tout enfin ; ou plutôt il prit intérêt à l'homme , qui est le vrai héros de toutes ses fables sous des noms divers, tantôt loup et tantôt agneau, tantôt chien et tantôt renard, tantôt cerf et tantôt cheval, mais toujours homme, c'est-à-dire victime de ses fautes et dupe de sa vanité.

> J'oppose quelquefois, par une double image,

dit La Fontaine[2],

> Le vice à la vertu, la sottise au bon sens,
> Les agneaux aux loups ravissants,
> La mouche à la fourmi ; faisant de cet ouvrage
> Une ample comédie à cent actes divers,
> Et dont la scène est l'univers.

[1] *OEuvres diverses, Le Songe.*
Saint-Simon, parlant de la duchesse de Bourgogne, dit : *Une marche de déesse sur les nuées.*
[2] Liv. V, fable 1re, *le Bûcheron et Mercure.*

Ce qui me frappe dans la Fontaine et dans le tour
nouveau qu'il a donné à l'apologue, ce n'est pas seulement qu'il en a fait un conte et un drame, au lieu de le
laisser ce qu'il était, je veux dire une moralité plus ou
moins bien amenée; c'est le don vraiment merveilleux
qu'il a d'animer la nature, de l'entendre, de la faire
parler. L'entretien de la Fontaine avec les bois, les
arbres, les eaux, avec toutes choses enfin; ce qu'il en
entend, ce qu'il en répète, a quelque chose de profond
et de mystérieux, sans que pourtant cet entretien cesse
jamais d'être clair et aimable, sans que la pensée et le
sentiment du poëte aillent jamais se perdre dans la con-
templation mystique et confuse des grandeurs de l'u-
nivers.

> Oui, tout parle dans l'univers ;
> Il n'est rien qui n'ait son langage,

dit la Fontaine. Mais, selon les interprètes, ce langage est tantôt vague et confus, tantôt gracieux ou
élevé. Je sais que, de nos jours, ç'a été la mode dans la
poésie de beaucoup interroger la nature et de la faire
parler. Avec quoi les poëtes ne s'entretiennent-ils pas ?
avec les fleuves, les torrents, les montagnes, les val-
lées, la lune, les étoiles, que sais-je ? demandant quel
était le mystère de leur cœur et de leur génie à toute
la nature, et ne le demandant que parce qu'ils voulaient
à toute force avoir un mystère au fond de leur génie
ou de leur cœur; ne cherchant que leur moi étroit et

vaniteux dans ce grand univers; ne se donnant pas à la nature, quoiqu'ils en aient l'air, mais ramenant la nature à eux-mêmes et passant par je ne sais quel panthéisme immense pour aboutir à l'égoïsme.

Je lisais, il y a quelques années, les lettres de madame Bettina d'Arnim à Gœthe ; singuliers écrits d'une jeune fille de dix-sept ans, qui s'éprend d'amour pour un vieillard de quatre-vingts ans, et qui l'entretient de cet amour. Mais quel amour, bon Dieu! combien il est subtil, raffiné, compliqué, mystique! et qu'est-ce que la Fontaine en aurait dit! Ce n'est pas Gœthe qu'aime Bettina : c'est la nature, dont Gœthe est à ses yeux le miroir. Elle s'est livrée à je ne sais quelle adoration panthéistique de l'univers ; seulement elle a pris Gœthe pour emblème, et elle lui dédie le culte qu'elle rend à un autre. Elle en fait, si je puis ainsi parler, le saint de son église; elle ne l'en fait pas le Dieu. Quel est donc le Dieu de Bettina? C'est la nature, si vous vous en tenez à ses paroles, à ses confidences; mais allez plus loin : son Dieu, c'est elle-même; et ce qu'elle cherche dans l'univers interrogé avec une curiosité vaniteuse, c'est elle-même. L'amour de Gœthe cache l'amour de la nature, et l'amour de la nature cache l'amour du moi, deux grandes tendresses d'imagination qui déguisent une grande vanité. Voyez comment Bettina raconte à Gœthe que dès son enfance elle a aimé la nature et s'est entretenue avec elle :

« Tu veux donc que je te parle du temps où je n'a-
vais pas encore appris à prononcer ton nom. Tu as
raison de vouloir connaître ce qui me prépara à toi.
Je t'ai dit que ce furent les herbes et les fleurs qui
me regardèrent les premières; que je reconnus qu'il
y avait une question dans leur regard, une demande à
laquelle je ne savais répondre que par des larmes.
Puis le rossignol m'attira à lui. Sa manière d'être indépendante, son chant, son approche avaient plus de
charme pour moi que la vie des plantes ; je me sen-
tais plus près de lui; sa société avait pour moi quelque
chose d'attrayant. De mon lit, j'entendais son chant
nocturne; ses gémissements mélodieux m'éveillaient;
je soupirais avec lui; je lui prêtais des idées et je
lui faisais de consolantes réponses... Quand il chantait, mon cœur s'arrêtait et se laissait toucher par ses
accents, comme s'ils étaient le doigt de Dieu... L'été
passa, le rossignol cessa de chanter, il devint muet et
ne se montra plus. Quand je l'avais pour compagnon,
je n'avais pas besoin de distraction ; sa société m'était
devenue une chère habitude ; c'est avec douleur que je
m'en vis privée. Si au moins j'avais eu quelque chose
pour le remplacer ! une autre bête, par exemple. Je
ne pensais pas aux humains. Dans le jardin du voisin,
il y a un chevreuil enfermé dans un enclos ; il court le
long de son mur de planches et soupire. Je fais une
ouverture par laquelle il peut passer la tête. L'hiver a

tout recouvert de neige ; je cherche la mousse des arbres. Nous nous connaissons, le chevreuil et moi. Que
ses yeux sont beaux ! quelle âme profonde me regarde
par ces yeux ! Il aime à poser sa tête dans ma main, et
moi aussi je l'aime, ce pauvre chevreuil ; j'accours
chaque fois qu'il m'appelle. Pendant les nuits claires
et froides d'hiver, j'entends sa voix, je vais pieds nus
dans la neige pour l'apaiser. Quand tu m'as vue, tu te
calmes, singulière bête qui me regardes, qui cries vers
moi , comme si tu me demandais ta délivrance. Quelle
confiance inébranlable il a en moi, qui ne suis pourtant
pas de sa sorte ! Pauvre animal, toi et moi sommes
séparés de nos semblables ; nous sommes tous deux
seuls, nous partageons le même sentiment de solitude.
Que souvent j'ai pensé pour toi à la forêt, où tu pourrais courir au loin et non pas éternellement en rond,
comme ici, dans ton enclos ! Là, au moins, tu irais
toujours ton chemin, et à chaque pas tu pourrais
espérer rencontrer enfin un compagnon, tandis qu'ici
tu n'arriveras jamais au but, et tout espoir est perdu
pour toi. Pauvre bête, que ton sort m'épouvante et
qu'il est voisin du mien ! Moi aussi je cours alentour ;
je vois les étoiles luire au ciel, mais elles y sont fortement attachées ; pas une d'elles n'en descendra et
ne viendra à moi ; il y a bien loin d'ici aux lieux où elles
sont. On me l'avait prédit au berceau, que j'aimerais
un astre, et que cet astre resterait loin de moi. »

Ne nous y trompons pas : ces herbes et ces fleurs qui regardent Bettina, ce rossignol qui chante, ce chevreuil aux beaux yeux, ces étoiles enfin qui luisent au ciel, qu'est-ce que tout cela pour elle, sinon les images sous lesquelles elle se cherche? Et les fleurs ne sont belles, et le rossignol n'est mélodieux, et le chevreuil n'a de touchants regards, et les étoiles n'ont de doux rayons que parce que le moi de Bettina est derrière toutes ces figures. L'univers aurait bien tort de croire que l'homme l'adore : l'homme s'adore soi-même en lui, ce qui est tout différent, et le panthéisme n'est, en dépit de ses apparences, qu'une des formes de l'orgueil.

Qu'il y a loin de ce culte vaniteux et confus de la nature au sentiment qu'en a la Fontaine et qu'il exprime si bien! Il ne se cherche pas lui-même dans les plantes et dans les animaux qu'il fait parler : il y cherche l'homme et les passions générales de l'humanité. Il ne demande pas à la nature le secret de son génie et de son cœur, comme une énigme qui doit intéresser l'univers : il lui demande des emblèmes et des figures pour peindre les mœurs de l'homme; et si, pendant qu'il cause avec ses bêtes des champs et des bois, la Fontaine, par le don heureux qu'il a de tout sentir, sent qu'il y a, dans cette grande et belle nature, un charme qui l'attire; s'il trouve que l'univers a un langage et s'il jouit de l'entendre, ce n'est pas le petit moi, le moi inquiet et vaniteux, le moi mélancolique et mécontent, qu'il essaye de retrouver dans l'univers et qu'il s'efforce de grandir : il cherche ce que j'appellerai le grand moi, c'est-à-dire la vie morale de l'homme et la vie de la nature, vie pleine de grâce et de beauté, vie pleine de doux sons, de douces odeurs et de beaux jours, qu'il aime à chanter en même temps qu'il cause avec ses bêtes :

> C'est ainsi que ma Muse, aux bords d'une onde pure,
> Traduit en langage des Dieux
> Tout ce que disent sous les cieux
> Tant d'êtres empruntant la voix de la nature[1].

Heureux donc ceux qui, comme la Fontaine, ne font pas de l'univers le confident de leur amour-propre et l'écho de leur vanité ! Heureux même, ne fussent-ils pas poëtes et ne pussent-ils pas répéter ce qu'ils entendent de charmant et de doux dans la nature ! Heureux ceux qui se laissent pénétrer au charme de son entretien; qui reçoivent dans leur âme la paix qui lui vient de son ordre éternel; qui s'inclinent devant elle, ou plutôt devant Dieu, avec un cœur reconnaissant des plaisirs qu'elle nous donne, et humble en face des grandeurs qu'elle nous montre !

J'ai parlé du génie de la Fontaine; il me reste à dire un mot du caractère moral de ses fables. Ici, je crains bien de me brouiller un peu avec les admirateurs

---

[1] *Fables*, épilogue du liv. XI.

de la Fontaine; je crains surtout de paraître trop austère. On m'accusera peut-être de partager les préjugés
que Jean-Jacques Rousseau avait contre les fables de
la Fontaine, quand il reprochait aux mères de famille
de faire apprendre à leurs enfants ces fables qu'ils ne
comprenaient pas, et qui leur gâteraient le cœur s'ils
les comprenaient. Assurément je ne vais pas jusque-
là. Je ne voudrais pas cependant qu'on pût croire que
je prends les fables de la Fontaine pour une école ir-
réprochable de morale.

La Fontaine est un grand moraliste, parce qu'il sait
admirablement peindre et représenter le cœur humain;
mais ne lui demandez pas de le régler et de le diriger. Il n'a jamais réglé son cœur : comment réglerait-
il celui des autres? C'est un moraliste dramatique,
mais non pas un moraliste dogmatique. Sa morale
n'est ni rigoureuse ni élevée : c'est celle de l'expérience, celle qu'apprend la vie, et toutes les leçons que
donne la vie ne sont pas belles et élevées. L'expérience
ne montre pas la vertu toujours triomphante dans le
monde; elle la montre souvent vaincue et souvent impuissante. Il faut donc que la morale vienne au secours
de l'expérience pour soutenir l'honneur et le respect
de la vertu contre le mauvais renom de ses défaites.
La Fontaine ne s'inquiète pas de ce soin; il connaît
mieux les maximes de la morale mondaine que celles de
la morale chrétienne. Non qu'il prêche plus volontiers

les maximes mauvaises que les bonnes : il est fort impartial, et surtout il ne se pique pas d'être conséquent,
si bien qu'on peut citer ses vers à charge et à décharge
dans presque toutes les causes. D'abord il a un grand
mérite, et qui doit le rendre agréable à beaucoup
de personnes : il est en politique de la plus belle indifférence :

> Le sage dit, selon les gens :
> Vive le roi! vive la Ligue [1]!

Cette morale-là n'est pas bien haute, et tout le monde
y peut atteindre. Voulez-vous encore quelqu'une de
ces maximes qui réussissent ou qui font réussir dans
le monde?

> On ne peut trop louer trois sortes de personnes :
> Les Dieux, sa maîtresse et son roi [2].

Ne sont-ce pas là, en effet, trois moyens infaillibles
d'éviter le danger et de trouver le plaisir?

Et le chien qui porte au col le dîner de son maître!
Il a essayé quelque temps de défendre le dîner; mais,
quand il voit qu'il ne le peut pas, il se décide, à quoi?
A fuir? fi donc! — A se faire tuer sur la place? non!
A partager. En chien avisé, il aime mieux avoir part au
dîner qu'au martyre. Qui peut le blâmer? Ce n'est pas

---

[1] Liv. II, fable v.
[2] Liv. Ier, fable xiv.

la Fontaine. Le bonhomme n'a donc pas une morale sévère et rigoureuse; on peut la suivre sans se compromettre par trop de vertu. Qu'on n'ait pas cependant trop de confiance en lui : il est malin dans ses inconséquences. Il loue les dieux; mais il aime à se moquer des derviches. Il loue sa maîtresse; mais il ne loue pas toujours la même. Il loue le roi ; mais il le représente souvent sous la formidable figure du roi des animaux, le lion, qui est toujours le plus fort, sinon le plus juste.

D'où vient donc que, malgré ses maximes relâchées, nous aimons tous la Fontaine, et que ceux qui se plaignent du terre à terre de sa morale, ceux qui croient que l'homme ne peut être soutenu que par les moralistes qui l'élèvent, d'où vient que ceux-là même se gardent bien d'appliquer à la Fontaine l'arrêt qu'ils prononcent contre quelques-unes de ses moralités? Il y a peut-être un peu de Philinte dans la Fontaine : il s'accommode trop aisément aux hommes comme ils sont. Mais ce n'est point un Philinte faux et intéressé ; il est épicurien plutôt qu'égoïste. C'est par cette honnête sincérité qu'il nous plaît et qu'il se rachète de tant de maximes commodes. Faites un instant de la Fontaine un homme qui règle sa conduite sur quelques-unes de ses moralités, qui crie : *Vive le roi!* ou *Vive la Ligue!* par intérêt et pour conserver ses rentes : qui loue les dieux pour ne pas être réputé janséniste; qui vante la maîtresse du roi plutôt que la sienne; qui glorifie le roi, le lendemain de la chute de Fouquet, son protecteur : à l'instant même, ce la Fontaine égoïste et habile nous déplaît et nous répugne. Ce qui sauve, à nos yeux, la Fontaine du terre à terre de ses moralités, c'est l'heureuse ingénuité qu'il a dans le caractère comme dans l'esprit. Elle fait la grâce de son génie et l'honnêteté de son caractère. « Monsieur! disait la garde-malade de la Fontaine au confesseur qui l'assistait dans ses derniers jours, Monsieur! Dieu n'aura jamais le courage de le damner. » Pourquoi? parce qu'il était sincère et bon. Je ne puis pas, quant à moi, être plus sévère que Dieu.

DEUXIEME LEÇON

ÉSOPE — LA SAGESSE ANTIQUE

——

Je veux, avant d'arriver à l'étude des fables de la Fontaine, jeter un regard rapide sur les fabulistes qui l'ont précédé, soit dans l'antiquité, soit pendant le moyen âge, soit au seizième siècle.

Parlons d'abord des fables d'Ésope.

N'attendez point ici des recherches d'érudition. Il y a beaucoup de controverses savantes sur Ésope. Y a-t-il eu un Esope? A-t-il écrit ses fables, ou sont-elles venues à nous par tradition? Le texte que nous en avons est-il ancien ou moderne, des bons temps de la Grèce ou de l'ère byzantine? Je ne veux point traiter ces diverses questions : je me contente de résumer en quelques mots les savantes dissertations que j'ai lues à ce sujet.

Je crois qu'il y a eu un Esope, comme je crois qu'il

y a eu un Homère. Je crois qu'il a fait des fables ; mais je ne crois pas qu'il les ait écrites. Beaucoup de ces fables ont été, dans divers temps, écrites soit en prose, soit en vers. Le texte que nous en avons et qu'on attribue au moine Planude n'est ni le plus ancien ni le meilleur.

Les événements de la vie d'Ésope ne sont pas plus authentiques que le texte de ses fables. Cette vie est devenue une véritable légende populaire ou un conte des *Mille et une Nuits*, surtout dans les récits de Planude, le dernier rédacteur des fables d'Ésope et le moins éclairé. Aussi est-ce cette vie fabuleuse que la Fontaine, qui aimait les contes et qui disait que, *si Peau-d'Ane lui était conté, il y prendrait un plaisir extrême*, c'est cette vie fabuleuse que la Fontaine a mise en tête de ses fables. Non pas qu'il ne sache fort bien que la vie d'Ésope par Planude est pleine de fictions cela ne l'arrête pas ; il a même ses raisons pour croire un peu à cette légende d'Ésope : « D'abord, dit-il, Planude vivait dans un siècle où la mémoire des choses arrivées à Ésope ne devait pas encore être éteinte. » Le bonhomme, à ce coup, prend Planude pour un ancien, sans doute parce qu'il est Grec. Planude est un moine byzantin, qui vivait au quatorzième siècle de l'ère chrétienne; et, comme Ésope vivait dans le sixième siecle avant Jésus-Christ, cela fait dix-huit ou dix-neuf cents ans d'intervalle entre lui et Planude.

Ce qui a évidemment décidé la Fontaine à prendre le récit de Planude, c'est que, de toutes les Vies d'Ésope, celle-ci est la plus amusante. Nous la connaissons tous : c'est un petit roman grec où Ésope joue le rôle d'un sage avisé et judicieux. Il est, quoique esclave, le maître de tout le monde par sa prudence et son esprit. L'Ésope de Planude est un sage dans le genre du Zadig de Voltaire. Seulement le Zadig de Voltaire est un sage moqueur né en France, et dans ses récits l'extraordinaire touche à l'ironie. Dans Planude, l'extraordinaire est pris au sérieux, et la sagesse aboutit presque au miracle. Le conte est fait par un conteur crédule pour des lecteurs ignorants.

Venons maintenant aux fables d'Ésope. Sont-elles d'origine grecque ou d'origine orientale? Ésope est-il un Phrygien, un homme d'Orient devenu Grec? chose toute naturelle dans l'Asie Mineure, qui était grecque elle-même longtemps avant le siècle d'Ésope. Ésope, au contraire, est-il un Grec qui se serait inspiré du génie oriental? chose rare dans l'histoire grecque, car c'est le privilége de l'esprit grec de s'approprier les génies étrangers en les transformant en son propre esprit. Je ne crois guère, quant à moi, qu'Ésope soit un Grec d'Athènes ou de Corinthe, qui se serait fait Oriental par penchant ou par raffinement littéraire.

La fable est grecque par ses origines, disent quelques critiques. Ils citent, avant Ésope, Hésiode dans

son poëme des *Travaux et les Jours*, racontant la
fable de l'*Épervier et le Rossignol* : « Un épervier
parlait ainsi à un rossignol mélodieux qu'il avait pris
dans ses serres et qu'il emportait à travers les nues.
Celui-ci gémissait, déchiré par les ongles aigus de
l'oiseau de proie, qui lui disait d'une voix cruelle :
Pourquoi tant de bruit, beau chanteur ? Tu es au
pouvoir d'un plus puissant que toi ; tu vas où je
t'emporte ; je ferai de toi ce que je voudrai, soit que
je te mange, soit que je te lâche. Imprudent quiconque veut lutter contre les puissants ! il est vaincu
et livré à l'outrage et à la souffrance. Ainsi parlait
l'épervier aux ailes étendues [1]. » Voilà une des mille
scènes de violence et de tyrannie qui se passent dans le
monde des animaux comme dans le monde des hommes ;
mais où est la fable, où est la moralité, où est la leçon ?
Hésiode fait parler les animaux : cela ne suffit pas à la
fable. La fable ne date pas seulement du *temps où les
bêtes parlaient*, mais du temps aussi où les bêtes, par
leurs aventures, enseignaient les hommes. L'épervier
d'Hésiode nous dit que c'est imprudence que de vouloir lutter contre les puissants ; mais est-ce que le
pauvre rossignol a voulu lutter contre l'épervier ?

La Fontaine, qui a imité Hésiode, a voulu donner à
son récit une moralité quelconque. Il nous montre donc

---

[1] Hésiode, les *Travaux et les Jours*, chant Ier.

« le héraut du printemps qui demande la vie » au
milan :

> Aussi bien, que manger en qui n'a que le son?
>   Écoutez plutôt ma chanson :
> Je vous raconterai Térée et son envie. —
> Qui Térée? est-ce un mets propre pour le Milan? —
> Non pas : c'était un roi dont les feux violents
> Me firent ressentir leur ardeur criminelle.
> Je m'en vais vous en dire une chanson si belle,
> Qu'elle vous ravira : mon chant plait à chacun.
>   Le Milan alors lui réplique :
> Vraiment, nous voici bien! Lorsque je suis à jeun,
>   Tu me viens parler de musique! —
> J'en parle bien aux rois. — Quand un roi te prendra,
>   Tu peux lui conter ces merveilles.
>   Pour un Milan, il s'en rira.
>   Ventre affamé n'a point d'oreilles[1].

Il y a ici une leçon peu élevée et peu généreuse,
puisqu'elle dit aux faibles qu'il faut courber la tête
sous la force, et que la plainte même est inutile et presque ridicule. Mais enfin cette moralité, qui est conforme
à celle de beaucoup d'autres fables d'Ésope et de la
Fontaine, donne au vieux récit d'Hésiode un air d'apologue qu'il n'a pas dans le poëte grec.

Au lieu de rechercher les origines de la fable et
d'examiner si elle est primitivement grecque ou orientale, j'aime mieux étudier quel est son caractère

---

[1] Liv. IX, fable xviii.

propre. La fable, selon moi, relève essentiellement de
la sagesse antique et par conséquent de la sagesse
orientale. La sagesse antique ne ressemble pas du tout
à la sagesse moderne; entre le sage de l'antiquité et
le sage des temps modernes, la différence est grande.
Notre sagesse tient de près à la religion ou à la
philosophie. Un sage de nos jours est un saint, ou un
philosophe, ou un lettré qui se mêle peu aux affaires
du monde, qui les ignore ou qui les dédaigne. C'est
un homme à part, un peu solitaire et un peu singulier. Rien de pareil dans le sage antique : c'est surtout
l'homme habile et avisé, qui sait se tirer d'affaire et
qui a l'esprit d'expédient. Non qu'il aille jamais, dans
ses expédients, jusqu'à oublier ce qui est honnête pour
suivre ce qui est utile. Cependant il vise surtout à ce
qui peut le tirer d'embarras, et il sait admirablement
profiter des bonnes chances que le sort lui envoie.
Voyez Joseph dans l'histoire sainte; voyez Ulysse dans
l'histoire profane, et les sept sages de la Grèce. Leur
sagesse est la prudence et l'habileté. C'est par sa prudence que Joseph, d'esclave qu'il était, devint premier
ministre du roi Pharaon. Dieu le protége assurément;
mais il s'aide lui-même par son habileté. Il a une
plus haute idée de la vertu qu'Ulysse, puisque Ulysse
cède tour à tour à l'amour de Circé et de Calypso, tandis
que Joseph résiste à l'amour de la femme de Putiphar.
Mais, s'il est vertueux, en même temps il est avisé.

Un des sept sages de la Grèce, Pittacus, est prince de Lesbos. Loin de croire que le sage, le philosophe, le lettré, dussent s'abstenir de prendre part aux affaires publiques, il disait « que c'était dans le gouvernement de la république qu'un homme faisait connaître l'étendue de son esprit et de ses maximes. » Ses maximes sont toutes des maximes de sagesse politique : « Quand vous voudrez faire quelque chose, disait-il à ses disciples, ne vous en vantez pas ; car, si par malheur vous ne pouviez venir à bout de votre entreprise, on se moquerait de vous. » Autre caractère de l'homme politique dans Pittacus : jamais il ne s'est trouvé embarrassé, quelque question qu'on lui ait faite. On lui demandait un jour quelle était la chose qu'on ne devait faire que le plus tard qu'on pouvait, *Emprunter de l'argent à son ami ;* — Quelle était la chose qu'on devait faire en tout lieu? *Profiter du bien et du mal qui arrivent.*

Thalès, autre sage de la Grèce, était un grand physicien ; c'était aussi, au besoin, un grand spéculateur. Ainsi quelques jeunes gens de Milet avaient reproché à Thalès que sa science était fort stérile, puisqu'elle le laissait dans l'indigence. Il prévit, par ses observations astronomiques, que l'année serait très-fertile, et il acheta avant la saison tous les fruits des oliviers qui étaient autour de Milet. La récolte fut fort abondante, et Thalès en tira un profit considérable. Mais il n'était spéculateur que pour donner une leçon à ses critiques, et il ne s'était fait millionnaire que pour prouver que la science n'est pas aussi stérile qu'on le dit. Il distribua ses bénéfices au peuple, au lieu de les garder pour lui ou pour ses actionnaires, démentant ainsi le rôle de financier qu'il avait pris un instant.

Bias est un grand orateur; de plus, il est poëte; mais ses maximes sont des maximes de sagesse pratique, et ses poëmes enseignaient à tout le monde la manière dont chacun pouvait vivre heureux et comment on pouvait bien gouverner la république en paix et en guerre. C'est Bias qui disait : *Aimez vos amis avec discrétion; songez qu'ils peuvent devenir vos ennemis.* Il est vrai qu'il ajoutait : *Haïssez vos ennemis avec modération, car il se peut faire qu'ils soient vos amis dans la suite.* Ces deux adages ne témoignent pas d'une âme bien sensible; mais ils témoignent d'une prudence remarquable. Quoique grand orateur, il disait encore : *Ne vous pressez pas de parler : c'est une marque de folie.* Il savait donc gouverner son talent et sa vanité : quelle habileté rare ! Il comprenait l'ascendant du silence. J'ai vu, en effet, de grandes fortunes détruites par la parole, et de grandes fortunes établies par le silence, surtout si le silence succédait à la vogue de la parole.

Périandre était tyran de Corinthe; il s'était emparé du pouvoir. Voici ce que lui écrivait un de ses amis, un

sage aussi peut-être : « Je n'ai rien caché à l'homme
que vous m'avez envoyé ; je l'ai mené dans un blé, j'ai
abattu en sa présence tous les épis qui s'élevaient au-
dessus des autres. Suivez mon exemple, si vous désirez
vous conserver dans votre domination : faites périr les
principaux de la ville, amis ou ennemis ; car un usur-
pateur doit se défier même de ceux qui paraissent ses
plus grands amis. » Il est vrai que Périandre disait
que les grands ne pouvaient avoir de garde plus sûre
que l'affection de leurs sujets. C'était peut-être encore
une sagesse de cacher les duretés de sa politique sous
la bénignité de ses paroles. A cause de sa politique
d'action ou à cause de sa politique de paroles, il régna,
dit-on, cinquante ans.

Chilon était éphore à Sparte. C'était aussi un habile
homme et fort ingénieux à gouverner sa conscience.
Écoutez cette confession de son dernier jour. Chilon, se sentant approcher de sa fin, regarda ses amis
assemblés autour de lui : « Mes amis, leur dit-il, vous
« savez que j'ai dit et fait quantité de choses depuis si
« longtemps que je suis au monde. J'ai tout repassé à
« loisir dans mon esprit, et je ne trouve pas que j'aie
« jamais fait aucune action dont je me repente, si ce
« n'est, par hasard, dans le cas que je soumets à votre
« décision pour savoir si j'ai bien ou mal fait. Je me
« suis rencontré un jour, moi troisième, pour juger un
« de mes bons amis, qui devait être puni de mort sui-

« vant les lois. J'étais fort embarrassé : il fallait de
« toute nécessité, ou violer la loi, ou faire mourir mon
« ami. Après y avoir bien rêvé, j'ai trouvé cet expé-
« dient : je mis au jour, avec tant d'adresse, toutes les
« meilleures raisons de l'accusé, que mes collègues ne
« firent aucune difficulté de l'absoudre; et moi, je l'avais
« condamné à mort sans leur en avoir rien témoigné.
« J'ai satisfait au devoir de juge et d'ami. Cependant je
« sens je ne sais quoi dans ma conscience qui me fait
« douter si mon conseil n'était point criminel. »

Cléobule enfin, le moins célèbre des sages de la Grèce
et le plus heureux, dit-on, « fut choisi par ses conci-
toyens de la petite ville de Lindes, dans l'île de Rhodes,
qui le chargèrent de les gouverner; ce qu'il fit avec autant de facilité que s'il n'avait eu qu'une famille à conduire. »

Voilà les sages de la Grèce, dont Fénelon nous a raconté la vie. J'ai omis Solon, qui fut législateur et qui
ne donna pas aux Athéniens les meilleures lois qu'il
pouvait leur donner, mais celles qu'ils pouvaient le
mieux supporter. Tous ces sages ont été mêlés aux affaires et au monde; ils ont tous su y réussir, et c'est
pour cela même qu'ils ont été appelés des sages. Ils
n'ont pas pensé à être des anachorètes et des misan-
thropes, à vivre dans la retraite et dans l'étude. Ils
ont cru que la vie active était permise et même con-
venable au sage; ils n'ont pas cherché à en fuir les

périls, les ennuis, les embarras, ni même les peti-
tesses et les misères; ils ont cru qu'il fallait tenir grand
compte de l'expérience, et que parfois même la morale pouvait lui céder quelque chose.

Les fables d'Ésope se rattachent à cette vieille sagesse : elles prêchent la morale pratique, celle qui
enseigne à ne pas faire de bévues dans le monde, à
éviter les fautes encore plus que les péchés, à être
avisé plutôt encore qu'à être vertueux, ou à être vertueux avec prudence et habileté. Le défaut de cette
morale, c'est qu'elle ne nous enseigne pas assez à dé-
tester le mal. Elle le prend comme une nécessité de
ce monde et nous habitue à le supporter, soit dans les
autres, soit dans nous-mêmes; à le flatter même au besoin, si c'est le parti le plus sûr ou le plus commode.
Dans les légendes ordinaires de la fable je reconnais
l'expérience de l'Orient, c'est-à-dire de la vieille patrie
du despotisme et de la servitude. J'y vois partout la
tyrannie du lion, la cruauté du loup, la perfidie du renard, la faiblesse impuissante de l'agneau; nulle part
la justice des lois venant au secours des opprimés;
nulle part le sentiment énergique du droit luttant
contre l'abus de la force et du pouvoir; nulle part
l'idée de la liberté et de l'indépendance; c'est-à-dire
aucun des sentiments qui font la dignité de l'homme et
qui fondent la civilisation sur la justice, laquelle est
le droit des petits et le devoir des grands. Dans la

fable, la justice et la vérité se déguisent sous je ne
sais combien de voiles et prennent toutes sortes de
précautions. Je veux bien croire que la fable veut,
comme la philosophie, enseigner aux hommes la justice et la vérité; mais quelle différence d'allure et de
langage entre la fable et la philosophie!

Voyez Ésope et Solon à la cour de Crésus, roi de Lydie. Ésope y réussit; Solon est bientôt forcé de la quitter, et il la quitte sans regret. Mais le premier ne dit la
vérité au despote qu'à l'aide de la fable; et la vérité,
même dans la fable, se subordonne aisément à la flatterie. Solon, au contraire, quand Crésus lui a montré
ses trésors et lui a demandé s'il avait jamais vu un
homme plus heureux que lui, Solon répond : « J'ai
connu Tellus, citoyen d'Athènes, qui a vécu en honnête homme dans une république bien policée. Il a
laissé deux enfants fort estimés, avec un bien raisonnable pour les faire subsister; et enfin il a eu le bonheur de mourir les armes à la main en remportant une
victoire pour sa patrie. Les Athéniens lui ont dressé
un tombeau dans le lieu même où il avait perdu la vie,
et lui ont rendu de grands honneurs. » Crésus crut que
Solon était un insensé : « Eh bien, continua-t-il, quel
est le plus heureux des hommes après Tellus? — Il y a
eu autrefois deux frères, répondit Solon, dont l'un
s'appelait Cléobis et l'autre Biton. Ils étaient si robustes
qu'ils sont toujours sortis victorieux de toutes sortes

de combats. Ils s'aimaient parfaitement. Un jour de
fête, leur mère, qui était prêtresse de Junon, devait
aller nécessairement faire un sacrifice au temple.
Comme on tardait trop à amener les bœufs qui devaient traîner le char de la prêtresse, Cléobis et Biton
s'y attelèrent et la conduisirent jusqu'au lieu où elle
devait aller. Tout le peuple leur donna mille bénédic-
tions; leur mère, ravie de joie, pria Junon de leur envoyer ce qui leur était le plus avantageux. Quand le
sacrifice fut fini et qu'ils eurent fait très-bonne chère,
ils allèrent se coucher et moururent tous deux dans
cette même nuit. » A ce récit, Crésus ne put s'empêcher de faire paraître sa colère : « Comment, répliqua-
t-il, tu ne me mets donc point au nombre des gens
heureux? — O roi des Lydiens! lui répondit Solon,
vous possédez de grandes richesses, vous êtes le maître
de beaucoup de peuples; mais la vie est sujette à de si
grands changements, qu'on ne saurait décider de la félicité d'un homme qui n'est pas encore au bout de sa
carrière. Le temps fait naître tous les jours de nouveaux accidents dont même on n'aurait jamais pu se
douter. On ne doit point s'assurer de la victoire, lorsque le combat n'est pas encore fini. » Crésus fut fort
mécontent; il renvoya Solon et ne demanda plus à le
voir. Ésope, qui était alors à Sardes, fut fâché de la
mauvaise réception que le roi avait faite à Solon : « O
Solon! lui dit-il, il ne faut pas approcher les princes,

ou il ne leur faut jamais dire que ce qui leur est agréable. — Au contraire, répondit Solon, il ne faut jamais
s'en approcher; mais, quand ils vous appellent, il faut
toujours les conseiller le mieux qu'on peut et ne leur
dire jamais que la vérité [1]. »

Voilà les deux sagesses, celle de la philosophie et
celle de la fable : la sagesse pratique, qui ne s'inquiète
que du succès ; la sagesse générale, qui vise surtout à
la vérité, dût la vérité nuire à qui la dit. Et non-seulement je vois dans Solon et dans Ésope les deux sagesses, j'y vois aussi les deux Grèces : la Grèce libre
et la Grèce esclave, la Grèce européenne et la Grèce
asiatique. De ces deux Grèces, l'une a peu duré; mais
l'éclat de sa courte vie a rempli le monde et inauguré
l'histoire de la civilisation. La Grèce esclave a duré
plus longtemps ; mais, soit à Rome où elle gouvernait
par ses affranchis, soit à Byzance où elle avait des
empereurs, elle s'est fait un renom de souplesse et
d'habileté plutôt qu'un renom de grandeur. Il y a des
peuples, en effet, qui ont besoin de la liberté pour
n'avoir pas les défauts ou les vices de leur caractère.
Telle était la Grèce. Avec leur nature déliée et ingénieuse, les Grecs avaient besoin des luttes de la vie
publique : l'ambition les détournait de l'intrigue. Con-
finés dans la vie privée, ils devaient nécessairement

---

[1] Fénelon, *Vies des philosophes.*

rapetisser leur génie, chercher le succès, non plus par
leurs bonnes qualités, mais par leurs mauvaises. Les
peuples qui ont beaucoup d'esprit et d'activité perdent
plus que les autres en perdant la liberté. Ils ne savent
pas rester esclaves tristement ou grossièrement ; ils se
font valets au lieu d'esclaves, courtisans au lieu d'opprimés ; ils changent leur servitude en domesticité.

Je ne vois pas cependant que chez les anciens la mé-
diocrité morale de la sagesse qu'Ésope prêche dans ses
fables ait nui à la réputation du fabuliste et de ses
apologues. Platon interdit, il est vrai, l'usage des fables
pour l'éducation des enfants de sa république ; mais ce
sont les fables d'Homère qu'il proscrit, et non pas celles
d'Ésope, dont il ne parle pas. Il blâme les fictions de
l'épopée, les dieux qui se battent contre les hommes
et se querellent entre eux, les héros qui se lamentent
et ne savent pas résister au malheur ; mais il ne con-
damne pas l'apologue.

Un philosophe qui voulait se faire passer pour un Dieu
ou pour un prophète, Apollonius de Tyane, blâme,
comme Platon, les fictions d'Homère ; mais il loue beaucoup les fables, surtout celles d'Ésope, et il finit, pour
mieux témoigner de son estime pour Ésope, par raconter, à la façon de Platon, une de ces légendes mythologiques que les Grecs aimaient toujours, même quand ils
ne croyaient plus à leurs dieux. « Ménippe, dit Apollonius à son interlocuteur qui dédaigne fort les fables

d'Ésope, ses grenouilles, ses ânes, et renvoie tout cela aux enfants et aux vieilles femmes, — Ménippe, quand j'étais enfant, ma mère m'a raconté d'Ésope l'histoire que je vais te dire. Il était berger et gardait ses brebis près d'un temple de Mercure. Il était très-curieux de la sagesse, et suppliait souvent Mercure de la lui accorder. Il y avait en ce temps beaucoup d'autres hommes qui faisaient la même prière à Mercure, et, quand ils allaient au temple, à leurs prières ils ajoutaient diverses offrandes : l'un offrait de l'or, l'autre de l'argent, celui-ci un caducée d'ivoire, celui-là quelque autre chose précieuse. Ésope, qui n'avait pas le moyen de faire d'aussi riches offrandes, et qui était bon ménager de ce qu'il avait, fit à Mercure une libation de lait ; mais il n'y mit que ce qu'il avait pu traire d'une brebis déjà traite le matin. Il déposa sur l'autel du dieu des rayons de miel ; mais il n'en mit que ce qui pouvait tenir dans sa main. Il apportait aussi des pommes de myrthe, ou des roses, ou des violettes ; mais il les apportait sans les ordonner en bouquets, et disait au dieu : « Est-ce qu'il faut, ô Mercure, que, pour te faire « des guirlandes, je néglige le soin de mes brebis ? » Cependant arriva le jour fixé par Mercure pour distribuer la sagesse aux hommes. Se souvenant des offrandes de chacun, le dieu proportionnait la part de sagesse à la dépense faite par ses solliciteurs : « Toi, disait-il, qui as « apporté beaucoup de richesses dans mon temple, tu

« auras en partage la philosophie; toi qui n'as eu que le
« second rang pour l'abondance des offrandes, sois ora-
« teur; toi, aie la sagesse de l'astronomie; toi, tu seras
« musicien; toi, tu excelleras dans le vers héroïque; toi,
« dans le vers iambique. » Après que Mercure eut ainsi
distribué toutes les parties de la sagesse, il s'aperçut
qu'il avait oublié Ésope. Cherchant alors ce qu'il pouvait
faire pour lui, il se ressouvint des fables que, lorsqu'il
était encore au maillot et qu'on le nourrissait dans
l'Olympe, les Heures venaient lui raconter, et dans lesquelles la vache parlait et l'homme écoutait. Ce souvenir lui fit voir qu'il avait encore quelque chose à donner
à Ésope, et il lui donna d'inventer des fables; c'était la
seule partie de la sagesse qui restât à Mercure :
« Prends-la, dit-il à Ésope; c'est aussi la première que
« j'ai apprise [1]. »

Que dites-vous de cette légende sur le vieux fabuliste? La fable est une partie de la sagesse humaine,
voilà ce qu'Apollonius veut faire comprendre aux cen-
seurs dédaigneux de la fable; mais ce qui me plaît
surtout dans la légende, c'est qu'Ésope y garde le
caractère que nous sommes accoutumés à lui attribuer. Il a, même avec le dieu qu'il implore, le bon
sens narquois que nous lui connaissons, l'intelligence
rusée que nous trouvons dans les moralités de ses fables.

---

[1] Philostrate, *Vie d'Apollonius de Tyane.*

Il donne au dieu de bon cœur ce qu'il lui offre ; mais
il offre peu, ne croyant pas que le dieu veuille qu'on se
ruine pour lui, et qu'on passe à faire des bouquets et
des guirlandes le temps qu'il faut employer à soigner
le troupeau. Le dieu ne blâme pas cet adorateur avisé ;
seulement il l'oublie sans le vouloir, ce qui est un véritable trait de caractère humain. Sur la terre, et
même dans l'Olympe, les cœurs prodigues attirent
plus que les cœurs économes. Le dieu répare son oubli
et accorde à Ésope le don de la fable ; mais la fable
s'est ressentie de l'oubli du dieu. Elle n'est pas philosophique et ne vise ni à la profondeur ni à l'élévation ;
elle n'est point oratoire et ne cherche pas l'éloquence.
Elle n'est pas héroïque ; elle est un peu satirique,
mais sans aigreur et sans aller jusqu'aux fureurs de
l'iambe d'Archiloque[1] ; elle est prudente et avisée
comme son inventeur ; elle est une des parts de la sagesse, mais c'est la dernière.

La fable, à cause peut-être de son origine orientale,
enseigne donc à l'homme à se résigner au joug plutôt
qu'à le secouer ; elle apprend à éviter le danger plutôt
qu'à le braver. Prenons pour exemples de ce caractère
de la fable quelques-uns des apologues du vieil Ésope.
J'en choisis un que la Fontaine n'a pas traduit : *Le
Lion, l'Ane et le Renard.*

---

[1] Archilochum proprio rabies armavit iambo. (Horace, *Art poétique*.)

« Le lion, l'âne et le renard, s'étant associés, allèrent chasser ensemble. Ayant pris beaucoup de gibier, le lion ordonna à l'âne de faire les parts. Celui-ci fit trois parts égales et dit à ses associés de choisir. Sur quoi le lion irrité tua l'âne. Ensuite il dit au renard de faire le partage. Celui-ci fit une grosse part de tout le gibier et ne se réserva que très-peu de chose. Mon cher ami, dit le lion, qui t'a appris à si bien faire les partages ? — L'aventure de l'âne, répondit le renard. Les sages prennent leçon du malheur des autres. »

Voilà la sagesse de l'Orient : le respect de la force, la résignation timide ou rusée de la faiblesse. L'âne est simple ; il a naturellement l'idée de la justice : il fait donc un partage égal du butin[1]. Il eût été philosophe, qu'il eût fait, par respect du droit, ce qu'il fait par instinct d'équité. Mais le renard, qui n'a ni bons instincts ni bons principes, au lieu de s'irriter de la mort de l'âne, ne songe qu'à se préserver du péril. Il a raison selon la fable, et je ne veux pas dire que ces conseils de prudence n'aient pas leur à-propos et leur utilité ; mais quoi ! l'indignation contre le mal, la colère contre

---

[1]
> Cet animal, simple et sans art,
> Fit trois parts du butin avec tant de justesse
> Qu'on n'eût su laquelle choisir ;
> Scrupuleuse délicatesse,
> Qui ne fit nullement plaisir
> Au superbe Lion. . . . . .

(Richer, *Le Lion, l'Ane et le Renard*. Richer, né en 1685, mort en 1748).

l'injustice, la force de la conscience luttant contre l'iniquité, ne sont-ce pas là aussi de bons sentiments et dignes d'être encouragés par les préceptes de la sagesse antique? A côté de la prudence, qui dit aux faibles : Cédez! n'y a-t-il pas une sagesse plus haute, qui dit aux justes, même quand ils sont faibles : Luttez! qui, à l'aide de la religion et des lois, prescrit aux puissants le respect des faibles, et qui enseigne

> Que les rois dans le ciel ont un juge sévère,
> L'innocence un vengeur et l'orphelin un père [1].

Je sais bien que cette sagesse qui dit aux forts de se maîtriser, plutôt qu'aux faibles de se résigner, n'a jamais pu prévaloir dans le monde et rendre inutile l'humble et timide sagesse des fables. Le fonds de malheurs et de désordres qui se trouve dans l'histoire de l'humanité, a toujours fait l'utilité et la popularité de la fable. Sous l'empire romain Phèdre et Babrius, au moyen âge les nombreux recueils d'apologues et le poëme du *Renard*, tout témoigne du crédit que la fable, telle que l'a conçue Ésope, a toujours conservé. Au dix-septième siècle, même avant la Fontaine, la popularité d'Ésope et de ses fables était grande. Trompés par notre admiration pour la Fontaine, nous croyons que c'est lui qui a remis les fables à la mode. La Fontaine,

[1] *Athalie*, scène dernière.

au contraire, a fait des fables parce que les fables
étaient à la mode. Son génie l'y portait; le goût du
temps se rencontra avec son génie. Ésope, au dix-
septième siècle, était un personnage populaire. Benserade mettait ses fables en quatrains, et ces quatrains
eux-mêmes étaient gravés au bas des groupes de figures
qui représentaient les fables d'Ésope, dans un des bosquets de Versailles. Ce bosquet était appelé le labyrinthe, et à l'entrée était la statue d'Ésope, qui semblait du doigt indiquer les fables qu'on allait voir et en
expliquer le sens. Ces figures, sans être des chefs-
d'œuvre, étaient bien faites et valaient assurément
mieux comme sculpture que les quatrains de Benserade
comme poésie; car je ne puis citer de ces quatrains qu'un
seul, qui, chose imprévue de la part de Benserade et
dans des fables, a presque le mérite d'exciter l'émotion :

> La Grue interrogeait le Cygne, dont le chant,
> Bien plus qu'à l'ordinaire, était doux et touchant :
> Quelle bonne nouvelle avez-vous donc reçue?
> C'est que je vais mourir, dit le Cygne à la Grue[1]

Les fables de la Fontaine, qui disait qu'il n'avait fait

---

[1] Je trouve ces quatrains de Benserade dans la *Description de Versailles* par Piganiol de la Force, tome II. Aujourd'hui le labyrinthe n'a
plus les figures des fables d'Ésope, qui toutes jetaient de l'eau, et qu'on
a ôtées parce qu'il fallait sans cesse les réparer, m'a-t-on dit. « Qu'en
a-t-on fait? demandai-je aux surveillants du château. — Nous ne
savons, à moins qu'elles ne soient dans les caves. » Je me fis montrer
les caves, qui contiennent je ne sais combien de morceaux de sculpture, déposés là à mesure des changements qui se sont faits dans le

que traduire celles d'Ésope[1], ajoutèrent encore à la
popularité du vieux fabuliste grec ou phrygien, qui devint un personnage dont le théâtre s'empara. Boursault
le mit dans deux comédies, *les Fables d'Ésope* et *Ésope
à la Cour*. Lenoble le mit, à la comédie italienne, entre
Arlequin et Colombine.

Je veux dire un mot de ces pièces où figure Ésope,
et je commence par celle de Lenoble intitulée *Ésope-
Arlequin*.

château, de sorte que ces caves sont, à mon avis, un supplément inédit
du musée de Versailles. J'y trouvai, par exemple, cette statue d'Ésope
qui était à l'entrée du labyrinthe, et qui est un des bons ouvrages d'un
de nos meilleurs sculpteurs du dix-septième siècle, Legros. Je me fi-
gurais, à cette époque, que j'avais quelque crédit auprès de l'adminis-
tration : je demandai donc plusieurs fois que ces figures des fables
d'Ésope, qui étaient en plomb doré, fussent, avec la statue d'Ésope, pla-
cées dans un des bosquets ou dans une des salles du château, promettant
que cette salle des fables plairait beaucoup aux badauds qui viennent
voir le musée. On trouva mon idée fort bonne et on me dit que j'aurais
ma salle des fables d'Ésope. J'attendis pendant plus de dix ans. Je sais
bien que, dans notre pays, quand il s'agit de prendre et surtout d'exécuter une mesure administrative, dix ans, c'est peu. La révolution de
1848 arriva : Ésope et ses fables restèrent en cave. Pourquoi au moins
ne pas mettre au Louvre, dans la salle des sculptures françaises du
dix-septième siècle, la statue d'Ésope par Legros? Elle est fort belle,
quoique Ésope y soit très-exactement représenté comme le fait la tradition. Pourquoi n'y mettrait-on pas aussi la *Galatée* de Legros, autre
belle statue qui est dans les jardins de Versailles et qui s'abîme?
Pourquoi surtout n'y mettrait-on pas la *Flore* de Magnier, autre chef-
d'œuvre de la sculpture française au dix-septième siècle? Et ici je suis
sûr de ne pas me tromper dans mon admiration, puisque Canova a
connu la *Flore* de Magnier et l'a purement et simplement reproduite
dans sa *Flore*. La statue de Magnier était autrefois dans le bosquet des
Dômes; elle est aujourd'hui dans les jardins de Saint-Cloud.

  [1] La première édition des fables de la Fontaine est de 1668.

Lenoble est un des auteurs les plus féconds et les plus oubliés du dix-septième siècle. Odes, satires, pamphlets politiques, dialogues philosophiques et littéraires, poëmes épiques, petits vers, histoire, romans, fables, comédies, que n'a-t-il pas fait? J'ai de lui près de trente volumes, et je n'ai pas tout. De tous ses romans, sa vie est le plus curieux, quoique, après tout, il y ait dans chaque génération plusieurs histoires de ce genre, sans que celles des devanciers servent jamais à l'instruction des successeurs. Né de bonne famille et appelé à suivre une carrière honorable et même élevée dans la magistrature, il se perdit par le désordre de sa vie, fut forcé de se mettre aux gages des libraires, écrivit beaucoup, dépensa toujours plus qu'il ne gagnait, et, quoique homme d'esprit et de talent, n'obtint pas plus de gloire comme écrivain que d'estime comme homme. Son *Ésope-Arlequin* est une mauvaise pièce qui finit par un ballet de tous les animaux des fables, chantant, non la gloire d'Ésope, ce qui eût été raisonnable, mais la gloire de Louis XIV :

> Unissons, unissons nos voix
> Pour louer le plus grand des rois.

Ésope-Arlequin ne veut pas donner sa fille Colombine à Octavio, jeune officier dont il redoute les grands airs et l'habitude de commander. Avec un pareil

gendre, il ne sera plus le maître chez lui, et il exprime
ses craintes par la fable suivante :

LE SERPENT ET LE HÉRISSON.

Un Serpent avait sa maison
Dans le réduit d'une caverne étroite,
Qui, contre les rigueurs de la froide saison,
Lui servait de retraite.
Un Hérisson,
Qui pour l'hiver n'avait point de tanière,
Sentant le froid lui causer du frisson,
Fit tant par caresse et prière
Que le Serpent fut assez fou
Pour le loger avec lui dans son trou.
Mais il n'eut pas plutôt reçu ce vilain hôte,
Que, d'un air insolent, roulant de toutes parts
Son petit corps armé de dards,
Au Serpent il serra la côte.
« Sors, lui dit le Serpent, sors, ami, de chez moi ;
Tu me fais une peine extrême.
— Si tu ne veux souffrir que je reste avec toi,
Répond le Hérisson, tu peux sortir toi-même. »
Et se roulant toujours de l'un à l'autre bout,
Le Serpent fut enfin contraint de quitter tout.
Belle leçon pour un beau-père,
Qui souvent de son bien achète un ennemi
Qui le réduit à la misère [1].

[1] Un fabuliste du dix-huitième siècle, Richer, que j'ai déjà cité, raconte beaucoup mieux cette fable.

LA COULEUVRE ET LE HÉRISSON.

Pendant les rigueurs de l'hiver
Un Hérisson priait une Couleuvre

Les deux comédies de Boursault, *les Fables d'Ésope*
et *Ésope à la Cour*, sont fort supérieures à la pièce de
Lenoble. Boursault est aussi bien supérieur à Lenoble ;
c'est tout à fait un homme d'esprit et un homme d'honneur. Il n'avait pas fait d'études classiques, et son esprit naturel n'a jamais pu réparer ce manque de première éducation. D'ailleurs, il travaillait peu ; il avait
beaucoup de facilité et croyait que cela suffisait, ce
qui fait qu'il n'a pas été aussi haut et aussi loin qu'il
aurait pu. Il est resté au second rang ; ses deux comédies d'Ésope et son *Mercure galant* font croire qu'il
aurait pu s'approcher du premier.

> De vouloir bien lui donner le couvert.
>   « Vous ferez, lui dit-il, une œuvre
> De charité : je suis transi de froid.
> D'ailleurs, que faites-vous seule sous votre toit?
>   Vous menez une triste vie.
>   Agréez donc ma compagnie ;
>   Je suis d'un commerce fort bon. »
> La Couleuvre le crut : elle ouvrit sa maison.
> Mais elle reconnut bientôt qu'elle était folle
>   De l'avoir cru sur sa parole.
>   Ce Hérisson était brutal.
> Quand il fut réchauffé, l'incommode animal,
>   Ayant pris sa figure ronde,
>   Se roula partout sans égards,
>   Et même piqua de ses dards
>   L'hôtesse, qui vainement gronde.
> C'était de ce galant le divertissement.
> Ce jeu mettait la dame en grande inquiétude ;
>   « Quittez cette sotte habitude,
> Lui dit-elle, ou sortez! » — Il repart brusquement
>   Avec une insolence extrême :
> « Si tu te trouves mal, tu peux sortir toi-même. »
> On a maître souvent quand on a compagnon.
> Il vaut mieux vivre seul qu'avec un Hérisson.

L'intérêt de la comédie des *Fables d'Ésope* est d'amener les fables d'une manière piquante. La pièce est donc ce qu'on appelle une pièce à tiroirs. Les cadres dans lesquels Boursault place ainsi les fables qu'il veut réciter sont souvent fort ingénieux, et quelquefois même valent mieux que la fable qu'ils renferment. Je prends pour exemple la scène des deux vieillards qui viennent demander à Ésope de changer le gouverneur de la ville qu'ils habitent. Ésope est ministre et favori de Crésus ; il est tout-puissant.

PREMIER VIEILLARD.

Monseigneur...

ÉSOPE.

Tout d'abord, j'interromps cette phrase.
Le mot de monseigneur demande trop d'emphase
Pour gens faits comme moi : je l'abroge.

DEUXIÈME VIEILLARD.

Monsieur,
Notre ville demande un nouveau gouverneur.

ÉSOPE.

Et la raison ?

PREMIER VIEILLARD.

Le nôtre est devenu trop riche :
On ne peut tant gagner, à moins que l'on ne triche.
Quand il vint s'établir dans son gouvernement,
Il avait pour cortége un laquais seulement,
Et pour tout équipage une méchante rosse.
Maintenant six chevaux font rouler son carrosse.
Il serre le bouton quand on s'adresse à lui...

ÉSOPE.

Passons : tous ses pareils font de même aujourd'hui.
Menace-t-il, bat-il sans relâche ni trève?

DEUXIÈME VIEILLARD.

Non, monsieur ; mais...

ÉSOPE.

Quoi mais?

DEUXIÈME VIEILLARD.

Il est si gras qu'il crève ;

A s'engraisser encore il applique ses soins.

ÉSOPE.

Un autre qui viendra s'engraissera-t-il moins?
Pour courir à la proie il sera plus allègre.
Rien n'incommode tant qu'un nouveau seigneur maigre;
A chaque heure du jour vous l'avez sur les bras.
Il le faut engraisser, et le vôtre est tout gras [1].

Je croyais, en lisant cette scène piquante, qu'elle
était faite pour amener la fable de Tibère [2]; il n'en est
rien : la fable qu'Ésope récite est celle de Ménénius
Agrippa, l'*Estomac et les Membres.*

Décidés à ne plus demander de nouveau gouverneur, les deux vieillards voudraient obtenir au moins
une diminution d'impôts.

PREMIER VIEILLARD.

Monsieur, à cette grâce ajoutez-en une autre.
Le peuple pour son prince est tout zèle, tout feu :
Obtenez de Crésus qu'il le soulage un peu.
Si sa main ne l'appuie, il faudra qu'il succombe.

---

[1] Acte II, scène v.
[2] Voir la première leçon.

C'était en 1690, c'est-à-dire pendant la guerre de la
ligue d'Augsbourg : la France souffrait déjà beaucoup,
les impôts étaient lourds. Les comédiens s'effrayèrent
de la liberté que prenait Boursault, soit de censurer
les grands seigneurs, soit de demander à Crésus de
soulager son peuple du fardeau des impôts, et ils refusèrent de jouer la scène. Boursault s'adressa à M. le duc
d'Aumont, premier gentilhomme de la chambre, qui, à
ce titre, avait autorité sur les comédiens, et il se plaignit
de la difficulté qu'ils faisaient. Il lui envoya la scène.
La réponse de M. le duc d'Aumont fait honneur à la
libéralité d'esprit des grands seigneurs du temps, au
respect qu'ils avaient pour les lettres :

« J'ai reçu, monsieur, la scène que vous m'avez envoyée touchant la pièce nouvelle que vous voulez
mettre au jour. Je l'ai lue avec plaisir, et n'y ai rien
trouvé qui ne soit dans l'ordre. Je souhaite qu'elle ait
tout le succès que vous pouvez en espérer. Je n'en
doute point, puisqu'elle est de vous, et ce que j'en ai
vu est assez beau pour me faire juger favorablement du
reste. Je voudrais avoir d'autres occasions de vous
rendre service et de vous faire voir que je suis entièrement à vous. — Versailles, ce 15 janvier 1690. [1] »

---

[1] Lettres de Boursault, édit. de 1709, t. Ier, p. 246.

Malgré cette lettre toute libérale du duc d'Aumont, Boursault fit
cependant quelques changements aux vers qui, sans doute, inquié-
taient le plus les comédiens. Il ne retrancha rien contre les gouverneurs de province : c'étaient nobles que le *roi de la vile bourgeoisie*

Prenons une autre scène des *Fables d'Ésope* pour montrer ce qu'il y a de vif et de piquant dans cette pièce, comment elle serait encore de mise aujourd'hui, parce qu'elle attaque des ridicules ou des vices qui sont de tous les temps. C'est la bonne comédie. Albione, veuve, dit-elle, d'un conseiller, vient consulter Ésope, qui lui demande quel conseiller était son mari :

ALBIONE.

. . . . . . Il était conseiller garde-note.

ÉSOPE.

La peste! N'est-ce pas ce que vulgairement
On dit tabellion, ou notaire autrement?

ALBIONE.

Oui, monsieur.

ÉSOPE.

Vertubleu! c'est un grade sublime!

(Saint-Simon) livrait volontiers à la satire; mais il adoucit les vers qui demandaient à Crésus d'alléger un peu le fardeau des impôts. Au lieu de ce vers de la scène envoyée au duc d'Aumont,

> Obtenez de Crésus qu'il le (le peuple) soulage un peu,

nous lisons dans la pièce imprimée par Boursault :

> Le peuple pour son prince est tout zèle, tout feu,
> Obtenez de Crésus qu'il s'en souvienne un peu.

Dans la scène envoyée au duc d'Aumont,

> Si sa main ne l'appuie (le peuple), il faudra qu'il succombe.
> Dès qu'il s'offre un fardeau, c'est sur lui seul qu'il tombe,

le dernier vers surtout est hardi. Dans la pièce imprimée, les deux vers sont ainsi changés :

> Plus il est élevé sur les autres monarques,
> Et plus de sa bonté nous attendons des marques.

ALBIONE.

J'ai fait ce que j'ai pu pour le mettre en estime.
Conseillère à la cour, présidente à mortier,
Faisaient moins de fracas que moi dans mon quartier.
Voyant à mon époux une somme assez grosse,
Je voulus avoir chaise, et puis après carrosse ;
Et tous les chevaux noirs n'ayant pas de grands airs,
J'en eus de pommelés comme les ducs et pairs.
Pour mon appartement cinq chambres parquetées
A force de miroirs semblaient être enchantées;
Et, ce qui m'en plaisait, on n'y pouvait marcher
Que l'on ne se mirât encor dans le plancher.
Ayant vu par hasard, dont je fus bien contente,
De gros chenets d'argent chez une présidente,
Je priai mon mari de m'en donner d'égaux,
Et, quatre jours après, j'en eus de bien plus beaux.
Je fus même à la foire, où j'eus la hardiesse,
Voyant un cabinet [1] qu'aimait une duchesse,
Pendant qu'à marchander elle se dépeçait,
De le prendre à sa barbe au prix qu'on le laissait.
Pour ne pas abuser de votre patience,
On parlait en tous lieux de ma magnificence,
Quand, pour un inventaire où mon mari courut,
Il s'échauffa si fort qu'en trois jours il mourut.

ÉSOPE.

Avez-vous achevé votre histoire modeste?

ALBIONE.

J'en ai dit tout le beau ; j'en veux dire le reste.
Mon époux étant mort, ces miroirs, ces chenets,
Ces chevaux, ce carrosse et ces beaux cabinets,
Tout cela s'en alla chez qui les voulut prendre.
J'y perdis les deux tiers, quand je les fis revendre.

---

[1] Meuble de l'époque.

Enfin, pour nous tenir toujours sur le bon bout,
Je n'ai rien ménagé, j'ai presque vendu tout ;
Si bien que ce matin, ayant su qu'à des filles
Qui doivent leur naissance à d'honnêtes familles
Crésus donne une dot pour les bien allier,
Je vous en offre deux prêtes à marier.
J'attends qu'en leur faveur votre bouche prononce.
Voilà ce qui m'amène.

ÉSOPE.

Et voici ma réponse.

Il lui récite alors la fable de la grenouille qui veut
se faire aussi grosse que le bœuf, beaucoup moins piquante dans Boursault que dans la Fontaine. Puis il
continue :

Voilà votre portrait et celui de bien d'autres,
Qui n'ont pas de raisons meilleures que les vôtres.
Nous sommes dans un siècle où chacun veut s'enfler ;
D'une vanité sotte on cherche à se gonfler.
La femme d'un sergent ne sera pas honteuse
De porter des habits comme une procureuse ;
Celle du procureur, pour avoir plus d'éclat,
Veut égaler au moins celle de l'avocat ;
Celle de l'avocat est assez téméraire
Pour aller du même air que va la conseillère ;
Celle du conseiller, par la même raison,
Avec la présidente entre en comparaison ;
Celle du président, fière de sa richesse,
A des gens à sa suite autant qu'une duchesse ;
Et je ne vois personne, en sa condition,
Qui ne veuille excéder sa situation.
Chacun, dis-je, chacun n'a ni repos ni trève

Que, comme la Grenouille, il n'enfle et qu'il ne crève.
De là vient le désordre et les crimes qu'on voit[1]...

Ésope à la Cour, quoique étant aussi une pièce à tiroirs, est plus intéressante que les *Fables d'Ésope*. Le personnage principal, Ésope, n'y est plus chargé seulement de raconter des fables, selon les divers à-propos de la scène : il est favori de Crésus, il est ministre et en butte aux envieux. Les efforts des ennemis d'Ésope pour le perdre dans l'esprit du roi, et la victoire qu'il remporte sur eux, par l'éclat de sa probité qu'ils avaient lâchement calomniée, font le nœud et le dénoûment de la pièce. Crésus n'est pas seulement le protecteur d'Ésope, il est son disciple le plus fervent; il veut que ce maître de sagesse le corrige de ses défauts et le rende digne du trône où la fortune l'a placé :

Le ciel, qui fait les rois, les élève assez haut
Pour faire voir en eux jusqu'au moindre défaut.
Loin de flatter les miens dans ce degré suprême,
A corriger ma cour commence par moi-même;
Règle ce que je dois suivant ce que je puis,
Et rends-moi digne enfin d'être ce que je suis.

ÉSOPE.

Seigneur, vous obéir est ma plus forte envie :
C'est à vous que mon zèle a consacré ma vie;
Mais, dans l'heureux état où vos bontés m'ont mis,
Ne me commandez rien qui ne me soit permis.

[1] Acte IV, scène III.

Il est beau qu'un monarque aussi grand que vous l'ête ,
Pour s'immortaliser fasse ce que vous faites;
Qu'au gré de la justice il règle son pouvoir,
Et qu'exempt de défauts il ait peur d'en avoir.
Mais, si vous en aviez, quel homme en votre empire
Serait assez hardi pour oser vous le dire?
Ce n'est point pour les rois qu'est la sincérité;
Tout se farde à la cour, jusqu'à la vérité.
L'encens fait un plaisir dont l'âme extasiée
Jamais jusqu'à ce jour ne s'est rassasiée,
Et l'on étale aux rois, d'un plus tranquille front,
Les vertus qu'ils n'ont pas que les défauts qu'ils ont.

La réponse de Crésus est fort belle. Elle témoigne de
la liberté d'esprit de Boursault et de la liberté du
théâtre sous Louis XIV. Le théâtre, au dix-huitième
siècle, sous l'inspiration de la philosophie, a eu des
vers plus audacieux; il n'en a pas eu de plus libres ni
de plus beaux :

CRÉSUS.

Et c'est, mon cher Ésope, à quoi, s'il est possible,
Tu me dois empêcher d'avoir le cœur sensible.
Quel monarque a-t-on vu, pendant qu'il a régné,
Qui de mille vertus ne fût accompagné?
Les rois qui sur ma tête ont transmis la couronne
Ont eu, quand ils régnaient, tous les noms qu'on me donne;
Et ceux, après ma mort, qui me succéderont,
Les auront, à leur tour, pendant qu'ils régneront.
Par là je m'aperçois, du moins je le soupçonne,
Qu'on encense la place autant que la personne;
Qu'on me rend des honneurs qui ne sont pas pour moi,
Et que le trône enfin l'emporte sur le roi [1]

---

[1] Acte Iᵉʳ, scène III.

La fin d'*Ésope à la Cour* tourne au drame, mais au bon drame, à celui qu'amène le développement des caractères, et non à celui qui résulte de la complication factice des événements. Ésope, tout sage et tout contrefait qu'il est, est amoureux de Rhodope. Comme tous les amoureux, il croit que sa maîtresse est parfaite, quand une vieille femme lui demande audience, puisqu'il est le redresseur de tous les torts, et vient se plaindre à lui de Rhodope, qui lui a fait affront. Mais, tout en l'accusant, elle prie Ésope de ne pas s'irriter trop vivement contre Rhodope :

> Mon cher monsieur, je l'aime, et, quoi qu'elle m'ait fait,
> Si je lui faisais tort, j'en aurais du regret,
> Je le sais bien.
>
> ÉSOPE.
> D'où vient qu'elle vous est si chère ?
> LÉONIDE.
> Pour m'avoir méconnue, en suis-je moins sa mère ?

« Eh quoi ! s'écrie Ésope, vous êtes sa mère, et elle n'a pas voulu vous reconnaître, elle, Rhodope ! Et pourquoi ? par quels motifs ?

> Quelles fausses raisons colorent cet outrage ?
> LÉONIDE.
> Je suis pauvre, elle est riche : en faut-il davantage ?
>
> . . . . ..
>
> ÉSOPE.
> La pauvre femme a peut-être raison :
> Rhodope n'est pas seule en sa bonne fortune
> Qui d'un pauvre parent fuit la vue importune.

Il n'est pas sous le ciel de gens plus malheureux
Que ceux dont les enfants sont plus élevés qu'eux.
Qu'un homme de finance ait anobli sa race,
En l'avouant pour père on croit lui faire grâce;
Et qu'un riche marchand fasse un fils conseiller,
Ce fils en le voyant craint de s'encanailler.
Un mépris infaillible est le digne salaire
D'avoir plus fait pour eux que l'on ne devait faire,
Et, quoique tous les jours on éprouve cela,
On retombe sans cesse en cette faute-là [1].

Voilà le philosophe qui reparaît dans l'amoureux;
voilà l'observateur et le sage qui reprend son rôle.
Loin d'excuser Rhodope, il la fait rougir de son ingratitude et l'amène à reconnaître sa mère.

C'est encore le philosophe et le sage qui nous plaît et
nous intéresse au dénoûment, quand, attaqué plus vivement que jamais par les calomnies de Tirrène et de
Trasybule, ses deux collègues dans le ministère et ses
deux rivaux, Ésope est sur le point de perdre sa faveur.
Crésus, en effet, est ébranlé. On lui parle d'une cassette où Ésope, dit-on, met ses trésors et qu'il cache à
tous les yeux : Quelle est cette cassette? qu'on l'apporte ! Et, quand la cassette est apportée, Crésus, ne
pouvant encore se résoudre à croire Ésope coupable ou
voulant lui pardonner, lui dit :

... C'est ton trésor, Ésope. Avant qu'on l'ouvre
Et que ce qu'il renferme à mes yeux se découvre,

[1] Acte III, scène VII.

Fais-m'en, je t'en conjure, un sincère détail.
C'est le prix de tes soins, le fruit de ton travail :
Cette épreuve t'est rude et me fait violence.

ÉSOPE.

Cette épreuve à l'envie imposera silence,
Et je ne puis, seigneur, en être mieux vengé
Qu'en la rendant témoin de tout le bien que j'ai.
Tout ce que je dirais lui semblerait frivole.

TIRRÈNE.

Qu'attendez-vous, seigneur, à nous tenir parole ?
De sa fausse fierté faites-le repentir.

CRÉSUS.

Eh bien ! puisqu'on m'y force, il y faut consentir,
Ouvrons. — Ciel ! quel spectacle est-ce ici que l'on m'offre ?
Gardes !

UN GARDE.

Seigneur ?

CRÉSUS.

Voyez ce qu'enferme ce coffre.
(On n'y trouve que l'habit d'Ésope quand il était esclave.)
Est-ce là le trésor qu'on m'oblige à chercher ?

ÉSOPE.

Oui, seigneur. Vous voyez ce que j'ai de plus cher :
C'est l'habit que j'avais quand, par un sort propice,
Il vous plut me choisir pour me rendre service ;
Habit vil, mais qu'on porte avec tranquillité, ...
Qui jamais contre moi n'eût soulevé l'envie,
Si je l'eusse porté pendant toute ma vie,
Et que je redemande à Votre Majesté
Avec plus de plaisir que je ne l'ai quitté.
Comme je n'ai rien fait pour m'attirer la haine
Dont voulaient m'accabler Trasibule et Tirrène,
C'est de mon crédit seul dont ils sont mécontents,
Et tous deux n'ont rien fait qu'on n'ait fait de tout temps.

Quelque soin qu'il se donne et quelque bien qu'il fasse,
Quel ministre est aimé pendant qu'il est en place?
Et, quand de sa carrière il a fini le cours,
Ceux qui le haïssaient le regrettent toujours.
D'un si dangereux poste approuvez ma retraite.
Je connais, mais trop tard, la faute que j'ai faite.
Que ferais-je à la cour, moi qui ne suis, seigneur,
Hypocrite, jaloux, médisant ni flatteur?

CRÉSUS.

Pour ta retraite, non! tu m'es trop nécessaire.
Mais pourquoi cet habit, et qu'en voulais-tu faire?
Quel bizarre plaisir t'obligeait à le voir?

ÉSOPE.

L'orgueil suit de si près un extrême pouvoir,
Que souvent, dans la place où j'avais l'honneur d'être,
De ma faible raison je n'étais pas le maître.
Souvent l'éclat flatteur de ce rang fortuné
M'élevant au-dessus de ce que je suis né,
Pour être toujours prêt à rentrer en moi-même
Je gardais ce témoin de ma misère extrême;
Et, quand l'orgueil sur moi prenait trop de crédit,
Je redevenais humble en voyant mon habit [1].

Comme le sage ici est grand en s'appliquant sa sagesse à lui-même! Quels nobles sentiments, et aussi
quels beaux vers! Je sais bien que l'idée de cette scène
est une vieille légende orientale, dont la Fontaine a fait
sa fable du Berger et du Roi; mais la fable de la
Fontaine ne vaut pas, si j'ose le dire, la scène de Boursault: Quand le berger, que le roi avait fait ministre,
attaqué par l'envie comme Ésope, et accusé d'avoir un

---

[1] Acte V, scène III.

grand trésor caché aussi dans un coffre mystérieux,
ouvre lui-même ce coffre devant le roi, on y voit

> L'habit d'un gardeur de troupeaux,
> Petit chapeau, jupon, panetière, houlette,
>   Et, je pense, aussi sa musette.
> Doux trésors, ce dit-il, chers gages qui jamais
> N'attirâtes sur vous l'envie et le mensonge,
> Je vous reprends. Sortons de ces riches palais
>   Comme l'on sortirait d'un songe [1].

Vers charmants ; mais valent-ils ce trait d'Ésope expliquant à Crésus, par une réflexion touchante, pourquoi
il avait gardé ses vieux habits d'esclave ?

> Et, quand l'orgueil sur moi prenait trop de crédit,
> Je redevenais humble en voyant mon habit.

Je résume les deux points principaux de notre entretien d'aujourd'hui, deux points qui nous serviront dans
l'étude que nous voulons faire de la Fontaine :

1° Nous savons quel est le genre de morale de la
fable, morale d'expérience plutôt que de principe, de
résignation plutôt que de résistance, de prudence plutôt que de fermeté, qui fait des mondains avisés plutôt
que des héros ou des saints. Nous ne serons donc pas
tentés de reprocher à la Fontaine ce qu'il y a de peu
élevé dans la morale de ses fables : ce défaut lui est
commun avec tous les fabulistes qui l'ont précédé.

---

[1] Liv., X, fable 10.

2° Nous savons aussi quelles étaient, au dix-septième siècle, avant la Fontaine et'après lui, la popularité des fables et la vogue du nom d'Ésope. Cela nous explique la renommée qu'obtinrent si vite dans le public les fables de la Fontaine : son génie rendait plus aimable encore ce que tout le monde aimait déjà.

TROISIÈME LEÇON

PHÈDRE ET BABRIUS

———

J'ai déjà profité de nos entretiens : ils m'ont fait comprendre que la fable est un genre de littérature beaucoup plus populaire que je ne le croyais. Je m'explique.

Il y a deux genres de littérature qui se touchent de près, qui même se confondent souvent, qu'il est bon cependant de distinguer : celui qui a besoin de l'auditoire public, et celui qui se contente de la lecture du cabinet; ce qui se dit et ce qui se lit. Le drame, le sermon, la harangue politique ont besoin du public et de la foule; ils sont faits pour être entendus et ressentis par les hommes rassemblés : c'est ainsi seule-

ment qu'ils produisent tous leurs effets et qu'ils ont
toute leur force. Voyez comme sont froides, au bout
de quelques années, les harangues politiques qui sou-
levaient autrefois tant de passions. Que leur manque-
t-il? l'auditoire. Je ne veux pas dire assurément que
le drame, le sermon, la harangue ne puissent pas être
lus et qu'ils aient toujours besoin d'être entendus : ce
serait rayer d'un trait de plume la plus grande partie
de la littérature et la plus belle peut-être. Je veux dire
seulement que les bonnes tragédies, les bons sermons
et les bonnes harangues gagnent à être entendus en
public. Le *Qu'il mourût* du vieil Horace nous émeut
dans le cabinet; au théâtre, il fait récrier d'admiration la salle entière. Le sermon du *Petit Nombre des
élus* nous fait tressaillir quand nous le lisons; dans
l'église, il fait que l'auditoire se lève tout entier plein
d'émotion.

L'apologue, que je croyais plus propre à la lecture
solitaire qu'à la lecture publique, est aussi, j'en suis
convaincu maintenant par l'expérience que nous avons
faite ensemble, un de ces genres de littérature qui ga_
gnent à avoir un grand auditoire. Ce qu'il y a à la fois
de simple et de piquant dans la fable, cette allégorie
qui cache la pensée pendant quelque temps et qui
la montre tout à coup à la fin, tout cela est vivement
senti par le public. La foule s'attache à l'histoire qu'on
lui raconte, et elle a l'air de la prendre au sérieux,

comme fait le conteur lui-même, jusqu'au moment où, l'emblème disparaissant tel qu'un rideau qu'on tire, la vérité se dévoile à tous les yeux. Cette soudaine clarté produit d'autant plus d'effet qu'il y a plus de regards dirigés vers elle et tout à coup illuminés.

J'ai voulu signaler ce caractère essentiellement populaire, qui prouve une fois de plus combien la fable est une des productions les plus naturelles de l'esprit humain. A côté de ce mérite général de l'apologue, quel est le mérite particulier des divers fabulistes? en quoi diffèrent-ils les uns des autres? en quoi la Fontaine surpasse-t-il, selon moi, tous les autres? est-ce par l'invention? J'examinerai plus tard le mérite de l'invention dans les fabulistes. Je n'y attache pas grand prix. Je me contente aujourd'hui de dire avec tout le monde que la Fontaine n'a pas inventé le sujet de ses fables; j'ajoute même que le petit nombre de celles qu'il a inventées est du petit nombre de ses fables médiocres. Phèdre et Babrius n'ont pas plus inventé que la Fontaine : ils ont puisé dans ce vieux et inépuisable fonds d'apologues et de fables qui semble n'avoir ni origine ni auteur authentique, et qui est comme le patrimoine commun de l'humanité.

Le mérite des fabulistes est donc uniquement dans le récit et dans ce que j'appellerais volontiers la mise en scène. C'est par là qu'ils diffèrent, c'est par là que les uns surpassent les autres. Chacun a son esprit et son caractère qu'il met dans la manière de raconter la fable :

> Sua cuique cùm sit animi cogitatio
> Colorque proprius,

dit Phèdre dans un des nombreux prologues et épilogues de ses fables[1]. Pour bien expliquer cette couleur particulière à chaque fabuliste, je veux prendre, dans Babrius, Phèdre, la Fontaine, et dans Lenoble, qui était contemporain de la Fontaine, la même fable, celle du Chien et du Loup[2], et examiner la couleur que chacun d'eux a donnée à son récit.

Dans Babrius le récit est simple et nu. C'est, pour ainsi dire, la toile du tableau qui va se dessiner et se colorer successivement à nos yeux dans les autres fabulistes.

« Un chien très-gras rencontra un loup, qui lui demanda où il était nourri pour être devenu si grand et d'un si bel embonpoint. — C'est que j'ai un maître, grand dépensier, qui m'entretient largement. — Mais, dit le loup, pourquoi ton cou a-t-il ainsi blanchi? — Ma peau est pelée par le collier qui m'attache. Le loup aussitôt, se mettant à rire : Adieu, dit-il, à tous tes beaux festins, s'il faut, pour y avoir part, avoir le cou pelé par un collier de fer. »

Dans Phèdre, la fable prend déjà plus de couleur;

---

[1] Prologue du IVe livre.

[2] La fable de Lenoble diffère seulement par le titre : *Le Chien gras et le Chien maigre.*

son accent s'élève, et je le remarque d'autant plus volontiers, que la fable, cette fois, prêche la liberté, au
lieu de prêcher, comme à l'ordinaire, l'obéissance et
la résignation :

« Je dirai en quelques mots combien la liberté est
douce. Un loup d'une extrême maigreur rencontra
par hasard un chien qui était fort gras. Ils se saluent
et s'arrêtent. « D'où te vient, dit le loup, ce bel embonpoint? A quelle table es-tu pour t'être si bien engraissé? Moi qui suis plus vaillant que toi, je meurs de
faim. » Le chien lui répondit ingénument : « Tu peux
avoir la même condition que moi, si tu veux consentir
à rendre à mon maître les mêmes services que je lui
rends. — Quels services? — Garder la porte, et, la
nuit, défendre la maison contre les voleurs. — Je suis
tout prêt. Maintenant je supporte la neige, la pluie,
menant une triste vie au milieu des forêts. Qu'il me
sera doux de vivre sous un bon toit, de ne rien faire
et d'être largement nourri ! — Eh bien, viens avec
moi. » Chemin faisant, le loup voit le cou du chien pelé
par la chaîne qui l'attachait : « Qu'est-ce cela ? —
Rien. — Dis cependant. — Comme je suis très-ardent,
on m'attache le matin afin que je repose pendant le
jour et que je veille mieux la nuit. Quand vient le soir,
on me détache, et alors je vais où je veux. On m'apporte du pain en abondance; mon maître me donne
des os de sa table, les domestiques des morceaux de

viande; j'ai part à toutes les fricassées dont on ne veut
plus, et c'est ainsi que mon ventre s'emplit doucement sans travailler. — Mais enfin, si tu veux aller
quelque part, le peux-tu? — Pas tout à fait, dit le
chien. — Jouis, ami, de toutes les délices que tu me
vantes; quant à moi, je ne voudrais pas régner, s'il
me fallait cesser d'être libre à ma guise[1]. »

Quel piquant dialogue! Comme le chien vante la

[1]   Quàm dulcis sit libertas breviter proloquar.
Cani perpasto macie confectus Lupus
Fortè occurrit. Salutantes dein invicem,
Ut restiterunt. — Undè sic, quæso, nites,
Aut quo cibo fecisti tantùm corporis?
Ego qui sum longè fortior, pereo fame.
Canis simpliciter : Eadem est conditio tibi,
Præstare domino si par officium potes.
Quod? inquit ille. — Custos ut sis liminis,
A furibus tuearis et noctu domum.
— Ego verò sum paratus. Nunc patior nives
Imbresque, in silvis asperam vitam trahens :
Quantò est facilius mihi sub tecto vivere
Et otiosum largo satiari cibo !
— Veni ergo mecum. Dùm procedunt, aspicit
Lupus à catenâ collum detritum Canis.
— Undè hoc, amice? — Nihil est. — Dic, quæso, tamen?
— Quia videor acer, alligant me interdiù,
Luce ut quiescam et vigilem nox cùm venerit.
Crepusculo solutus, quà visum est, vagor.
Affertur ultrò panis; de mensâ suâ
Dat ossa dominus, frusta dat familia,
Et quod fastidit quisque pulmentarium.
Sic sine labore venter impletur meus.
Age, si quò abire est animus, est licentia?
— Non planè est, inquit. — Fruere quæ laudas, Canis;
Regnare nolo, liber ut non sim mihi.

(Phèdre, liv. III, fable 7.)

douceur de la domesticité! Et n'allez pas croire qu'il
soit esclave! il est libre quand il est détaché, libre
jusqu'à ce qu'on le rattache. « Vous êtes bien assujetti,
disait quelqu'un à un chambellan de service. — Moi?
répondit celui-ci; je suis tout à fait libre depuis minuit
jusqu'à huit heures du matin. » L'indépendance, c'est-
à-dire la jouissance de soi-même, l'aise de la conscience,
le plaisir de penser et de parler à son gré, voilà ce que
le loup de Phèdre nous enseigne à préférer aux charmes
d'une servitude commode et douce. Noble enseignement, peu ordinaire à la fable! Même leçon dans la
Fontaine. Voyons cependant si quelque autre sentiment
ne perce pas déjà dans le fabuliste français :

> Un loup n'avait que les os et la peau,
> Tant les chiens faisaient bonne garde.
> Ce loup rencontre un dogue aussi puissant que beau,
> Gras, poli, qui s'était fourvoyé par mégarde.
> L'attaquer, le mettre en quartiers,
> Sire loup l'eût fait volontiers;
> Mais il fallait livrer bataille,
> Et le mâtin était de taille
> A se défendre hardiment.
> Le loup donc l'aborde humblement,
> Entre en propos et lui fait compliment
> Sur son embonpoint qu'il admire.
> « Il ne tiendra qu'à vous, beau sire,
> D'être aussi gras que moi, lui repartit le chien.
> Quittez les bois, vous ferez bien :
> Vos pareils y sont misérables,
> Cancres, hères et pauvres diables,

Dont la condition est de mourir de faim;
Car, quoi! rien d'assuré, point de franche lippée,
   Tout à la pointe de l'épée!
Suivez-moi, vous aurez un bien meilleur destin. »
  Le loup reprit : « Que me faudra-t il faire? —
Presque rien, dit le chien : donner la chasse aux gens
   Portant bâtons, et mendiants;
Flatter ceux du logis, à son maître complaire.
   Moyennant quoi, votre salaire
Sera force reliefs de toutes les façons,
   Os de poulets, os de pigeons,
   Sans parler de mainte caresse. »
Le loup déjà se forge une félicité
   Qui le fait pleurer de tendresse.
Chemin faisant, il vit du chien le cou pelé :
« Qu'est cela? lui dit-il. — Rien. — Quoi, rien? — Peu de chose.
— Mais encor? — Le collier dont je suis attaché
De ce que vous voyez est peut-être la cause.
— Attaché! dit le loup; vous ne courez donc pas
  Où vous voulez? — Pas toujours; mais qu'importe?
— Il importe si bien, que de tous vos repas
   Je ne veux en aucune sorte,
Et ne voudrais pas même à ce prix un trésor. »
Cela dit, maître loup s'enfuit et court encor[1].

Ici nous n'avons plus affaire au loup de Phèdre. Je soupçonne le loup de Phèdre d'être un peu stoïcien, comme tous les poëtes et tous les honnêtes gens de Rome sous les premiers empereurs après Auguste. Il préfère la liberté à un royaume, la liberté de ses pensées et de ses actions, mais non pas peut-être la liberté

---

[1] La Fontaine, liv. Ier, fable 5.

de ses passions et de ses fantaisies. Le loup de la Fontaine, quand il se récrie si énergiquement et qu'il dit
au chien :

> ..... Vous ne courez donc pas
> Où vous voulez?

me paraît songer beaucoup plus au plaisir de la vie
libre et facile qu'à l'indépendance honnête et fière que
Phèdre veut nous faire aimer. La Fontaine, vous le
savez, n'aimait pas les obligations, même les bonnes,
même celles de la famille. Ce qu'il préférait à toute
chose au monde, c'était la vie sans gêne et sans contrainte. Son loup tient un peu de son caractère; et
Jean-Jacques Rousseau, dans la critique qu'il fait des
fables de la Fontaine, ne s'y est pas trompé quand il lui
reproche de conseiller, par cette fable du Loup maigre
et du Chien gras, la licence plutôt que la modération :
« Je n'oublierai jamais, dit-il, d'avoir vu beaucoup
pleurer une petite fille qu'on avait désolée avec cette
fable, tout en lui prêchant toujours la docilité. On eut
peine à savoir la cause de ses pleurs; on la sut enfin :
la pauvre enfant s'ennuyait d'être à la chaîne; elle se
sentait le cou pelé et pleurait de n'être pas loup[1]. »

Ici Jean-Jacques Rousseau, comme toujours, exagère
sa pensée pour la mieux prouver; il aime à pousser ses
arguments jusqu'au paradoxe. Cependant il a mis le

[1] *Émile,* liv. II.

doigt sur la plaie, et il est curieux de voir comment, de Phèdre à la Fontaine, ce goût de l'indépendance, préférable à toutes les richesses du monde, devient peu à peu le goût de la vie libre et sans contrainte, qui bientôt, dans Lenoble, deviendra le goût de là vie sans règle et sans devoir, pour finir dans Béranger, avec sa chanson des *Bohémiens*, par l'apothéose de la licence vagabonde et du désordre cynique. Marquons, dans la fable de Lenoble, la première étape de cette décadence progressive d'une idée belle et généreuse.

> Être riche et dans l'esclavage !
> J'aime mieux une douce et libre pauvreté,
>   La devise d'un homme sage :
>   Peu de bien et la liberté.
> Esclaves des grandeurs dont votre âme est ravie,
> Jouets de la fortune, assidus courtisans,
>   Examinez bien votre vie :
> Plus vos fers sont dorés et plus ils sont pesants.
> La plus petite chaîne est toujours importune,
> Quelques biens qui nous soient par son moyen offerts,
> Et l'on achète trop la plus grande fortune
>   Quand elle met un homme aux fers.
>   En peux-tu douter ? lis ces vers.

> Un dogue gros et gras, qui par sa bonne mine
>   Faisait honneur à la cuisine
>   Dont la marmite le nourrit,
> Allant, avant l'aurore, un jour, dans un bocage,
> Pour en mieux déjeuner prendre un peu d'appétit,
>   Fit rencontre d'un chien sauvage,
> Moitié chien, moitié loup, crasseux et mal peigné,
>   Crotté, maigre et si décharné,

Qu'on voyait, à son air sentant peu le potage,
Qu'il était mal encuisiné.
Salut réciproque donné,
Bras dessus, bras dessous, compliment ordinaire:
« Bonjour, l'ami. — Bonjour, compère.
— Comment va la santé? Que fais-tu dans ce bois? »
Enfin de l'un à l'autre on tourne la matière
Sur l'embonpoint du chien bourgeois.
« Que te voilà dispos, allègre,
Gras et poli! dit le chien maigre.
Que ton corps plein de suc emplit bien ton pourpoint!
Est-ce à la bonne nourriture,
Ou simplement à la nature
Que tu dois un tel embonpoint?
— Je sers, dit le bourgeois, un boucher d'importance,
Boucher qui n'eut jamais sa cuisine en défaut
Ni de bon brouet, ni de rôt,
Dont à gogo j'emplis ma panse;
Et surtout le bon bœuf est mon plus fréquent mets;
On a grand soin de m'en repaître.
Que te dirai-je enfin? C'est bien le meilleur maître
Que dogue de Londre eut jamais.
— Parbleu! je voudrais le connaître,
Dit le chien demi-loup. Mon cher, procure-moi
Dans sa basse-cour quelque emploi.
Je suis las de languir dans mon réduit champêtre.
— Oui-da, répond le chien milord,
Je te rendrai ce bon office,
Et pour te mettre à son service
Je vais faire tout mon effort.
Suis-moi. » Tous deux alors s'en vont de compagnie
Droit à la ville où la mégnie [1]
Du riche boucher hébergeait.

---

[1] *La famille, la maisonnée* (la Fontaine).

Mais, en sortant du bois, comme à ce bon rencontre
     Le chien de campagne songeait,
Au cou du chien bourgeois je ne sais quoi se montre :
     « Qu'avez-vous là, dit-il, au cou?
     Et d'où vous vient cette pelade?
     — C'est, repartit le camarade,
La marque du collier où se met mon licou.
— Un licou! ventrebleu, ce n'est pas là mon livre !
     Et, si c'est pour être enchaîné
Qu'à ce riche boucher votre gueule vous livre,
Avec votre licou gardez votre dîné.
Moi, qui ne me vends point, je ne veux point vous suivre,
     Et, j'aime mieux, au fond des bois,
En gueuse liberté me promener et vivre,
Que d'aller être à Londre un esclave bourgeois. »

Cette fable est assurément une des meilleures de
Lenoble; mais je veux surtout y chercher les traces du
goût de la licence remplaçant peu à peu le goût de la
liberté. Ce n'est pas dans le prologue que je les trouve.
Lenoble, qui était spirituel et instruit, s'inspire, dans
ce prologue, de son esprit et de ses études plutôt que de
son caractère. De là ces vers qui sont beaux et vrais :

     Être riche et dans l'esclavage !
J'aime mieux une douce et libre pauvreté.....
Jouets de la fortune, assidus courtisans,
     Examinez bien votre vie :
Plus vos fers sont dorés et plus ils sont pesants.

Mais Lenoble ne peut pas rester à cette hauteur de
sentiments : son goût de l'indépendance, ne nous y
trompons pas, est le goût du désordre, et les derniers

vers de sa fable, quoique excellents encore par l'expression, se sentent des mœurs de l'auteur : ·

> Et j'aime mieux, au fond des bois,
> En gueuse liberté me promener et vivre,
> Que d'aller être à Londre un esclave bourgeois.

La *gueuse liberté,* voilà le mot de la chose que le
chien maigre de Lenoble préfère à tout le reste; voilà
le signe du déclin de l'idée dont j'étudie la marche.

Dans les *Bohémiens* de Béranger, ce déclin est arrivé
à son terme. En vain le poëte cherche à farder quelque
peu la brutalité de cette vie vagabonde : il n'est pas
dupe de son tableau, et sa chanson est une fantaisie
poétique plutôt qu'une apologie.

> Sorciers, bateleurs ou filous,
> Reste immonde
> D'un ancien monde,
> Sorciers, bateleurs ou filous,
> Gais bohémiens, d'où venez-vous?
>
> D'où nous venons? l'on n'en sait rien.
> Où nous irons, le sait-on bien?
> Sans pays, sans prince et sans lois,
> Notre vie
> Doit faire envie;
> Sans pays, sans prince et sans lois,
> L'homme est heureux un jour sur trois.
>
> Tous indépendants nous naissons
> Sans église
> Qui nous baptise;
> Tous indépendants nous naissons

Au bruit du fifre et des chansons.

. . . .

Voir, c'est avoir : allons courir.
Vie errante
Est chose enivrante.
Voir, c'est avoir : allons courir,
Car tout voir, c'est tout conquérir.

. . . .

Quand nous mourons, vieux ou bambin,
Homme ou femme
A Dieu soit notre âme !
Quand nous mourons, vieux ou bambin,
On vend le corps au carabin.

Nous n'avons donc, exempts d'orgueil,
De lois vaines,
De lourdes chaînes ;
Nous n'avons donc, exempts d'orgueil,
Ni berceau, ni toit, ni cercueil.

Mais, croyez-en notre gaieté,
Noble ou prêtre,
Valet ou maître,
Mais, croyez-en notre gaieté,
Le bonheur, c'est la liberté !

Quand, après avoir lu la fable de Lenoble, je me
transforme un peu en loup, je puis aller jusqu'à aimer
la *gueuse liberté*, et je ne m'étonne pas qu'étant loup
on tienne à se promener et à vivre dans les bois, con-
formant sa vie à sa nature ; mais, étant homme, je ne
puis m'accommoder du bonheur des Bohémiens, de

n'avoir ni berceau, ni toit, ni cercueil, c'est-à-dire de
n'avoir ni famille, ni domicile, ni patrie, ni amis. Ce
bonheur-là me semble la plus triste des conditions, et
cette liberté une dégradation de la nature humaine.

De toutes les fables du Chien et du Loup, celle de
Phèdre est, selon moi, la meilleure, celle où l'idée du
sujet est exprimée avec le plus de justesse et de vérité,
où le dialogue représente heureusement le caractère
des personnages, celle enfin dont la morale est noble
et élevée.

Malgré l'éloge que je fais de sa fable du Chien et
du Loup, je n'aime pas beaucoup Phèdre, je dois
l'avouer. Je veux bien croire à son authenticité, quoique
aucun des auteurs anciens n'ait parlé de lui ; je veux
bien croire, comme le disent les plus savants critiques,
qu'il est du siècle d'Auguste et de Tibère ; et, ce qui me
le fait penser, ce n'est pas seulement l'élégance habi-
tuelle de son style, c'est aussi la nature de ses pensées
et de ses sentiments, son caractère enfin. Placé, par
l'époque de sa vie, entre Auguste et Tibère, mais ayant
vécu plus longtemps sous Tibère, il a en même temps
les doctrines des écrivains du siècle et de l'école d'Auguste, et quelques-uns des sentiments des écrivains de
la seconde génération de l'Empire, de Lucain, de Perse,
de Tacite, de Juvénal. Il est donc, pour ainsi dire, de
deux écoles, et ses fables tiennent de ce double caractère. Comme les écrivains de l'école d'Auguste, se res-

sentant de la fatigue des guerres civiles, vantaient les douceurs de la vie privée et dépréciaient, à qui mieux mieux, la vie publique, Phèdre, dans plusieurs de ses fables, dénigre la liberté. Voyez la fable des *Grenouilles qui demandent un roi :*

« Athènes était heureuse ; mais les querelles de la liberté troublèrent tout. Pisistrate, s'élevant au milieu des factions, s'empara de la citadelle et du pouvoir. Les Athéniens, dit Phèdre (et en vérité je ne sais pas si les vers que je traduis veulent parler de Pisistrate ou d'Auguste ; en tout cas, ils ne devaient pas déplaire à Auguste et à ses successeurs), les Athéniens pleuraient leur servitude. Ce n'est pas que Pisistrate fût cruel ; mais tout joug est lourd à qui n'y est pas habitué. Ils se plaignaient donc. Ésope alors leur raconta la fable des grenouilles demandant un roi [1]. »

---

[1]
Cum tristem servitutem flerent Attici,
Non quia crudelis ille, sed quoniam grave
Omne insuetis onus, et cœpissent queri,
Æsopus talem tùm fabellam retulit :
Ranæ, vagantes liberis paludibus,
Clamore magno regem petiêre à Jove,
Qui dissolutos mores vi compesceret.
Pater deorum risit, atque illis dedit
Parvum tigillum, missum quod subito vadis
Motu sonoque terruit pavidum genus.
Hoc mersum limo cùm jaceret diutiùs,
Fortè una tacitè profert è stagno caput,
Et. explorato rege, cunctas evocat.
Illæ, timore posito, certatim adnatant,
Lignumque suprà turba petulans insilit.
Quod cùm inquinâssent omni contumeliâ,

Phèdre, qui dans sa fable semble surtout réprou-
ver les esprits inquiets et mécontents d'avoir perdu la
liberté, Phèdre trouve fort juste que les grenouilles,
qui n'ont pu supporter leur bon roi Soliveau, aient
pour roi une hydre qui les mange à plaisir. Mais bien-

> Alium rogantes regem misere ad Jovem,
> Inutilis quoniàm esset qui fuerat datus.
> Tùm misit illis hydrum, qui dente aspero
> Corripere cœpit singulas. Frustrà necem
> Fugitant inertes : vocem præcludit metus.
> Furtim igitur dant Mercurio mandata ad Jovem,
> Adflictis ut succurrat. Tunc contrà Deus :
> Quia noluisti vestrum ferre, inquit, bonum,
> Malum perferte.
>   Vos quoque, ô cives, ait,
> Hoc sustinete, majus ne veniat malum.
>
>   (Liv. Ier, fable 2.)

« Les grenouilles, s'ennuyant d'errer en liberté dans leurs marais,
voulurent avoir un roi, et, à grands cris en demandèrent un à Jupiter :
c'était, disaient-elles, pour réprimer la licence de leurs mœurs. Jupiter rit d'abord de leur demande; puis il leur donna un soliveau, qui,
tombant tout à coup au milieu d'elles, les épouvanta du bruit et du
mouvement de sa chute. Mais, comme après cela, il restait enfoncé dans
le marais, l'une d'elles, sortant doucement la tête de l'eau, regarde,
tâte le nouveau roi, puis appelle ses compagnes. Personne n'a plus
peur : on nage, on s'avance, et la foule pétulante de s'élancer à qui
mieux mieux sur le soliveau. Elles le souillent de toutes sortes d'ou-
trages, et bientôt elles envoient demander à Jupiter un autre roi :
car enfin à quoi leur servait celui qu'elles avaient? Jupiter, cette fois,
leur envoya une hydre, qui se mit à les croquer l'une après l'autre.
En vain elles voulaient fuir la mort; elles n'osaient même pas se plaindre. Elles firent prier secrètement Mercure d'intercéder pour elles auprès de Jupiter. « Ah! répondit Jupiter, vous n'avez pas pu garder
« votre bon roi; supportez le mauvais. »

« Et vous, Athéniens, dit Ésope, souffrez le mal d'aujourd'hui pour
en éviter un pire. »

tôt il arriva à Phèdre ce qui arrive ordinairement à
ceux qui préfèrent l'ordre et le repos sous le pouvoir
absolu à la liberté et à ses agitations : il n'y trouva pas
la tranquillité qu'il avait cherchée. On prétendit qu'il
y avait dans ses fables des allusions coupables. Des allusions ! Il n'y a rien, pour perdre un homme, comme
de lui reprocher de faire des allusions. Phèdre les
désavouait de son mieux. Mais quoi ? c'était Séjan qui
l'accusait, Séjan qui témoignait contre lui, Séjan qui
était son juge ! En vain Phèdre disait qu'il n'avait
voulu désigner personne, mais peindre en général les
mœurs et la vie des hommes [1]. Les délateurs, qui déjà
commençaient à pulluler à Rome, ne se payaient pas
de semblables raisons. Lisez la fable des Grenouilles
et du Soleil [2], vous n'y voyez aucune malice contre
l'empereur et contre ses ministres. Maladroit que
vous êtes ! Ce soleil, déjà si puissant et si dangereux,

---

[1] Quòd si accusator alius Sejano foret,
Si testis alius, judex alius denique...
Neque enim notare singulos mens est mihi,
Vérùm ipsam vitam et mores hominum ostendere.
                              (Prologue du IIIe livre.)

[2] Uxorem quondàm Sol cùm vellet ducere,
Clamorem Ranæ sustulêre ad sidera.
Convicio permotus quærit Jupiter
Causam querelæ. Quædam tùm stagni incola :
Nunc, inquit, omnes unus exurit lacus
Cogitque miseras aridà sede emori :
Quidnam futurum est, si creàrit liberos ?
                              (Liv. Ier, fable 6.)

qui veut se marier et qui, s'il a des enfants, dévorera
tout, vous ne le connaissez pas? C'est Séjan, qui veut
épouser Livie, veuve de Drusus et belle-fille de Tibère.
Et la fable des Chèvres et des Boucs, l'avez-vous lue?

« Les Chèvres ayant obtenu de Jupiter de porter de
la barbe, les Boucs s'affligeaient et s'indignaient de
voir leurs femelles devenues leurs égales, grâce à cette
prérogative nouvelle. « Accordez-leur, dit Jupiter aux
Boucs, accordez-leur cette vaine gloire et laissez-les se
parer de l'ornement qui vous appartient. Que vous importe, pourvu qu'elles ne vous égalent pas en courage? »

« Cette fable nous apprend à supporter, comme nos
égaux en dignité, ceux qui sont nos inférieurs en mérite[1]. »

Eh bien! l'allusion est visible. — Quelle allusion?
— Ces chèvres qui usurpent le rang qui appartient
aux boucs, ce sont les hommes en place d'aujour-
d'hui, et par conséquent les hommes que protége
l'empereur. Phèdre les raille et dit qu'ils ne méritent
pas les honneurs qu'ils tiennent de la faveur impériale.

---

[1]   Barbam Capellæ cùm impetrâssent ab Jove,
Hirci mœrentes indignari cœperunt,
Quòd dignitatem feminæ æquâssent suam.
Sinite, inquit, illas gloriâ vanâ frui
Et usurpare vestri ornatum muneris,
Pares dùm non sint vestræ fortitudini.
Hoc argumentum monet ut sustineas tibi
Habitu esse similes, qui sint virtute impares.

                (Liv. IV, fable 14.)

Nous voulons bien ne pas chercher qui sont ces
boucs qui ont le mérite et qui n'ont pas les emplois.
Si nous cherchions bien, il ne nous serait pas difficile de montrer que ce sont les mécontents, ceux
qui se souviennent de la république et de la liberté.

Voilà quel était le langage des délateurs. Or, comment ne pas craindre ces interprétations malicieuses,
quand d'un mot un de ces hommes en place, un de
ces favoris de l'empereur peut perdre le poëte, l'exiler
ou même le faire périr? Au temps de la liberté, le
poëte aurait pu répondre : « Eh bien, si je veux indiquer
que l'emploi ne donne pas le mérite, de même que le
mérite ne donne pas l'emploi, qui peut m'empêcher
d'exprimer cette vieille et banale idée? Ai-je nommé
quelqu'un? ai-je désigné celui-ci ou celui-là? Tant pis
pour qui se reconnaît ! » Voilà ce qu'on peut répondre
quand les lois règnent; mais, quand les lois sont
muettes et désarmées, quand César peut tout ce qu'il
veut, Séjan après César, et, après Séjan, les moindres
officiers du palais, que faire et comment se défendre?
Il faut recourir au crédit des affranchis de l'empereur,
à Eutychus, à Philète, à Particulon, tous noms grecs
et qui montrent le Bas-Empire dès les premiers empereurs. Ce sont ces patrons, pris dans la domesticité du
palais, que Phèdre invoque dans ses prologues et ses
épilogues, les louant de leur bon goût et mettant sa
vie sous la protection de leur vanité.

C'est sans doute à ce moment et quand il eut besoin des affranchis pour se défendre contre les délateurs, que Phèdre commença à prendre les sentiments des écrivains de la seconde génération de l'Empire, c'est-à-dire de ceux qui, à la différence des écrivains et des poëtes de la première génération, voyant les hontes et les misères de la Rome impériale, trouvaient, comme Tacite, dans leur cœur et leur génie, des paroles de haine et de colère. Il y a dans les fables de Phèdre des vers évidemment inspirés par le spectacle de la cour des empereurs et des lâchetés adulatrices de la société romaine. Voyez, par exemple, ce tableau dans le fragment de fable intitulé *Démétrius de Phalère* :

« Démétrius, qu'on appelait de Phalère, s'était violemment emparé du pouvoir à Athènes. Aussitôt (le peuple est ainsi fait) tout le monde accourt à l'envi le féliciter [1] : « Qu'il vive ! qu'il soit heureux ! » Ce sont partout des cris et des acclamations. Les premiers citoyens viennent baiser la main qui les opprime, gémissant tout bas sur leur triste condition. Les citoyens paisibles et qui ne songent qu'à leur repos viennent

[1] Ut mos est vulgi, passim et certatim ruunt.

Tacite a presque les mêmes paroles pour le même tableau :

At Romæ ruere in servitium consules, patres, equites.

(*Annales*, liv. I, 7.)

ramper les derniers, craignant qu'on n'accuse leur absence [1]. »

Est-ce à Athènes ou à Rome que nous sommes?
Sous Démétrius de Phalère ou sous Séjan? La fable de
la Corneille et la Brebis (qui fait partie des nouvelles fables) est une peinture plus énergique encore
des misères morales de la société romaine :

« Une Corneille s'était placée par méchanceté sur le
dos d'une Brebis. Après l'avoir longtemps portée malgré elle, « Si tu faisais cela, dit la Brebis, à un chien
armé de dents, il saurait bien t'en punir. » La méchante répondit : « J'insulte les faibles et je cède aux
forts. Je sais qui attaquer, je sais qui flatter, et voilà
pourquoi j'ai une vieillesse heureuse et puissante [2]. »

Quel trait amer et digne de Juvénal! Comme voilà

---

[1]   Demetrius, qui dictus est Phalereus,
     Athenas occupavit imperio improbo.
     Ut mos est vulgi, passim et certatim ruunt;
     Feliciter subclamant. Ipsi principes
     Illam osculantur quâ sunt oppressi manum,
     Tacitè gementes tristem fortunæ vicem.
     Quin etiam resides et sequentes otium,
     Ne defuisse noceat, repunt ultimi.
                         (Liv. V, fable 1.)

[2]   Odiosa Cornix super Ovem consederat.
     Quam dorso cùm tulisset invita et diù,
     « Id, inquit, si dentato fecisses Cani,
     Pœnas dedisses. » Illa contra pessima :
     « Despicio inermes, eadem cedo fortibus,
     Scio quem lacessam, cui dolosa blandiar.
     Ideò senectam per tot annos prorogo. »
                    (*Fables nouvelles*, fable 17.)

bien ces vieux concussionnaires romains, qui jouissaient
des dieux irrités ! ou ces vieux délateurs, hardis contre
les faibles et contre les vaincus, lâches et flatteurs avec
les puissants, qui fleurissaient et vieillissaient sous le
règne des mauvais empereurs !

Les fables des deux poëtes dont nous nous entrete-
nons aujourd'hui, Phèdre et Babrius, ont eu une singulière destinée littéraire. Celles de Phèdre, restées inconnues pendant tout le moyen âge et au seizième
siècle, n'ont été publiées pour la première fois qu'à
la fin de ce siècle, en 1596, par Pithou. Celles de Babrius ne l'ont été que de nos jours, par M. Boissonade.
M. Villemain, lors de son premier ministère, en 1839,
envoya M. Minas faire des recherches dans les couvents
du mont Athos ; et c'est pendant cette mission, au
couvent de Laura, que M. Minas découvrit le manus-
crit des fables de Babrius. « Il y a dans ce couvent,
écrivait M. Minas à M. Villemain, deux bibliothèques,
une petite et une grande. La première contient des
manuscrits tout à fait abandonnés et jetés pêle-mêle,
la plupart pourris par l'humidité et les ordures des
animaux... Je travaillai quinze jours dans cette bibliothèque, accompagné d'un diacre nommé Gabriel, et
je feuilletai tous les manuscrits en les nettoyant autant
qu'il m'était possible... Il y avait un plancher qui
occupait, en forme de divan, la moitié du sol de la
bibliothèque. Les planches du dessus étaient mou-

vantes, le devant ouvert, le dessous plein de poussière
et d'ordures d'animaux. Je me fourrai sous ce plancher, malgré la résistance des moines, qui me disaient
qu'il n'y avait rien et que je me salirais inutilement.
Cependant j'en tirai quinze manuscrits, et entre autres
celui qui contenait les fables de Babrius. »

Quand vivait Babrius ou Babrias? M. Boissonade
croit qu'il a vécu dans le siècle d'Alexandre Sévère.
Il viendrait donc après Phèdre et ne semble pas l'a-
voir connu, ce dont il ne faut guère s'étonner, les
Grecs ayant toujours peu connu et peu estimé la littérature latine. Cependant la précision élégante fait aussi
le mérite de ses fables, et il est de l'école de Phèdre
sans le savoir. Il ne sait pas faire, du récit et du dialogue, l'usage gracieux que Phèdre en a fait dans sa
fable du Chien et du Loup, et qu'en fait la Fontaine.
Il court au but, c'est-à-dire à la morale, tandis que la
Fontaine semble croire que le vrai but est de nous
amuser en chemin :

> Le conte fait passer la morale avec lui.

Babrius pourtant, étant Grec, a quelquefois la grâce
et l'abondance naturelle au génie grec. Ainsi Phèdre ne
fait qu'un quatrain, pour ainsi dire, de l'histoire du
chevrier et de la chèvre :

« Un berger avait brisé d'un coup de bâton la corne
d'une chèvre, et lui demandait de ne point le dénoncer

au maître. « Quoique injustement traitée, dit celle-ci, je me tairai ; mais la chose même dira ta faute [1]. »

Babrius, au contraire, fait un tableau qui ressemble à une petite idylle de Théocrite :

« Un berger, voulant ramener ses chèvres à l'étable et les mettre à la crèche, il y en avait qui venaient moins vite que les autres ; et, comme l'une d'entre elles, la plus lente à obéir, continuait à brouter sur le coteau escarpé le doux feuillage de l'osier et du lentisque, le berger lui lança de loin une pierre et lui brisa une corne. Alors il se mit à prier la chèvre : « Ma petite chevrette, ma compagne d'esclavage, je t'en conjure par le dieu Pan qui veille sur ces pâturages, ne va pas, ma chevrette, me dénoncer au maître ; c'est bien malgré moi que je t'ai atteinte avec cette pierre. » La chèvre répondit : « Comment cacher ce qui est visible ? J'aurai beau me taire, ma corne parlera. »

La fable, de tout temps, s'est rapprochée de la satire. Elle ne médit des animaux que parce que derrière les animaux elle voit et montre des hommes. Il y a donc de la satire dans les fables de Babrius ; il s'en sert pour exprimer ses haines et ses mauvaises

---

[1]   Pastor Capellæ cornu baculo fregerat :
      Rogare cœpit ne se domino proderet.
      « Quamvis indignè læsa, reticebo tamen ;
      Sed res clamabit ipsa quid deliqueris. »
                    (*Fables nouvelles*, fable 15.)

humeurs. Ayant, par exemple, vécu en Syrie et ayant eu affaire à des Arabes qui l'avaient trompé, il a fait une fable contre la race arabe : *Le Chariot de Mercure*. C'est une de ses meilleures.

« Mercure avait un chariot plein de mensonges, de ruses et de toutes sortes de perfidies, qu'il allait menant par tout le monde, tantôt dans un pays, tantôt dans un autre, et distribuant un peu de sa cargaison à chaque nation. Étant entré dans le pays des Arabes, il le parcourait, quand le chariot versa et se brisa. Les Arabes alors, accourant pour piller les marchandises des voyageurs comme très-précieuses, vidèrent le chariot et n'y laissèrent plus rien que Mercure pût porter aux autres pays, quoiqu'il en eût encore bien d'autres à pourvoir. Et voilà pourquoi les Arabes, je l'ai éprouvé, sont fourbes, menteurs, et n'ont jamais un mot de vérité à la bouche. »

Cette invention satirique est assez piquante, quoique, en général, les fables qu'invente Babrius ne soient guère ingénieuses. Chez lui, la fiction ordinairement est commune, et la moralité banale. Que dire, par exemple, de la fable intitulée *la Lampe?*

« Un soir, une lampe pleine d'huile se vantait, devant les assistants, d'être plus brillante que l'étoile du matin, qui répand une si vive lumière. Tout à coup le vent souffla, et son souffle éteignit la lampe. Quelqu'un la ralluma et dit : « C'est peu de chose que l'éclat

d'une lampe ; mais la splendeur des astres est impéris-
sable. »

Ésope eût tiré une autre moralité de cette fable :
c'est que, quand il fait du vent, il faut mettre la lampe
dans une lanterne. Elle brille moins, mais elle ne
s'éteint pas.

Serait-ce par hasard que la morale des fables de Babrius est moins pratique que celle des fables d'Ésope et
de Phèdre? Les derniers fabulistes, ceux surtout qui inventent les sujets de leurs fables, au lieu de les prendre
dans le vieux répertoire des apologues communs à
toutes les nations, ont souvent une morale moins
mesquine et moins timide que celle d'Ésope, et je
sais bien pourquoi. Machiavel dit quelque part, avec
un sens profond, que le peuple a un grand avantage
sur les individus : il n'a pas de point d'honneur.
Comme c'est un être collectif, comme il est à la fois
tout le monde et personne, il ne craint pas de se dé-
mentir et de s'aplatir ; il fait sans hésiter les inconséquences et les lâchetés qui peuvent le sauver. En expliquant ainsi la pensée de Machiavel, je parle encore
plutôt de la foule que du peuple : car il y a pour le
peuple ce qu'on appelle l'honneur national, qui le pré-
serve de beaucoup d'abaissements. Mais la foule, la
multitude, quand elle est livrée à l'instinct qu'éveille
en elle la nécessité, n'a point les scrupules de l'honneur national : elle songe seulement à se sauver à tout

prix. La vieille sagesse des fables procède de cet instinct égoïste de la foule. L'individu, au contraire, a
son honneur à garder ; il se sait responsable de ses paroles et de ses actions. Non pas que, malgré ce soin
que l'individu doit avoir de sa réputation, il ne se
fasse beaucoup de lâchetés individuelles, qui se dis-
tinguent au milieu même des lâchetés générales ; mais
je dirais volontiers, et le mot n'est pas d'un optimiste,
qu'il s'écrit beaucoup moins de lâchetés qu'il ne s'en
fait, et que les maximes de l'homme sont en général
meilleures que ses actions. C'est là ce qui fait que, dans
les fables qui ne procèdent pas de l'imagination populaire, mais de l'invention individuelle, la morale est en
général moins terre à terre. L'invention individuelle
n'aime pas à prendre à son compte les maximes de
prudence timide que prêche sans hésiter la fable antique. Personne ne veut conseiller en son nom de céder
à l'injustice, d'adorer la force, de glorifier la tyrannie,
de cacher la vérité, de recourir à la ruse. Personne,
par exemple, parmi les fabulistes modernes depuis la
Fontaine, parmi ceux qui ont inventé le sujet de leurs
fables, soit en France, soit en Allemagne, soit en Angleterre, n'adopterait volontiers la fable de Babrius
intitulée : *Le Jeune Taureau et le Vieux Bœuf*. Il l'a
prise sans doute parmi les vieux apologues, ou, s'il
l'a inventée, il s'est montré dans cette fiction un fidèle
disciple de la sagesse d'Ésope :

« Un jeune taureau, libre et sans joug dans la campagne, disait au bœuf qui travaillait et traînait la char-
rue : « Malheureux ! quelles fatigues tu as ! » Le bœuf
se taisait et achevait son sillon. Cependant, comme les
laboureurs avaient à sacrifier aux dieux, ils ôtèrent le
joug au vieux bœuf et le laissèrent paître en liberté ;
puis ils prirent le jeune taureau, dont la tête était encore pure du joug, et, lui liant les cornes avec des
joncs, ils le menèrent à l'autel pour l'arroser de son
sang. Le bœuf alors lui dit en élevant la voix : « Voilà
donc pourquoi on te laissait sans travailler. Jeune, tu
péris avant moi qui suis vieux ; tu vas être immolé, et
ton cou sentira la hache, s'il n'a pas senti le joug. »

Vaut-il mieux travailler et souffrir que mourir ? Si
telle est la morale de la fable de Babrius, elle se rapporte à la morale de *la Mort et le Bûcheron;* mais, si
Babrius veut dire qu'il vaut mieux en tout temps sentir
le joug que la hache, sa leçon s'accommode trop à la
faiblesse et à la lâcheté humaines ; elle est de mauvais
conseil dans les temps de tyrannie et d'anarchie. Ah !
que j'aime mieux le mot de Camille Desmoulins à Saint-
Just ! Celui-ci reprochait à Camille Desmoulins d'attaquer trop vivement le Comité de salut public : « Ne
levez pas tant la tête, lui disait-il. — Vous pourrez la
faire tomber, répondit Desmoulins; mais me la faire
baisser, non ! » Voilà quelqu'un qui aimait mieux sentir
la hache que le joug.

QUATRIÈME LEÇON

LES FABLES ORIENTALES

Avant d'examiner les recueils d'apologues du moyen âge, et de les rapprocher des fables de la Fontaine, je veux jeter un coup d'œil rapide sur les fables du vieil Orient, chercher quel en est le caractère, s'il diffère de celui des fables d'Ésope et de Phèdre, ou s'il s'en rapproche; je veux enfin, à l'aide de ces fables, de siè- cles et de pays fort opposés, montrer que la fable se prête à tous les sentiments et à tous les tons, qu'elle est tantôt dramatique et tantôt dogmatique, tantôt naïve et tantôt éloquente, tantôt touchante et tantôt moqueuse. C'est par là encore qu'elle est un genre de littérature essentiellement populaire; elle répond à toutes les émotions de l'âme humaine.

Parlant des apologues de l'Orient, je ne puis passer sous silence les grandes et belles paraboles de
l'Ancien et du Nouveau Testament. Je dirai même que,
si je ne suivais que mon goût, c'est à ces paraboles
que je m'attacherais pour en montrer le sens admirable; mais je pourrais m'entendre accuser de faire
de la théologie au lieu de la littérature. Je ne prendrai donc que quelques-unes de ces paraboles, celles
surtout qui se rapprochent le plus du genre de la
fable.

Vous savez que nous avons deux poches ou deux besaces : la poche de derrière, où nous mettons tous nos
défauts, et celle de devant, où nous mettons les défauts d'autrui.

> Lynx envers nos pareils et taupes envers nous,

dit la Fontaine,

> Nous nous pardonnons tout et rien aux autres hommes.
> On se voit d'un autre œil qu'on ne voit son prochain.
>   Le fabricateur souverain
> Nous créa besaciers tous de même manière,
> Tant ceux du temps passé que du temps d'aujourd'hui :
> Il fit pour nos défauts la poche de derrière,
> Et celle de devant pour les défauts d'autrui [1].

Le mérite de l'allégorie, de la fable ou de la parabole, est de savoir se servir à merveille de cette heu

---

[1] Fable 7 du 1er livre.

reuse disposition de notre nature. L'allégorie prend dans
la poche de devant, où sont les défauts d'autrui, les
exemples qu'elle veut mettre sous nos yeux; elle nous
les fait regarder sans répugnance et même avec un
certain plaisir; puis, quand, grâce à ces exemples
d'autrui, notre attention est éveillée, l'allégorie se dissipe comme un brouillard placé un instant devant nos
yeux, et le moraliste, tournant brusquement les deux
poches et mettant devant celle de derrière, s'écrie :

> . . . . Mutato nomine, de te
> Fabula narratur. . . . . [1].

*C'est toi, sauf le changement de nom, c'est toi que
touche la fable;* ou, plus hardiment encore, comme le
prophète Nathan au roi David : *Tu es ille vir! C'est
toi qui es cet homme!*

Quelle admirable parabole que celle de la brebis du
pauvre! David vient de faire périr Urie dans un combat afin de pouvoir posséder sa femme. « Alors le Seigneur envoya Nathan vers David, et Nathan, étant venu
le trouver, lui dit : « Il y avait deux hommes dans une
ville, dont l'un était riche et l'autre pauvre. Le riche
avait un grand nombre de brebis et de bœufs. Le
pauvre n'avait rien du tout qu'une petite brebis qu'il
avait achetée et nourrie, qui avait grandi parmi ses

[1] Horace.

enfants en mangeant de son pain, buvant de sa coupe et dormant en son sein; et il la chérissait comme sa fille.

« Un étranger étant venu voir le riche, celui-ci ne voulut point toucher à ses brebis ni à ses bœufs pour lui faire festin; mais il prit la brebis de ce pauvre homme et la donna à manger à son hôte. »

« David entra dans une grande indignation contre le riche et dit à Nathan : « Vive le Seigneur ! Celui qui a fait cette action est digne de mort. Il rendra la brebis au quadruple pour en avoir usé de la sorte et pour n'avoir pas épargné le pauvre. »

« Alors Nathan dit à David : « C'est vous qui êtes cet homme[1] ! »

Quelle péripétie ! quel coup de théâtre que ce mot : *C'est vous qui êtes cet homme !* Comme l'allégorie se dissipe à l'instant ! Comme le nuage crève et comme la foudre éclate ! Aussi le mot a-t-il semblé trop hardi aux dévots de l'esprit monarchique, étant adressé à un roi : « Si nous ne savions pas que Nathan est un inspiré, dit l'éditeur des *Fables du XIIe, du XIIIe et du XIVe siècle, comparées à celles de la Fontaine,* nous serions embarrassés pour donner à sa hardiesse le nom qu'elle mérite. Au XVIIe siècle, un prédicateur turbulent, peut-être ambitieux..., eut la coupable au-

---

[1] *Rois*, liv. II, ch. xii.

dace de faire, dans la chapelle de Versailles, une application directe de ces mots : *Tu es ille vir!* Il violait la majesté des lieux et de l'assemblée en transformant en satire personnelle les paroles de charité qui devaient descendre de la chaire chrétienne; et son indiscrétion, blâmable partout ailleurs, devenait criminelle dans ces circonstances. Les courtisans étonnés observent avec inquiétude le monarque; mais Louis XIV ne fait paraître aucune émotion et se contente de prononcer ces paroles remarquables : « J'aime bien à prendre ma part d'un sermon; mais je n'aime pas qu'on me la fasse [1]. »

Le mot de Louis XIV est spirituel; mais quoi! rois ou simples particuliers, quand nous prenons notre part du sermon, nous avons soin de prendre toujours la plus petite. Je ne puis donc pas blâmer comme un factieux le hardi prédicateur qui disait à Louis XIV, ravisseur et séducteur public de madame de Montespan : *Tu es ille vir!* — « Prêtre turbulent et peut-être ambitieux, » dit, en 1825, l'écrivain que je viens de citer. Ambitieux de quoi? Assurément ce prédicateur-là n'a jamais été nommé évêque; et cet orateur turbulent était peut-être tout simplement un de ces bons prêtres de paroisse, un de ces missionnaires du peuple, qui, prenant au sérieux la liberté de

---

[1] Robert, *Fables inédites des* XIIe, XIIIe *et* XIVe *siècles.* Paris, 1825. T. Ier; p. 218 de l'*Essai sur les Fabulistes.*

la chaire chrétienne, croient que la plus grande charité à faire aux rois est de leur dire la vérité, puisqu'il
n'y a qu'à l'église qu'ils peuvent l'entendre. C'est par
là que les prédicateurs se rapprochent des prophètes
de l'Ancien Testament. «Qu'ils sont beaux, dit le Psal-
miste parlant des prophètes, qu'ils sont beaux les pieds
des hommes qui viennent des montagnes!» Oui,
beaux, parce qu'ils apportent la vérité, parce qu'inspirés
de Dieu et par leur conscience ils viennent avertir les
princes et les peuples. Et ne croyez pas qu'ils puissent
se taire et parler à leur volonté : l'esprit de Dieu est
avec eux; c'est lui qui leur ouvre ou leur ferme la
bouche [1].

Il n'y a rien, dans l'histoire morale des peuples, de
plus singulier et de plus grand que la mission des prophètes juifs. Figurez-vous, tantôt un berger, tantôt un
laboureur qui, pris tout à coup d'inspiration, se retire
au désert, et vit dans le jeûne et la solitude; puis, lors-

---

[1] Chap. Ier de Jérémie, verset 4 : « La parole de l'Éternel me fut donc
adressée, et il me dit :

« Avant que je te formasse dans le sein de ta mère, je t'ai connu;
avant que tu fusses sorti de son sein, je t'ai sanctifié, je t'ai établi
prophète pour les nations.

« Et je répondis : Ah! Seigneur éternel, voici, je ne sais pas parler;
car je ne suis qu'un enfant.

« Et l'Éternel me dit : Ne dis point : Je ne suis qu'un enfant; car tu
iras partout où je t'enverrai, et tu diras tout ce que je te comman-
derai.

« Et l'Éternel étendit sa main et toucha ma bouche; puis l'Éternel
me dit : Voici, j'ai mes paroles dans ta bouche. »

qu'il apprend les misères du peuple et les fautes des
rois, il descend de la montagne, entre dans les villes,
et, tout pâle des austérités de sa vie nouvelle, convoque
les peuples et les princes à la pénitence. Nous appelle-
rions ces hommes des factieux ou des fous; la Judée
les appelle des prophètes, et ces prophètes sont, pour
ainsi dire, une autorité et une institution publique. Le
peuple les écoute, les princes les redoutent. Ils viennent
dire à David qu'il a ravi la brebis du pauvre, à Achab
qu'il a pris la vigne de Naboth. Tantôt le prophète est
jeté en prison, tantôt même il est mis à mort; mais sa
parole demeure sur la tête des prévaricateurs, peuples
ou rois, jusqu'à ce qu'elle s'accomplisse. Un prophète
mort, un autre paraît : Élisée succède à Élie, Michée
succède à Élisée. Jamais la parole divine ne reste muette
dans Israël; jamais la justice ne manque d'interprètes.
La montagne a toujours des avertissements de repentir
à envoyer à la ville; le désert a toujours des menaces
à envoyer à la cour; et ce qu'il y a d'extraordinaire
dans ce gouvernement du peuple de Dieu, c'est que
la ville s'incline sous les réprimandes de la montagne, et que la cour s'humilie sous les menaces du
désert [1].

Il y a à Jérusalem les Lévites, qui sont la tribu sainte,

---

[1] « Achab, ayant entendu ces paroles, déchira ses vêtements, couvrit sa chair d'un cilice, jeûna, dormit avec le sac et marcha ayant la
tête baissée. » (*Rois*, liv. III, ch. 21)

les sacrificateurs, le grand prêtre. La loi de Dieu ne
manque pas de ministres et d'interprètes réguliers. A
quoi servent donc ces ministres et ces interprètes ex-
traordinaires, qui s'appellent prophètes, qui ne sont
pas d'une tribu privilégiée, qui n'ont aucun emploi
dans le temple? Ils servent à perpétuer l'esprit de
Dieu par l'inspiration individuelle. Les Lévites sont la
hiérarchie et la forme religieuse; les prophètes sont la
pensée et l'esprit de Dieu. Dans la théocratie juive, tout
se tempère et se balance. Otez la hiérarchie lévitique,
la loi de Dieu n'a plus d'organisation; elle est livrée
aux hasards de l'inspiration individuelle. Otez les prophètes et la sainte intervention de leur parole, la hiérarchie peut se corrompre, oublier l'esprit pour la
lettre, aboutir au pharisaïsme. La prophétie représente
la liberté, de même que le lévitisme représente l'autorité. C'est par là que la loi de Dieu a vécu chez les
Juifs, soutenue et ranimée d'âge en âge par les prophètes, jusqu'au prophète-Dieu, qui a donné à cette loi
la vie divine qu'il avait en lui.

Les belles paraboles de l'Ancien et du Nouveau Testament ont, dans l'histoire morale de l'humanité, un
autre mérite que celui d'avoir sans cesse soutenu et
relevé la loi chez les Juifs : elles la soutiennent et la
prêchent encore aujourd'hui. Tout le monde les connaît, les entend, et leur popularité ajoute à leur force.
Allez où vous voudrez, dans le monde civilisé, à Lon-

dres, à Berlin, à Paris, à New-York ; parlez de la brebis
du pauvre et du respect qu'il faut avoir pour elle, tout le
monde vous comprend : c'est le proverbe qui défend le
faible contre le puissant ; c'est l'adage qui protége la
justice contre l'iniquité. Singulier bienfait de la religion
chrétienne d'avoir ainsi donné au monde cinq ou six
symboles populaires, qui sont comme les maximes
d'État de la civilisation moderne ! Et voyez comme ces
symboles s'associent et s'enchaînent heureusement l'un
à l'autre, s'appuyant l'un sur l'autre, se fortifiant l'un
par l'autre : la brebis du pauvre respectée, c'est la
justice ; la brebis retrouvée et rapportée, c'est la charité.

Qui de vous en m'écoutant ne se souvient de Fénelon aidant la paysanne à retrouver sa vache ? La
pauvre femme pleurait, l'ayant perdue, et Fénelon essayait de la consoler : « Je vous en achèterai une autre.
— Ah ! monsieur l'abbé, disait la femme, qui ne connaissait pas son archevêque, ce ne sera plus ma pauvre
bonne vache. — Eh bien, cherchons-la ensemble. » Ils
la retrouvent. « Vous êtes un saint, monsieur l'abbé :
vous avez retrouvé ma vache ! » Elle se trompait d'un
mot : il était un saint parce qu'il l'avait cherchée.

Je reviendrai sur ces belles paraboles de l'Ancien
et du Nouveau Testament : il me suffit d'avoir montré,
par l'exemple de la parabole de Nathan, comment l'allégorie y est employée à enseigner les grandes vérités
morales et religieuses, vérités plus hautes que celles

que la fable ordinaire aime à recommander. Je trouve
quelque chose de cette élévation dans plusieurs des fables indiennes et chinoises que M. Stanislas Julien vient
de traduire et de publier. Écoutez, par exemple, la
fable indienne, *le Roi et le grand Tambour* :

« Un roi dit un jour : « Je veux faire fabriquer un
grand tambour dont les sons puissent ébranler les airs
au point de s'entendre jusqu'à la distance de cent *li* [1].
Y a-t-il quelqu'un qui puisse le fabriquer? — Nous
ne pourrions le fabriquer, » répondirent tous les
ministres.

« En ce moment arriva un grand officier, nommé
Kandou, qui était dévoué au souverain et aimait à secourir le peuple du royaume. Il s'avança et dit : « Votre
humble sujet peut faire ce tambour; mais il en coû-
tera de grandes dépenses. — A merveille! » s'écria
le roi; et aussitôt il ouvrit son trésor et lui donna
toutes les richesses qu'il contenait. Kandou fit transporter à la porte du palais tous ces objets précieux;
puis il publia en tous lieux cette proclamation : « Aujourd'hui, le roi, dont la bonté égale celle des dieux,
répand ses bienfaits; il veut déployer toute son affection pour le peuple et secourir ceux de ses sujets qui
sont pauvres et indigents. Que tous les malheureux
accourent à la porte du palais. » Bientôt, de tous

---

[1] 10 lieues.

les coins du royaume, les indigents arrivent avec un sac sur le dos, en se soutenant les uns les autres. Sur leur passage ils remplissaient les villes et encombraient les grandes routes.

« Au bout d'un an, le roi demanda si le grand tambour était achevé ou non. « Il est achevé, répondit Kandou. — Pourquoi, dit le roi, n'ai-je pas entendu les sons? — Sire, je désire que Votre Majesté daigne prendre la peine de sortir du palais et de visiter l'intérieur du royaume; elle entendra le grand tambour, dont les sons retentissent dans les dix parties du monde. »

« Le roi fit apprêter son char; il parcourut son royaume et vit le peuple qui marchait en rangs pressés, l'accueillant partout avec des acclamations. « D'où vient, s'écria-t-il, cette prodigieuse multitude de peuple? — Sire, répondit Kandou, l'an passé vous m'avez ordonné de construire un tambour gigantesque qui pût se faire entendre jusqu'à la distance de cent *li*. J'ai pensé qu'un bois desséché et une peau morte ne pourraient propager assez loin l'éloge pompeux de vos bienfaits. Les trésors que j'ai reçus de Votre Majesté, je les ai distribués, sous forme de vivres et de vêtements, aux religieux mendiants et aux brahmanes, afin de secourir les hommes les plus pauvres et les plus malheureux de votre royaume. Une proclamation générale les a fait venir de tous côtés, et des quatre points du royaume ils sont ac-

courus à la source des bienfaits comme des enfants
affamés qui volent vers leur tendre mère. Ils vous
remercient aujourd'hui, et leurs actions de grâce retentissent partout. Les sons du grand tambour n'auraient jamais été aussi loin. »

Quel ingénieux éloge de la bienfaisance, et comme
l'allégorie donne de relief à la pensée ! Mais, ne nous y
trompons pas, les fables orientales n'ont ce caractère
d'élévation que lorsqu'elles sont inspirées par la pensée religieuse. Un grand nombre des nouvelles fables
indiennes publiées par M. Stanislas Julien procèdent
du boudhisme, c'est-à-dire du brahmanisme réformé.
De là ce sens moral qui les rapproche de loin des paraboles de l'Ancien et du Nouveau Testament. Otez la
pensée religieuse, la fable revient naturellement à la
moralité pratique et médiocre qui lui est propre. Avant
de traiter de ces fables, qui sont les plus nombreuses
dans les recueils anciens et modernes d'apologues
orientaux, laissez-moi citer encore une de ces paraboles ou de ces allégories orientales inspirées par la
pensée religieuse.

« Une pauvre femme de Zehra possédait un petit
champ contigu au jardin d'Hakkan II, calife de Cordoue. Hakkan voulut bâtir un pavillon dans ce champ
et fit proposer à cette femme de le lui vendre. Celle-ci
refusa toutes les offres en déclarant qu'elle ne renon-
cerait jamais à l'héritage de ses pères. L'intendant des

jardins, sans rien dire au calife, prit le champ et fit
bâtir le pavillon que voulait son maître. La pauvre
femme désespérée courut à Cordoue raconter son malheur au cadi Béchir. Un jour qu'Hakkan, environné de
sa cour, était dans le beau pavillon bâti sur le terrain
de la pauvre femme, le cadi Béchir arriva monté sur un
âne et tenant entre ses mains un sac vide. Le calife
étonné lui demanda ce qu'il voulait : — « Que tu
me permettes de remplir mon sac de la terre de ce
champ. » Hakkan y consentit, et le cadi remplit son
sac de terre; puis, s'approchant encore du calife, qui
le regardait faire, il le supplia d'être assez bon pour
l'aider à charger ce sac sur son âne. Hakkan, s'amusant
de cette demande, voulut soulever le sac; mais, pouvant à peine le remuer, il le laissa retomber en se plai-
gnant de son poids énorme. « Prince des croyants, dit
alors le cadi, ce sac, que tu trouves si lourd, ne contient pourtant qu'un peu de terre du champ que tu as
pris à une de tes sujettes. Comment soutiendras-tu le
poids du champ entier, quand tu paraîtras au tribunal
de Dieu, chargé de cette injustice? » Hakkan embrassa
le cadi, le remercia, reconnut la faute qu'on lui avait
fait faire et rendit sur l'heure à la pauvre femme le
champ qu'on lui avait pris, en y joignant le pavillon
et les richesses qu'il contenait[1]. »

---

[1] Florian, *Précis historique sur les Maures d'Espagne.*

Voilà un calife juste; mais voilà aussi un cadi qui aime la justice, puisqu'il la défend contre le calife; et surtout voilà la croyance religieuse qui, dans le calife et dans le cadi, assure le respect de la brebis du pauvre.

Je prendrai les fables orientales, dont je veux maintenant étudier le caractère, dans deux recueils : 1° *les Avadanas*, contes et apologues indiens et chinois, publiés par M. Stanislas Julien; 2° *le Pantcha-Tantra* ou *les Cinq Ruses*, fables du brahme Vichnou-Sarma, traduit par l'abbé Dubois. La plupart de ces fables se rapportent, comme je l'ai déjà dit, à l'école de la sagesse antique ou de la prudence mondaine, à l'école d'Ésope; ce sont à peu près les mêmes sujets et les mêmes leçons que nous trouvons dans la Fontaine et dans Phèdre. Elles enseignent à l'Asie, comme Phèdre et la Fontaine enseignent à l'Europe, à éviter le malheur plutôt qu'à chercher la vertu, à n'être pas maladroit plutôt qu'à être honnête homme, à être prudent et même rusé au besoin. L'Asie, qui de tout temps a été le domaine héréditaire du despotisme, par conséquent de l'esclavage et des ruses à l'aide desquelles l'esclave élude les duretés du maître, l'Asie a reçu docilement ces leçons. Elles sont entrées dans sa morale sans trouver, comme l'Europe, un contre-poids dans les leçons plus généreuses de la religion. La religion, en effet, en disant au maître quels sont ses devoirs, dit du même coup à l'esclave quels sont ses droits; elle enseigne la fermeté et la résistance à l'un, quand elle ne réussit pas à apprendre la douceur et la bienveillance à l'autre.

Je ne dis pas que la sagesse des fables, en nous montrant le mauvais succès de nos défauts dans le monde, ne nous persuade pas de nous en corriger; mais elle nous corrige plutôt des défauts qui nous nuisent que de ceux qui nuisent aux autres. Voyez la fable des *Deux Oies et la Tortue* :

« Au bord d'un étang vivaient deux Oies qui avaient lié amitié avec une Tortue. Dans la suite, l'eau de l'étang étant venue à tarir, les deux Oies délibérèrent entre elles et se dirent : « Maintenant que l'étang est à sec, notre amie doit en souffrir bien cruellement. »

« Après cet entretien, elles dirent à la Tortue : « Comme l'eau de cet étang est tarie, vous n'avez plus de ressources pour subsister. Saisissez avec votre bec le milieu de ce bâton; nous le prendrons chacune par un bout, et nous vous transporterons dans un endroit où l'eau soit abondante. Mais, pendant que vous tiendrez ce bâton, prenez garde de ne point parler. »

« Cela dit, elles enlevèrent la Tortue et la firent passer par-dessus les bourgs et les villages. Ce que voyant, des petits garçons se mirent à crier : « Des Oies emportent une Tortue ! des Oies emportent une Tortue !... »

« La Tortue se mit en colère et leur dit : « Est-ce que cela vous regarde? » Elle lâcha aussitôt le bâton, tomba à terre et se tua [1]. »

Vous reconnaissez la fable de la Fontaine, *la Tortue et les Deux Canards* :

> Une Tortue était, à la tête légère,
> Qui, lasse de son trou, voulut voir le pays.
> Volontiers on fait cas d'une terre étrangère;
> Volontiers gens boiteux haïssent le logis.
>> Deux Canards, à qui la commère
>> Communiqua ce beau dessein,
> Lui dirent qu'ils avaient de quoi la satisfaire.
>> « Voyez-vous ce large chemin?
> Nous vous voiturerons par l'air en Amérique :
>> Vous verrez maintes républiques,
> Maint royaume, maint peuple, et vous profiterez
> Des différentes mœurs que vous remarquerez.
> Ulysse en fit autant. » On ne s'attendait guère
>> De voir Ulysse en cette affaire.
> La Tortue écouta la proposition.
> Marché fait, les oiseaux forgent une machine
>> Pour transporter la pèlerine.
> Dans la gueule, en travers, on lui passe un bâton.
> « Serrez bien, dirent-ils; gardez de lâcher prise. »
> Puis chaque Canard prend ce bâton par un bout.
> La Tortue enlevée, on s'étonne partout
>> De voir aller en cette guise
>> L'animal lent et sa maison,
> Justement au milieu de l'un et l'autre oison.
> « Miracle! criait-on : venez voir dans les nues

---

[1] Stanislas Julien, *les Avadânas, contes et apologues indiens*, t. 1er, p. 71, 72 et 73. Paris, 1859.

Passer la reine des Tortues. —
La reine! vraiment oui : je la suis en effet;
Ne vous en moquez point. » Elle eût beaucoup mieux fait
De passer son chemin sans dire aucune chose;
Car, lâchant le bâton en desserrant les dents,
Elle tombe, elle crève aux pieds des regardants.
Son indiscrétion de sa perte fut cause.

Imprudence, babil et sotte vanité
        Et vaine curiosité
        Ont ensemble étroit parentage.
        Ce sont enfants tous d'un lignage [1].

Qui de nous n'a rencontré la Tortue en voyage, ba-
varde, vaniteuse, indiscrète, contant ses affaires à tout
le monde, questionnant tout le monde, nuisant aux
autres par le bruit qu'elle fait, et souvent se nuisant
à elle-même, si en voyage elle rencontre des gens ha-
biles à faire des dupes, et heureux d'en trouver de toutes faites comme la Tortue? Puis quel démon pousse la
Tortue à voyager? Je ne dis pas la Tortue indienne :
l'eau de son étang est tarie; il faut bien qu'elle émigre.
Mais pourquoi ne pas s'en aller doucement et lentement,
à pied, sur terre? Pourquoi vouloir traverser les airs?
Trop de vitesse nuit : qui de nous, depuis que nous
allons si vite, est sûr de ne pas sauter en route? Quant
à la Tortue de la Fontaine, celle-là est bien moins ex-
cusable que la Tortue indienne. Rien ne la forçait de

---

[1] De même famille. — La Fontaine, liv. X, fable 3.

quitter son logis : pourquoi se faire touriste? En a-
t-elle l'étoffe? Les voyages ajoutent à l'esprit qu'on a ;
ils ne donnent rien à qui n'a pas déjà quelque chose.
J'ai souvent, quant à moi, rencontré la Tortue en voyage,
et je me demandais ce qu'elle venait faire à Rome, à
Athènes, à Londres, à Berlin, à Constantinople. Tantôt
c'était la Tortue française, qui se faisait légère et pim-
pante, ne voyant rien et ne parlant que d'elle-même :

> La reine! vraiment oui : je la suis en effet.

Tantôt c'était la Tortue anglaise, grave, importante, in-
différente à tout, mais s'irritant comme la Tortue indienne, si quelqu'un s'étonnait de la voir voyager, et
disant aux gens : « Est-ce que cela vous regarde ?— Non,
milord ; mais est-ce que vous voyez quelque chose? —
Que vous importe, encore un coup? Je veux avoir
voyagé! — Voyagez donc! et grand bien fasse aux
ciceroni qui vous enseignent ce qu'ils ne savent pas,
aux oies enfin qui tiendront le bâton qui vous sert de
monture! » Cependant

> Ne forçons point notre talent :
> Nous ne ferions rien avec grâce [1].

Si nous sommes tortue, restons tortue; ne cherchons

---

[1] La Fontaine.

point à voltiger; n'affectons pas l'air frivole. Souvenons-
nous du sage conseil de Boileau :

> Chacun, pris en son air, est agréable en soi,
> Ce n'est que l'air d'autrui qui peut déplaire en moi [1].

Mais surtout si, en prenant un personnage qui ne
vous convient pas et en forçant votre talent, il vous
arrive quelque mésaventure, n'imputez le mal qu'à
vous-même et n'accusez pas les autres des malheurs
qui vous viennent par votre faute. N'ajoutez pas l'injustice à la maladresse; contentez-vous d'avoir été un sot;
ne devenez pas un calomniateur, comme le hibou de
cette fable indienne :

LE HIBOU ET LE PERROQUET

« Il y avait un roi appelé Svaranandi. Un Hibou vint
se poser sur le palais. Il aperçut un Perroquet qui
jouissait seul de l'amitié et de la faveur du roi, et lui
demanda d'où lui venait ce bonheur.

« Dans l'origine, répondit le Perroquet, lorsque je
fus admis dans le palais, je fis entendre une voix
plaintive d'une douceur extrême : le roi me prit en
amitié et me combla de bontés. Il me plaçait con-
stamment à ses côtés et me mit un collier de perles de
cinq couleurs. »

[1] Épître IX°.

« En entendant ces paroles, le Hibou conçut une vive jalousie. « Eh bien! dit-il après un moment de réflexion, je veux absolument chanter aussi pour plaire encore plus que Votre Seigneurie. Il faudra bien que le roi me comble aussi d'amitiés et de faveurs. »

« Au moment où le roi venait de se livrer au sommeil, le Hibou fit entendre sa voix. Le roi s'éveilla tout effaré, et, par l'effet de la terreur, tous les poils de son corps se hérissèrent. « Quel est ce cri? demanda-t-il à ses serviteurs; j'en suis tout ému et bouleversé. — Sire, répondirent-ils, il vient d'un oiseau dont le cri est odieux : on l'appelle Hibou. »

« Sur-le-champ le roi, exaspéré, envoya de différents côtés une multitude de gens pour chercher l'oiseau. Ses serviteurs eurent bientôt pris et apporté au roi le coupable. Le roi ordonna de plumer le Hibou tout vivant, de sorte qu'il éprouva de cuisantes douleurs et se sauva sur ses pattes. Quand il fut revenu dans la plaine, tous les oiseaux lui dirent : « Qui est-ce qui vous a mis dans ce piteux état? » Le Hibou, qui était gonflé de colère, se garda bien de s'accuser lui-même. « Mes amis, dit-il, c'est un Perroquet qui est l'unique cause de mon malheur [1]. »

Même sujet dans la fable de la Fontaine, *l'Ane et le*

---

[1] Stanislas Julien, *les Avadânas*, t. 1er, p. 27 et suiv.

Petit Chien. Mais la Fontaine n'a point trouvé la bonne
et profonde moralité de la fable indienne. L'âne se fait
battre en voulant imiter le petit chien; il n'accuse
pas le petit chien de l'avoir fait battre. L'âne est bonhomme. Il a eu un accès de vanité; il a voulu être aimable; il n'y a pas réussi; il s'arrête là : il ne devient
pas méchant pour se venger d'avoir été ridicule. Sa
vanité n'a rien d'amer et de haineux, comme celle du
hibou ou d'un mauvais poëte qui s'irrite des succès de
ses rivaux.

Dans les recueils d'apologues orientaux, et particulièrement dans le *Pantcha tantra*, la fable devient souvent une sorte de conte des *Mille et une Nuits*, où le
merveilleux est sans cesse relevé par la raillerie et la
censure des hommes et de leurs défauts. Les histoires
s'enchainent de la manière du monde la plus piquante
et la plus imprévue. Essayons de donner une idée
de ces contes à tiroirs qui s'emboîtent l'un dans
l'autre.

Dans la ville de Pattaly-Poura régnait un roi nommé
Souca-Daroucha, qui avait trois fils de fort mauvaise
nature. D'après le conseil de ses ministres, il assembla
tous les brahmes de son royaume pour savoir quelle
éducation il pourrait donner à ses enfants et pour leur
choisir un précepteur. Les brahmes, qui savaient ce
qu'étaient les fils du roi, refusèrent de se charger
de leur éducation, ce qui mit le roi dans une grande

colère. Le brahme Vichnou-Sarma, voulant apaiser la
colère du roi, consentit à prendre ses fils et à les éle-
ver, lui promettant qu'en six mois il corrigerait leur
caractère. Quand Vichnou-Sarma fut resté seul avec ses
confrères, ceux-ci lui reprochèrent sa promesse imprudente et la présomption qu'il avait de croire qu'il
ferait en six mois ce que tous les brahmes avaient jugé
impossible.

Vichnou-Sarma répondit à ses confrères qu'il n'avait
pas agi par orgueil; qu'il avait seulement voulu calmer
la colère du roi, qui menaçait la caste des brahmes, et
gagner du temps. Le temps amène des expédients; et,
à l'appui de cette idée, il leur raconte l'histoire de la
fille du roi Nilha-Kétoa. Ce roi désirait ardemment
avoir un garçon; mais sa femme ne lui donnait que des
filles. Il résolut donc de la répudier, si, à sa première
grossesse elle avait encore une fille. La reine, désespérée, s'adressa à Vahaca, le premier ministre du roi,
qui lui promit de la sauver de ce malheur. La reine
accoucha bientôt, et cette fois encore d'une fille. Mais
le ministre dit au roi et fit publier partout que la reine
était accouchée d'un garçon. Le roi voulait voir son fils,
et la fraude allait être découverte. Le ministre fit venir
un astrologue, qui annonça au roi qu'ayant tiré l'ho-
roscope de l'enfant, les astres défendaient, sous peine
des plus grands malheurs pour le père et pour l'enfant,
qu'il parût devant son père avant l'âge de seize ans.

Le ministre eut donc seize ans pour changer la fille du roi en garçon, et il ne s'inquiéta plus de rien, ayant du temps devant soi.

Avec cette fable et d'autres encore qui s'enchaînent l'une à l'autre, Vichnou-Sarma se réconcilie avec ses confrères ; et c'est à l'aide des fables aussi qu'il essaye de corriger les mauvais caractères de ses élèves. Un jour donc que, revenant de la chasse, les trois princes étaient fatigués, ils demandent à leur précepteur de leur raconter une histoire, et celui-ci leur raconte l'histoire du *Taureau*, du *Lion*, et *des deux Renards*.

Le roi lion avait chassé les deux renards, ses principaux ministres. Un jour qu'il se promenait dans la forêt, il entendit un affreux mugissement et il vit un énorme animal qu'il ne connaissait pas. Il eut peur que ce ne fût un rival qui venait lui disputer l'empire de la forêt, et il résolut de consulter ses deux anciens ministres. Il les rappela donc ; mais, avant de revenir, ceux-ci, en gens prudents, voulurent en délibérer : ils se mirent donc à causer, et chacune des réflexions qu'ils font sur le parti à prendre de retourner ou de ne pas retourner vers le lion amène une fable. Parmi ces fables, en voici une, ou plutôt voici le cadre de plusieurs fables attachées les unes aux autres comme les grains d'un chapelet. « Il ne faut pas, dit un des renards ministres à son compagnon, que nous séparions notre fortune ; il faut rester ici ensemble ou retourner ensemble à la cour, parce qu'il est bon de se soutenir mutuellement. Écoutez plutôt les aventures du brahme Cahla-Sarma :

CAHLA-SARMA ET L'ÉCREVISSE

« Dans la ville de Soma-Poury vivait le brahme. Cahla-Sarma. Ce brahme, après avoir langui longtemps dans une profonde misère, se vit tout à coup, par un concours de circonstances heureuses, élevé à un état brillant de fortune. Il résolut alors d'entreprendre le pèlerinage du Gange, pour obtenir la rémission de ses péchés en se lavant dans les eaux sacrées de ce fleuve. Il disposa donc tout pour le voyage et se mit en route. Un jour qu'il traversait un désert, il vint à passer près de la rivière Saraswatty, dans laquelle il voulut faire ses ablutions ordinaires. Il ne fut pas plutôt entré dans l'eau, qu'il vit venir à lui une écrevisse qui, lui adressant la parole, lui demanda où il allait. « Au Gange, répondit-il, en pèlerinage. — Pour moi, reprit l'écrevisse, je suis bien lasse de demeurer depuis si longtemps dans ces lieux incommodes. Rends-moi, je t'en supplie, un service important : transporte-moi dans quelque autre endroit où je puisse vivre plus à mon aise. Tu peux être certain que tu n'obligeras pas une ingrate : toute ma vie, je conserverai le souvenir de ce bienfait. Si l'occasion vient jamais à se présen-

ter, qui sait si je ne pourrai pas t'être utile à mon
tour? »

« Surpris de ces dernières paroles : « Comment serait-il possible, lui demanda le brahme, qu'un être
aussi vil que toi pût jamais rendre service à un
homme, à un brahme surtout? — Un exemple te
répondra pour moi, repartit l'écrevisse.

LE ROI ET L'ÉLÉPHANT

« Dans la ville appelée Prahbavaty-Patna vivait le
roi Ahditia-Varma. Un jour que ce prince était à la
chasse, accompagné d'une nombreuse suite, au milieu
d'une épaisse forêt, il vit venir à lui un éléphant d'une
taille énorme, dont l'apparition subite répandit la
terreur parmi toute son escorte. Le roi rassura ses
gens et leur dit qu'il fallait faire en sorte de se rendre
maître de cet éléphant et de le conduire à la ville
royale. On se mit donc en devoir de tout disposer pour
le prendre. A cet effet, on creusa une fosse profonde
que l'on couvrit ensuite de branches d'arbres et de
feuillage; après quoi, les personnes qui accompa-
gnaient le roi, ayant cerné l'éléphant, ne lui laissèrent
d'autre issue que celle qui conduisait à la fosse, dans
laquelle il tomba en cherchant à fuir.

« Le roi, satisfait d'avoir si bien réussi, dit à ses

gens qu'avant d'essayer de retirer cet éléphant de la fosse il fallait le laisser jeûner et s'affaiblir pendant huit jours; qu'alors il aurait perdu ses forces et qu'ils pourraient aisément le dompter. Il se retira donc avec son monde, laissant l'éléphant dans la fosse où il était tombé.

« Deux jours après, un brahme qui voyageait sur les bords du fleuve Youmna vint à passer près de ce lieu, et, ayant aperçu l'éléphant dans la fosse, s'approcha de lui et lui demanda par quel fâcheux accident il était tombé là. L'éléphant lui conta sa triste aventure et lui fit part des tourments qu'il endurait, tant à cause de sa chute que de la faim et de la soif. En même temps il le supplia avec instance de lui rendre service en l'aidant à se tirer de sa cruelle situation. Le brahme lui répondit qu'il était hors de son pouvoir de retirer d'une fosse si profonde une masse aussi énorme et aussi pesante que lui. L'éléphant lui fit de nouvelles instances, et le conjura de l'aider au moins de ses conseils en lui indiquant quelque moyen de recouvrer sa liberté. « Je ne vois qu'une ressource, reprit le brahme : si tu as précédemment rendu service à quelqu'un, c'est le moment de l'invoquer et de l'appeler à ton secours. — Je ne me souviens pas, repartit l'éléphant, d'avoir jamais rendu service à qui que ce soit, excepté toutefois aux rats, ce que je fis de la manière suivante :

L'ÉLÉPHANT ET LES RATS

« Dans la Calinga-Dessa régnait le roi Souvarna-Bahou. Une année, il survint dans son royaume une multitude innombrable de rats qui dévoraient toutes les plantes et répandaient partout la désolation. Les habitants se rassemblèrent et vinrent trouver le roi pour le supplier d'avoir recours à quelque expédient qui délivrât le pays de ces rats et de leurs ravages. Le roi rassembla tous les chasseurs de son royaume, se procura un grand nombre de filets et autres piéges propres à son dessein, et alla à la chasse des rats. A force de travaux et de patience, on vint à bout de les faire tous sortir dehors leurs trous, et, les ayant tous pris, on les renferma en vie, entassés les uns sur les autres, dans de grands vases de terre, où on les laissa pour y mourir de faim.

« Dans le temps que tous ces rats étaient ainsi emprisonnés, le hasard m'amena au même endroit. Leur chef m'entendit passer; il m'appela et me supplia d'avoir compassion de lui et de ses compagnons, et de leur sauver la vie à tous; ce que je pouvais faire aisément, disait-il, en brisant d'un coup de pied les vases de terre dans lesquels ils se trouvaient renfermés, et en leur fournissant par là le moyen de s'enfuir. Touché de commisération pour ces pauvres rats, je brisai tous les vases de terre et les délivrai ainsi d'une mort certaine.

« Le chef des rats, pénétré de reconnaissance, me fit les plus vifs remercîments; il me dit que lui et sa race conserveraient à jamais le souvenir de ce service que je leur avais rendu, et qu'ils feraient tout pour m'être utiles à leur tour, si jamais je me trouvais engagé dans quelque position difficile.

« Eh bien, reprit le brahme, puisque tu as rendu aux rats un si grand service, appelle à ton tour les rats à ton aide : sans doute ils te sauveront comme tu les as sauvés. » En même temps, il lui souhaita une prompte délivrance et continua sa route.

« L'éléphant, livré à lui-même, pensa qu'il n'avait rien de mieux à faire que de suivre le conseil du brahme. Invoquant donc le chef des rats, il l'appela à son secours. Celui-ci se rendit sans délai à la sommation de son ancien bienfaiteur, qu'il trouva resserré dens cette fosse profonde. L'éléphant n'eut pas plutôt aperçu le rat, qu'il lui exposa les malheurs qui lui étaient survenus et les maux dont il se voyait menacé, le suppliant instamment de lui rendre service en l'aidant de quelque manière à sortir de sa prison. « Le service que tu demandes, seigneur éléphant, répondit le rat, n'est pas pour moi une tâche difficile; reprends courage, et je te promets d'opérer avant peu ta délivrance. »

« Le chef des rats convoqua sans délai une assemblée innombrable des rats, ses sujets; et, les ayant conduits au bord de la fosse dans laquelle était tombé l'éléphant, il leur fit gratter la terre tout à l'entour pour la remplir. L'éléphant, s'élevant à mesure que la fosse se remplissait, fut bientôt en état d'en sortir, et il dut ainsi son salut aux rats qu'il avait lui-même sauvés auparavant.

« Après que l'écrevisse eut rapporté ces exemples au brahme pèlerin qui l'écoutait, « si un rat, ajouta-t-elle, a trouvé l'occasion de rendre un service si important à un éléphant et de lui sauver la vie, ne peut-il pas aussi survenir des circonstances où je pourrai t'obliger et te ᴗtémoigner ma reconnaissance pour le service que j'implore de toi? »

« Cahla-Sarma avait écouté l'écrevisse avec attention. Saisi d'admiration de ce qu'un si vil animal pour lequel chacun ne témoigne que du mépris faisait paraître tant d'intelligence, il n'hésita plus à la prendre avec lui, et, l'ayant mise dans son sac de voyage, il continua sa route.

« Chemin faisant, il passa à travers une épaisse forêt, et, vers l'heure de midi, dans le temps de la chaleur, il s'arrêta sous un arbre touffu pour y reposer à l'ombre. Il s'y endormit bientôt, et, dans le temps qu'il était plongé dans un profond sommeil, ce qu'avait prévu l'écrevisse ne tarda pas à se vérifier.

LE CORBEAU, LE SERPENT, LE BRAHME ET L'ÉCREVISSE

« Sous l'arbre à l'ombre duquel le brahme Cahla-Sarma dormait sans défiance, un serpent monstrueux avait établi sa demeure dans un de ces monceaux de terre élevés par les fourmis blanches, tandis qu'un corbeau avait construit son nid au milieu de ce même arbre. Le corbeau et le serpent, en vivant dans le voisinage l'un de l'autre, avaient contracté ensemble une étroite alliance, et, lorsque quelque voyageur fatigué venait se reposer à l'ombre de l'arbre, le corbeau avait soin d'en avertir le serpent par un cri convenu ; le reptile, sortant de son trou, s'approchait en silence du voyageur, le mordait et lui insinuait son venin dans les veines. Ce venin était si subtil, que la personne mordue mourait à l'instant même. Le corbeau rassemblait alors sa parenté ; ils se jetaient tous sur le cadavre et se rassasiaient de sa chair.

« Le corbeau n'eut pas plutôt aperçu Cahla-Sarma plongé dans le sommeil, qu'il donna au serpent le signal ordinaire : celui-ci sortit incontinent de son trou, s'approcha du brahme endormi, le mordit et le tua par son venin. Le brahme mort, le corbeau rassembla toute sa race, et ils descendirent tous auprès du cadavre. Pendant qu'ils se disposaient à le dévorer, le che-

des corbeaux aperçoit quelque chose qui remuait dans
le sac de voyage du mort; il s'approche et met la tête
dans ce sac pour voir ce qui peut remuer ainsi. A l'instant même, il est saisi par l'écrevisse, qui, le tenant
par le cou avec ses bras, le serrait au point de l'étouf-
fer. Le corbeau lui demanda grâce; mais l'écrevisse
refusa de le lâcher, à moins qu'il ne rendît la vie au
brahme dont il venait d'occasionner la mort. Le corbeau était à la merci de l'écrevisse; il n'y avait plus à
balancer : il appelle ses parents, leur fait connaître
l'extrémité où il se trouve réduit, et les conditions aux-
quelles l'écrevisse consent à lui épargner la vie, et il
les conjure d'aller vite informer son ami le serpent de
sa situation critique, et de l'engager à rendre au plus
tôt la vie au brahme.

« Les parents du corbeau allèrent sans délai trouver
le serpent : celui-ci, instruit du malheur arrivé à son
ami, s'approcha du brahme mort, et, posant sa gueule
à l'endroit où il l'avait mordu, suça tout le venin
qu'il lui avait introduit dans le corps, et lui rendit la
vie.

« Dès que le brahme eut recouvré l'usage de ses
sens, il regarda autour de lui et ne fut pas peu surpris
de voir son écrevisse tenant un corbeau serré par le
cou entre ses bras. L'écrevisse lui raconta ce qui venait
de se passer. Le brahme croyait ne s'être éveillé que
d'un doux sommeil : de quel étonnement ne fut-il pas

saisi quand il entendit ce récit! « Cependant, dit-il à l'écrevisse, puisque ce corbeau a rempli les conditions que tu as exigées de lui, il faut aussi, de ton côté, accomplir la promesse que tu lui as faite de lui laisser la vie, et tu dois maintenant le lâcher. »

« L'écrevisse, qui voulait punir ce méchant comme il le méritait, mais qui craignait en même temps d'exécuter son dessein dans le voisinage du serpent, dit au brahme qu'elle le lâcherait lorsqu'ils seraient parvenus à quelque distance de l'endroit où ils étaient. Le brahme les mit tous deux dans son sac, les transporta à quelque distance et pressa de nouveau l'écrevisse d'exécuter sa promesse en mettant le corbeau en liberté. « Insensé! répondit l'écrevisse, y a-t-il donc quelque foi à garder avec les méchants, et peut-on se fier à leurs promesses? Ignores-tu que ce corbeau perfide a déjà causé la mort de plusieurs innocents, et que, si je le lâche, comme tu m'exhortes à le faire, il en fera mourir encore un grand nombre d'autres? Apprends de moi ce que les gens de bien gagnent à obliger les méchants, et la récompense qui est due à ces derniers.

LE BRAHME, LE CROCODILE, L'ARBRE, LA VACHE ET LE RENARD

« Sur les bords du fleuve Youmma vivait un brahme qui voulut faire le pèlerinage sacré au Gange. Astica (c'était le nom du brahme) disposa tout pour son voyage et se mit en route. Un jour il vint à passer près d'une rivière dans laquelle il voulut faire ses ablutions ordinaires. Il ne fut pas plutôt entré dans l'eau, qu'un crocodile vint à lui et s'informa d'où il venait et où il allait. Quand il sut que le brahme allait en pèlerinage à Cassy pour s'y laver dans les eaux sacrées du Gange, il le supplia instamment de le prendre avec lui et de le transporter au bord de ce fleuve, où il espérait pouvoir vivre plus à son aise que dans le lieu où il était; car, cet endroit se trouvant souvent à sec dans le temps des chaleurs, il se voyait alors exposé à des souffrances cruelles. Astica, touché de compassion, mit le crocodile dans son sac de voyage, le chargea sur ses épaules et continua sa route.

« Arrivé au bord du Gange, le brahme ouvrit son sac, et, montrant les eaux du fleuve au crocodile, lui dit qu'il pouvait y entrer; mais ce dernier représenta à son bienfaiteur que, se sentant très-fatigué de la route qu'ils avaient faite ensemble, exposés durant plusieurs jours aux ardeurs du soleil, il lui serait trop pénible de se transporter seul dans le fleuve, et il le pria de l'y porter jusqu'à une certaine distance du rivage. Le brahme, ne soupçonnant aucun mauvais dessein dans le crocodile, consent à sa demande et le dépose dans l'eau à une certaine profondeur. Comme il se retirait, le crocodile le saisit par la jambe avec ses

dents, cherchant à l'entraîner au fond de l'eau. Saisi
de frayeur et indigné d'une pareille trahison, le brahme
se débat : « Perfide ! s'écrie-t-il; scélérat ! Est-ce donc
ainsi que tu rends le mal pour le bien ? est-ce donc là
la vertu que tu pratiques ? est ce là la reconnaissance
que j'avais le droit d'attendre de toi après t'avoir
rendu service ? — Que veux-tu dire, repartit le crocodile, avec tes grands mots de vertu, de reconnaissance ? La vertu et la reconnaissance de nos jours,
c'est de dévorer ceux qui nous nourrissent et nous
font du bien. — Suspends, au moins, ton mauvais
dessein pour quelques instants, ajouta le brahme, et
voyons si la morale que tu viens d'énoncer trouvera
des approbateurs. Soumettons l'affaire à des arbitres,
et, si nous en trouvons trois qui approuvent ton dessein, je ne m'oppose plus à ce que tu me dévores. »

« Le crocodile accéda à la demande du brahme
et consentit à ne le dévorer qu'après avoir trouvé trois
arbitres qui ne désapprouveraient pas son dessein.

« Ils s'adressèrent d'abord à un manguier planté
sur le bord du fleuve. Le brahme lui demanda s'il était
permis de faire du mal à ceux qui nous avaient fait du
bien. « Je ne sais pas si cela est permis ou non, répondit le manguier; mais je sais bien que c'est là pré-
cisément la conduite que les hommes, tes semblables,
tiennent envers moi. En effet, j'apaise leur faim en les
nourrissant de mes fruits succulents; je les garantis

des ardeurs du soleil en les couvrant de la fraîcheur de mon ombre; mais, dès que la vieillesse ou quelque accident m'a mis hors d'état de leur procurer ces biens, oubliant aussitôt mes services passés, ils coupent d'abord mes branches et finissent par m'ôter la vie en m'arrachant avec mes racines : d'où je dois conclure que la vertu de nos jours parmi les hommes, c'est de détruire ceux qui les nourrissent. »

« Après ce premier arbitre, les plaideurs virent une vieille vache qui paissait sans gardien sur le bord du fleuve, et ils l'appelèrent. Le Brahme lui fit la même question, lui demandant s'il était permis de faire du mal à ceux qui nous faisaient du bien, si c'était une vertu de nuire à ceux qui nous avaient rendu service. « Que parles-tu de vertu? répondit la vache : la vertu de nos jours, c'est de dévorer ceux qui nous nourrissent, comme je ne l'éprouve que trop par une malheureuse expérience. J'ai jusqu'ici rendu à l'homme les services les plus importants : j'ai labouré ses champs, je lui ai donné des veaux, je l'ai nourri de mon lait, et maintenant que, devenue vieille, il n'a plus rien à attendre de moi, il me rebute, et je me vois ici abandonnée au bord de ce fleuve, exposée, à chaque instant, à devenir la proie des bêtes féroces. »

« Il ne manquait plus que le témoignage d'un troisième arbitre pour consommer la ruine du brahme. Les plaideurs, ayant aperçu un renard, s'adressèrent à lui, et le brahme lui répéta la question qu'il avait déjà faite au manguier et à la vache : s'il était permis de faire du mal à ceux qui nous faisaient du bien. Avant de répondre à cette question, le renard voulut connaître à fond l'affaire dont il s'agissait, et, après que le brahme lui eut rapporté en détail sa conduite envers le crocodile, le renard, se mettant à rire, parut disposé à vouloir donner gain de cause au dernier. « Cependant, dit-il aux plaideurs, avant de porter un jugement définitif sur votre affaire, il faut que vous me montriez la manière dont vous avez fait voyage ensemble. Le crocodile entra sans hésiter dans le sac de voyage du brahme, ne soupçonnant aucune mauvaise intention dans le renard, et le brahme pèlerin, mettant le sac sur son cou, fit voir à l'arbitre la manière dont il avait transporté son adversaire jusqu'à ce lieu-là.

« Pendant que le brahme tenait le crocodile enfermé dans son sac, le renard lui dit de le suivre avec son fardeau et le conduisit à un lieu isolé, situé à quelque distance du fleuve. Arrivé là, il lui fait poser à terre son sac, et, prenant une grosse pierre, la jette sur la tête du crocodile et l'écrase. Après cette exécution, « Imbécile! dit-il au brahme, que les dangers que tu as courus t'enseignent la prudence, et apprends qu'on ne doit jamais contracter ni amitié ni alliance avec les méchants. »

« Le renard rassembla ensuite sa famille, avec la-

quelle il se régala de la chair du crocodile. Quant au
brahme, après avoir accompli son pèlerinage en se
lavant dans les eaux sacrées du Gange, il reprit le chemin de son monastère, où il arriva sans autre accident.

« Lorsque l'écrevisse eut fini son récit : « Que cet
exemple, dit-elle au brahme, t'apprenne qu'il n'y a
point de pacte à faire ni de foi à garder avec les
méchants, et que, lorsqu'on les a en son pouvoir, il
faut les détruire sans pitié. » En disant ces mots, elle
serra fortement le corbeau qu'elle tenait par le cou, et
l'étrangla [1]. »

Arrêtons-nous ici; car, avec ces apologues enfilés si
habilement l'un dans l'autre, nous ne savons pas
jusqu'où nous irions. Aussi bien le dernier conte nous
a remis en pays de connaissance et près de la fable de
la Fontaine : *L'Homme et la Couleuvre.*

> Un homme vit une couleuvre :
> « Ah! méchante, dit-il, je m'en vais faire une œuvre
>   Agréable à tout l'univers ! »
>   A ces mots, l'animal pervers
>   (C'est le serpent que je veux dire,
> Et non l'homme : on pourrait aisément s'y tromper),
> A ces mots le serpent, se laissant attraper,
> Est pris, mis en un sac; et, ce qui fut le pire,
> On résolut sa mort, fût-il coupable ou non.

---

[1] L'abbé Dubois, traduction du *Pantcha-tantra* ou *les Cinq Ruses,*
fables indiennes. Paris, 1826; p. 59 à 54.

Afin de le payer, toutefois, de raison,
    L'autre lui fit cette harangue :
« Symbole des ingrats ! être bon aux méchants,
C'est être un sot : meurs donc. Ta colère et tes dents
Ne me nuiront jamais. » Le serpent, en sa langue,
Reprit du mieux qu'il put : « S'il fallait condamner
    Tous les ingrats qui sont au monde,
    A qui pourrait-on pardonner?
Toi-même tu te fais ton procès : je me fonde
Sur tes propres leçons; jette les yeux sur toi.
Mes jours sont en tes mains, tranche-les; ta justice,
C'est ton utilité, ton plaisir, ton caprice :
    Selon ces lois, condamne-moi;
    Mais trouve bon qu'avec franchise
    En mourant au moins je te dise
    Que le symbole des ingrats,
Ce n'est point le serpent, c'est l'homme. » Ces paroles
Firent arrêter l'autre; il recula d'un pas.
Enfin il repartit : « Tes raisons sont frivoles.
Je pourrais décider, car ce droit m'appartient ;
Mais rapportons-nous-en [1]. — Soit fait, » dit le reptile.
Une vache était là : l'on l'appelle; elle vient.
Le cas est proposé. C'était chose facile :
« Fallait-il pour cela, dit-elle, m'appeler?
La couleuvre a raison : pourquoi dissimuler ?
Je nourris celui-ci depuis longues années;
Il n'a sans mes bienfaits passé nulles journées;
Tout n'est que pour lui seul; mon lait et mes enfants
Le font à la maison revenir les mains pleines;
Même j'ai rétabli sa santé, que les ans
    Avaient altérée; et mes peines
Ont pour but son plaisir ainsi que son besoin.
Enfin me voilà vieille; il me laisse en un coin,

---

[1] Sous-entendu : *à quelqu'un.*

Sans herbe. S'il voulait encor me laisser paître !
Mais je suis attachée; et, si j'eusse eu pour maître
Un serpent, eût-il su jamais pousser si loin
L'ingratitude? Adieu : j'ai dit ce que je pense. »
L'homme, tout étonné d'une telle sentence,
Dit au serpent : « Faut-il croire ce qu'elle dit !
C'est une radoteuse, elle a perdu l'esprit.
Croyons ce bœuf. — Croyons, » dit la rampante bête.
Ainsi dit, ainsi fait. Le bœuf vient à pas lents.
Quand il eut ruminé tout le cas en sa tête,
          Il dit que du labeur des ans
Pour nous seuls il portait les soins les plus pesants,
Parcourant sans cesser ce long cercle de peines
Qui, revenant sur soi, ramenait dans nos plaines
Ce que Cérès nous donne et vend aux animaux;
          Que cette suite de travaux
Pour récompense avait, de tous tant que nous sommes,
Force coups, peu de gré; puis, quand il était vieux,
On croyait l'honorer chaque fois que les hommes
Achetaient de son sang l'indulgence des Dieux.
Ainsi parla le bœuf. L'homme dit : « Faisons taire
          Cet ennuyeux déclamateur;
Il cherche de grands mots et vient ici se faire
          Au lieu d'arbitre, accusateur.
Je le récuse aussi. » L'arbre étant pris pour juge,
Ce fut bien pis encore. Il servait de refuge
Contre le chaud, la pluie et la fureur des vents;
Pour nous seuls il ornait les jardins et les champs.
L'ombrage n'était pas le seul bien qu'il pût faire :
Il courbait sous les fruits. Cependant pour salaire
Un rustre l'abattait : c'était là son loyer [1],
Quoique, pendant tout l'an, libéral il nous donne
Ou des fleurs au printemps, ou du fruit en automne;

---

[1] Sa récompense.

L'ombre, l'été: l'hiver, les plaisirs du foyer.
Que ne l'émondait-on, sans prendre la cognée?
De son tempérament, il eût encore vécu.

L'homme, trouvant mauvais que l'on l'eût convaincu,
Voulut, à toute force, avoir cause gagnée.
« Je suis bien bon, dit-il, d'écouter ces gens-là ! »
Du sac et du serpent aussitôt il donna
    Contre les murs, tant qu'il tua la bête.
    On en use ainsi chez les grands :
La raison les offense; ils se mettent en tête
Que tout est né pour eux, quadrupèdes et gens,
      Et serpents.
    Si quelqu'un desserre les dents,
C'est un sot. J'en conviens; mais que faut-il donc faire?
    Parler de loin ou bien se taire [1].

Parler de loin ou bien se taire, voilà donc, selon la sagesse de la fable, le devoir de l'homme en face de l'oppression. Ah! où est le *Tu es ille vir* des prophètes, *c'est toi qui es cet homme?* Où est la généreuse liberté de ces inspirés de Dieu et du désert? Ceux-là ne se taisaient pas; ceux-là ne parlaient pas de loin; ils allaient dans la solitude chercher l'esprit de Dieu, qui n'est point dans la foule et dans les villes; et quand ils avaient trouvé cet esprit, ils revenaient hardiment au milieu des hommes, pour annoncer, de près et face à face, au peuple et au roi les arrêts que Dieu avait prononcés contre les oppresseurs des faibles et des petits.

[1] Liv. X, fable III.

CINQUIEME LEÇON

DES PARABOLES DE L'ÉVANGILE

o

J'ai longtemps hésité avant de me décider à étudier particulièrement les paraboles du Nouveau Testament en les comparant avec les apologues orientaux. Il me semblait que cette comparaison profanerait la sainteté des divines paraboles, et qu'elle leur donnerait un air de littérature qu'elles ne doivent point avoir. Elles ont été faites pour le salut des âmes et non pour la récréation des esprits. Plusieurs raisons cependant m'ont ôté ce scrupule, et je veux les indiquer brièvement.

Je dois avouer d'abord que la beauté et le charme, même littéraire, des paraboles de l'Évangile m'ont attiré. J'ai souvent regretté que notre littérature n'ait pas dès ses commencements, entretenu un commerce plus fréquent avec l'Écriture sainte. La littérature anglaise a été sur ce point plus heureuse que la nôtre. Comme la Bible est la lecture quotidienne de toutes les familles, il est arrivé tout naturellement que la littérature anglaise s'est inspirée de l'esprit du livre saint. La Bible, en Angleterre, a passé pour ainsi dire dans l'esprit de chacun et de tout le monde. En France, au contraire, il semble convenu que le clergé seul doit connaître et étudier l'Écriture sainte. Les laïques, soit scrupule pour quelques-uns, soit ignorance pour le plus grand nombre, ne citent jamais la Bible. De là pour l'esprit français une source de moins de grandes inspirations et de graves réflexions.

Si je regrette sur ce point la sécheresse ou l'indifférence religieuse de notre littérature, il me semble que j'aurais mauvaise grâce à négliger l'occasion qui m'est offerte de montrer l'usage qu'on peut faire même dans la littérature de l'étude de l'Écriture sainte. Je veux donc, laissant de côté pour un instant le sens divin de la parabole, en prendre seulement la forme extérieure et comparer la parabole avec l'apologue oriental.

Comme l'apologue, la parabole est empruntée à la vie de tous les jours. Ce sont les actions les plus simples qui sont prises pour exemples et tournées en allégories. La parabole évangélique, en un mot, est un petit drame, et je n'hésite pas à dire qu'à considérer la vérité des caractères et de l'action, ces drames sont plus vivants et plus animés que les apologues les plus admirés. Ils représentent la vie du monde et de la terre aussi bien que s'ils n'étaient pas destinés à nous enseigner la vie du ciel.

Ce n'est pas seulement dans les grandes paraboles, celles, par exemple, de l'enfant prodigue ou du mauvais riche, que j'admire cette vérité de peinture et cette vivacité d'expression. Prenez les paraboles même qui ne sont pas achevées, qui ne sont que des tableaux sans devenir des récits complets, quelle force, quelle énergie, et en même temps quelle simplicité de détails! Voyez ces versets de saint Luc :

« Il y avait un homme riche dont les terres avaient extraordinairement rapporté.

« Et il s'entretenait en lui-même de ces pensées : Que ferai-je? car je n'ai point de lieu où je puisse serrer tout ce que j'ai recueilli.

« Voici, dit-il, ce que je ferai : j'abattrai mes greniers et j'en bâtirai de plus grands, et j'y amasserai toute ma récolte et tous mes biens.

« Et je dirai à mon âme : Mon âme, tu as beaucoup de biens en réserve pour beaucoup d'années; repose-toi, mange, bois, fais bonne chère.

« Mais Dieu alors dit à cet homme : Insensé que tu es! ton âme te va être redemandée cette nuit même; et pour qui sera ce que tu as amassé?

« C'est ce qui arrive à celui qui amasse des trésors pour soi-même et qui n'est point riche en Dieu[1]. »

Peinture vraiment expressive des pensées qui occupent sans cesse l'esprit de l'homme et que la mort vient tout à coup interrompre : Je ferai, dit l'homme d'État; Je bâtirai, dit l'entrepreneur; J'écrirai, dit le poëte; et cette nuit même leur âme leur est redemandée. Quel enseignement de l'instabilité des biens d'ici-bas! Grand lieu commun assurément. Mais comme il est exprimé! Quel tableau, dit saint Basile[2] que celui de cet homme qui s'inquiète de son abondance comme d'autres de leur pauvreté! Que ferai-je, dit le pauvre, pour vivre et pour trouver de quoi vivre à mes enfants? Que ferai-je, dit ce riche, n'ayant point de greniers assez grands pour serrer mes récoltes? Ah! s'il avait la charité, il aurait des greniers tout prêts pour y placer ses récoltes! Qu'il appelle les pauvres, qu'il les nourrisse dans leur détresse; qu'il imite Joseph en Égypte; il n'aura plus à dire avec anxiété : Que ferai-je? Les greniers que la charité lui offre sont assez grands pour les plus grandes récoltes : ils s'étendent, ils s'ouvrent comme le sein de Dieu. En face de ces greniers qu'il est si beau de voir remplis, ce n'est plus à son âme que le riche dira :

---

[1] Saint-Luc, ch. xii, versets 16 à 22.
[2] *Homilia de Avaritia*, in illud destruam horrea.

Mon âme, repose-toi, mange, bois, fais bonne chère ;
paroles d'égoïsme et d'impuissance, car que voulez-
vous que fasse une âme de cette abondance et de cette
satiété ? Comment voulez-vous qu'elle suffise à tant de
jouissances ? S'il dit au contraire aux pauvres que Dieu
lui présente : Reposez-vous, mangez et buvez ; il n'aura
plus à craindre pour son âme la satiété et la langueur :
tout s'anime, tout s'embellit ; et cette abondance de
biens qui tout à l'heure accablait son âme et lui ôtait
tout ressort, devient pour elle une source intarissable
de joie et de bonheur.

Ce tableau du riche qui thésaurise pour la terre et
qui ne thésaurise pas pour le ciel n'est pas une parabole complète. Il y a déjà là pourtant tous les caractères que j'admire dans les paraboles évangéliques, la
variété des détails, la vivacité de l'action, et, de plus,
l'élévation et la pureté de la morale ; c'est là en effet
ce qui fait la divine supériorité de la parabole évangélique sur l'apologue oriental. Le drame y est aussi
vivant et aussi animé que dans les meilleures fables :
mais la leçon que donne la fable est d'une morale
médiocre et toute mondaine : la leçon évangélique
indique à l'homme la voie à suivre pour arriver au
ciel. La parabole a toutes les formes et tous les agré-
ments de la fable ; elle a de plus une morale toute
divine ; nous pouvons donc comparer la parabole avec
l'apologue ; elle l'égale pour le moins du côté littéraire·

elle le surpasse du côté moral de toute la distance du ciel à la terre.

Nulle part ce caractère de la parabole, égale à l'apologue pour la forme, supérieure pour la morale, n'éclate mieux que dans les grandes paraboles de l'enfant prodigue ou du mauvais riche. L'enfant prodigue est passé en tradition dans la littérature; le mauvais riche est entré dans le domaine de la peinture, dont il est devenu un des sujets favoris; mais il se rencontre moins fréquemment dans la littérature.

« Il y avait un homme riche qui était vêtu de pourpre et de lin et qui se traitait magnifiquement tous les jours.

« Il y avait aussi un pauvre appelé Lazare tout couvert d'ulcères, couché à la porte, qui eût bien voulu se pouvoir rassasier des miettes qui tombaient de la table du riche; mais personne ne lui en donnait et les chiens venaient lui lécher ses plaies.

« Or il arriva que ce pauvre mourut et fut emporté par les anges dans le sein d'Abraham. Le riche mourut aussi et eut l'enfer pour sépulcre, et, lorsqu'il était dans les tourments, il leva les yeux en haut et vit de loin Abraham et Lazare dans son sein.

« Et, s'écriant, il dit ces paroles : Père Abraham, ayez pitié de moi et envoyez-moi Lazare, afin qu'il trempe le bout de son doigt dans l'eau pour me rafraî-

chir la langue, parce que je souffre d'extrêmes douleurs dans cette flamme.

« Mais Abraham lui répondit : Mon fils, souvenez-
vous que vous avez reçu vos biens dans votre vie et
que Lazare n'y a eu que des maux ; c'est pourquoi il
est maintenant dans la consolation et vous dans les
tourments.

« De plus, il y a pour jamais un grand abîme entre
nous et vous, de sorte que ceux qui voudraient passer
d'ici vers vous ne le peuvent, comme on ne peut non
plus passer ici du lieu où vous êtes.

« Le riche lui dit : Je vous supplie donc, père Abraham, de l'envoyer dans la maison de mon père,

« Où j'ai cinq frères, afin qu'il leur atteste ces choses
et les empêche de venir aussi eux-mêmes dans ce lieu
de tourments.

« Abraham lui repartit : Ils ont Moïse et les prophètes; qu'ils les écoutent.

« Non, dit-il, père Abraham; mais si quelqu'un des
morts les va trouver, ils feront pénitence.

« Abraham lui répondit : S'ils n'écoutent ni Moïse ni
les prophètes, ils ne croiront pas non plus quand
quelqu'un des morts ressusciterait [1]. »

Ici le drame est complet et admirable ; il se passe
sur la terre, dans le ciel et dans l'enfer : il est tout

---

[1] Saint-Luc, ch. xvi, versets 19 à 31.

merveilleux; cependant il ne s'écarte pas de cette vérité et de cette vivacité de peinture qui est un des mérites de la parabole évangélique. Les traits du tableau sont
courts et précis; mais quelle expression! quel admirable rapprochement entre les deux figures principales
du tableau, entre le riche et le pauvre; sur la terre,
le riche dans son palais vivant magnifiquement, et
Lazare couché à la porte, consumé par la faim, par la
maladie et dont les chiens viennent lécher les plaies :
De la terre, le drame passe au ciel : même rapprochement et même contraste, Lazare dans le sein de son
père Abraham et le riche brûlant en enfer. Alors le
riche, qui sur la terre ne voyait pas même le pauvre
couché à sa porte, le voit pour son tourment reposer
dans le sein d'Abraham. Tout est changé, les lieux, les
conditions, les sentiments. Sur la terre, c'était le pauvre qui voyait le riche et qui levait les yeux vers cette
table somptueuse dont les miettes seules auraient pu
le nourrir; mais Lazare ne voyait pas la condition du
riche avec colère; il n'enviait pas : voilà pourquoi il
est aujourd'hui en paradis. Il a eu la charité du pauvre, la charité la plus belle et la plus grande, la plus
difficile, celle de ne pas envier le riche. Car, ne vous
y trompez pas, Lazare : si vous êtes aujourd'hui dans
le sein de votre père Abraham, tandis que le mauvais
riche est dans les flammes de l'enfer, ce n'est pas seulement parce que vous avez été pauvre et lui riche,

c'est surtout parce que vous avez été un pauvre charitable, c'est-à-dire point envieux, un pauvre miséricordieux, c'est-à-dire point ennemi du riche; un bon pauvre enfin; et même je suis persuadé que, si vous le pouviez aujourd'hui, vous payeriez bien volontiers par la goutte d'eau qui vous est demandée les miettes de pain que le riche vous a refusées. Le pardon et la commisération doivent faire partie de la béatitude des élus : elles l'animent sans la troubler. Mais le Lazare de la parabole ne voit pas les souffrances et n'entend pas les cris du riche. Il y a, dit Abraham, un abîme entre vous et nous, entre l'enfer et le ciel. Les élus, je l'espère, peuvent voir la terre et peuvent nous y assister; car sur la terre tout est épreuve et implore assistance. Mais les élus ne peuvent ni voir ni rien entendre de l'enfer, où tout est punition inexorable. Lazare n'entend donc pas le mauvais riche demander avec tant d'instance une goutte d'eau, tandis que le mauvais riche voit la félicité de Lazare; cette vue fait partie de son châtiment.

Lazare, est-il donc vrai que vous soyez encore aujourd'hui couché à la porte de chacun de nous, et que nous passions l'œil sec et indifférent, sans regarder vos blessures que les chiens seuls viennent lécher de leurs langues salutaires et douces? Mais vous-même êtes-vous encore le pauvre que vous étiez dans l'Évangile et qu'à sa mort les anges emportaient dans le sein d'Abraham? Si nous sommes encore le mauvais

riche, êtes-vous encore le bon pauvre? Lazare aujour-
d'hui est impatient et envieux ; il est entré le fer et la
flamme à la main dans la maison du riche. Il a renversé
avec colère cette table avare et prodigue ; il a jeté à la
porte-le maître de la maison et l'a livré aux morsures
des chiens qu'il anime aussi de sa fureur. Il est riche
maintenant; il est fier et dédaigneux à son aise. Mais
qu'il ne s'avise pas de mourir. Les anges ne le transpor-
teront plus de son fumier dans le sein d'Abraham. Il par-
tagera la couche brûlante du mauvais riche en enfer. Il
a perdu le ciel en conquérant la terre. Il est le mauvais
pauvre qui ne vaut pas mieux que le mauvais riche.

La vérité des personnages continue d'un bout à
l'autre de la parabole. Le mauvais riche ne peut pas
obtenir la goutte d'eau qui rafraîchirait sa souffrance;
alors il demande au moins à Abraham d'envoyer Lazare en apparition à ses cinq frères, afin qu'il les aver-
tisse et « les empêche de venir aussi dans ce lieu de
tourments. » J'aime ce mouvement d'affection du
pauvre damné pour ses cinq frères. Il veut leur épargner les affreux châtiments qu'il éprouve. Mais quelle
triste vérité dans la réponse d'Abraham ! Quel sévère
bon sens!-Ils ont Moïse et-les prophètes ; ils ont la
loi ; qu'ils l'écoutent ! — Non ! Ils écouteront mieux
« le mort qui ira les trouver, et ils feront pénitence. »
Voilà bien les hommes ! ils n'écoutent pas Moïse et
les prophètes ; c'est la vieille loi que tout le monde lit

et que personne ne pratique : ils n'écoutent pas le
prêtre et le prédicateur; Tout cela est chose ordinaire
et de métier; tout cela ne frappe pas leur conscience.
Que leur faut-il donc pour être émus? Il leur faut un
miracle particulier, un miracle à leur adresse : alors
ils se convertiront; ils le croient du moins. Eh non!
la conscience qui n'est pas sensible à la règle ne sera
pas sensible à l'exception, et qui n'a pas cru les prophètes ne croira pas les miracles. Il n'y a de conversions bonnes et efficaces que celles qui se font naturellement et simplement par le mouvement de la conscience se réveillant elle-même de son engourdisse-
ment. Les conversions qui se font par les visions et
par les apparitions ne sont pas solides et durables.
Elles se font par l'étonnement et s'affaiblissent avec
l'étonnement. Abraham a raison : la résurrection des
morts ne servira pas à qui la prédication de la loi
n'a pas servi, et les miracles ne profitent qu'à la foi
de ceux qui, pour croire, n'en ont pas besoin.

Vous voyez ce qui fait selon moi le mérite littéraire
de la parabole évangélique : l'action est vive et frap-
pante; elle grave profondément dans l'esprit la morale
qu'elle contient; c'est un drame que personne n'oublie
une fois qu'il l'a vu et qui rappelle à chacun de nous
la leçon qu'il exprime. Otez cette action expressive;
il reste encore une belle et sainte maxime, un com-
mandement divin; cependant les regards de l'homme

ne seraient plus vivement attirés et retenus; il n'y aurait plus de formes et d'images qui les saisissent. Prenons par exemple cette maxime : « Soyons humbles
dans notre piété et ne nous croyons pas saints parce
que nous sommes réguliers. « Quel meilleur précepte
que celui-là? mais personne ne peut plus l'oublier depuis que l'Évangile l'a mis en action.

« Deux hommes montèrent au temple pour prier,
l'un était pharisien et l'autre péager.

« Le pharisien, se tenant debout, priait ainsi en lui-
même : O Dieu, je te rends grâces de ce que je ne suis
pas comme le reste des hommes, qui sont ravisseurs,
injustes, adultères, ni même aussi comme ce péager.

« Je jeûne deux fois la semaine, je donne la dîme
de tout ce que je possède.

« Mais le péager, se tenant éloigné, n'osait pas même
lever les yeux au ciel; il se frappait la poitrine en
disant : O Dieu, sois apaisé envers moi qui suis pécheur.

« Je vous déclare que celui-ci s'en retourna justifié
dans sa maison préférablement à l'autre; car quiconque
s'élève sera abaissé et quiconque s'abaisse sera élevé [1]. »

« Oui, dit saint Augustin commentant avec son admirable esprit cette piquante parabole [2], ces deux hommes,
le pharisien et le publicain, montaient au temple pour
prier; mais le pharisien au temple ne se souvient plus

---

[1] Saint Luc, ch. xviii, versets 10 à 14.
[2] XXXVIe sermon, ch. ii.

que de se louer devant Dieu au lieu de le prier. Plus
il médite sur lui-même, plus il se trouve de mérites
qu'il ne se connaissait pas, et plus il trouve à son prochain de vices qui l'irritent et qu'il remercie Dieu de
lui avoir épargnés. Que l'orgueil de cet homme est
odieux! — Oui, ma sœur; aussi vous avez bien raison
de remercier Dieu de n'être pas comme cet homme.
Jamais, quand vous faites votre examen de conscience,
vous ne pensez plus aux défauts des autres qu'aux vôtres ; jamais, quand vous vous interrogez sur la coquetterie, vous ne vous dites que vous l'êtes bien moins
que telle ou telle de vos amies ; sur l'amour du plaisir et du monde, que vous n'allez certainement pas si
loin que Chloé qui est de votre âge et de votre condition ; sur la dissimulation et la ruse, qu'Octavia est
dissimulée et rusée d'une manière dangereuse ; sur la
médisance, que Julia n'épargne ni sa mère ni surtout
ses sœurs : — et voilà la confession que vous portez
sinon de parole, du moins de pensée, aux pieds de
votre directeur, confession d'autrui plutôt que la vôtre
et qui ressemble à la prière du pharisien. »

Prendre dans les circonstances les plus simples de
la vie une action fort simple aussi, tantôt deux hommes qui prient l'un près de l'autre dans le temple,
tantôt un jeune homme qui dépense follement son
patrimoine, ou bien un riche qui se soucie peu du
pauvre gisant et souffrant à sa porte, ou bien encore

un homme qui dit : Je ferai, je bâtirai, et qui meurt
dans la nuit ; donner à ces récits un caractère inex-
primable de vérité ; tirer de ces scènes familières
la leçon la plus haute et la plus grave ; voilà, à ne
parler qu'en critique littéraire, le mérite souverain
de la parabole évangélique. Il y a dans les auteurs anciens bien des récits allégoriques destinés à exprimer
des vérités morales ou métaphysiques. La Grèce aimait ces mythes, à ce point même qu'elle en oubliait le
sens pour la forme ; Platon se servait souvent de ces
fables symboliques ; mais il n'y a aucun de ces récits
mythologiques qui, même dans Platon, puissent être
comparés aux paraboles évangéliques. Ils n'ont ni la
simplicité ravissante, ni la vérité expressive, ni l'utilité
et la clarté morale de la parabole. Aussi les auteurs
qui ont voulu après l'Évangile faire des paraboles, et
même les auteurs les plus pieux, sont restés bien loin
du modèle, non-seulement parce que le modèle est
divin, mais parce qu'ils n'ont même pas su en reproduire le caractère humain, et particulièrement cette
vérité simple et toute-puissante.

Voyez le recueil des paraboles du père Giraudeau
Bonaventure [1] : ce sont des contes pieux, des apologues
édifiants ; mais il n'y a rien là qui rappelle, même de

---

[1] Jésuite du dernier siècle, mort en 1774, bon helléniste et bon
hébraïsant. Ses *Histoires et Paraboles*, souvent réimprimées et beaucoup lues surtout dans les maisons d'éducation ecclésiastiques, sont
de 1766.

loin, la parabole évangélique. Le récit n'a qu'un médiocre intérêt; la moralité est cherchée et amenée de
trop loin. Je n'ai trouvé dans ce recueil d'histoires
pieuses qn'un seul récit qui me paraisse digne d'être
cité : c'est le pénitent du pape.

Un homme de grande condition, mais grand pécheur,
résolut enfin de se convertir : il vint pour cela à Rome,
croyant qu'un homme de son rang ne pouvait se confesser qu'au pape. Le pape l'entendit, et il fut édifié
de la vivacité de son repentir et de l'ardeur de sa dévotion. Il voulut, selon l'usage, lui imposer une pénitence. Mais ce fut là que commença la difficulté ; il n'y
avait aucune pénitence qui lui convînt. Jeûner? il n'en
avait pas la force; le saint-père le ferait mourir, s'il
lui ordonnait de jeûner. Lire, prier? il n'en avait pas
le temps avec ses grands emplois. Se flageller, se
donner la discipline, porter un cilice? il ne saurait
pas se servir de ces instruments de pénitence; il se
blesserait infailliblement. Faire une retraite, entreprendre un pèlerinage? il avait tant d'affaires. Veiller,
coucher sur la dure? sa santé ne le lui permettait pas,
non plus que de jeûner. De plus, et c'est ce qu'il
essayait de faire comprendre au pape, sans le lui dire
tout à fait, un homme de sa condition ne pouvait pas
s'abaisser à ces pénitences vulgaires. Quelle pénitence
donc pouvait-on trouver pour un homme de son rang?
Le pape lui donna un anneau d'or où étaient écrits ces

deux mots : *Memento mori*, souvenez-vous que vous
mourrez ; et il lui imposa pour seule pénitence de
porter cet anneau au doigt et de lire au moins une fois
par jour les deux mots qui y étaient inscrits. Le grand
seigneur trouva que cette pénitence était de fort bon
goût et partit de Rome très-content. Mais cette légère
pénitence amena toutes les autres. La pensée de la
mort entra si fortement et si heureusement dans son
esprit, qu'elle lui découvrit l'essentiel de sa condition
d'homme mortel et qu'il se dit à lui-même : Puisque
je dois mourir, qu'ai-je autre chose à faire en ce
monde qu'à me préparer à bien mourir ?

L'histoire est piquante et la moralité est ingénieuse
et vraie. La plus légère pénitence, si elle est accomplie
de bon cœur, suffit pour changer le cœur de l'homme ;
le plus léger frein suffit, pourvu que la volonté l'accepte, et il devient plus fort à mesure qu'il dure. Les
devoirs tiennent les uns aux autres en bien comme en
mal. Remplissez-en un, et bientôt vous en remplirez
d'autres ; oubliez-en un, et bientôt peut-être aussi vous
oublierez les autres. Il ne faut souvent qu'un seul mot
de la loi divine bien entendu et bien compris par le
cœur de l'homme pour le changer tout entier. Qui ne
se souvient en ce moment de la parabole de l'Évangile ?

« Le royaume des cieux est semblable à un grain de
moutarde que quelqu'un prend et sème dans son
champ.

« Ce grain est la plus petite de toutes les semences, mais, quand il est crû, il est plus grand que les autres légumes, et il devient un arbre, tellement que les oiseaux du ciel y viennent et font leurs nids dans ses branches [1]. »

[1] Saint Matthieu, ch. ix, vers. 51 et 52.

SIXIÈME LEÇON

LA FABLE AU MOYEN AGE DANS LE ROMAN DU RENARD

Un de nos jeunes et spirituels écrivains, dont j'aime beaucoup le talent et un peu moins les doctrines, M. Taine, dit, dans sa thèse sur les fables de la Fontaine; que depuis la Fontaine un monde entier, celui des animaux, a été reçu dans le monde poétique. Il a même l'air de croire que c'est de nos jours seulement que cette réhabilitation littéraire des animaux s'est accomplie [1]. Il y a longtemps, selon moi, que les ani-

---

[1] « Un monde entier vient d'être reçu dans le monde poétique. En dépit de la noble société humaine, qui, par la voix de ses philosophes, refusait l'âme aux bêtes, ce pauvre peuple asservi et persécuté est entré dans la cité universelle. Il faut désormais qu'on s'intéresse à eux, qu'on les plaigne, qu'on les aime. Partout où est l'âme, — et où n'est-elle pas? — il y a une chose qui nous touche et qui est en so-

maux ont droit de cité dans la littérature. Ils l'ont assurément dans la poésie antique ; ils l'ont aussi au moyen
âge. Au moyen âge, ils figurent dans toutes les fables
d'une manière piquante, avec leurs mœurs, moitié
vraies, moitié supposées ; ils y ont un long poëme épique
ou un long roman, tout rempli de leurs gestes et de leurs
discours, le *Roman du Renard. Les frontières de l'art
ne se sont* donc pas *élargies* de nos jours, et *les sympathies de l'homme ne se sont pas étendues.* Les poëtes
et les romanciers du moyen âge ne prennent pas seulement les animaux pour les héros de leurs œuvres ; les
saints aussi, c'est-à-dire ceux qui expriment le mieux
les sentiments de la foule, les saints aiment les animaux. Saint François d'Assise avait une sorte d'affection pour les petits animaux ; et la légende raconte
qu'un jour, « voyageant en compagnie d'un frère dans
la marche d'Ancône, il rencontra un homme qui portait sur son épaule, suspendus à une corde, deux petits
agneaux ; et, comme le bienheureux saint François entendit leurs bêlements, ses entrailles furent émues, et,
s'approchant, il dit à l'homme : « Pourquoi tourmen-

---

ciété avec notre âme. Si l'homme est frère des hommes, il est parent
des animaux. Son esprit est fait pour ressentir les sentiments de tous
les êtres et concentrer en soi la pensée de l'univers. Au dix-septième
siècle, on ne croyait pas que l'art et le sentiment dussent ainsi s'étendre. Aujourd'hui chacun le sait et tous les poëtes le prouvent. La Fontaine a devancé le changement qui a élargi les frontières de l'art, en
étendant les sympathies de l'homme. » (M. Taine, p. 101 et 102.)

« tes-tu mes frères les agneaux en les portant ainsi liés
« et suspendus [1]...? » Quand il passait près d'un pâ-
turage, il saluait les brebis du nom de sœurs; et on dit
qu'alors les brebis levaient la tête et couraient après
lui, laissant les bergers stupéfaits. Lui-même, sevré
depuis si longtemps des jouissances des hommes, prenait un doux plaisir aux fêtes que lui faisaient les
bêtes des champs. Un jour qu'il était monté au mont
Alvernia pour y prier, un grand nombre d'oiseaux
l'environnèrent avec des cris joyeux et battant des
ailes comme pour le féliciter de sa venue. Alors, le
saint dit à son compagnon : « Je vois qu'il est de la
« volonté divine que nous séjournions ici quelque peu,
« tant nos frères les petits oiseaux semblent consolés
« de notre présence [2] ! »

Voilà dans quel commerce affectueux les saints du
moyen âge vivaient avec les animaux, n'oubliant pas la
parenté que nous avons avec les bêtes du ciel, de la
terre et des eaux. — Soit, direz-vous, pour le moyen
âge, qui n'avait pas encore les raffinements de la civilisation; mais au dix-septième et au dix-huitième
siècle, quel dédain pour les animaux! les philosophes
leur refusaient une âme. — Oui, cependant au dix-
septième siècle la Fontaine plaidait pour eux, et au dix-

---

[1] Ozanam, les *Poëtes franciscains en Italie au treizième siècle*
p. 80.
[2] *Ibid.*, p. 82 et 83.

huitième, même au temps de l'empire des salons et des
académies, le moins sentimental des écrivains du siècle, Voltaire, écrivait à M. d'Argental, en 1761 :
« Vous n'aimez pas la chose rustique, et j'en suis fou.
J'aime mes bœufs, je les caresse, ils me font des
mines[1]. » Qui pouvait s'attendre à voir saint François
d'Assise et Voltaire se rapprocher ainsi l'un de l'autre
dans l'amour des animaux?

Le poëme du *Renard* est un de ces longs romans qui
charmaient l'ennui des vieux châteaux féodaux. C'est
en quelque sorte une fable de la Fontaine en quatre
volumes. Les tours que maître Renard fait aux autres
animaux sont le sujet du poëme; les mœurs et les caractères sont empruntés aux hommes, comme dans les
fables de la Fontaine, et nous avons tout à fait le droit
de comprendre ce poëme dans l'étude des apologues
qui ont précédé la Fontaine. Il succéda aux grandes
chansons de gestes, et il fut remplacé par le roman allégorique de *la Rose*. Le *Renard* est une allégorie
aussi, mais plus vivante et plus réelle que celle des péchés
capitaux ou des vertus théologales personnifiées dans
le *Roman de la Rose*. J'aime mieux, quant à moi, pour
représenter les bonnes et les mauvaises qualités humaines, le lion, le renard, le loup, le coq, le chien, la
poule, le chat que les personnages abstraits du *Roman*

---

[1] *Correspondance générale.* Édit. de Kehl, t. LXXIV, p. 309.

*de la Rose, Franchise, Doux-Regard, Bel-Accueil,
Faux-Semblant, Villenie, Danger, Malebouche* ou médisance.

Le *Roman du Renard* a sa moralité comme l'ont les
fables : ne croyez pas, en effet, qu'il s'agisse ici, non
plus que dans les fables, des renards à quatre pieds.

> Pour renard qui gelines[1] tue,
> Qui a la peau rousse vêtue[2],
> Qui a grand'queue et quatre pieds,
> N'est pas ce livre commencé,
> Mais pour celui qui a deux mains,
> Dont ils sont en ce siècle mains[3],
> Qui ont la chappe faux semblant,
> Vêtue[4], et por ce vont emblant[5]
> Et les honneurs et les châteaux.

Ainsi l'auteur nous avertit que son livre ne s'adresse
pas aux renards des campagnes et des bois, mais à
ceux des villes ; non pas à ceux qui ont quatre pieds,
mais à ceux qui ont deux mains promptes à dérober et
beaucoup d'artifices dans le cœur, à ceux enfin qui
ont inventé et qui pratiquent l'art de *renardie*, art
très-ancien, selon l'auteur, mais qui fleurit surtout
dans le moyen âge. C'est donc le tableau de la *renardie* que font les poëtes qui ont composé les dif-

---

[1] Poules.
[2] Qui est vêtu d'une peau rousse.
[3] Plusieurs.
[4] Qui ont revêtu la chappe de l'hypocrisie.
[5] Et de cette manière vont dérobant...

férentes *branches* du *Renard*[1]. De ce côté, le *Roman du Renard* est le contraire des romans de chevalerie. La chevalerie est l'idéal en beau du moyen âge ; la renardie en est l'idéal en laid, si je puis ainsi parler. La chevalerie nous dit ce qu'aurait voulu être la société du moyen âge, c'est-à-dire la force employée à défendre la faiblesse, la beauté employée à adoucir et à discipliner la force, la vertu enseignée par l'amour. La renardie nous dit ce qu'était trop souvent cette société, tant regrettée par je ne sais combien de personnes qui ne supporteraient pas d'y vivre un instant, c'est-à-dire la force brutale faisant la loi, l'épée remplaçant la justice, l'hypocrisie triomphant et régnant, le faible toujours sacrifié, la ruse seule compensant la violence. Voilà comment vivait le moyen âge sous le gouvernement de la *renardie*, fort différent du gouvernement, toujours espéré, toujours promis et jamais accompli, de la chevalerie.

Le *Roman du Renard* est une satire violente ou piquante de toute la société du moyen âge, fort peu déguisée sous l'emblème de la société des animaux. Le lion, l'ours, le tigre, le loup, le renard, l'âne, le chat, le mouton, le coq, la poule, sont les personnages du roman ; mais nous savons bien que tous ces personnages sont des hommes pris dans les diverses conditions de la vie humaine. Nous ne pouvons pas nous y

---

[1] Le roman du *Renard* est divisé par branches.

tromper un instant. Dès le premier moment, ce qu'ils
font et ce qu'ils disent nous révèle ce qu'ils sont.

Quelle est l'origine du *Roman du Renard*? Est-il allemand, flamand ou français? Il y a eu sur ce point de
grandes controverses, soutenues par la meilleure des
vanités humaines, la vanité nationale. Il me serait facile ici de faire de l'érudition avec celle de mes savants
confrères de l'Académie des inscriptions et belles-let-
res. Un des plus distingués et des plus regrettables
professeurs de la Faculté des lettres, M. Fauriel, a
traité, dans le vingt-deuxième volume de l'*Histoire
littéraire de la France*, la question de l'origine du *Renard*, et il prouve d'une façon évidente que le *Renard*
est un roman français. Tous les noms en sont français,
Chante-Clair, le coq; Thibert, le chat; Brun, l'ours;
Ponte, la poule; Drouineau, le moineau; Couard, le
lièvre; Belin, le mouton; Bruiant, le taureau; Tardif
ou Tardieu, le limaçon; Roussel, l'écureuil; Barbue, la
chèvre; Pelé, le rat; Verdeau, le perroquet, etc.

Ce roman est fort ancien; car, dès 1113, dans la ré-
volte de Laon contre son évêque, nous voyons que cet
évêque est désigné, par les cris furieux de la foule,
sous le nom d'Isengrin, qui est le nom du loup dans le
roman[1]. M. Fauriel croit que nous n'avons pas la pre-

---

[1] *Histoire littéraire de la France*, t. XXII, p. 901. Dans sa nouvelle
et excellente étude sur le *Roman du Renard*, lue à l'Institut le 7 no-
vembre 1860, M. Paulin Paris cite un texte de Robert de Nogent qui
prouve que, dès 1112, c'était l'usage d'appeler le loup Isengrin. *Sole-*

mière rédaction du *Renard*. Nous n'avons que quelques-unes des versions les moins anciennes ; car ce roman a dû être écrit, selon lui, dans le onzième siècle,
puisque, dès le commencement du douzième, les noms
de ses héros servaient déjà de sobriquets populaires.
M. Fauriel serait même disposé à penser que la première version de ce roman a été faite en latin rustique,
qui était la langue de la France au neuvième, au
dixième, et peut-être même encore au onzième siècle.

Je laisse de côté cette savante controverse. Je dois
pourtant dire un mot d'une opinion que j'ai défen-
due autrefois et à laquelle de nouvelles études m'ont
fait renoncer. Eckard, dans ses *Commentarii de re-
bus Franciæ orientalis*, avait prétendu que le *Roman
du Renard* était l'histoire allégorique de la querelle
entre Zwentibold, duc de Lorraine, et un de ses vassaux nommé Regnier ou Regnard, en 898. J'avais, en
1833, adopté cette opinion, qui unissait d'une manière piquante l'histoire et la littérature, et cela dès le
neuvième ou le dixième siècle. La savante dissertation
de M. Fauriel m'a prouvé l'erreur paradoxale d'Eckard et la mienne.

Je veux maintenant examiner quel est le mérite du
vieux roman, indépendamment de sa date et de son

---

*bat episcopus laudunensis Taudegaldum irridendo Isengrinum vo-
care, propter lupinam scilicet speciem ; sic enim aliqui solent appel-
lare lupos.*

origine; montrer comment, dès le moyen âge, *le monde des animaux était entré dans le monde poétique;* comment, enfin, les héros de la Fontaine étaient accrédités bien avant lui, non-seulement par les fables d'Ésope et de Phèdre, mais par un grand poëme épique populaire, qui a fait l'amusement de nos aïeux depuis le onzième siècle jusqu'au quinzième.

Les deux principaux héros de cette épopée populaire sont le renard et le loup, l'un s'appelant Renard au lieu de *gorpil* ou *goupil*, qui est le vieux mot français tiré du latin *vulpes;* l'autre s'appelant Isengrin; deux noms d'hommes, évidemment appliqués, je ne sais trop pourquoi, aux deux animaux, et qui favorisaient, jusqu'à un certain point, l'interprétation historique d'Eckard.

Prenant les animaux pour héros, le poëte commence par raconter leur origine. Cette origine est déjà un trait de satire, qui nous indique quel sera le ton général du roman.

> Lorsque Dieu eut de paradis
> Adam et Ève dehors mis,
> Pour ce qu'ils avaient trépassé
> Ce qu'il leur avait commandé,
> Pitié le prit et leur donna
> Une baguette et leur montra,
> Lorsque de rien[1] besoin auraient,
> De la verge en mer frapperaient.

[1] Quelque chose.

Adam prit la verge en sa main,
En mer frappa devant Évain ;
Sitôt que la mer eut féri,
Une brebis lors en jaillit.
Lors dit Adam : Dame, prenez
Cette brebis et la gardez ;
Elle donra[1] lait et fromage...
Evain en son cœur pourpensait
Que s'elle encore une en avait
Plus belle estrait[2] la compagnie.
Elle a la baguette saisie :
En la mer frappa rudement,
Un loup en saut, la brebis prend...
Quand Ève vit qu'elle a perdue
Sa brebis, s'elle n'est secourue,
Elle crie fortement : Ha! ha !
Adam la verge reprise a,
Frappe en la mer en murmurant,
Un chien en saut hâtivement.

Et le chien reprend la brebis. Adam et Ève continuent, pour peupler le monde, à frapper de leur baguette sur la mer ; mais, chose remarquable, chaque fois qu'Adam frappait, il naissait de la mer un animal apprivoisable, et, quand c'était Ève, il naissait un animal sauvage, ce que l'auteur résume par ces deux vers d'une précision malicieuse :

Les Evain assauvagissaient
Et les Adam apprivoisaient.

C'est sous la baguette d'Ève que naquit le renard

[1] Donnera.
[2] Serait.

après le loup, et c'est de cette façon qu'il fut le parent
du loup.

Dans l'empire de la chevalerie, la femme est honorée
et glorifiée; c'est d'elle que procèdent la vertu et
l'honneur des chevaliers. Ici, dans l'empire de la *renardie*, la femme est raillée et censurée; c'est d'elle
que procède le mal en ce monde.

Nous connaissons la naissance du renard; voyons
maintenant son éducation. C'est lui-même qui la raconte. Traduit pour ses méfaits à la cour du roi Lion, et
condamné à mort, il demande la permission de faire sa
confession publique, afin d'obtenir l'absolution de ses
péchés. « Il vaut mieux, dit-il d'un air dévot qui attendrit la foule[1], il vaut mieux que tous entendent le
récit de mes vols et de mes trahisons : ainsi l'on ne
pourra, par la suite, accuser personne de ce que j'ai
moi-même commis.

—Parlez, je vous le permets, » dit le roi. — Renard,
debout, regarda tout autour de lui d'un air triste, puis
dit à haute voix : « Que le Seigneur m'assiste! il n'y a
personne ici, ami ou ennemi, envers lequel je ne sois
coupable d'une ou d'autre manière. Cependant, écou-

---

[1] J'emprunte le récit de quelques aventures et de quelques tours du
renard à l'ouvrage de M. Delpierre, publié à Bruxelles en 1837, sous
le titre : le *Roman du Renard, traduit pour la première fois d'après
un texte flamand du douzième siècle*, édité par Willems. — Depuis ces
leçons faites en 1858, M. Paulin Paris a publié, en 1860, une charmante traduction du poëme du *Renard*.

tez tous, seigneurs, que je vous apprenne comment
moi, malheureux Renard, je devins méchant. Lorsqu'on m'eut sevré, j'allai jouer avec les agneaux pour
entendre leurs bêlements. A la fin, j'en mordis un. Je
commençai par lécher le sang. Il était si fort de mon
goût et me parut si bon que je mangeai aussi la chair.
J'appris par là à être friand, au point que je courais
dans les bois, dès que j'entendais la voix d'une chèvre.
Je devins de plus en plus hardi et méchant, déchirant
poules, oiseaux, oies, partout où je les trouvais. Enfin,
ma dent devint si sanguinaire, si impitoyable, si terri-
ble, que je dévorais tout ce qui me tombait sous la
patte[1]. »

Ce n'était pas seulement pour obtenir la rémission
de ses péchés avant de mourir, que Renard faisait cette
humble confession; il espérait bien s'en servir pour
ne pas mourir du tout et se tirer d'embarras. Aussi,
continuant sa confession, il n'hésite pas à déclarer
qu'il est d'autant plus coupable de s'être laissé aller à
son esprit de rapine et de cruauté, qu'il était riche et
qu'il aurait pu aisément payer ce qu'il ravissait : « Car,
ô roi! il faut que vous le sachiez, j'ai tant d'or et d'argent à ma disposition, qu'à peine un chariot l'empor-
terait en sept fois. » — A ces mots, le roi l'interrompit vivement : « Renard, d'où vous vient ce trésor? »
Celui-ci répondit : « Si vous voulez le savoir aussi

_____
[1] P. 192 et 193.

bien que moi, laissez-moi achever; rien ne restera
caché de mes actions. Ce trésor était volé, et, s'il
n'avait été volé, en vérité l'on aurait attenté à vos
jours, de manière à désoler tous ceux qui vous con-
naissent. — Hélas! cher Renard, dit la reine tout
émue, que dites-vous, que nous apprenez-vous là?
Je vous supplie, par votre propre danger, de nous
dire, Renard, et de nous déclarer, au nom de celui qui
sauvera votre âme, toute la vérité sur cette affaire.
Dites vite si vous avez connaissance de quelque tenta-
tive de meurtre ou de quelque complot contre la vie
de mon seigneur? Faites-le-nous connaître avec franchise[1]. »

Grâce à cette habile mention de ses trésors et de son
zèle pour la vie du roi, Renard n'est déjà plus un condamné vulgaire : c'est un homme riche et qui est plein
de bons sentiments politiques. On ne dispose pas légèrement de la vie de pareilles gens. Il raconte alors une
histoire faite pour émouvoir le roi. Son père, dit-il, avait
trouvé un grand trésor, et, à l'aide de ce trésor, qui lui
donnait beaucoup d'influence sur les animaux, il avait
fait une conspiration avec Brun, l'ours, et Isengrin,
le loup pour détrôner le roi. Mais Renard découvrit
cet affreux complot et résolut d'en empêcher la réus-
site. « Je connaissais Brun, pour être faux, méchant et
plein de toute espèce de malice. Je pensai : s'il devient

[1] P. 194.

notre seigneur, il est bien clair que nous sommes tous'
perdus. Je sais combien le roi est noble de cœur, doux
et compatissant pour tous les animaux, et je réfléchis
que, sous tous les rapports, c'était un mauvais changement qui ne pouvait que nous porter préjudice. C'est
pourquoi je mis mon esprit à la torture, et mon cœur
se remplit de soucis, pour trouver le moyen de contre-
miner cette trahison et d'empêcher l'exécution des coupables projets de mon père, qui voulait faire un roi
d'un rustre et d'un traître. Je priai Dieu de conserver
la vie du souverain, mon seigneur. Je savais bien que,
si mon père gardait la possession de son trésor, les
conjurés prendraient si bien leurs mesures et arran-
geraient tout de manière que Noble[1] finirait par être
assassiné. Souvent j'étais plongé, à ce sujet, dans de
profondes réflexions pour chercher à découvrir où le
trésor était caché. J'épiais soigneusement toutes les démarches de mon père. Je dressais des embûches dans
plus d'un bois, dans maintes haies, dans les plaines
comme dans les terrains boisés, partout enfin où mon
père, vieux finaud, avait coutume de faire ses courses.
Pendant le jour et pendant la nuit j'étais à l'affût[2]. »

Un jour, enfin, Renard découvrit le trésor de son
père, l'enleva, et, une fois le trésor perdu, la conspiration perdit son nerf. « Mon père se pendit de désespoir

---

[1] Le roi.
[2] P. 198 et 199.

et le complot demeura sans exécution. Remarquez
maintenant mon malheur. Le seigneur Isengrin et le
traître Brun sont aujourd'hui dans le conseil privé du
roi, et le pauvre Renard va bientôt perdre la vie[1]. »

Qui ne serait touché de cette histoire? Le roi l'est
surtout de deux côtés, dans sa cupidité et dans sa peur.
Un trésor et un complot découverts, voilà ce qui fait
tout croire au roi et transforme le Renard d'accusé en
innocent. Il a de l'or et du zèle, il est riche et déla-
teur : comment ne réussirait-il pas? Comment ne re-
deviendrait-il pas puissant? Pour achever de séduire le
roi, Renard prend un fétu de paille et le remet entre
les mains du roi, en signe du trésor dont il lui cède la
possession[2]. « Mais où est ce trésor? dit le roi. —
A Kriekeput, répond le Renard. — Kriekeput! où
est cela? près d'Aix-la-Chapelle ou de Paris? d'An-
vers ou de Rome? Ce pourrait bien être un nom sup-
posé, dit le roi, qui doute encore quelque peu de la
sincérité de Renard. — Comment, sire, vous doutez
de moi? Voulez-vous des témoins? » Il s'écrie alors
d'une voix forte : « Couart! viens ici, parais devant le
roi. » — Les animaux présents voyaient tout ceci avec
étonnement, et ne savaient trop qu'en penser. Couart
(le lièvre) s'avança avec crainte : il ignorait ce que le
roi voulait de lui. « As-tu froid, lui dit Renard, pour

---

[1] P. 201.
[2] C'est la forme de vente; c'est la vieille stipulation romaine, *sti-
pula*, paille.

trembler ainsi? Ne crains rien, réjouis-toi, au contraire,
et dis la vérité à mon seigneur le roi. Dis-lui si tu sais où
se trouve le lieu nommé Kriekeput. » Couart répondit :
« Si je le sais! sans doute, comment en serait-il autrement? N'est-ce pas près de Hulsterloo, près d'un marais, dans un lieu désert? J'y ai eu bien des choses à
endurer, la faim, le froid et la misère, pendant un si
grand nombre de jours, que je ne puis l'oublier.
C'était avant que je ne fisse amitié avec Rine, qui me
prit plus d'un morceau... — Hélas! interrompit Renard, aimable Rine, cher compagnon, joli petit chien!
Si vous étiez maintenant ici, ce que Dieu veuille!
vous parleriez aussi en ma faveur. Par votre témoignage, Rine, vous prouveriez que jamais je ne fus
assez méchant pour faire quoi que ce soit qui pût irriter
le roi avec justice contre moi. Quant à toi, Couart,
retourne vite auprès de tes compagnons : le roi n'a
plus rien à te demander. » Le lièvre sortit du conseil
du roi, et Renard reprit : « Eh bien, est-ce vrai ce que
je vous disais? — Oui, Renard, pardonne-moi, j'ai
mal fait de me défier de toi [1]. »

Que dites-vous de cette manière de prouver qu'il y a
un trésor à Kriekeput? Le roi doute de l'existence
même du lieu; le lièvre témoigne qu'il y a un marais
qui s'appelle ainsi; donc, s'il y a un marais de Krieke-

---

[1] P. 206 et 207.

put, il y a un trésor à Kriekeput; cela est évident. J'ai, quant à moi, bien souvent entendu raisonner de cette façon.

Non-seulement le roi pardonne à Renard, mais il le nomme grand bouteillier. Renard accepte avec reconnaissance les grâces du roi; puis, continuant son rôle d'hypocrisie, il déclare qu'ayant, pendant son péril, fait vœu d'aller en pèlerinage à Rome, s'il échappait à la mort, il veut partir, pourvu que le roi le permette. Le roi y consent et loue sa piété. Cependant, Isengrin, le loup, et Brun, l'ours, qui avaient été chargés par le roi de présider à l'exécution de Renard, l'attendaient près de l'échafaud, pensant qu'ils allaient enfin se venger de leur ennemi, quand Tiercelin, le corbeau, vient les avertir que tout est changé, et que Renard est en plus grande faveur que jamais. Isengrin, furieux, court près du roi pour se plaindre; Brun, l'ours, le suit; mais le roi, croyant, sur la foi de Renard, qu'ils avaient autrefois conspiré contre lui, les fait arrêter et jeter en prison. « Jamais vous n'avez vu de chien enragé plus maltraité que ces deux prisonniers ne le furent. On les emmena comme deux criminels, liés si fortement, que de toute la nuit ils ne purent bouger un membre, malgré tous leurs efforts. »

Renard n'était pas encore satisfait. Sous prétexte de son voyage pieux, il fit en sorte que l'on coupa une partie de la peau du dos de Brun d'un pied de long et

d'un pied de large, afin de s'en faire une bourse de pèlerin. De plus, comme pour être tout à fait prêt, il lui
manquait encore quatre souliers neufs, voici comment
il les obtint : « Dame, dit-il tout bas à la reine, je suis
votre pèlerin. Mon oncle Isengrin a quatre bons souliers, daignez m'aider à me les procurer. Je prierai
Dieu pour votre âme. Il est du devoir d'un pèlerin qu'il
se souvienne dans ses prières du bien qu'on lui a
fait. Ainsi, par ma fervente intercession, j'obtiendrai
que votre âme mérite le ciel. Ordonnez que Hersinde,
ma tante, me donne aussi deux de ses souliers. Vous
pouvez sans difficulté en user de cette façon, car elle
restera à la maison plus à son aise. — Je vous aiderai
très-volontiers, Renard, répondit la reine; il faut bien
que vous ayez des souliers; vous allez voyager bien
loin, à la garde de Dieu, par-dessus les monts, à travers les bois, par des chemins pierreux et raboteux;
Ce n'est pas une petite affaire. Il est donc très-néces-
saire que vous ayez de bons souliers. Je veux volontiers employer ma puissance à cet effet. Ceux d'Isengrin vous iraient tout juste; ils sont bien forts et épais,
ainsi que ceux de sa femme. Quand même leur vie
en dépendrait, il faut que chacun vous donne deux
souliers, avec lesquels vous puissiez achever votre
voyage.

« Ainsi le faux pèlerin obtint que le seigneur Isengrin perdrait la peau de ses deux pieds de devant, de-

puis les genoux jusqu'aux griffes. Jamais oiseau qu'on gorge de grain pour l'engraisser, ne demeura aussi tranquille que le loup, lorsqu'on l'écorchait si misérablement que le sang lui découlait des jambes. Il savait à qui il avait affaire, et craignait pis.

« Cette opération achevée, dame Hersinde dut aussi aller se mettre sur l'herbe, et elle se laissa également enlever la peau et les griffes des jambes de derrière.

« Cette vengeance plaisait à l'esprit méchant de Renard. Il ajouta même des lamentations ironiques à cet acte de cruauté : Ma tante, disait-il, chère tante, combien vous avez supporté de douleurs par ma faute ! Je m'en repens. Vous êtes, croyez-m'en, une de mes plus chères parentes ; aussi porterai-je vos souliers, Dieu le sait, pour votre plus grand avantage. Vous participerez aux indulgences plénières et à tous les pardons, chère tante, qu'en marchant avec vos souliers, je parviendrai à obtenir au delà des mers.

. . . .

« Le lendemain, avant le lever du soleil, Renard se fit mettre les souliers d'Isengrin et de sa femme. Quand ils furent attachés, il alla trouver le roi et la reine, et dit d'une voix mielleuse : Seigneur, que Dieu vous accorde des jours prospères ainsi qu'à madame, à laquelle je dois tant ! Que vos valets donnent maintenant à Renard le bourdon et la besace, et laissez-moi partir. — Le roi fit approcher son chapelain, Belin le bélier,

et lui dit : Voici un pèlerin. Lisez-lui une prière et
donnez-lui le bourdon et la besace. — Seigneur, répondit Belin, je n'ose le faire : Renard a reconnu lui-
même qu'il était mis au ban par le pape. — Qu'est-ce
à dire, Belin? répliqua le roi. Maître Godefroid nous
fait entendre que, lors même qu'un homme aurait
commis tous les crimes et autant de péchés que toutes
les créatures vivantes, s'il veut renoncer au vice,
aller à confesse, faire pénitence et passer la mer pour
aller en pèlerinage, il peut par là se purifier. —
Belin répondit : Dans les affaires ecclésiastiques je ne
raisonne jamais pour m'enquérir si les choses sont
justes ou non ; mais garantissez-moi de tout reproche
de la part de l'évêque ou du doyen. — En huit se-
maines, répliqua le roi, je ne vous en ai pas tant demandé, et j'aimerais mieux que vous fussiez pendu que
de vous prier davantage. — Lorsque Belin vit que
Noble se fâchait, il trembla du danger qu'il courait,
alla préparer l'autel, et commença à lire et à chanter
tout ce qui lui parut propre à la circonstance.

« Lorsqu'il eut achevé, il suspendit au cou de Renard une bourse faite avec la peau du dos de Brun, et
mit un bourdon entre les mains du malin compère.
Celui-ci, tout à fait prêt pour le voyage, regarda le roi
avec une feinte douleur ; de fausses larmes lui coulaient
des yeux, le long des moustaches, comme si son cœur
eût été rempli de chagrin et de deuil. Au fond il n'é-

tait fâché que d'une chose, c'était de n'avoir pu faire
infliger à tous ceux qu'il laissait à la cour, les mêmes
peines qu'à Brun et à Isengrin[1]. »

Ce rôle de roi qui se croit aimé aussitôt qu'on lui
dit qu'on l'aime, est piquant et vrai.

> Je suis élu; mon peuple m'aime,

dit la Fontaine faisant ses châteaux en Espagne. Nous
en sommes tous là, princes et particuliers. Comme
nous nous trouvons aimables, nous croyons aisément
que nous sommes aimés. Nous avons bien quelque
idée de la fausseté des flatteries humaines, et nous
savons qu'il faut rabattre des éloges qu'on nous donne ;
mais la complaisance que nous avons pour nous-
mêmes donne un tel prix à ce que nous croyons pouvoir garder de louange, que même, en tâchant sincèrement d'être modestes, nous sommes encore les plus
vaniteux du monde, et par conséquent les plus exposés
à être dupes. « Quel grand poëte vous êtes! dit le
flatteur. — Oui, répond le modeste, j'ai fait parfois
quelques bons vers. — Vous êtes un grand général,
un Turenne, un Condé ou un Napoléon, dit le flatteur. — Ah! je n'ai pas leurs grandes qualités, » dit
le modeste. Mais il ajoute tout bas qu'il n'a pas leurs
défauts, qu'il est plus prompt que Turenne, moins

1 P. 211 à 214.

téméraire que Condé, et qu'il sait faire les retraites mieux que Napoléon. On a dit de la calomnie que, quoiqu'on la détruise, il en reste toujours quelque chose, parce que nous aimons tous à croire au mal qu'on dit du prochain. Cela est vrai aussi de la flatterie : on a beau en rabattre, il en reste toujours quelque chose, parce que nous aimons tous à croire au bien qu'on dit de nous.

Je trouve, dans une autre *branche* du *Roman du Renard*, traduite en prose à la fin du quinzième siècle, un nouvel exemple de ces rois dupés par leur vanité ou par leur égoïsme. Cela nous montre jusqu'à quel point ce roman est peu respectueux pour les grandeurs de la terre.

« Au temps de mai que toutes choses s'éjouissent, il prit volonté au roi Lion d'aller chasser, car il était pris d'amourettes ; et, pendant qu'il chassait, rencontra le Renard qui était à cheval. Le Renard, dès qu'il aperçut le roi de loin, descendit de cheval et salua très révéremment son souverain seigneur. Le roi le fit remonter à cheval, et ils se mirent à causer de la guerre qu'ils avaient eue ensemble (le roi Lion avait déjà une fois inutilement fait le siége de Maupertuis, le château de Renard). « Ma foi, Renard, si vous eussiez voulu, vous m'eussiez tué et tous mes gens. C'est pourquoi je vous en aime mieux et vous retiens toujours de mon conseil, car Isengrin le loup n'en sera jamais, il est trop pauvre de façon et de jugement. »

« Renard, entendant ce langage, en fut bien aise :
on aime toujours à entendre blâmer son adversaire ;
puis remercia le roi de ce qu'il le retenait de son conseil.

« Pendant ce temps, le roi commença à sourire de
joyeuseté ; Renard ne savait pourquoi ; et, pendant
qu'ils chevauchaient, le roi dit à maître Renard qu'il
était amoureux d'une belle dame qu'il aimait par
amour. « Mais secret soit ! J'aimerais mieux mourir
que ma femme le sût, dit le roi. — Ainsi sont plusieurs qui craignent plus leur femme que Dieu. —
J'aimerais mieux mourir aussi que nul le sût, dit Renard, que vous et moi. Vous vous pouvez donc découvrir à moi. Dites-moi qui c'est, et en quel lieu ; jamais ma bouche ne s'en ouvrira. » Il ne désirait savoir
le fait que pour faire quelque mauvais tour.

« Or ça, dit le roi, je me découvre à vous. Ne vous
souvient-il pas bien de la fête dernière qui fut à Maupertuis quand la paix fut faite entre vous et moi ? Je
fus tellement saisi de la Léoparde, quand je l'entendis
chanter, que depuis je n'ai cessé d'y penser, et, de
fait, je suis tant allé et venu que je lui ai conté mon
tourment. Elle ne voulait point d'abord y consentir,
par crainte de son mari. Toutefois, j'ai tant fait, qu'elle
s'est accordée à mon vouloir, et, afin que vous le sachiez, je m'y en vais dès cette heure, et ne m'arrêterai

point que je ne sois près d'elle, car elle me doit attendre dans un jardin dont elle m'a laissé la clef. — Eh ! comment, dit le Renard, quand il sut ce que le roi avait sur le cœur, serez-vous bien si sot d'y aller tout seul? Vraiment, si vous m'en croyez, j'irai avec vous. Vous vous mettez en grand danger de mort. »

« Le roi fut très-content des paroles de Renard; de quoi mal lui prit. Ils allèrent chassant tant que vint l'heure où le roi se devait rendre au lieu où la Léoparde avait dit. « Adoncques, dit le roi au Renard, attendez-moi ici que je sois revenu. — Ah ! sire, dit le Renard, sire, n'y allez pas ainsi, vous vous mettez en grand danger. Que savez-vous s'il n'y a pas des gens qui vous guettent dans le jardin, son mari ou un autre? Elle est femme, il n'y a pas grand'foi. — Son mari n'est pas au pays, dit le roi, et pour ce elle m'a promis à cette heure-ci. — Non, dit Renard, vous n'irez pas ainsi, si vous m'en croyez. Et que serait-ce si nous vous avions perdu, et si vous étiez mort? En telle manière nous aurions perdu le chef de nous tous! » Le Renard flatta tellement le roi de paroles, qu'il lui fit croire qu'il disait bien. « Voici, sire, ce qu'il faut faire : Vous me baillerez la clef du jardin, et je ferai l'avant-garde pour voir s'il y a âme, et puis je vous en viendrai dire les nouvelles. S'il y a gens apostés, je m'échapperai du mieux que je pourrai, car je passerai par plus petit lieu que vous ne feriez, et, si je suis mort, il n'y a pas si grand péril comme de vous. Attendez-moi donc ici, et si je ne reviens pas tout de suite, fuyez-vous-en, car croyez de vrai que je serai mort ou pris.»

Toute cette scène me semble un chef-d'œuvre de comédie. L'indiscrétion du roi, empressé de conter au Renard sa bonne fortune, l'adresse du Renard, la manière dont il flatte le roi en l'entretenant de l'importance de sa personne, idée qui va si bien à l'adresse de la vanité royale, tout cela est vrai, naturel, amusant. Le vieil auteur a trouvé déjà le secret de la bonne comédie de mœurs, que Molière retrouvera plus tard.

Ayant la clef du jardin, le Renard entre, séduit la Léoparde, l'emmène à Maupertuis, son château, laissant le roi se morfondre à la porte du jardin. Toute cette peinture du roi dupé est faite encore de main de maître.

« Le roi était toujours à la porte du jardin, croyant que le Renard allait revenir, et était tout ébahi de ce qu'il ne revenait point. Il se mit à penser qu'il était mort, et commença à se lamenter et à étendre ses mains vers le ciel, disant : « Hélas ! malheureux que je suis ! Pour moi est mort le plus vaillant, le meilleur, le plus subtil et le plus prudent qui fût en tout le monde, et il m'a bien conseillé, car je serais où il est. Ah ! la perfide, disait-il de la Léoparde, elle avait donc intention de me faire mourir ! »

Brave et honnête roi, comme il est dupe! Et ce qui
rend la duperie plaisante, c'est que la vanité en est
cause, et un genre de vanité propre aux princes.
Le dévouement auprès des princes est toujours bien
venu, quelque faux qu'il soit; il ne leur vient point en
idée, comme aux autres hommes, de se demander pourquoi on se dévoue. Le Renard se dévoue à moi, dit le
roi Lion; c'est tout simple, cela doit être, cela est dans
l'ordre. Un prince n'est jamais étonné de voir autrui se
sacrifier pour lui. C'est là ce qui dupe le Lion. Sa vanité
lui coûte sa maîtresse.

Ce qu'il y a de charmant dans cette vanité royale,
ce qui montre la nature prise sur le fait, c'est qu'en
même temps le Lion est un bon prince; il pleure le Renard, il s'écrie : « Malheureux que je suis! pour moi est
mort le plus vaillant... » Il regrette son serviteur; mais
il le regrette en prince, c'est-à-dire qu'il ne se repent
pas de l'avoir laissé tuer pour lui; c'est dans l'ordre
encore; il le loue d'avoir fait son devoir. « Il m'a bien
conseillé, s'écrie-t-il, car je serais où il est, je serais
mort! » Puis, s'indignant contre la Léoparde : «Ah!
perfide! » dit-il, — perfide d'avoir tué le Renard, ce
bon serviteur? Non, perfide d'avoir voulu me faire mourir! Ainsi le moi, le moi royal partout : s'il loue, c'est
qu'on l'a bien conseillé; s'il s'attendrit, c'est qu'il serait où est le Renard, il serait mort; s'il s'indigne
c'est qu'on a, non pas tué le serviteur, mais voulu le

tuer, lui, le roi! Tous ces mots me semblent d'une
naïveté d'égoïsme qui est sublime.

Voilà comment les rois du moyen âge sont raillés
dans le *Roman du Renard*. La noblesse y est-elle mieux
traitée? Voyez l'invective de Thiébert, le chat, contre la noblesse. Poursuivi par des gentilshommes,
Thiébert s'est réfugié sur un arbre, d'où ils veulent le
déloger à coups de pierres. Il ne peut pas toujours s'en
garantir, et il prend le parti de haranguer les assail-
lants. « Ce discours, qui termine le poëme, dit M. Robert, dans l'analyse qu'il fait de la sixième branche du
Renard, ce discours est une violente déclamation contre les nobles : « Vous autres, leur dit-il, ne vivez que
« de proie, et vous vous croyez sortis d'une boue plus
« précieuse que le reste des hommes ; mais ce n'est
« pas parmi vous que Dieu a choisi ses apôtres ; ce
« sont des vilains qu'il a élus pour être près de lui pen-
« dant son séjour sur la terre. C'est avec raison que
« l'Écriture vous compare au faucon, et qu'elle nous
« dit que le chapon est l'image du vilain. Le premier
« de ces oiseaux, tant qu'il vit, est loué des grands ; ils
« le caressent et l'admettent dans leurs appartements.
« Est-il mort, on le jette sur le fumier. Le chapon, au
« contraire, reste dans la basse-cour ; il y cherche sa
« subsistance dans la boue et dans le fumier. Il fuit les
« palais ; mais, après sa mort, il est gardé précieuse-
« ment, et c'est sur des vases d'or et au son des instru-

« ments, qu'il est servi dans les festins des rois. Pen-
« dant sa vie, la honte fut son partage ; à sa mort,
« tous les honneurs lui sont décernés. Vous vous mo-
« quez du laboureur, vous le pillez impunément;
« mais, à sa mort, il sera reçu par les anges, et porté
« par eux devant le roi des rois, qui lui fera un accueil
« honorable. Pour vous, vous irez au feu d'enfer[1]. »

L'accent de démagogie religieuse de cette invective
est remarquable. Mais je ne puis pas, quant à moi, en
ma qualité de membre du tiers, et par conséquent de
vilain, me trouver honoré de la comparaison que Thiébert fait du vilain avec le chapon. Symbole pour symbole, j'aime mieux le coq gaulois, le vieil emblème national.

Le satirique, qui accuse aussi violemment la noblesse, respecte-t-il l'Église, le pape, le clergé, les
rites religieux ?

Commençons par le pape l'énumération des raille-
ries, presque sacriléges, du vieux poëme.

Il y a un poëme latin du *Renard*, *Reinardus vulpes*,
qui, selon les recherches de M. Paulin Paris, doit
remonter vers l'an 1148. A cette époque les malheurs
de la seconde croisade avaient déjà commencé ; et,
parmi les causes de ces malheurs, on comptait la ré-

---

[1] Robert, *Fables inédites des douzième, treizième et quatorzième
siècles*, et *Fables de la Fontaine*. — *Essai sur les fabulistes qui ont
précédé la Fontaine*, p. 146 et 147. — Paris, 1825.

solution que Louis VII et l'empereur d'Allemagne,
Conrad III, avaient prise d'aller à la terre sainte par
Constantinople, au lieu d'aller par la Sicile et par mer.
C'était, disait-on, Roger, roi de Sicile, qui, pour éviter
le passage, toujours dangereux et ruineux de l'armée
des croisés, avait, à prix d'argent, décidé le pape Eugène III à donner aux princes croisés ce mauvais conseil.
Cette calomnie s'était répandue en Europe, et les peuples croyaient, selon l'usage, que s'ils étaient malheureux, c'est qu'ils étaient trahis. « Le pape [1], dit un des

---

[1] *Nouvelle étude sur le poëme du Renard*, lue à l'Institut le 7 décembre 1860, p. 168.

> Papa dolosus
> Christicolas siculo vendidit ære Dacis;
> Proh pudor in cœlo! dolor orbe! cachinnus Averno!
> Regna duo monachus subruit unus iners...
> Christicolæ populi collectas novimus iras
> Barbariem contra concaluïsse procul.
> Hic satis est nostras rumor perlatus ad aures,
> Felicemque homines creditur isse viam...
> Præscio quid penses; sceleris damnare dolique
> Pontificem Latium, perfida porca, cupis.
> Dicere vis quia Jerosolmam Ætnæos ituros
> Christicolas timuit per sua regna gradi;
> Papa ergo Siculi ducis ære illectus utroque,
> Argolicum populos carpere suasit iter...
> Improbe, tu nescis hoc quare papa benignus
> Fecerit; ausculta, cognita dico tibi.
> Dimidiare solet nummos ignobile vulgus,
> Et dirimit sacram rustica turba crucem.
> Hoc scelus est ingens, hic mundi pessimus error;
> Taliter errantes papa perire dolet...
> Salvificare animas omnes vult papa fidelis:
> Cœlitus est illi creditus omnis homo.
> Idcirco æs Siculi sumpsit Francique tyranni,

personnages du *Reinardus vulpes*, le pape, artisan de
fraude, a vendu les chrétiens au duc de Sicile. Honte
et douleur! Un moine (saint Bernard) a causé la ruine
de deux royaumes... N'avons-nous pas vu comment
on avait enflammé le zèle des chrétiens contre les bar-
bares, et quelles prospérités on avait promises à ceux
qui feraient le voyage? »

Il n'y a pas là seulement une calomnie contre le
pape; il y a aussi un sentiment visible de répugnance
contre les croisades. Renard se charge de répondre à
ces reproches et de justifier le pape. Mais Dieu nous
garde d'un pareil avocat! Écoutez son plaidoyer.

« Perfide, dit-il à l'accusateur, ton intention, je le
sais, est d'accuser le pontife romain d'une connivence
criminelle; tu crois que le duc sicilien a redouté le
passage des pèlerins à travers ses domaines et que le
pape, alléché par l'or de ce prince, a déterminé les
croisés à prendre le chemin de Grèce... Malheureux,
tu ignores donc les motifs de la conduite de ce bon
pape? Je vais te les dire : le vil peuple avait l'habitude de rogner les pièces de monnaie; il osait cou-

Angligenæ et Daci et totius orbis avet...
Materiam minuit signum cœleste secandi,
 Quamvis non valeat tollere prorsus eam.
Hoc tulit æs Siculum pacto ut pietatis eodem
 Totius immensas tolleret orbis opes.
Æs sibi non rutilum, non æs desiderat album,
 Vult sibi commissum salvificare gregem.
                              (P. 168, 169, 170.)

per en deux la croix dont elles sont marquées. C'était
un péché mortel dont le pape gémissait plus que personne. Si donc il a pris l'or sicilien, l'or des rois de
France, d'Angleterre et de Danemark, ce fut pour ôter
les occasions de péché. En attirant dans son épargne
tant de pièces, qui dès lors n'étaient plus en danger
d'être coupées, il a diminué, autant qu'il dépendait
de lui, les occasions de profaner le signe de notre salut. Voilà pourquoi il a pris l'argent sicilien; et, dans
le même esprit de piété, il eût pris volontiers tout l'argent du monde; non qu'il convoite le métal rouge ou
blanc, mais par charité pour le salut du troupeau qui
lui est confié. »

Si les poëtes satiriques du *Renard* parlent ainsi du
pape, que feront-ils du clergé, de l'Église et des rites
les plus respectés par la foi ou par la superstition populaire?

Chanteclair, le coq, vient accuser le Renard d'avoir
tué sa poule la plus chérie, la belle Copée. Le roi ordonne que l'accusé paraisse devant la cour. Mais en
attendant, comme Copée, qui était bonne et pieuse, a
péri de mort violente, elle est déclarée sainte et martyre. Couart, le lièvre, va se coucher sur sa tombe, et
il est guéri de la fièvre. Isengrin y court pour un mal
d'oreilles; il est aussi guéri. Enfin il s'y fait de grands
miracles, qui sont attestés par Rogue, le chien, prêt à
aboyer et à mordre quiconque les contestera.

Cette fois encore Renard est condamné à mort. Pour obtenir son pardon, il demande à prendre la croix et à aller en terre sainte. « Non, dit le roi Lion :

> Quand reviendrait, il serait pire.
> Car beaucoup cet usage tiennent
> Qui bons y vont, mal en reviennent. »

Citerai-je enfin, en témoignage de l'esprit de moquerie irréligieuse du poëme du *Renard*, l'histoire de Renard mangeant son confesseur? Ce confesseur, il est vrai, est un milan; mais ce milan est un moine. — Ou bien citerai-je la scène de l'excommunication du Renard? Prenons cette dernière scène. Dans ce drame, dont les personnages sont des animaux, il a fallu choisir quelque animal pour jouer le rôle d'excommunicateur. Le conteur insolent a choisi l'âne, dont il fait un archiprêtre, et c'est l'âne qui excommunie le renard. Cette scène de l'excommunication est omise dans la traduction en prose du quinzième siècle. Elle ne se trouve que dans le roman rimé. C'est de là que je l'extrais, en ayant soin de changer le moins possible le style du vieil auteur.

> Alors l'archiprêtre Timers [1]
> Commença si haut à chanter
> Qu'en retentirent monts et vaux.
> Il a chaussé ses estivaux [2],

---

[1] Nom familier de l'âne.
Stivali, en italien, bottines.

S'est de ses habits revêtis,
Avec lui eut deux de ses fils.
Cloches, cierges et bénitier
Ils avaient, pour excommunier
Renard avec sa compagnie.
Timers bien haut l'excommunie.
Pendant ce temps cloches sonnaient
Et jusque-là cierges brûlaient.
Alors fit les cierges éteindre :
C'était pour mieux Renard contraindre.
Et, pour qu'il fût en pire état,
Chanta *amen! fiat! fiat!*
Cela fait, retourne en arrière,
Car il ne sait autre assaut faire.
Et Renard en moquant s'écrie :
Que ferai-je? on m'excommunie;
Manger ne pourrai plus de pain
Si je n'ai appétit ou faim;
Et mon pot bouillir ne pourra
Tant que le feu ne sentira.

Après avoir lu ces vers, que croire de la superstition du moyen âge? voilà l'excommunication jouée et bafouée en plein roman; voilà un âne archiprêtre, qui, accompagné de ses deux fils, excommunie Renard; et celui-ci, aussi incrédule et plus gai qu'un philosophe du dix-huitième siècle, prend en moquerie l'anathème. Il est excommunié! il ne mangera plus, hélas! que lorsqu'il aura faim; son pot ne bouillira plus que lorsqu'il sera sur le feu. Est-il sarcasme plus vif contre l'excommunication? — Pour l'excommunié, disait l'Église, tout change, tout prend un aspect ennemi. Le

Renard, esprit fort, dit : « Qu'importe l'excommunication? Je suis ce que j'étais hier ; rien n'est changé en
moi ni autour de moi : aujourd'hui comme hier, je ne
mange que lorsque j'ai faim ; aujourd'hui comme
hier, mon pot ne bout que lorsqu'il est sur le feu : où
donc est l'effet de l'excommunication? » Ce raisonne-
ment naïf et piquant, ne nous y trompons pas, est
hardi et profond. Quand l'excommunication n'empêche plus personne d'avoir faim et de manger, il y
a une croyance de moins dans le monde. Le jour où
un excommunié s'est aperçu qu'il avait faim comme
avant l'anathème, le jour où il a vu que le pot bouil-
lait pour l'excommunié comme pour l'orthodoxe, l'ascendant de l'Église s'est affaibli.

Malgré l'anathème de Timer, Renard se défend et le
roi prend le parti de traiter avec lui, ne pouvant le
vaincre. Une fois la paix faite, Renard recouvre tout
son crédit.

C'est ici que le roman semblerait devoir finir ; il
continue cependant ; mais cette continuation est une allégorie dans le genre de celle du roman de *la Rose*. Le
Renard est l'emblème et le symbole de la prudence, de
la ruse, de l'habileté, de tout ce qui fait le succès.
Tout le monde veut donc être de la compagnie du Renard, tout le monde veut l'avoir avec soi, puisque
c'est un talisman infaillible pour réussir et faire fortune. Ce sont surtout les gens d'Église qui veulent

l'enrôler parmi eux. Les jacobins viennent d'abord,
afin qu'il veuille bien être de leur ordre. Le Renard ne
veut point être jacobin, mais il leur donne Regnardel,
son fils aîné, qui devient bientôt général de l'ordre des
jacobins. Les cordeliers viennent aussi prier Renard
d'être des leurs : il les refuse comme les jacobins,
mais il leur donne son second fils Roussel, qui ne fait
pas une moins belle fortune chez les cordeliers que
son frère Regnardel chez les jacobins, et qui devient
aussi général de l'ordre. Les deux fils étant si bien
placés dans l'Église, la vocation ecclésiastique commence aussi à venir au père, et il prend la résolution
de se faire ermite. Ici encore laissons parler le vieil
auteur. Toute cette scène est racontée avec une grâce
et un esprit infinis.

> Renard jure Dieu et sa vertu
> Que, puisque ses fils sont rendus [1],
> Il veut enfin se rendre aussi,
> Pour que Dieu ait de lui merci
> Au grand jour, jour du jugement,
> Là où tous seront en présent
> Devant la sainte Trinité,
> Là où tous seront accusés
> Et condamnés pour leurs méfaits.
> Pour ce est sage qui bien fait.
> Lors il eut grand dévotion,
> Puis il mangea d'un gros chapon,
> Ne s'inquiétant d'où il venoit

[1] Convertis.

Puisqu'en ses pattes le tenoit...
A ce moment regarde et voit
La retraite d'un pauvre ermite
Où il n'y avait tite ni mite[1],
Ni sang, ni chair, ni pain, ni grain,
Hors de racine un rayon plein,
Et sauterelle et miel sauvage
Que le prud'homme par le bocage
Cueillait pour soutenir sa vie.
L'ermite alors disait Complie.
Quand Renard vint à l'ermitage,
Renard contrefit fort le sage ;
Il vient et frappe du maillet[2].
Le prud'homme ouvrit le guichet ;
Quand Renard vit s'émerveilla.
Renard entre ; mot ne sonna,
flors qu'il dit : *Benedicite !*
Le prud'homme, plein de sainteté,
Lors lui répondit : *Dominus !*
Ici soyez le bienvenu.
Que voulez-vous ?

LE RENARD.

Veux confesser
Et vers Dieu me veux amender,
Et faire satisfaction
Et entrer en religion.
Au siècle ne veux être plus,
Et je veux être ici reclus,
Mais confesser me veux avant.

L'ERMITE.

Je vous entendrai bonnement ;
Dites de par Dieu vos péchés.

---

[1] Ni sou ni maille. — V. le glossaire de Méon dans son édit. du *Renard.*
[2] Marteau.

LE RENARD.

Volontiers, sire.

L'ERMITE.

Or, commencez.

LE RENARD.

Que voulez-vous que je vous die ?
Onc ne fis bien jour de ma vie...
Mais je veux aussi ouïr par ordre
Tous les points qui sont en votre ordre,
Comment vous mangez et vivez,
Pourquoi loin des gens vous restez,
Comment couvrez votre chair nue.

L'ERMITE.

Je me couvre de peau velue,
Dit le prud'homme, et vais nuds pieds ;
Jamais s'ıis lavé ni baigné.
Je dis mon Psautier chaque jour
Et puis je vais à mon labour.
A minuit, Matine je dis
Pour que Dieu ait de moi merci ;
Et, pendant le jour, une fois,
Je mange de ce que tu vois ;
Encor je n'en prends pour mon soû.
Le Renard dit : « J'étais un fou,
Moi qui venir à vous voulais.
Ici, vrai Dieu ! moi je croyais
Que vous mangiez à vos devis [1]
Bécasses, faisans et perdrix,
Chapons rôtis et venaison,
Et buviez bon vin à foison,
Et aviez chez vous belle dame.

Et, disant cela, Renard, voyant que l'ermitage ne ré-

_____
[1] Selon vos goûts.

pondait pas à ses idées, revint à Maupertuis. C'est ainsi que manqua sa vocation d'ermite.

Cependant, sa réputation passant les mers, les templiers et les hospitaliers se disputent à qui aura Renard pour gouverneur. Les deux ordres sont tous deux également ambitieux, également avides ; ils ont tous deux des titres pour être gouvernés par Renard. La querelle s'enflammant, elle est portée devant le pape et les cardinaux, qui ne peuvent accorder les deux ordres, et proposent de couper Renard en deux, afin que chaque ordre en ait une moitié. Cette transaction ne convient pas du tout à Renard, qui se hâte de proposer un amendement : « A cette fin, dit-il, que les deux par-« ties soient contentes, je serai revêtu d'une robe mi-« partie, qui, d'un côté, sera de l'hospitalier, et de « l'autre côté du templier. Avec ce, j'aurai la barbe ra-« sée de l'hospitalier, et de l'autre côté la laisserai venir ; « et ainsi je tiendrai des deux parties et je les gouver-« rai bien toutes deux. Les assistants consentirent à ce « qu'il fût fait ainsi qu'il avait dit, et, par ce moyen, « fut maître Renard hospitalier et templier, et de-« puis les a bien gouvernés, tant qu'ils ont de bonnes « rentes. »

Avoir de bonnes rentes, voilà ce que c'est que d'avoir Renard avec soi, c'est-à-dire d'être habile et prudent.

Une des branches du *Renard*, la branche flamande,

traduite par M. Delpierre, nous donne elle-même la moralité à tirer de cette longue fable, qui a huit ou dix mille vers. Cette moralité est une satire violente du moyen âge, — je me trompe, — du monde et de l'humanité dans tous les temps. Seulement, dans cette conclusion, le poëte n'emploie plus l'allégorie : il ôte aux hommes leur masque d'animaux et les frappe à visage découvert.

« Ceux qui ont le talent de Renard, dit le vieil auteur, sont encore aujourd'hui bien reçus partout, et l'on ajoute foi à leurs discours. Celui qui n'a pas l'adresse de Renard ne vaut rien dans le monde actuel, et n'obtient ni crédit ni place ; mais, s'il peut prendre Renard pour guide, il réussit à coup sûr. Il sait profiter des circonstances, il monte, et chacun s'empresse de le pousser en avant. Les nombreux descendants de Renard dirigent tout maintenant ; car on voit plus de Renardeaux de nos jours qu'on n'en vit jamais, quoi qu'ils n'aient pas la barbe rousse. A la cour du pape, comme à celle de l'empereur, chacun cherche à s'emparer de ce qui appartient à son voisin, et à se mettre en faveur à l'aide de la force, de la bassesse ou de la lâcheté. On ne connaît que l'argent ; ce métal est plus aimé que Dieu, et on n'est guidé que par sa puissance. Le pape, aussi bien que l'empereur de Rome, tous sont entrés dans l'ordre de la Renardie. Chacun ne pense qu'à soi en toutes choses ; je ne sais ce qui en arrivera. Dieu, au-

quel rien n'est caché, agira pour le mieux d'après sa
volonté[1]. »

Après avoir lu le *Roman du Renard*, il est difficile
de ne pas croire qu'il y a longtemps que le monde des
animaux est entré dans le monde poétique, et qu'il y
est entré par la plus grande porte, celle de la satire.
« Vous vous trompez, me dira le spirituel commenta-
teur de la Fontaine, que j'ai cité en commençant cette
leçon, les animaux ne sont pas dans votre vieux roman : il n'y a que des hommes qui ont pris un instant
la forme d'animaux; mais la vraie bête, avec ses instincts, ses mœurs, ses sentiments, la bête n'y est pas;
ce n'est pas à elle que nous nous intéressons, ou ce
n'est pas d'elle que nous rions : c'est de ceux qu'elle
cache et qu'elle montre à la fois. »

J'avoue que les vieux poëtes du *Renard* nous montrent plus souvent l'homme que l'animal, parce qu'ils
savent bien, après tout, que c'est la peinture de
l'homme que nous cherchons dans la littérature.
Mais, en dessinant l'homme, ils n'ont pas oublié l'animal; ils ont fait comme la Fontaine, ils ont peint
avec le même soin le visage et le masque. Dans le *Roman du Renard*, les animaux ont leur allure et leur
physionomie naturelle; ils sont eux-mêmes, tout en
étant aussi une allégorie. Voyez le Renard cherchant à

---

[1] P. 331 et 332.

se glisser dans le clos du poulailler : comme il se dé-
guise et se dissimule! comme il s'allonge et s'amincit
pour passer par la fente de la haie!

> Il s'est accroupi dans la voie [1],
> Tant il craint fort qu'on ne le voie...
> Aussi va-t-il le col baissant. .

Et pendant que le Renard fait ses efforts pour entrer dans le poulailler, le coq, déjà inquiet,

> Moitié veillant, moitié dormant...
> Un œil ouvert et l'autre clos...
> Un pied crampi [2] et l'autre droit,
> S'est apposté dessus le toit.

N'est-ce pas là une peinture vivante des animaux, et
non plus une allégorie; ne sont-ce pas de vrais renards
en embuscade, de vrais coqs en sentinelle, des bêtes,
enfin, représentées avec leurs mœurs, leurs sentiments et leurs gestes?

[1] Je rapproche le vieux langage du langage moderne, en faisant le
moins de changements que je peux.
[2] Recourbé.

SEPTIÈME LEÇON

LA FABLE AU MOYEN AGE — LES FABLIAUX

———

Au moyen âge, les animaux ne figurent pas seulement dans le *Roman du Renard;* ils figurent aussi dans
je ne sais combien de fables et de fabliaux. Les vieux
sujets de fables que nous avons trouvés dans Ésope,
dans Phèdre, dans Babrias, ceux mêmes des apologues
orientaux se retrouvent dans les nombreux recueils
qui amusaient le moyen âge. Ces recueils sont les uns
en latin, les autres en français, les uns en prose, les
autres en vers, et ils témoignent tous de la grande
popularité des fables et des fabliaux à cette époque. Il
y a, je le veux bien, une différence à faire èntre la fable
et le fabliau. Dans les fabliaux, l'homme figure plus

que les bêtes; il y figure avec ses vices, ses travers, ses
ridicules, parfois même avec ses bonnes qualités. Dans
la fable, il figure aussi, mais sous le nom et le masque
des animaux. La Fontaine a tantôt imité les fabliaux
du moyen âge, tantôt les fables, sans beaucoup se soucier de la différence des genres. La Laitière et le Pot au
lait[1], le Dépositaire infidèle[2], les Femmes et le Secret[3],
le Marchand, le gentilhomme, le pâtre et le fils du
roi[4], le Savetier et le Financier[5], le Jardinier et son
Seigneur[6], la Jeune Veuve[7], et bien d'autres fables encore, sont des fabliaux du moyen âge, que la Fontaine
rencontrait çà et là dans ses lectures infinies et variées,
faites au gré de son plaisir et de l'occasion.

Je prendrai quelques-uns de ces récits librement
imités par la Fontaine, cherchant dans les uns l'analogie des sujets, dans les autres l'analogie de la pensée,
et tâchant, à l'aide de ces rapprochements, de donner
une idée du caractère de la fable et du fabliau au
moyen âge.

Vous connaissez le Dépositaire infidèle de la Fontaine :

[1] Liv. VII, f. 10.
Liv. IX, f. 1re.
Liv. VIII, f. 6.
Liv. X, f. 16.
Liv. VIII, f. 2.
Liv. IV, f. 4.
Liv. VI, f. 21.

. . . . Un trafiquant de Perse,
Chez son voisin, s'en allant en commerce,
Mit en dépôt un cent de fer, un jour.
« Mon fer? » dit-il, quand il fut de retour.
— Votre fer! il n'est plus : j'ai regret de vous dire
Qu'un rat l'a mangé tout entier.
J'en ai grondé mes gens; mais qu'y faire? un grenier
A toujours quelque trou. » Le trafiquant admire
Un tel prodige, et feint de le croire pourtant.
Au bout de quelques jours, il détourne l'enfant
Du perfide voisin, puis à souper convie
Le père, qui s'excuse et lui dit en pleurant :
« Dispensez-moi, je vous supplie;
Tous plaisirs pour moi sont perdus.
J'aimais mon fils plus que ma vie.
Je n'ai que lui; que dis-je? hélas! je ne l'ai plus!
On me l'a dérobé. Plaignez mon infortune. »
Le marchand repartit : « Hier au soir, sur la brune,
Un chat-huant s'en vint votre fils enlever;
Vers un vieux bâtiment je le lui vis porter. »
Le père dit : « Comment voulez-vous que je croie
Qu'un hibou pût jamais emporter cette proie?
Mon fils en un besoin eût pris le chat-huant. »
« Je ne vous dirai point, reprit l'autre, comment;
Mais enfin je l'ai vu, vu de mes yeux, vous dis-je,
Et ne vois rien qui vous oblige
D'en douter un moment après ce que je dis.
Faut-il que vous trouviez étrange
Que les chats-huants d'un pays
Où le quintal de fer par un seul rat se mange,
Enlèvent un garçon pesant un demi-cent? »
L'autre vit où tendait cette feinte aventure :
Il rendit le fer au marchand,
Qui lui rendit sa géniture.
Même dispute vint entre deux voyageurs.

L'un d'eux était de ces conteurs
Qui n'ont jamais rien vu qu'avec un microscope :
Tout est géant chez eux. Écoutez-les, l'Europe,
Comme l'Afrique, aura des monstres à foison.
Celui-ci se croyait l'hyperbole permise :
« J'ai vu, dit-il, un chou plus grand qu'une maison.
— Et moi, dit l'autre, un pot aussi grand qu'une église. »
Le premier se moquant, l'autre reprit : « Tout doux ;
        On le fit pour cuire vos choux. »
L'homme au pot fut plaisant; l'homme au fer fut habile.
Quand l'absurde est outré, l'on lui fait trop d'honneur
De vouloir par raison combattre son erreur :
Enchérir est plus court, sans s'échauffer la bile.

(Liv. IX, f. 1re.)

Je trouve, dans le vingt-deuxième volume de l'*Histoire littéraire de la France*, un fabliau ou un récit qui raille, comme celui de la Fontaine, l'exagération des voyageurs. Le vieux fabliau est un petit drame qui amène le menteur à se rétracter de la façon la plus comique :

« Un chevalier, allant avec son écuyer en pèlerinage à Saint-Jean de Compostelle, venait d'entrer en Espagne. Parti de grand matin, il espérait arriver le soir à Miranda, sur l'Èbre. Un renard, cherchant les aventures, croise le chemin qu'avait pris le chevalier. « Voilà, s'écrie celui-ci, un renard de belle taille. — « Oh! monseigneur, dit l'écuyer, dans les pays que j'ai « parcourus avant d'être à votre service, j'en ai vu, « par la foi que je vous dois, d'une taille bien plus

« grande, et un, entre autres, gros comme un bœuf.

« — Belle fourrure, répond le chevalier, pour un
« chasseur habile; » et il chemine en silence. Au
bout de quelque temps, élevant tout à coup la voix :
« Seigneur, préserve-nous aujourd'hui tous deux de la
« tentation de mentir, ou donne-nous la force de ré-
« parer notre faute, pour que nous puissions traverser
« l'Èbre sans danger. » L'écuyer surpris demande au
chevalier pourquoi cette prière. « Ne sais-tu pas, lui
« répond son maître, que l'Èbre qu'il faut passer pour
« aller à Saint-Jacques a la propriété de submerger
« celui qui a menti dans la journée, à moins qu'il ne
« s'amende? » On arrive à la Zacorra. « Est-ce là,
« monseigneur, cette rivière? — Non; nous en sommes
« encore loin. — En attendant, sire chevalier, ce re-
« nard que j'ai vu n'était peut-être que de la grosseur
« d'un veau... — Eh! que m'importe ton renard? »
Bientôt l'écuyer dit : « Monseigneur, l'eau que nous
« allons maintenant passer à gué ne serait-elle pas
« celle... — Non, pas encore. — En tout cas, mon-
« seigneur, ce renard dont je vous parlais n'était pas,
« je m'en souviens maintenant, plus gros qu'un mou-
« ton. » Voyant que l'ombre des montagnes s'allon-
geait déjà, le chevalier presse le pas de sa monture et
découvre enfin Miranda. « Voilà l'Èbre, dit-il, et le
« terme de notre première journée... — L'Èbre!
« s'écrie l'écuyer; ah! mon bon maître, je vous pro-

« teste que ce renard était tout au plus aussi gros que
« celui que nous avons vu ce matin. »

Que dites-vous de cette piquante réfutation de la
menterie, à l'aide de la superstition, je l'avoue? Mais
quelles bonnes superstitions que celles qui nous cor-
rigent! Et si, sur la route des pèlerins de Saint-Jacques
de Compostelle, il y avait, aux diverses étapes, quelques légendes superstitieuses de ce genre contre les
péchés capitaux, heureux les pèlerins qui, grâce à leur
pieuse crédulité, arrivaient déjà repentants et purs à
l'église du saint qui devait achever leur conversion [1]!

Parfois le fabliau du moyen âge est plus gai et
plus piquant que le sujet de la fable de la Fontaine;
la Fontaine, il est vrai, se rachète par ses digressions
charmantes. Voyez le commencement de la fable de
Simonide préservé par les dieux :

> On ne peut trop louer trois sortes de personnes :
>   Les dieux, sa maîtresse et son roi.
> Malherbe le disait, J'y souscris, quant à moi :
>   Ce sont maximes toujours bonnes.
> La louange chatouille et gagne les esprits :
> Les faveurs d'une belle en sont souvent le prix.
> Voyons comment les dieux l'ont quelquefois payée.
>   (Liv. I, f. 14.)

---

[1] Ce récit se trouve aussi dans un des recueils de fables du moyen âge,
appelé *Fabulæ extravagantes*, c'est-à-dire qui ne sont pas comprises
dans les recueils déjà connus. Voyez l'ouvrage de M. Robert : *Fables
inédites des douzième, treizième et quatorzième siècles*, préface,
p. 101.

Mais ôtez cette causerie de la Fontaine, qui donne aux moindres choses un agrément infini, l'histoire de Simonide ne vaut pas celle des *Deux aveugles* que je trouve dans le vieux poëme de *Renard le contrefait,* c'est-à-dire de Renard imité et refait. Dans l'histoire des deux aveugles, la pensée, et je dirais presque la doctrine, est la même que celle de la fable de la Fontaine. Dieu récompense même ici-bas ceux qui soutiennent sa cause et qui glorifient son nom. Mais l'histoire est plus comique. Le malheur est que le récit n'ait pas été fait par la Fontaine :

« En face du palais de Philippe le Bel, deux pauvres aveugles, assis aux portes de l'église cathédrale, demandaient l'aumône aux passants. Ils étaient grands causeurs politiques, et se disputaient souvent sur les affaires du temps. On s'entretenait alors de l'expédition que le roi préparait contre les Flamands. Un des aveugles était pour le roi. « Qui pourrait douter, disait-il, que Philippe ne revienne vainqueur ; » l'autre disait : « Tant mieux, si le roi revient vainqueur ; mais la victoire dépend de Dieu. C'est Dieu seul qui décide du succès des combats. » On s'amusait de leurs querelles ; on avait nommé l'un le champion du roi, l'autre le champion de Dieu. Quelqu'un parla au roi des deux aveugles ; et Philippe fit faire deux pâtés, qu'il leur envoya. L'un était pour l'aveugle qui était le champion du roi, et il était rempli d'or à l'intérieur ; l'autre n'était garni que

de viandes et de sauces odorantes. Le champion de
Dieu, content de son partage, s'en allait gaiement à sa
maison, lorsque son confrère, ne sentant aucune bonne
odeur dans son pâté, et se méfiant même de son poids
extraordinaire, pria son camarade de changer avec
lui. Le troc eut lieu, et le peuple, instruit de l'aventure, se réjouit de voir Dieu enrichir son champion[1]. »

Ici le fabliau semble prendre la cause de Dieu. C'est
chose à noter dans les fabliaux du moyen âge, qui ne
sont pas en général pieux et dévots. L'esprit du moyen
âge, qu'on nous représente souvent comme l'esprit religieux par excellence, est au contraire libre et moqueur; non qu'il le soit pourtant autant qu'il pourra
nous le paraître dans quelques-uns des fabliaux que je
citerai. Nous croyons souvent que le moyen âge est
malicieux, quand il n'est que naïf. De même que les
confrères de la passion jouaient Dieu, la Vierge et les
saints par simplicité, de même les fabliaux attribuent
familièrement à Dieu, à la Vierge et aux saints les aventures et les sentiments des hommes, sans vouloir pour
cela se moquer de la religion. Habitués à vivre dans
un commerce perpétuel avec les saints et avec Jésus-
Christ, les poëtes et les conteurs du moyen âge font
avec eux ce que les anciens faisaient avec leurs dieux :

---

[1] Robert, *Fables inédites*, etc., préface, p 140

ils les rapprochent sans malice de l'humanité; ils leur
demandent des services comme entre voisins, et se
plaignent d'eux, s'ils ne se trouvent pas bien servis.
Voyez l'histoire de la femme qui recommandait chaque
jour sa vache à un saint :

Une femme avait une vache
Et la nourrissait en sa crache[1].
Chaque jour qu'elle l'envoyait paistre,
Elle prenait un saint pour maistre[2];
A qui elle la commandait[3],

. . . .

Disant : « Sire saint Nicolas,
Que ma vache ne tombe aux las[4]
Du loup, d'autre mauvaise beste.
Veuillez lui aider, saint Sylvestre,
Saint Dominique, saint François! »
Tous les jours le disait ensçois[5].
Quand la vache hors était menée,
Un saint donnait la destinée,
Et quand chaque jour revenait
Saine et sauve, grant joie menait
La bonne femme et son mari.

. . . .

Mais advint une matinée
Que la vache fut hors menée,
La commanda à tous les saints
Que revienne à son châtel sains[6];

[1] Crèche.
[2] Patron.
[3] Recommandait.
[4] Piéges.
[5] Ainsi.
Qu'elle revienne au château saine et sauve.

Que de sa vache ne reçoive
Perte, ains[1] encor de son lait boive.
Si advint que cette journée
De maux[2] loups fût-elle étranglée.

. . . .

Chaque saint s'attendait à l'autre[3].

La moralité de la fable est que ce qui est gardé par tout le monde, ne l'est par personne, idée juste et piquante, qui fait la critique des administrations collectives, et qui nous avertit qu'il n'y a de bon et d'efficace que le soin et la surveillance individuelle. Mais que font là les saints? Pourquoi sont-ce des saints et non pas des hommes, qui s'attendent les uns les autres et laissent manger la vache par le loup[4]? Il n'y a pas d'autre raison que celle que j'ai indiquée. Les saints, au moyen âge, sont les compagnons et les voisins de tout le monde; on vit de plain-pied avec eux, et, quoiqu'on ne connaisse que leurs statues à l'église ou leurs images dans les missels, ils sont les familiers et les amis de chaque famille, prenant part à toutes les aventures de la journée, veillant la nuit pendant que la maison dort, assistant le mari qui laboure, la femme qui file. Or, pour avoir des saints cette aide

---

[1] Mais.

[2] Méchants.

[3] Robert, t. II. p. 487.

[4] Un fabuliste de nos jours, M. Bourgoin, traitant le même sujet, n'a pas cru qu'il fût nécessaire de mettre les saints en jeu. — Voir sa fable de la *Vache mal gardée*, p. 67.

familière, il faut que chacun ait le sien. Ne nous adressons donc pas à tous en général; ayons chacun le nôtre : car, comme dit la vieille fable :

> La prière plus singulière
> Est' plus entrant et plus plénière.

Je trouve dans les fabliaux du moyen âge je ne sais combien d'exemples de cette manière de mettre les saints en jeu dans toute occasion, et d'employer familièrement le merveilleux. Souvent même le merveilleux est plaisant et presque bouffon, sans cesser d'être sérieux. Ainsi les fabliaux du treizième siècle s'amusent volontiers, 'qui le croirait? de l'enfer et du diable. Les conteurs ou trouvères se mettent eux-mêmes en scène dans l'enfer, tantôt pour se moquer du diable, tantôt pour se moquer d'eux-mêmes. On voit que la grande affaire des poëtes et des romanciers du moyen âge était d'amuser. Non que ce ne soit de tout temps le principal souci de la littérature, et je ne l'en blâme pas; mais, depuis l'invention de l'imprimerie, les rapports sont moins directs entre les auteurs et le public qu'au temps des ménestrels. Il n'y a plus que le théâtre où les auteurs sont face à face avec le public et sont exposés à le voir s'ennuyer et s'éloigner. Encore, au théâtre, que d'intermédiaires entre le public et les auteurs! Les acteurs d'abord; ensuite, au théâtre, le public a payé avant d'entrer; il peut s'ennuyer, mais

il n'est pas disposé à s'en aller ; et, comme il reste,
cela peut faire illusion à l'auteur. Au temps des ménestrels, point d'illusion possible. Le public se rassemblait autour des jongleurs pour écouter leurs fabliaux ;
si ces fabliaux ne l'amusaient pas, il s'en allait, et
d'autant plus vite qu'il ne voulait pas attendre le moment où le valet du jongleur faisait la quête dans l'auditoire. Il fallait donc que les jongleurs amusassent le
public ; sinon, ils s'exposaient à rester seuls, sans auditoire, et à mourir de faim. La découverte de l'imprimerie a rendu plus commodes les rapports entre le
public et les auteurs : il n'y a plus d'auditoire, il n'y
a plus que des lecteurs, et, si le lecteur s'ennuie en me
lisant, il quitte mon livre ; mais je ne le vois pas, je
n'assiste pas à la désertion lamentable de mes auditeurs, qui s'en vont l'un après l'autre à chaque
phrase. Cela se voyait encore autrefois dans les Chambres, au temps du gouvernement parlementaire, et
c'est sans doute là un des graves défauts qui l'ont fait
supprimer.

Forcés d'amuser à tout prix, les trouvères traitaient
tout en plaisanterie. Ils ne doutaient certes pas de
l'enfer, non plus que leur auditoire ; mais ils le décri-
vaient d'une façon grotesque, et l'auditoire riait du
diable, quitte plus tard à en avoir peur. J'ose même
dire que l'auditoire n'en aurait pas ri, s'il n'y avait pas
cru. Le diable est devenu moins plaisant, à mesure

qu'il est devenu moins redouté. On ne se moque volontiers des médecins, que parce qu'on y croit, des avocats que parce qu'on s'en sert, des ministres que tant qu'ils le sont, des députés que tant qu'ils ont été puissants. Cessez d'être fort, cessez d'être en vue, vous cessez en même temps d'être en butte à la raillerie. Il y a là de quoi consoler d'être vaincus.

Un fabliau intitulé : *Saint Pierre et le Jongleur*, va justifier ces réflexions. Il a tout à fait ce. caractère de plaisanterie et de gaieté qui n'exclut pas la foi. Un jeune diable, encore novice et maladroit, cherchait partout des âmes à rapporter à Lucifer ; il finit par en trouver une dont ses confrères sans doute n'avaient pas voulu, celle d'un jongleur de la ville de Sens, fort pauvre, fort déguenillé, parce qu'il jouait ou buvait tout ce qu'il gagnait, mais qui n'en était pas moins le plus jovial des hommes. Le diable l'emporte et arrive avec sa proie sur le dos, à l'instant où les autres démons, plus experts, revenaient de leur chasse, et où leur chef, assis sur son trône, les passait en revue. Les grands diables apportaient des abbés, des évêques, des chevaliers, de gros marchands, et l'on se moqua fort du jeune diable qui n'avait qu'un jongleur déguenillé. Cependant Satan, en bon prince et pour ne pas décourager son jeune serviteur, interroge le pauvre ménestrel : « Qu'étais-tu sur la terre et que faisais-tu? — J'étais jongleur ; j'avais froid, j'avais faim et je

souffrais beaucoup; mais me voici ici bien et chaude-
ment hébergé : je chanterai, si vous voulez. — Chanter! s'écrie Satan irrité de voir le jongleur prendre si
gaiement son enfer ; tu feras ici un autre métier : en-
tretiens-moi le feu sous la chaudière. » Le jongleur
obéit, heureux de pouvoir se chauffer maintenant tant
qu'il veut.

Cependant, au bout de quelque temps, Lucifer prend
une telle confiance dans son nouveau serviteur, qu'il le
prépose à la garde des âmes, pendant une de ses bat-
tues générales à travers le monde, lui promettant qu'à
son retour il lui fera servir sur le gril le moine le plus
gras qu'il aura pu trouver. Saint Pierre profite du moment. Déguisé en homme d'armes, avec barbe noire
et belles moustaches, il vient, une bourse de pièces
d'or à la main, proposer au jongleur de faire une
partie de dés. Celui-ci, qui n'a jamais refusé pareille
offre, accepte; mais, comme il n'a rien, il joue les âmes
qu'il a dans la chaudière. Le saint gagne à tout coup,
il gagne si bien que le jongleur le traite de fripon et
d'escroc. Ils se prennent aux cheveux; le jongleur est
battu; mais, après la bataille, il n'en recommence pas
moins la partie. Toutes les âmes y passent. Quand
Lucifer revint, il n'en restait pas une seule : saint
Pierre avait fait rafle et emmené, comme dit le fabliau,
tout l'enfer en paradis. Lucifer furieux châtie rudement le diable inexpérimenté, qui jure bien qu'on ne

l'y reprendra plus à apporter des jongleurs en enfer;
puis Lucifer chasse de ses États le ménestrel, qui lui a
fait perdre tous ses sujets. Saint Pierre accueille le
banni qui, grâce à sa passion pour les dés, s'est ainsi
ouvert le paradis à lui-même et à tous les jongleurs ses
confrères; car Lucifer déclare qu'il ne veut plus en entendre parler, et c'est ainsi que les jongleurs ont désormais le paradis comme pis aller de l'enfer.

Tout cela est assurément bouffon, grotesque, et
même, si vous voulez y mêler un grain d'impiété moderne, tout cela est fort irrévérent; mais ce grain d'impiété manque, j'en suis sûr, aux fabliaux : ils sont
plaisants, ils ne sont pas impies. Les esprits de ce
temps-là étant grossiers et ignorants, ne pouvaient pas
avoir un merveilleux bien relevé; ils se faisaient de
Dieu et des saints une idée conforme à leur grossièreté.
Seulement, et c'est en cela qu'ils suivaient, sans le
savoir, les lois du merveilleux, ils donnaient aux saints
la supériorité en toutes choses, et même en celles qui
sont le plus contraires à l'idée que nous nous faisons
de la sainteté. Leurs saints se battaient, mais ils étaient
toujours les plus forts; leurs saints buvaient, mais ils
ne buvaient que du bon vin, changeant, au besoin, par
miracle, le mauvais vin en vin excellent; de plus, ils
buvaient beaucoup et ne s'enivraient pas. Les saints
jouaient, mais ils gagnaient toujours; et ainsi du reste.
Le moyen âge traitait les saints comme l'antiquité fabu-

leuse traitait les héros auxquels elle ne donnait pas les
qualités qui, à nos yeux, sont l'attribut de l'héroïsme,
mais les qualités que les hommes du temps estimaient
le plus, et qui procuraient la gloire et la puissance. Les
travaux d'Hercule sont des travaux de grand chasseur,
de grand lutteur, de grand batailleur. Un héros, dans
l'antiquité fabuleuse, était quelqu'un qui faisait mer-
veilleusement bien ce que les hommes du temps faisaient médiocrement. L'héroïsme n'était que la supériorité. Il en était de même de la sainteté au moyen
âge; et voilà pourquoi, quand saint Pierre jouait aux
dés avec le jongleur, il fallait qu'il gagnât.

De tous les fabliaux qui mettent en scène Dieu, la
Vierge et les saints avec familiarité, mais sans malice
irréligieuse, un des plus piquants et des plus curieux
assurément est celui du *Vilain qui conquiert Paradis
par plaid*, ou plaidoirie. Les vilains sont en général
assez maltraités dans les fabliaux. Quoique beaucoup
de jongleurs sortissent, j'imagine, de cette classe op-
primée, ils ne se souciaient pas de lui faire rendre
justice. Les vilains étaient pauvres et ne pouvaient pas
payer les jongleurs. De là la triste figure qu'ils font
dans les fabliaux. Le vilain est grossier, il est laid, il
est mal bâti, il est sale, il est paresseux, il est gour-
mand, il est menteur; que sais-je? il a tous les défauts
et tous les vices que donne la misère. En dépit cependant du mauvais rôle que les vilains jouent ordinaire-

ment dans les contes des trouvères, il y a quelques
fabliaux qui semblent protester contre ce mépris que
les grands faisaient des petits, et qui enseignent qu'il
n'y a de noblesse et de roture véritables que celles du
cœur :

> Nul qui fait le bien n'est vilain,

dit une pièce de vers intitulée : *Un enseignement à
prudhomme.*

> Mais de vilainie est tout plain
> Le noble qui laide vie maine;
> Nul n'est vilain, s'il ne vilaine.

Ce dernier vers mériterait d'être devenu un proverbe,
car il en a tous les mérites : il exprime une grande et
généreuse vérité sous une forme expressive et piquante.

Dans le *Vilain qui conquiert Paradis par plai-
doyerie,* c'est le vilain lui-même qui revendique hautement l'égalité des hommes devant Dieu. Un vilain
meurt sans qu'aucun diable ni aucun saint s'inquiète
de son sort. Sa pauvre âme restait délaissée, quand,
regardant à droite vers le ciel, elle aperçoit l'archange
saint Michel qui conduisait un élu. Elle se met derrière
lui et arrive ainsi à la porte du paradis. Saint Pierre
laisse entrer l'élu; mais il repousse, en jurant par saint
Guilain, l'âme du vilain que personne ne lui a recom-
mandée :

> . . . . . Par saint Guilain'
> Nous n'avons cure de vilain,

dit-il en concierge de grande maison. « Beau sire
Pierre, dit le vilain refusé, Dieu s'est bien trompé
quand il vous a fait son apôtre et ensuite son portier,
vous qui l'avez renié trois fois. Laissez passer plus
loyal que vous. » Saint Pierre, tout hautain, va se
plaindre à son confrère saint Thomas, qui essaye, à
son tour, de faire vider le paradis à l'insolent. Nouvelle
boutade du vilain : « Thomas, dit-il, c'est bien à toi
de faire le fier, lorsque tu n'as voulu croire à Dieu
qu'après avoir touché ses plaies! » Saint Thomas alors
a recours à saint Paul, qui s'attire, en voulant se mêler
de l'affaire, cette autre vérité : « N'est-ce pas vous,
dom Paul le chauve, qui avez lapidé saint Étienne et à
qui le bon Dieu a donné un grand soufflet sur la route
de Damas? » Pierre, Thomas et Paul, n'ayant rien à
répondre, s'en vont porter leurs plaintes à Dieu lui-
même, devant qui le vilain accusé se justifie en ces
termes :

> Sire, aussi bien je dois rester [1]
> Que vos saints, si jugement j'ai;
> Car jamais je ne vous reniai [2],
> Jamais méconnu votre corps [3],
> Jamais par moi fut nul home mort [4].
> Vos saints ont fait cela jadis,
> Et pourtant sont en paradis.

[1] Au paradis.
[2] Comme saint Pierre.
[3] Saint Thomas.
[4] Comme saint Paul.

Tant que j'ai vécu dans le monde,
J'ai mené vie honnête et monde [1].
Aux pauvres ai donné de mon pain
Les hébergeant soir et matin ;
Beaucoup se chauffaient à mon feu,

. . . .

Et les gardais jusqu'à leur mort ;
Puis je les portais à l'église.
De vêtements ni de chemise
Jamais ne les laissai manquer.

. . . .

Me suis confessé sincèrement,
J'ai reçu ton corps dignement.
Qui ainsi meurt, on nous témoigne
Que Dieu ses péchés lui pardoigne.

Dieu lui pardonne en effet, et le vilain gagne sa
cause : il reste en paradis.

Un vilain qui pense avec cette liberté d'esprit et qui
parle avec cette piquante franchise, ne devait pas seulement gagner sa cause dans l'autre monde; il a dû aussi
la gagner tôt ou tard dans le nôtre. Le vilain qui con-
quit le paradis par la parole est évidemment un emblème : il est le rebut de la société du moyen âge ; il
sera, après 1789, le fondement de la société du dix-
neuvième siècle [2].

Il était impossible cependant que, traitant si fami-

---

[1] Pure.

[2] J'ai emprunté ces deux fabliaux de *Saint Pierre et du Jongleur*, et
du *Vilain qui conquiert le paradis par plaid*, au XXIIIe volume de
l'*Histoire littéraire de la France*. Le chapitre sur les fabliaux est ré-
digé par M. le Clerc, le savant doyen de la Faculté des lettres de Paris.

lièrement Dieu et les saints, les fabliaux fussent toujours respectueux pour l'Église et pour ses commande-
ments. Aussi il serait facile de tirer des fables et des
fabliaux du moyen âge je ne sais combien de traits
satiriques contre l'Eglise. Je ne prendrai qu'un exemple, la fable du *Loup qui veut faire son carême.*

« Un Loup voulant faire pénitence de ses péchés, fit
vœu de ne pas manger de chair depuis Septuagésime
jusqu'à Pâques. Quelques jours après, voyant un gras
mouton qui broutait seul sur le bord d'une forêt :
— Oh ! dit-il, comme je mangerais volontiers de ce mouton, si mon vœu ne m'obligeait à jeûner. Cependant,
comme il est seul, si je ne m'occupe pas de lui, quelqu'un, en passant par ici, l'emportera. Il vaut donc
mieux que je le mange qu'un saumon ; un saumon est
viande plus délicate, et en carême se vendrait plus
cher. » Aussi prend-il le mouton et le mange.

« C'est ainsi que quelques hommes ont l'âme tellement
pervertie par l'habitude du mal, que lorsqu'ils ont quelques mauvais désirs, il n'y a plus ni serment ni vœu
qui tiennent, ils les oublient à la plus petite occasion[1]. »

Il y a des traits charmants et déjà dignes de la Fontaine dans ce récit. Que dites-vous, par exemple, de

---

[1] Je veux aussi citer le texte latin de cette fable : le latin du moyen
âge est fort mauvais à le juger selon les règles de la grammaire, et si
on le compare au latin de l'antiquité; mais il est piquant et naïf par le
tour des idées et des sentiments, si on le juge en historien critique.
Il témoigne évidemment que la pensée humaine finit toujours par

cette réflexion hypocrite : « Cependant, comme il est
seul, si je ne m'occupe pas de lui, quelqu'un, en passant par ici, l'emportera. » Et cette autre réflexion
toute pleine déjà des finesses du casuitisme? « Il vaut
mieux que je le mange qu'un saumon, car le saumon
est un mets plus délicat qui me mortifierait moins,
et qui, en carême, se vendrait plus cher. » C'est donc
faire acte d'économie et de pénitence que de manger
le mouton au lieu d'un saumon. Cette comparaison
édifiante entre le mouton et le saumon a fourni un trait
piquant d'invention à un des vieux fabulistes français
du moyen âge, traitant le même sujet :

>   -   Le mauvais glouton, Ysengrin[1],
>   Ayant pris le mal du farcin,

---

vaincre et par maîtriser la parole, quelle que soit la grossièreté primitive ou la décadence irréparable du langage.

« Lupus quidam de malefactis suis pœnitere disponens, vovit se non
comesturum carnes a Septuagesima usque ad Pascham. Postmodum
vero videns quemdam pinguem multonem solum in ora nemoris gra-
dientem : « O quam libenter de hoc multone comederem, nisi essem
voto ad jejunium obligatus! Verumtamen ex quo solus est, nisi ego
de eo curaverim, aliquis forte hac parte transiens eum tollet. Expedit
igitur ut loco unius salmonis eum comedam, cum salmo sit cibus
delicatior et hoc quadragesimali tempore carius vendi posset. » Multonem itaque rapuit et comedit. -

« Sic est de quibusdam qui malorum assuetudine animum habent ita
perversum, ut cum suarum illecebrarum desiderium ardet, nec juramentum valeat, nec votum, quin immo, nacta qualibet occasiuncula,
protinus recidant. » Robert, t. II, p. 155, *Fables de Romulus*, ou de *Ri-
micius.* — Voyez sur ce recueil de fables latines du moyen âge la savante
et curieuse dissertation de Lessing. (Lessings *Sæmmtliche Schriften*,
Berlin, 1793, p. 13.)

[1] Je change un peu le vieux texte pour le rendre intelligible.

Pria Dieu que par sa pitié
De ce mal il fut délivré,
Vouant que plus chair ne mangerait,
Et qu'un saint chartreux deviendrait.

Étant dans ces bons sentiments,

Il rencontra un gras tenrastre[1] ;
Ne l'avait point nourri marastre.
Quand Ysengrin vit le mouton,
Il le salua, le glouton,
Et lui dit : « Saumon, Dieu te garde ! »

Le mouton répond qu'il n'est pas un saumon :

Je suis le fils d'une brebis ;
Je ne sais point en l'eau nager,
Il me faut un pied atterrer[2].

Le Loup dit : « De ce ne me chaut[3] ;
Saumon semble, par saint Siquaut !
Et pour saumon vous mangerai
Et tout entier dévorerai[4]. »

Cette manière d'apostropher le mouton du nom de saumon, afin de pouvoir le manger sans faire gras, est un trait heureux d'invention comique.

La Fontaine connaissait-il les recueils de fables du moyen âge? Il en connaissait les imitations et les extraits. Aucun siècle, en effet, n'a consenti à ignorer

[1] Mouton bien engraissé.
[2] Appuyer sur terre.
[3] Importe.
[4] Robert, t. II, p. 474.

ces vieilles et charmantes fictions, pleines d'amusement
et pleines de sens. Elles passaient tour à tour dans la
langue de chaque siècle, tantôt en vers, tantôt en prose,
tantôt en français rajeuni à chaque génération, tantôt
en latin presque vulgaire. ·

C'est de cette manière qu'un grand nombre des
fables du moyen âge sont arrivées par tradition jusqu'à la Fontaine, qui lisait beaucoup, quoiqu'il n'étu-
diât jamais. Voyons, quand il prend quelques-uns de ces
sujets de fable du moyen âge, comment il les traite. Je
ne veux pas répondre que, dans ces rapprochements,
la Fontaine aura toujours et partout la supériorité.
Quand il ne l'aura pas, cela tiendra souvent, selon
moi, à ce qu'il n'a pas connu le texte original du
moyen âge, et qu'il a traduit seulement quelque conteur sec et obscur. Je prends pour exemple la vieille
fable latine, le *Lion malade, le Loup et le Renard.*

« Le Lion étant malade, tous les animaux venaient le
voir et lui disaient qu'il avait besoin d'un savant médecin. Mais où trouver ce médecin? demandait le Lion.
« Personne, sire, n'est plus savant que le Renard,
qui sait parler aux bêtes comme aux oiseaux, et qui
traite souvent des affaires avec les unes et les autres. »
Le Renard fut donc mandé près du roi; mais il resta
caché plusieurs jours. Une nuit cependant, sortant
secrètement de sa demeure, il vint se poster dans un
trou près de la chambre royale, et là, prêtant l'oreille,

il écoutait le prince qui entretenait les assistants de sa
maladie. Il recueillait avec soin les réponses, et déjà il
avait entendu beaucoup d'opinions diverses, lorsqu'arriva Ysengrin, qui dit : — « Rien n'empêche le Renard
de venir donner des soins à notre souverain, si ce n'est
son naturel pervers, et pour cela, je le dénonce comme
traître à la santé du roi et le juge digne de mort. »
Le Renard alors, entrant dans la salle à pas comptés,
l'air grave, salua le roi de la part des docteurs de la
ville de Salerne. Mais le roi le menaçant du dernier
supplice pour avoir tant tardé à venir : — « Qu'aurais-je
fait, sire, dit le Renard, si je ne vous avais apporté une
guérison assurée? Aussitôt que j'eus reçu votre ordre,
je me mis à parcourir divers pays, et je suis allé consulter les médecins de Salerne. Je leur ai expliqué la
maladie de Votre Majesté, et je vous annonce de leur
part qu'il n'y a pour vous qu'un moyen de recouvrer
la santé, c'est de vous envelopper la poitrine avec la
peau fraîchement enlevée du corps d'un loup, encore
chaude et encore fumante de sang. En trois jours au
plus, ce remède, sire, vous rendra la santé. » Aussitôt,
par l'ordre du roi, le Loup est saisi, écorché vivant, et
sa peau imbibée de sang est appliquée sur la poitrine
du Lion. Ysengrin, délivré enfin des gardes du roi, s'enfuit sans peau dans la forêt, suivi du Renard, qui lui
criait de loin : — « Combien sont heureux les conseillers
du roi vêtus ainsi de pourpre et d'écarlate! Quant à toi,

cependant; comme tu as percé ton prochain absent des
traits de ta langue, souffre maintenant les piqûres des
mouches et des guêpes. »

« Voilà ce qui arrive souvent aux envieux, qui, cherchant à faire du mal au prochain, sont pris dans leurs
propres filets[1]. »

[1] « Ægrotante quondam Leone, cæteræ visitantes bestiæ dicebant
perito ei medico opus esse. Consultæ autem hae ulterius ubi talis posset
medicus reperiri, dixerunt se nullum scire peritiorem Renardo, qui
tam bestiis quam volucribus loqui novit et diversa frequenter tractabat
negotia cum utrisque. Citatus ergo Renardus ut ad regem veniret, per
dies aliquos se subtraxit. Quadam vero nocte, clam de caverna sua
exiens, in scrobe quadam prope regis cameram se abscondit. Inde au-
scultans, audivit regem de morbi sui causa circumstantes bestias allo-
quentem. Responsa quidem ipsarum diligentius annotabat, cumque
diversa à diversis in regis audientia dicerentur, venit Ysengrinus et
ait : « Nihil impedit Renardum venire ad curandum dominum nostrum
regem, nisi sola pravitas animi sui nequam, propter quod ipsum tanquam salutis regis contemptorem, pronuncio morte dignum. » Tunc,
Renardus, vultu gravis et incessu maturus, cameram regis intravit, ip-
sumque ex parte magistrorum in urbe Salernitana commorantium salu-
tavit. Cumque rex sibi mortem comminaretur propter moram quam
fecerat, ait regi : « Quid facerem apud te, domine mi rex, antequam
certum salutis tuæ remedium ferrem mecum? Postquam tuum audivi
mandatum, terras diversas peragrans, Salernæ medicos adii consulendos,
qui, cognito symptomate morbi tui, hoc unum pro recuperanda salute
tibi denuntiant remedium singulare, ut pelle lupina de corpore lupi
recenter extracta, ex ipso adhuc sanguine calida et fumante, pectus
tuum involvas. Hæc medicina te infra triduum reddet sanum. » Quo
audito, jussu regis captus est lupus et vivus excoriatus, et pellis cum
sanguine pectori regis applicata fuit. Dimissus tandem a regis satelliti-
bus Ysengrinus, cum in silvas fugeret sine pelle, sequens cum Renardus
a longe clamitabat : « O beati regis consiliarii, qui sic purpuram induunt
et scarletum ! Sed quia absentem proximum linguæ aculeo pupugisti,
patere nunc culicum stimulos et vesparum. »

« Sic evenit frequenter invidis qui, dum aliis mala fabricant, pro-
priis laqueis innectuntur. » (Robert, t. II, p. 559.)

La Fontaine, en traduisant cette fable, l'a à peine
égalée :

LE LION, LE LOUP ET LE RENARD

Un Lion décrépit, goutteux, n'en pouvant plus,
Voulait que l'on trouvât remède à la vieillesse.
Alléguer l'impossible aux rois, c'est un abus.
    Celui-ci, parmi chaque espèce,
Manda des médecins : il en est de tous arts[1]
Médecins au Lion viennent de toutes parts.
De tous côtés lui vient des donneurs de recettes.
    Dans les visites qui sont faites,
Le Renard se dispense et se tient clos et coi[2].
Le Loup en fait sa cour, daube[3], au coucher du roi,
Son camarade absent. Le prince tout à l'heure
Veut qu'on aille enfumer Renard en sa demeure,
Qu'on le fasse venir. Il vient, est présenté,
Et, sachant que le Loup lui faisait cette affaire :
« Je crains, sire, dit-il, qu'un rapport peu sincère
    Ne m'ait à mépris imputé
    D'avoir différé cet hommage ;
    Mais j'étais en pèlerinage
Et m'acquittais d'un vœu fait pour votre santé.
    Même j'ai vu dans mon voyage
Gens experts et savants, leur ai dit la langueur
Dont Votre Majesté craint à bon droit la suite.
    Vous ne manquez que de chaleur :
    Le long âge en vous l'a détruite.

---

[1] De toutes sortes.
[2] Tranquille chez lui.
[3] *Dauber*, attaquer, médire.

D'un oup écorché vif appliquez-vous la peau
    Toute chaude et toute fumante ;
    Le secret sans doute en est beau
    Pour la nature défaillante.
    Messire Loup vous servira,
    S'il vous plait, de robe de chambre. »
    Le roi goûte cet avis-là.
    On écorche, on taille. on démembre
Messire Loup. Le monarque en soupa
    Et de sa peau s'enveloppa.

Messieurs les courtisans, cessez de vous détruire ;
Faites, si vous pouvez, votre cour sans vous nuire.
Le mal se rend chez vous au quadruple du bien.
Les daubeurs ont leur tour d'une ou d'autre manière :
    Vous êtes dans une carrière
    Où l'on ne se pardonne rien.

                    (Liv. VIII, f. iii.)

Les trois premiers vers de la Fontaine sont charmants :

Un Lion décrépit, goutteux, n'en pouvant plus,
Voulait que l'on trouvât remède à la vieillesse.
Alléguer l'impossible aux rois, c'est un abus...

Mais le récit du vieux conteur est plus gai et plus
piquant que celui de la Fontaine. Le renard appelé à la
cour comme grand médecin, le loup l'accusant de trop
tarder, son arrivée grave et cérémonieuse, le récit de
son voyage à Salerne pour y consulter les médecins
sur la maladie du lion, consultation qui est plus à
propos que le pèlerinage du renard de la Fontaine ; le
loup fuyant écorché dans la forêt, et le renard le pour-

suivant de ses sarcasmes, tout cela compose une scène
que la fable de la Fontaine n'égale pas.

Je trouve le même caractère de naïveté malicieuse,
propre à la fable, dans un autre récit tiré du même
recueil : le *Loup vice-roi*. La moralité y est plus grave
et plus élevée :

Le Lion, se disposant à un voyage lointain, convoqua les animaux, et leur dit d'élire un roi pour le
remplacer. A l'unanimité, ils choisirent le Loup, parce
que, disaient-ils, le Loup sera fort contre nos ennemis,
parce qu'il sera redoutable et audacieux. « Oui, dit le
Lion, vous avez choisi pour maître un animal, fort et
vaillant; mais il faut qu'il se conforme à la justice et à la
miséricorde, comme il convient à un roi. Or, pour que
vous puissiez vivre en sûreté sous son autorité, il faut
qu'il s'oblige par serment à ne nuire à aucun de vous et
à ne jamais manger de chair d'animal. » Sur la demande
de tout le monde, le Loup prêta ce serment et bien
d'autres. Mais, après le départ du Lion, se voyant tranquille et bien affermi dans son autorité, il chercha dans
sa tête comment il obtiendrait des animaux eux-mêmes
la faculté de manger de la chair d'animal. Il s'adressa
donc à un chevreau et le pria de lui dire s'il avait l'haleine mauvaise. « Oh! oui, répondit le chevreau, si mauvaise qu'elle est insupportable. » Sans perdre de temps,
le Loup convoque les animaux et leur demande ce
qu'il faut faire de celui qui, au mépris de la majesté

royale, a tenu au souverain des propos grossiers et in-
jurieux. — « Sire, c'est un crime de lèse-majesté : qu'il
meure! » En vertu de ce jugement, le Loup tua le chevreau en lui rappelant son crime, et pour faire excuser
sa méchanceté, il partagea le corps entre les barons,
gardant toutefois pour lui-même la meilleure part. Une
autre fois la faim étant revenue, le Loup demanda
à la biche ce qu'elle pensait de son haleine. Celle-ci,
aimant mieux mentir que de mourir, répondit que
de sa vie elle n'avait senti une si douce odeur. Le
Loup ayant convoqué ses barons, leur demanda quelle
peine méritait celui qui, prié par le roi de dire la vérité, avait osé mentir et user de fourberie. — « Il mérite la mort, » répondit l'assemblée. La pauvre biche
fut tuée et mangée sans que personne dit mot. A quelques jours de là, le Loup voyant un singe qui était
jeune et gras, l'interrogea sur son haleine. Le singe
répondit qu'elle n'avait rien d'extraordinaire. Le Loup
sentant qu'il ne pouvait lui intenter une accusation
raisonnable, se mit au lit et se dit malade. On vint lui
faire visite et on lui amena des médecins, qui déclarèrent que Sa Majesté ne courait aucun danger, pourvu
toutefois qu'elle mangeât ce qui pouvait flatter son appétit. — « Je n'ai de goût à rien, répondit le malade,
excepté pour la chair de singe. Mais j'aimerais mieux
mourir que de violer mon serment aux dépens du
singe. Mes barons seuls, dans leur sagesse, pourraient

décider le cas. » Tous répondirent que le roi, en pareille circonstance, avait pleine liberté d'agir, et qu'il
n'y avait pas de serment qui pût tenir contre le soin
de sa santé. Ce jugement prononcé, le singe fut tué et
mangé. Mais la sentence retomba bientôt sur la tête
des juges, parce qu'à partir de ce jour le Loup ne garda
plus son serment envers personne.

« Le sage, par cette fable, nous avertit qu'il ne faut
jamais confier le pouvoir aux méchants, parce que les
méchants promettent sans scrupule tout ce qu'on leur
demande, bien résolus à ne faire que leur volonté[1]. »

---

[1] « Cum Leo quondam disponeret in terram longinquam peregrè pro-
ficisci, convocatis bestiis, monuit ut regem eligerent in loco sui ; quæ
Lupum communi concilio elegerunt, quem contra adversarios fortem
esse dicebant, asperum et audacem. Quibus Leo : « Valens, inquit, animal elegistis, dum tamen animum adaptet justitiæ et mansuetudini,
prout decet. Ut autem sub ipso vitam securam ducere valeatis, jureju-
rando se astringat quod nullum vestrûm lædat injuste et quod nunquam de cætero carnes edat. » Quæ cum a Lupo requirerent, hæc et
alia multa eis sub juramento concessit. Cum autem post recessum Leonis
se securum et in dominio firmatum vidisset, cogitabat quo ingenio ab
ipsis bestiis obtineret, ut ipsum debere carnes comedere judicarent.
Tunc petiit a quodam capreolo ut sibi, an fœtidum haberet anhelitum,
indicaret : qui respondit tantum ejus esse fœtorem quod eum tolerare
non posset. Quo audito, Lupus bestias ad judicium convocavit, quærens
ab eis quid deberet fieri de illo qui in regis irreverentiam verba probrosa
et ipsum deshonestantia protulisset. Responderunt quod talis, tanquam
reus læsæ majestatis, mori deberet. Per illud judicium interfecit ca-
preolum, intimans quid dixisset, et ad palliationem nequitiæ, sectum
in frusta distribuit baronibus, pastum sibi ipsi retinens pinguiorem.
Alias cum esuriret, quæsivit a damula quid sibi de ejus anhelitu vide-
retur, quæ magis eligens mentiri quam mori, dixit se nunquam odorem
sensisse in aliquo ita dulcem. Tunc convocatis baronibus, quæsivit quid
de illo esset agendum qui, a rege requisitus dicere veritatem, mentire-

Nous reconnaissons dans cette fable l'original de
celle de la Fontaine, la *Cour du lion* :

> Sa Majesté lionne un jour voulut connaître
> De quelles nations le ciel l'avait fait maître.
>   Il manda donc par députés
>   Ses vassaux de toute nature,
>   Envoyant de tous les côtés
>   Une circulaire écriture
>   Avec son sceau. L'écrit portait :
>   « Qu'un mois durant le roi tiendrait
>   Cour plénière, dont l'ouverture.
>   Devait être un fort grand festin,
>   Suivi des tours de Fagotin[1]. »
>   Par ce trait de magnificence
> Le prince à ses sujets étalait sa puissance.

tur eidem et loqueretur fraudulenter? At illi decreverunt hujusmodi
morte dignum. Damulam ergo occidit et nullo increpante comedit. Postmodum videns quamdam simiam teneram ac pinguem, quæsivit ab ea
de anhelitus sui odore; quæ dixit quod non esset multum gravis. Videns
itaque Lupus se adversus eam accusationem rationabilem non habere,
lecto decumbens se finxit infirmum. Visitantes ergo bestiæ secum pari-
ter et medicos adduxerunt, qui dixerunt, nullum in eo vitæ periculum
imminere, dum tamen aliquid comederet quod ejus appetitui compla-
ceret. Ille autem dicebat nullum cibum nisi carnes simiæ sibi placere;
sed citius vellet mori quam, simiæ nocens, infringeret jusjurandum,
nisi forsitan talem ad hanc causam haberet, quod barones hoc decer-
nerent rationabiliter faciendum. Tunc dixerant communiter quod hoc
facere posset secure, nec aliquod esse sacramentum contra salutem sui
corporis observandum. Quo audito, interfecit simiam et comedit. Istud
autem judicium in capita ipsorum judicantium postmodum redundavit,
quia ex tunc nulli fidem aut juramentum servavit.

« Hic monet sapiens hominem nequam nullatenus ad dominandum
debere admitti. Talis enim promissiones quaslibet parvi pendens, suam
tantummodo conabitur assequi voluntatem. » (Robert, t. II, p. 561.)

[1] Singe danseur de corde.

En son Louvre il les invita,
Quel Louvre! un vrai charnier, dont l'odeur se porta
D'abord au nez des gens. L'Ours bouche sa narine :
Il se fût bien passé de faire cette mine ;
Sa grimace déplut : le monarque irrité
L'envoya chez Pluton faire le dégoûté.
Le Singe approuva fort cette sévérité,
Et flatteur excessif, il loua la colère
Et la griffe du prince, et l'antre, et cette odeur.
      Il n'était ambre, il n'était fleur
Qui ne fût ail au prix. Sa sotte flatterie
Eut un mauvais succès et fut encor punie.
      Ce monseigneur du Lion-là
      Fut parent de Caligula.
Le Renard étant proche : « Or çà, lui dit le sire,
Que sens-tu? dis-le moi ; parle sans déguiser. »
      L'autre aussitôt de s'excuser,
Alléguant un grand rhume : il ne pouvait que dire
      Sans odorat ; bref, il s'en tire.

      Ceci vous sert d'enseignement :
Ne soyez à la cour, si vous voulez y plaire,
Ni fade adulateur, ni parleur trop sincère,
Et tâchez quelquefois de répondre en Normand.

                (Liv. VII, f. VII.)

Oserai-je dire qu'ici encore je préfère la fable du
moyen âge à celle de la Fontaine? Le lion de la Fontaine
est un tyran de mauvaise humeur, qui se sert du sophisme
pour tuer tour à tour l'ours et le singe, l'un parce qu'il
dit la vérité, l'autre parce qu'il dit le mensonge. Le
loup du moyen âge est un tyran plus habile, qui se sert
du sophisme pour éluder ses serments et satisfaire ses

-passions. De plus, l'hypocrisie s'ajoute en lui au sophisme et compose un tyran complet. Enfin, à ne considérer encore que la supériorité dramatique, combien
le drame du moyen âge n'est-il pas plus intéressant!
Le loup a juré solennellement de ne plus manger d'aucun animal. Son serment l'embarrasse : les flatteurs et
les courtisans sont là pour le délivrer de cet embarras.
Que mérite celui qui injurie le roi? La mort! — Que
mérite celui qui ment au roi? La mort! — Grâce à ce
double arrêt, voilà déjà le chevreau et la biche sacrifiés
et mangés. Mais le singe, qui élude la question et ne
dit ni oui ni non, puisqu'on périt également sur le
oui et sur le non, comment le condamner? Les flatteurs
lâches

> Et prodigues surtout du sang des misérables,

sauront bien tirer encore le loup d'embarras. Le roi n'a
plus d'appétit que pour la chair de singe : s'il n'en
mange, il mourra peut-être. La santé du roi! la santé
du roi! Y a-t-il serment, ou loi, ou justice qui puisse
tenir contre un pareil mot? — Mangez le singe, sire,
et vivez! — Le roi mangea le singe, et plus tard ceux
qui lui avaient conseillé de le manger. Le drame est
complet : le tyran hypocrite, le despote sophiste, les
courtisans sans honneur et sans justice, les juges sans
conscience et sans courage, le mépris du serment,
l'empressement de la peur, enfin la lâcheté frappée

elle-même, tout y est. Et ne croyez pas que ce soit
une peinture d'imagination. Le sophisme du loup est
de l'histoire. Caligula, ayant perdu sa sœur Drusilla, la
fit déesse, et cette apothéose fut pour lui l'occasion
d'un cruel sophisme : car si quelqu'un s'affligeait de
la mort de Drusilla, Caligula le faisait périr pour
n'avoir pas cru à la divinité de la nouvelle déesse ; et
si quelqu'un se réjouissait de l'apothéose, Caligula le
faisait périr aussi pour n'avoir pas pleuré la mort de
sa sœur. C'est le même Caligula qui, voulant trouver
les consuls en faute, disait, quand ceux-ci eurent à
célébrer, selon l'usage, les jeux de la victoire d'Ac-
tium : « Comme Auguste et Antoine sont l'un et l'autre
mes bisaïeux, j'ai droit de me tenir pour offensé, quand
les consuls célèbrent des réjouissances pour la défaite
d'Antoine, ou qu'ils n'en célèbrent pas pour la victoire
d'Auguste. »

Ce qui fait surtout que je préfère la fable du
moyen âge à celle de la Fontaine, c'est la moralité. La
moralité de la fable de la Fontaine n'a rien de grave et
d'élevé :

> Ne soyez à la cour, si vous voulez y plaire,
> Ni fade adulateur, ni parleur trop sincère,
> Et tâchez quelquefois de répondre en Normand.

Il n'y a là qu'un conseil de prudence. Les courtisans
sont avertis d'être circonspects et réservés en face de
la mauvaise humeur du despote, tandis que, dans la -

fable du moyen âge, lés conseillers lâches et menteurs sont censurés et punis; l'homme enfin est encouragé à croire que la fermeté et la justice sont, non-seulement la plus honorable, mais aussi la plus sûre manière de défendre sa vie.

Souvent la fable du moyen âge a dans sa naïveté quelque chose de fin et de moqueur que la Fontaine n'a égalé que par d'autres mérites. Je prends pour sujet de comparaison la fable du taon qui se pose sur un mulet.

> Or, un Taon s'assit
> Sur un Mulet qu'il vit
> Aller par une voie,
> Qui[1] moult chargé était
> D'un grand faix qu'il portoit
> Ou de cire ou de soie.
> Quand vint à la vesprer[2],
> Or se prit à penser
> Le Taon et à dire :
> Hélas! sire Mulet,
> Vous portez trop grand faix,
> Je ne vous veux plus nuire.
> Il s'envole en arrière :
> Or, êtes plus légère,
> Dit-il, sire Mulet;
> Porté m'as longuement;
> Je t'ai moult malement[3]

[1] Le mulet.
[2] Soir.
[3] Bien durement.

Grevé et trop meffet [1].
Le Mulet lui répond :
Tu ne pèses pas mont [2];
Guère ne m'as grevé.
Mon faix pèse entretant [3]
Comme il faisait devant
Que tu fusses levé [4].

Ainsi le mulet ne s'est aperçu ni de l'arrivée ni du départ du taon, et celui-ci ne l'a ni chargé en venant ni déchargé en s'en allant. Bonne leçon donnée aux gens qui croient que le monde ne s'occupe que d'eux, tandis que le monde ne sait pas seulement s'ils vivent.

Cette idée de notre importance, qui nous trompe tous, me rappelle je ne sais plus quel voyageur anglais aux États-Unis, rencontrant le rédacteur en chef du *Times* de Broughton, petite ville de je ne sais plus quel État. « Eh bien, dit le rédacteur du *Times* de Broughton au voyageur, comment va la reine Victoria? — Je l'assurai que, d'après les dernières nouvelles reçues, Sa Majesté allait fort bien. — Mon dernier article a dû la fâcher un peu; mais que voulez-vous? Nous autres Américains, nous sommes habitués à dire

---

[1] Maltraité.

[2] Beaucoup. On trouve, dans la langue du moyen âge, *montcplier* pour *moulteplier* (*multiplier, multiplicare*).

[3] Tout autant.

[4] Robert, t. II, p. 87. Un fabuliste du dix-huitième siècle que j'ai déjà cité, Richer, a traduit cette fable du moyen âge. — Le *Bœuf et le Moucheron*, p. 34.

la vérité à tout le monde. Mon prochain article lui fera
plaisir; je suis réconcilié avec elle. Et votre Palmer-
ston, le *Times* de Broughton lui a fait passer, je pense,
bien des mauvais quarts d'heure? — Il me fut impossible, dit le voyageur anglais, de persuader à ce brave
homme que le *Times* de Broughton ne faisait ni tant
de peine ni tant de plaisir à la reine Victoria[1]. »

Le rédacteur du *Times* de Broughton était le taon de
la fable du moyen âge ou la mouche du coche de la
Fontaine :

> Dans un chemin montant, sablonneux, malaisé,
> Et de tous les côtés au soleil exposé,
>   Six forts chevaux tiraient un coche.
> Femmes, moines, vieillards, tout était descendu;
> L'attelage suait, soufflait, était rendu.
> Une mouche survient et des chevaux s'approche,

---

[1] Je trouve dans le recueil intitulé ; *Littérature et morale*, par
M. Bersot, mon collaborateur du *Journal des Débats* et mon ami, le
trait suivant, tiré d'un voyageur en Afrique : « A propos du scheik de
Bornau, quelle jolie scène raconte Denham, et comme on voit bien
que la vanité n'a pas de couleur! «Il nous questionna sur l'objet de
notre voyage et montra une satisfaction évidente quand nous lui don-
nâmes l'assurance avoir entendu parler du Bornau et de lui. Se tournant alors vers l'un de ses conseillers : « C'est sans doute, lui dit-il,
depuis nos victoires sur les Baghirmys; sur quoi son bogah-farby ou
maître de la cavalerie, celui des chefs qui s'était le plus distingué dans
les batailles, vint s'asseoir vis-à-vis de nous et nous demanda gravement : A-t-il aussi entendu parler de moi, votre roi? Non moins
gravement, nous répondîmes que oui, et cette réponse fit merveille
pour notre cause. Une acclamation générale s'éleva; de tous côtés on
répétait : « Ah! votre roi doit être un grand homme! » (*Littérature
et morale*, par M. Bersot, p. 132-135.)

Prétend les animer par son bourdonnement,
Pique l'un, pique l'autre, et pense à tout moment
        Qu'elle fait aller la machine;
S'assied sur le timon, sur le nez du cocher.
        Aussitôt que le char chemine,
        Et qu'elle voit les gens marcher,
Elle s'en attribue uniquement la gloire,
Va, vient, fait l'empressée : il semble que ce soit
Un sergent de bataille, allant en chaque endroit
Faire avancer ses gens et hâter la victoire.
        La mouche, en ce commun besoin,
Se plaint qu'elle agit seule et qu'elle a tout le soin,
Qu'aucun n'aide aux chevaux à se tirer d'affaire.
        Le moine disait son bréviaire :
Il prenait bien son temps ! Une femme chantait :
C'était bien de chansons qu'alors il s'agissait !
Dame Mouche s'en va chanter à leurs oreilles
        Et fait cent sottises pareilles.
Après bien du travail, le coche arrive au haut.
« Respirons maintenant ! dit la Mouche aussitôt.
J'ai tant fait que nos gens sont enfin dans la plaine.
Çà, messieurs les chevaux, payez-moi de ma peine. »

Ainsi certaines gens, faisant les empressés,
        S'introduisent dans les affaires;
        Ils font partout les nécessaires,
Et, partout importuns, devraient être chassés.

                                (Liv. VII, f. ix.)

Le tableau de la Fontaine est un chef-d'œuvre, et
bien supérieur à la fable du moyen âge. Le coche qui
se traîne, la fatigue des chevaux, l'empressement de la
mouche et son activité bourdonnante et inutile, tout
est admirable. La morale seulement ne se rapporte pas

à la fable d'une manière aussi piquante que dans la fable du moyen âge. Le taon, dont le mulet ne sent pas le poids, est un emblème plus juste de la fausse importance des vaniteux, que la mouche qui, selon la maxime de la Fontaine, devrait être chassée. Et pourquoi chasser la mouche du coche? Quel mal fait-elle? Elle croit mener le monde : laissez-lui croire qu'elle le mène! Vous-même, qui êtes sur le siége, êtes-vous bien sûr que vous menez le chariot? Est-ce à vous ou aux chevaux que je dois savoir gré du chemin que je fais? Peut-être aussi dois-je remercier l'ingénieur qui a fait la route, le cantonnier qui l'entretient? Peut-être dois-je remercier le contribuable qui paye l'ingénieur et le cantonnier? — C'est moi qu'il faut remercier, dites-vous, car c'est moi qui suis le cocher et qui tiens le fouet. — J'entends. Mais tout à l'heure, ô cocher, vous alliez vous endormir, si la mouche en passant ne vous avait piqué et ne vous avait réveillé : sans elle, peut-être nous tombions dans le fossé. Laissez donc vivre la mouche du coche, et ne la chassez pas; elle a, dans son métier, des plaisirs de vanité qui ne coûtent rien, et elle rend des services dont nous ne sommes point tenus de lui être reconnaissante. Puis n'y a-t-il que la mouche du coche qui dise :

Çà, messieurs les chevaux, payez-moi de ma peine!

J'ai déjà vu bien des révolutions en ma vie. Le len-

demain de la victoire, tout le monde répétait le vers de
la' Fontaine; tout le monde voulait être payé de sa
peine, et ceux-là non-seulement qui avaient fait mal,
mais ceux-là aussi qui n'avaient rien fait.

HUITIÈME LEÇON

LA FONTAINE COMPARÉ AUX FABULISTES DU SEIZIÈME SIÈCLE

———

Quand on connaît l'histoire du quinzième et du seizième siècle, et qu'on sait combien l'esprit de la Renaissance répudiait la tradition du moyen âge, on est disposé à croire que la fable, au seizième siècle, a dû changer comme tous les autres genres de littérature. Poésie épique et poésie lyrique, tragédie et comédie, éloquence de la chaire et du barreau, théologie et philosophie, tout change et tout se renouvelle au seizième siècle. La fable seule ne changea pas : elle resta fidèle à son ancien caractère, au vieil esprit d'Ésope. Comme le moyen âge ne s'était pas écarté de ce genre d'esprit, la fable n'eut rien à faire pour y revenir. Protégée con-

tre les dédains de la Renaissance par son origine antique, la fable plut au seizième siècle, comme elle avait
plu au moyen âge. Elle prit seulement le style du temps :
au lieu d'être naïve, elle devint élégante, précise, et
parla en vers latins pour se mettre à la mode du jour.
En même temps, il paraissait de nombreuses éditions
du texte grec des fables d'Ésope, et·ce texte, qui passait
pour ancien, donnait à la fable le genre d'autorité
qu'aimait le seizième siècle. Elle devenait un objet d'é-
tudes pour les savants, tout en restant un plaisir pour
le public[1].

Faërne, un de ces grands humanistes du seizième
siècle, dont les travaux nous ont ouvert l'accès des auteurs latins, fut un de ceux qui firent le mieux parler
Ésope en vers latins. Le pape Pie IV, qui admirait fort
la moralité et l'agrément des fables d'Ésope, l'avait
chargé de les mettre en vers latins pour les faire mieux
goûter des amis de l'élégance antique. Faërne se mit
donc à l'œuvre ; mais il mourut en 1561 avant d'avoir
publié son recueil. Le pape le fit publier en 1564. Alors
le texte des fables de Phèdre n'était pas encore connu,
puisqu'il ne fut découvert qu'en 1598 par Pithou, s'il
est vrai que Pithou ait découvert ces fables et n'ait pas
fait lui-même, pour les fables de Phèdre, dont le moyen

[1] Voir, dans le Ier volume de la *Bibliothèque grecque* de Fabricius,
l'article sur Ésope, sur ses fables et sur leurs diverses éditions en grec
et en latin depuis le quinzième siècle.

âge avait des extraits ou même des versions inexactes, ce que le pape Pie IV avait chargé Faërne de faire pour les fables d'Ésope.

N'ayant point à craindre la comparaison avec les fables de Phèdre, celles de Faërne, élégantes et précises, eurent un grand succès. Elles le méritaient. J'en veux citer quelques-unes et tâcher de faire goûter, par un auditoire qui n'aime pas peut-être beaucoup les vers latins modernes, le mérite du style de Faërne.

VULPES ET SIMIUS

Animalium potitus imperio Leo,
Ea exulare è finibus regni sui,
Honore caudæ quæ carerent, jusserat.
Pavefacta Vulpes, ire in exilium parans,
Jam colligebat vasa; cui cum Simius,
Ad regis imperata jam vertens solum,
Non pertinere edictum ad illam diceret,
Quæ tantum haberet caudæ, ut et superforet.
Verum, inquit illa, dicis et rectè admones;
Sed qui scio, inter illa quæ caudâ carent,
An me Leo numerare vel primam velit?
Cui vita sub tyranno agenda contigit,
Insons licet sit, plectitur sæpe ut nocens[1].

(Liv. III, f. xi.)

[1]   LE RENARD ET LE SINGE

Le Lion s'étant fait roi des animaux, exila de son royaume tout animal qui n'avait pas l'honneur de porter une queue. Le Renard, effrayé, faisait ses préparatifs de départ, lorsque le Singe, qui, sur l'ordre du roi, se préparait à quitter le pays, dit au Renard que l'édit ne le regardait nullement, puisqu'il avait une queue, et même plus qu'il n'en

J'aime ce style vif et précis, qui montre ce qu'il dé-
crit : je vois le Singe forcé de partir faute de queue,
qui aperçoit le Renard faisant aussi ses préparatifs de
départ; il lui représente alors naïvement qu'il a plus
de queue qu'il n'en faut, et qu'il n'a rien à craindre. « Oui, mais si le Lion veut dire que je n'ai pas
de queue, qui osera le contredire? qui même osera voir
que j'ai une queue? » — Juste défiance de la justice
ici-bas, quand il n'y a pas d'autre loi que la volonté
du despote. Vous êtes innocent, je le sais bien, et vous
n'avez ni conspiré ni comploté; mais si le maître vous
soupçonne d'être un conspirateur, qui osera dire que
vous êtes innocent? Vous avez peut-être plus de vertu
qu'il n'en faut pour être un saint; vous n'en avez pas
assez pour ne pas être un accusé.

Nous reconnaissons dans la fable de Faërne le sujet
de celle de la Fontaine : *les Oreilles du Lièvre.*

> Un animal cornu blessa de quelques coups
>   Le Lion qui, plein de courroux,
>   Pour ne plus tomber en la peine,
>   Bannit des lieux de son domaine
> Toute bête portant des cornes à son front.
> Chèvres, béliers, taureaux, aussitôt délogèrent,
>   Daims et cerfs de climats changèrent;

fallait. — « Vous dites vrai, répliqua celui-ci, et votre avis est bon;
mais qui m'assure qu'il ne plaira pas à Sa Majesté de me mettre au premier rang des animaux sans queue? »

Quiconque vit sous un tyran, fût-il innocent, est souvent puni comme
coupable

Cnncun à s'en aller fut prompt.
Un Lièvre, apercevant l'ombre de ses oreilles,
   Craignit que quelque inquisiteur
N'allât interpréter à cornes leur longueur,
Ne lés soutînt en tout à des cornes pareilles.
« Adieu, voisin Grillon, dit-il; je pars d'ici :
Mes oreilles enfin seraient cornes aussi ;
Et, quand je les aurais plus courtes qu'une autruche,
Je craindrais même encor. » Le grillon repartit :
« Cornes cela ! Vous me prenez pour cruche !
   Ce sont oreilles que Dieu fit.
   — On les fera passer pour cornes,
Dit l'animal craintif, et cornes de licornes.
J'aurai beau protester : mon dire et mes raisons
   Iront aux Petites-Maisons. »

               (Liv. V, f. IV.)

Le lièvre de la Fontaine est prudent; il connaît le mot de je ne sais plus quel président du parlement de Paris : « Si l'on m'accusait d'avoir volé les tours de l'église Notre-Dame et de les avoir mises dans ma poche, je commencerais par m'enfuir; je m'expliquerais ensuite. » — Eh! monsieur le président, n'avez-vous pas confiance en la justice? — Oui, mais je connais la procédure. On commencera par me mettre en prison; plus tard, on m'interrogera. — Vous vous plaindrez! — A qui? qui osera m'écouter, surtout si j'ai quelque ennemi puissant.

    J'aurai beau protester, mon dire et mes raisons
      Iront aux Petites-Maisons.

Et Dieu veuille que ce soient seulement le dire et les

raisons qui aillent à l'hôpital des fous, et non pas la personne ! Voici, en effet, ce que je lisais tout récemment : « A Venise, sous la domination autrichienne, un pauvre ouvrier avait placardé sur la place publique ses plaintes contre le gouvernement qui, disait-il, le laissait mourir de faim. Il avait espéré qu'il serait mis en prison et qu'il aurait du pain. On le mit à l'hôpital des fous. Manin, le dernier dictateur et le dernier défenseur de Venise en 1848, Manin, alors avocat, s'employa avec sa vigueur et sa persévérance ordinaire pour faire cesser cette iniquité. Les médecins, écrivait-il dans sa supplique au gouvernement, reconnaissent que cet homme est sain d'esprit ; mais ils n'osent insister pour sa mise en liberté, craignant que cela ne contrarie les vues du gouvernement et de la police. J'ai, moi, du gouvernement et de la police une meilleure opinion : je n'admets pas qu'ils entendent créer des fous par décret. Si Padovani est coupable, il y a des lois. — Le gouverneur de Venise, le comte Palfy, impatienté de cette obstination, s'écria qu'il faudrait faire sortir Padovani de l'hôpital des fous, et mettre l'avocat Manin à sa place. »

Le comte Palfy avait raison : cet avocat qui parlait de lois, de liberté, de justice, à Venise, sous la domination autrichienne, cet avocat était fou.

Faërne prend partout le sujet de ses fables. Ainsi, dans Babrias, nous trouvons un statuaire qui, ayant fait

un hermès, c'est-à-dire une statue de Mercure sans
mains ni jambes, hésite à vendre son hermès pour or-
ner un tombeau ou pour mettre dans un temple; et la
nuit Mercure lui apparaît pour lui demander quelle
condition il lui fera : celle de Dieu ou d'emblème funèbre. Je ne comprends pas trop la moralité de cette
fable de Babrias, à moins que ce ne soit une moquerie des dieux de la mythologie, qui recevaient leur
destinée de la main des hommes. Mercure n'est guère
traité avec plus de révérence dans la fable de Faërne,
Mercure et le Statuaire; mais ici au moins la fable a
son trait de malice. Écoutez-la :

> Visurus olim quanti apud homines foret,
> Mercurius, ora versus in mortalia,
> Sese in tabernam contulit statuarii.
> Inspectâ ubi tonantis effigie Jovis,
> Quanti rogavit; utque drachma comperit,
> Clàm vilitatem patris irrisit sui.
> Inspectâ item Junonis, aliquantò ampliùs
> Pretium ejus esse quàm prioris, audiit
> Postremo contemplatus et statuam suam,
> Existimansque se esse longè maximi,
> Quod lucra præstet, quòd sit interpres Deùm,
> Pretium indicari petiit, et sui sibi.
> Statuarius tùm dixit : Hasce si emeris,
> Et hanc tibi, hospes, additamentum dabo.
> Plerumque nihili est qui ipse se magni æstimat.
>
> (Liv. IV, f. v.)

[1] « Un jour Mercure, voulant savoir quel cas on faisait de lui sur la
terre, prit la figure d'un mortel et entra dans la boutique d'un sta-

Ici Mercure est puni de sa vanité comme s'il était un homme, ou plutôt il représente la vanité humaine et ses perpétuels désappointements. Auteurs, qui allez incognito chez le libraire demander votre livre, et qui seriez tout fiers d'avoir à le payer cher, que devenez-vous quand on vous l'offre au rabais? — Peintres, qui allez au Salon voir l'empressement du public autour de votre tableau et qui vous faites une idée charmante des bourrades que vous recevrez dans la foule, que devenez-vous quand vous trouvez votre tableau solitaire et abandonné? Vous devenez ce que devint Mercure quand il se vit offrir sa statue par-dessus le marché.

Perrault et Richer ont traduit la fable de Faërne. Il y a quelques jolis vers dans Richer :

> Quelque parfaits que soient les dieux,
> Ils risquent trop d'être si curieux.

Mais les deux poëtes français n'ont pas la précision élégante de Faërne :

> Pretium indicari petiit, et *suî sibi*.

Ces deux petits mots, si bien jetés à la fin du vers,

tuaire. Il y aperçut d'abord une statue de Jupiter portant la foudre, et en demanda le prix. Quand on lui eut dit un drachme, il se moqua tout bas du bon marché de son père. — « Et cette Junon, dit-il, combien? « — Elle vaut un peu plus. » — Enfin, voyant sa statue, et croyant qu'elle valait beaucoup, puisque c'était l'image du dieu du gain et du messager des dieux, il demanda qu'on lui dît son prix. — « Si vous « m'achetez les deux autres, répondit le statuaire, je vous donnerai « celle-ci par-dessus le marché. »

« Plus nous nous estimons, moins nous valons. »

contiennent tout le sujet de la fable, ou plutôt tout le secret de la vanité humaine.

Je ne sais pas où Faërne a pris le sujet de sa fable des *Grives*. Je la cite à cause de son grand sens et d'une curieuse anecdote qu'elle me rappelle.

> Ex maximo cùm fortè turdorum globo,
> Ad præcoces vindemias qui Galliæ
> Togatæ Etruscis devolàrant montibus,
> Exigua sanè pars revertissent domum ;
> Sed hi saginà crassi, obesi, prægraves ;
> Hos conspicati qui domi remanserant,
> Livore tacti, se suamque pessimam
> Cœpere sortem conqueri, quòd cum iis simul
> Ad tàm beatas non profecti essent dapes.
> Quibus unus ex iis, qui reversi erant, ait :
> O inscientes, atque rerum improvidi,
> Annon videtis, ex tot ante millibus
> Qui exiveramus spe saginæ et crapulæ,
> Ad quam redacti paucitatem nunc sumus,
> Fœdo exitu desideratis cæteris,
> Captis, necatis, sub corona venditis ?
> Quod si miserias, si pericla, si metus,
> Si cuncta, quæ nos qui supersumus mala
> Pertulimus, æstimetis, et casus graves ;
> Næ hæc stulta vobis jam libido fugerit,
> Externa conquisitum eundi pabula.
> Paucos beavit aula, plures perdidit ;
> Sed et hos quoque ipsos quos beavit, perdidit[1].

(Liv. V, f. x.)

---

[1] « Une nombreuse troupe de Grives avait quitté les montagnes de l'Étrurie pour venir faire vendange dans les fertiles vignobles de la Gaule cisalpine. Bien peu revinrent à la maison ; mais celles-là, repues

L'histoire des Grives est de tous les jours et de tous les pays. Elle n'est nulle part mieux exprimée que dans le mot du vieux maréchal Lefebvre[1]. Il avait un camarade de régiment qui vint le voir un jour et qui admirant, non sans un sentiment d'envie, son bel hôtel, ses belles voitures, sa nombreuse livrée, ses magnifiques appartements, tout le train enfin d'un grand dignitaire de l'Empire : « Parbleu! lui disait-il, il faut avouer que tu es bien heureux, et que le ciel t'a bien traité! — Veux-tu, lui répondit le maréchal, avoir tout cela? — Oui, certainement! — La chose est très-simple : tu vas descendre dans la cour de mon hôtel; je mettrai à chaque fenêtre deux soldats qui tireront sur toi. Si tu échappes aux balles, je te donnerai tout ce que je m'envies. C'est comme cela que je l'ai obtenu. »

Nous en sommes tous là : nous ne voyons et nous ne

de nourriture, étaient grosses et grasses. Quand celles qui étaient restées au logis les virent en tel embonpoint, elles furent jalouses, se mirent à déplorer leur misère et à regretter de n'avoir pas été prendre part à de si riches festins. — « Ignorantes et imprudentes que vous êtes, leur « dit une des Grives revenues de l'expédition, vous ne voyez donc pas « le peu que nous restons de tant de milliers qui sommes parties pour « aller faire bombance? Tuées ou prisonnières, vendues au marché, les « autres ont fini misérablement. Ah! si vous saviez nos maux, nos « périls, nos frayeurs, si vous saviez tout ce que nous avons souffert, « nous qui survivons, certes vous n'auriez pas le désir insensé d'aller « chercher bonne chère à l'étranger. »

« La cour fait le bonheur de quelques-uns et le malheur du grand nombre; et ceux mêmes qu'elle a rendus heureux, elle les rend malheureux à leur tour. »

[1] Né en 1755, mort en 1820; ancien sergent aux gardes françaises.

comptons que ceux qui survivent et qui jouissent; nous
oublions ceux qui périssent. Que Crésus est riche! que
de millions il a gagnés! — Oui, mais pour un qui gagne,
que de gens qui perdent! Pour un riche, que de pauvres!
Pour un Midas, que de Lazares! — Partez, jeunes soldats : vous avez tous dans votre giberne le bâton de
maréchal de France! — Oui; mais combien peu le rap-
porteront! combien peu reviendront! Il n'y a que ceux-
là qu'il faut voir, dit le public; les morts ne comptent
pas. — Et vous, jeunes poëtes, vous avez tous aussi
à la main la lyre de Lamartine. Combien peu savent en
tirer des sons qui s'entendront dans l'avenir! Je re-
çois, tous les ans, trois ou quatre cents volumes de
poésie; je les mets avec soin dans une partie de ma bibliothèque; puis, je laisse passer six ou sept ans, et, au
bout de ce temps, je viens voir quels sont les noms que
la renommée a séparés de la foule par un peu de gloire.
Quel déchet déjà au bout de cinq ou six ans! Que
sera-ce au bout de vingt ans, au bout de cinquante, au
bout d'un siècle? Que sera-ce pour la postérité? Mais
quoi? il n'y a, encore un coup, que ceux qui survivent
qui comptent. La gloire est à ce prix. La guerre tue
cent mille hommes et fait un maréchal; la littérature
a des milliers de sots pour un homme d'esprit; l'élite
n'est partout que le reste de la foule écrasée et en-
terrée.

La dernière fable de Faërne que je veux citer est

celle des *Arbres et le Buisson*. Il l'a prise et traduite de la Bible. Quelle que soit l'élégance de sa latinité, j'aime mieux la vieille fable biblique : elle est d'une beauté et d'une grandeur admirables. Abimélech s'étant fait roi à Sichem par le massacre de ses frères, Joatham, le seul échappé au massacre, « s'en alla au haut de la montagne de Carizim, où, se tenant debout, il cria à haute voix et parla de cette sorte : « Écoutez-« moi, habitants de Sichem, comme vous voulez que « Dieu vous écoute :

« Les arbres allèrent un jour pour élire un roi, et « ils dirent à l'Olivier : commande-nous.

« L'Olivier leur répondit : Puis-je abandonner mon « huile, dont les dieux et les hommes se servent, pour « venir régner sur les arbres?

« Les arbres dirent au Figuier : Viens régner sur « nous.

« Le Figuier leur répondit : Puis-je abandonner la « douceur de mes fruits pour venir régner sur les « arbres?

« Et les arbres parlèrent à la Vigne : Viens, com-« mande-nous.

« La Vigne leur répondit : Puis-je abandonner mon « vin, qui réjouit Dieu et les hommes, pour venir ré-« gner sur les arbres?

« Et les arbres dirent au Buisson : Viens et com-« mande-nous.

« Le Buisson leur répondit : Si vous m'établissez vé-
« ritablement pour votre roi, venez et reposez-vous
« sous mon ombre. Si vous ne le voulez pas, que le feu
« sorte du buisson et qu'il dévore les cèdres du Li-
« ban[1] ! »

[1] *Juges*, chap. ix, vers. 7 et suiv.
Voici la traduction ou plutôt l'imitation de Faërne :

Regnum olim olivæ detulerunt arbores,
Et valida latè sceptra gentis frondeæ.
Quibus illa, quæ contenta sorte esset suâ :
O amicæ, ait, meamne pinguetudinem,
Dis atque hominibus expeditam, deseram,
Ut imperem regnique curis macerer?
Ite, oro, et alii sarcinam hanc imponite.
Rejectæ eunt ad Ficum : uti regnet rogant.
Quæ et ipsa, per se læta nativis bonis :
Egone et meam dulcedinem et suavissimos
Fructus, saporis mellis Hyblæi pares,
Angore mutem, quo hic honos exuberat?
Re rursùs infectâ, hæsitabundæ arbores
Vitem quoque statuère tentandam sibi.
Ea tùm nigranti concolores purpuræ
Uvas, onustos explicans per palmites,
Videtis, inquit, has opes, hanc copiam,
Hoc delicatum tot ramorum decus,
Déo undè hominibusque humor acceptus fluit?
Hæc dona opima, hæc tanta naturæ bona
Ut deseram, vos estis auctores mihi!
Tùm verò me omnes omnium stultissimam
Existimârint arborum, si id fecero
Quo me ipsa perdam, cæteris ut consulam.
Hæc illa. At hæ jam supplicandi tædio
Fessæ ac labore, Rhamno honorem deferunt.
Elatus ille regio fastu, ac tumens :
Si rex, ait, sum vester, ad me accedite
Omnes et umbrâ sub meâ considite.
Cessatis! ex me rapidus ignis ocyùs
Erumpat in vos ultor, atque ipsas quoque
Excelsiores hauriat Libani cedros.
Aliis præesse, optabile iis tantummodo est,
Libidini servire qui volunt suæ.

(Liv. **V**, f. **xvii.**)

Quelle belle fable! et en même temps quelle cruelle
explication du pouvoir sur la terre! Ce n'est pas aux
meilleurs que va l'autorité : ils n'en veulent point.
Ils aiment mieux en quelque sorte supporter les pouvoirs injustes que les remplacer. Il est si triste et si
pénible de gouverner les hommes, que la vertu n'est
pas tentée d'un pareil emploi : elle a mieux à faire.
Ajoutez que la vertu, outre qu'elle est peu ambitieuse,
est très-scrupuleuse. Elle ne voudrait pas gouverner au
hasard et par caprice; elle s'imposerait des soins, des
devoirs, des obligations; elle se ferait des soucis, des
peines, des chagrins : elle aime donc bien mieux,
comme l'olivier, donner aux hommes et aux dieux son
suc et son huile; elle aime mieux édifier la terre
et mériter le ciel, que de gouverner douloureusement
les hommes. Si un peuple, par je ne sais quelle circonstance, cherche qui veuille le gouverner, qu'il ne
s'adresse donc ni à l'olivier, ni au figuier, ni à la vigne, ni à tous les arbres qui ont quelque chose de bon
à faire et à produire; qu'il ne s'adresse pas à ceux qui
ont su se faire une carrière honorable et indépendante
dans le commerce ou dans l'industrie, dans la flotte ou
dans l'armée, dans la magistrature ou dans le sacer-
doce : aucun de ceux-là n'*abandonnera la douceur de
son suc et l'excellence de ses fruits* pour venir le gouverner. Qu'il s'adresse au buisson, qui n'a ni suc ni
fruits; qu'il s'adresse aux gens médiocres et vaniteux,

incapables de remplir les professions ordinaires de la
vie, aux médecins sans malades, aux avocats sans
causes, aux fabricants sans fabrique, aux marins sans
vaisseau. Ceux-là, n'ayant rien à faire, sont toujours
prêts à gouverner le monde. Dans cette quête de gouvernement que les peuples en révolution font quelquefois, plus on descend les degrés de l'échelle sociale,
plus on est sûr d'être gouverné; je ne dis pas d'être
bien gouverné, mais d'être gouverné sans scrupule et
impitoyablement : car c'est le propre du buisson de ne
pas douter de lui-même et de ne pas permettre qu'on
en doute. A peine est-il roi, qu'il parle de son ombrage et qu'il veut que les autres arbres viennent se
reposer sous son ombre. Ainsi donc que les grands
arbres surtout, les chênes et les cèdres, n'essayent pas
de se dérober à cet abri qui nivelle ce qu'il couvre :
s'ils murmurent, s'ils résistent, *le feu sortira du buis-*
son et dévorera les cèdres du Liban! Le buisson est
grand niveleur, ou plutôt grand despote; il croit se
grandir par l'abaissement de tout le monde.

Pendant que Faërne, en Italie, mettait en vers latins les apologues de l'antiquité, un Allemand, poëte
latin aussi, Pantaleo Candidus[1], qui ne voulait pas,
sans doute, que l'Allemagne cédât sur ce point à l'Ita-

---

[1] Pantaleo Candidus s'appelait Weiss . il avait latinisé son nom, selon
l usage des savants du temps Weiss était ministre protestant Né en
1540, il mourut en 1608.

lie, faisait paraître aussi un recueil de cent cinquante
fables, traduites également d'Ésope et des autres fabulistes. L'Allemagne, au seizième siècle, rivalisait avec
l'Italie pour l'érudition, et la patrie de Luther se pi-
quait de n'avoir pas une latinité moins élégante que la
patrie de Léon X.

Pantaleo Candidus a divisé son recueil en huit parties. La première contient les fables où figurent les
dieux; la seconde, celles où figurent les hommes; la
troisième, les quadrupèdes; la quatrième, les poissons;
la cinquième, les oiseaux; la sixième, les reptiles; la
septième, les végétaux; la huitième, les choses inani-
mées. Je trouve, dans la première partie, une fable
intitulée : *le Diable et l'Usurier*, qui est une variation
piquante de la vieille fable de la Fontaine : *le Loup, la
Mère et l'Enfant* [1].

« Un usurier s'en allait un jour de compagnie avec le
diable, l'un cherchant des hommes à prendre, l'autre
ayant des recouvrements à faire. Ils passent devant une
maison où une mère, irritée contre son enfant, lui disait : « Que le diable t'emporte du coup ! — N'entends-
« tu pas qu'on t'appelle? dit l'usurier au diable; voilà
« un enfant qu'on te livre, prends-le. » Satan lui répond : « C'est une mère qui parle à son fils, l'appel
« n'est pas sérieux; le cœur ne pense pas ce que dit
« la bouche. » Les voyageurs continuent leur route.

---

[1] La Fontaine, livre IV, fable xvi.

Arrivé chez son débiteur, l'usurier lui demande son argent, et l'autre, furieux : « Que le diable t'emporte, « s'écrie-t-il, toi et ton argent! » Alors le diable dit à son compagnon : « Oh! celui-ci parle sincèrement; tu « m'appartiens! » Et il l'emporte avec lui aux enfers, heureux d'avoir trouvé sa proie[1]. »

J'ai cité la fable du *Diable et l'Usurier* pour montrer le tour piquant que Candidus sait parfois donner aux vieilles légendes. Je veux citer une autre fable du même auteur, afin de montrer qu'il ne le cède pas à Faërne pour l'élégance et la vivacité de la latinité. Je prends la fable du *Lion et du Moucheron*.

> Culex Leoni se inferens : « Ego haud te, ait,
> Formido; nam quæ tanta tua, age, est gloria?
> An quòd miseras trucibus bestiolas unguibus

[1] Fœnoris exactor simul et malus angelus ibant,
  Ferret ut hic homines, ferret ut alter opes, .
Prætereuntque domum quâ flenti irata puello,
  « Trux ferat ut dæmon te modò, mater, ait. »
Ille monet Genium : « Tibi deditur, i, puerum aufer. »
  Cui cunctabundo sic ait ore Satan :
« Quæ dixit nato, non dixit seria, mater;
  Cor aliud sentit, vox aliudque sonat. »
Perrexêre. Venit cerdo, quem debita poscit;
  Debitor huic animis exstimulatus ait :
« Te malus ut dæmon rapiat cum fœnore ad auras! »
  Tunc comiti Genius sic ait ore malus :
« Hic verò loquitur modò seria, deditus est mî, »
  Dixit; eum medio corripuitque virum
Luctantem, et stygias secum raptavit ad undas;
  Sicque suâ prædâ prædo potitus abit.

(Fable vii, *de Diis.* — *Deliciæ poetarum germanorum*, tome II, p. 107, Francfort, 1612.)

Discerpis? hoc iratæ idem quoque fœminæ
Faciunt, viris quùm prælia intentant suis;
Meumque robur ut probem, age, pugnas cie. »
Dixit, suoque illo canore Martio
Fractos sonitus imitante tubarum concitus,
Intra Leonis involat nares. Leo,
Irâ infremens, suis laniat sese unguibus,
Naresque et os cruore fœdat proprio.
Culex, io, læta canens victoria,
Alte evolat; sed inscius, proh! parvulæ
Subtilibus telis araneæ miser
Inhæret; à quo oppressus et jàm proximus
Morti, inquit : « Heu! quid hoc, quid infortunii est?
Victor Leonis opprimor ab aranea! »
Qui magna patrant sæpè casu obeunt levi[1].

Comparons un instant la fable latine avec celle d
la Fontaine :

> « Va-t'en, chétif insecte, excrément de la terre! »
> C'est en ces mots que le Lion
> Parlait un jour au Moucheron.

---

[1] *Ibid*, p. 154, *de Quadrupedibus*, f. LVII. — « Le Moucheron aborda
un jour le Lion : « Je n'ai pas peur de toi, lui dit-il. D'où te vient
« ta renommée? Est-ce parce que tu déchires sans pitié les pauvres
« animaux? Mais c'est ce que font les femmes en colère, quand elles se
« battent avec leurs maris. Je veux, moi, te montrer ma force. Allons!
« vite au combat! » Il dit, et, sonnant la charge avec son bourdonnement qui imite la trompette, il attaque son adversaire et entre dans ses
naseaux. Le Lion, rugissant de colère, se déchire de ses ongles et s'en-
sanglante la face et les naseaux. Le Moucheron triomphant sonne la victoire et s'envole dans les airs. Mais l'imprudent ne voit pas la toile d'une
pauvre araignée et s'y trouve pris. Près de mourir, il s'écrie douloureusement : « Hélas! quel malheur est égal au mien! J'ai vaincu le Lion,
« et je succombe sous l'araignée! »
« L'accident le plus léger fait échouer les plus grands desseins. »

L'autre lui déclara la guerre :
« Penses-tu, lui dit-il, que ton titre de roi
    Me fasse peur ni me soucie?
    Un bœuf est plus puissant que toi :
    Je le mène à ma fantaisie. »
    A peine il achevait ces mots
    Que lui-même il sonna la charge,
    Fut le trompette et le héros.
    Dans l'abord il se met au large,
    •Puis prend son temps, fond sur le cou
    Du Lion, qu'il rend presque fou.
Le quadrupède écume, et son œil étincelle ;
Il rugit : on se cache, on tremble, à l'environ ;
    Et cette alarme universelle
    Est l'ouvrage du Moucheron.
Un avorton de mouche en cent lieux le harcelle,
Tantôt pique l'échine et tantôt le museau,
    Tantôt entre au fond du naseau.
La rage alors se trouve à son faîte montée.
L'invisible ennemi triomphe et rit de voir
Qu'il n'est griffe ni dent en la bête irritée
Qui de la mettre en sang ne fasse son devoir.
Le malheureux Lion se déchire lui-même,
Fait résonner sa queue à l'entour de ses flancs,
Bat l'air, qui n'en peut mais ; et sa fureur extrême
Le fatigue, l'abat : le voilà sur les dents.
L'insecte du combat se retire avec gloire :
Comme il sonna la charge, il sonne la victoire,
Va partout l'annoncer et rencontre en chemin
    L'embuscade d'une araignée ;
    Il y rencontre aussi sa fin.

         (Liv. II, f. IX.)

Voilà les tableaux que la fable copie de l'histoire, car

l'histoire en est pleine. Dites, Masaniello[1], vous qui
n'étiez qu'un pauvre pêcheur de poisson, d'où vient
donc que vous avez renversé à Naples la domination
espagnole? D'où vient que vous avez vaincu le lion,
fait trembler pendant quelques jours tout le royaume
de Naples?

> Et cette alarme universelle
> Est l'ouvrage d'un Moucheron.

Et d'où vient aussi qu'au milieu de votre triomphe,
qui vous avait enivré et troublé, vous êtes tombé sous
les coups de quelques obscurs assassins qu'avait payés
l'or de l'Espagne?

> Victor Leonis, opprimor ab araneâ!.

La force des petits a des jours où elle est irrésistible,
mais, comme un rien l'élève, un rien la renverse, et le
moucheron, vainqueur du lion, périt dans la toile de
l'araignée.

> Qui magna patrant, sæpè casu obeunt levi.

Voyez Fiesque à Gênes[2]. Il avait vaincu, il allait être
doge et maître de la république. Il passe sur un vaisseau: le pied lui manque, il tombe à la mer, et sa conspiration tombe avec lui.

Henri IV est vainqueur de ses ennemis; il va prendre

[1] 1647.
[2] 1547.

les armes pour abaisser la puissance de la maison
d'Autriche et faire une de ces guerres politiques qui
changent la face du monde. Il tombe sous le couteau
d'un obscur fanatique, et ses grands desseins sont
ajournés jusqu'à Richelieu.

> Qui magna patrant, sæpè casu obeunt levi.

Lisez l'histoire ou lisez les fables : partout vous serez
averti du peu qu'il faut pour échouer dans les choses
humaines, et du peu aussi qu'il faut pour réussir. La
fable ne peint pas seulement les mœurs de l'homme ;
elle peint aussi les événements de la vie humaine et
leur capricieuse mobilité.

A côté des fables en vers latins, qui abondent au
seizième siècle, il y a aussi beaucoup de fables en vers
français. Non que nous ayons, au seizième siècle, en
France, aucun fabuliste de renom ; mais la fable est un
genre de littérature populaire, et les poëtes du seizième siècle, Marot et Régnier, n'hésitent pas à enca-
drer des fables dans leurs épîtres et dans leurs satires.
La fable du *Lion et le Rat* fait, à elle seule, l'épître que
Marot, en 1525, adresse à son ami Lyon Jamet. Le
poëte était alors en prison au Châtelet, et il demande à
son ami de lui venir en aide pour le délivrer, espérant
bien qu'il pourra, quelque jour, lui rendre service à
son tour, tout faible qu'il est, comme le rat autrefois
fit au lion.

Je ne t'escry dé l'amour vaine et folle,
Tu veois assez, s'elle sert ou affole ;
Je ne t'escry ne d'armes ne de guerre,
Tu veois qu'il peult bien ou mal y acquerre ;
Je ne t'escry de fortune puissante,
Tu veois assez, s'elle est ferme ou glyssante ;
Je ne t'escry d'abuz trop abusant,
Tu en sçais prou et si n'en vas usant ;
Je ne t'escry de Dieu ne sa puissance,
C'est à luy seul t'en donner congnoissance ;
Je ne t'escry des dames de Paris,
Tu en sçais plus que leurs propres marys ;
Je ne t'escry, qui est rude ou affable,
Mais je te veulx dire une belle fable :
C'est assavoir du Lyon et du Rat.
Cestuy Lyon, plus fort qu'un vieil verrat,
Veit une fois que le Rat ne savoit
Sortyr d'un lieu, pour autant qu'il avoit
Mangé le lard et la chair toute cruë.
Mais ce Lyon (qui jamais ne fut gruë)
Trouva moyen, et manière, et matière
D'ongles et dents, de rompre la ratière,
Dont maistre Rat eschappe vistement,
Puis met à terre un genouil gentement,
Et, en ostant son bonnet de la teste,
A mercyé mille fois la grant' beste,
Jurant le dieu des souris et des rats
Qu'il luy rendroit. Maintenant tu veoirras
Le bon du compte. Il advint d'adventure
Que le Lyon, pour chercher sa pasture,
Saillit dehors sa caverne et son siége ;
Dont par mal heur se trouva pris au piége
Et fut lyé contre un ferme poteau.
Adoncq le Rat, sans serpe ne coulteau,

. . . .

Y arriva joyeux et esbaudy,
Pour secouryr le Lyon secourable,
Auquel a dict : « Tais-toy, Lyon lié ;
Par moy seras maintenant deslyé ;
Tu le veulx bien, car le cueur joly as :
Bien y parut quand tu me deslyas.
Secouru m'as fort lyonneusement ;
Or secouru sera rateusement. »
Lors le Lyon ses deux grands yeux vertit,
Et vers le Rat les tourna un petit
En luy disant : « O povre verminière !
Tu n'as sur toy instrument ne manière,
Tu n'as coulteau, serpe ne serpillon,
Qui sceust couper corde ne cordillon,
Pour me jecter de ceste estroite voye.
Va te cacher, que le chat ne te voye. »
— Sire Lyon, dict le fils de souris,
De ton propoz, certes, je me souris.
J'ai des coulteaux assez, ne te soucye,
De bel oz blanc plus tranchants qu'une sye ;
Leur gaine, c'est ma gencive et ma bouche :
Bien coupperont la corde qui te touche
De si très-prez, car j'y mettrai bon ordre. »
Lors sire Rat va commencer à mordre
Ce groz lien ; vrai est qu'il y songea
Assez longtemps, mais il le vous rongea
Souvent et tant qu'à la parfin tout rompt,
Et le Lyon de s'en aller fut prompt,
Disant en soy : « Nul plaisyr[1], en effect,
Ne se perd point, quelque part il soit faict. »
Veoylà le conte en termes rythmassez :
Il est bien long, mais il est vieil assez,
Tesmoing Ésope et plus d'un million.

---

[1] Service.

Or, viens me veoir pour faire le Lyon ;
Et je mettray peine et sens et estude
D'estre le Rat, exempt d'ingratitude :
J'entens, si Dieu te donne autant d'affaire
Qu'au grand Lyon ; ce qu'il ne vueille faire.

Si nous comparons la fable de la Fontaine à celle de Marot, il ne faut pas craindre de donner la supériorité à Marot. La fable de la Fontaine, *le Lion et le Rat*, est une de ses moins bonnes.

Il faut, autant qu'on peut, obliger tout le monde :
On a souvent besoin d'un plus petit que soi.
De cette vérité deux fables feront foi,
    Tant la chose en preuves abonde.

    Entre les pattes d'un Lion
Un Rat sortit de terre assez à l'étourdie.
Le roi des animaux, en cette occasion,
Montra ce qu'il était et lui donna la vie.
    Ce bienfait ne fut pas perdu.
    Quelqu'un aurait-il jamais cru
Qu'un Lion d'un Rat eût affaire ?
Cependant il advint qu'au sortir des forêts
    Ce Lion fut pris dans des rets,
Dont ses rugissements ne le purent défaire.
Sire Rat accourut et fit tant par ses dents
Qu'une maille rongée emporta tout l'ouvrage.

    Patience et longueur de temps
    Font plus que force ni que rage.
                  (Liv. II, f. xi.)

Otez la moralité, si bien exprimée, qui commence la fable :

Il faut, autant qu'on peut, obliger tout le monde :
On a souvent besoin d'un plus petit que soi ;

le reste est un récit court et sec. Point de tableau,
point de description ; nous voyons à peine le rat et le
lion. Dans Marot, au contraire, tout fait image. Voyez
quand le lion vient de briser la ratière où le rat s'était
laissé prendre, de quel air le rat délivré remercie son
libérateur :

> Puis met à terre un genouil gentement,
> Et, en ostant son bonnet de la teste,
> A mercyé mille fois la grant' beste,
> Jurant le dieu des souris et des rats
> Qu'il luy rendroit...

Ce sont là des traits charmants et auxquels nous
sommes habitués dans la Fontaine. Nous les retrouvons, cette fois, dans Marot. Dans la Fontaine, une
fois le lion pris, le rat accourt, et la scène finit en deux
vers :

> — Sire Rat accourut et fit tant par ses dents
> Qu'une maille rongée emporta tout l'ouvrage.

Combien Marot est plus intéressant ! comme il sait
bien mieux exprimer la reconnaissance du rat !

> Secouru m'as fort lyonneusement ;
> Or secouru sera rateusement.

Comme ces deux mots, si heureusement et si gaiement créés par Marot, peignent bien le rapport entre

les deux animaux, l'un fort et qui fut bon, l'autre faible, qui est reconnaissant, et qui sera habile et avisé
dans sa reconnaissance. Le lion, habitué à la force, ne
peut pas croire que le rat puisse rien faire pour lui
rendre la liberté, puisque celui-ci n'a ni couteau ni
serpe ; et, toujours bon et charitable, même quand il
est en péril :

> Va te cacher, que le chat ne te voye !

dit-il au rat. Le rat alors lui montre les couteaux de
bel os blanc qu'il a dans la bouche, c'est-à-dire ses
dents, et, se mettant à l'ouvrage, il rompt les filets, le
lion alors s'éloigne, non sans exprimer, en guise de
remercîment au rat, une morale que j'aime mieux
que celle qui termine la fable de la Fontaine :

> . . . . . Nul plaisyr [1], en effet,
> Ne se perd point, quelque part il soit faict.

Cela vaut mieux que

> Patience et longueur de temps
> Font plus que force ni que rage.

La Fontaine ne s'occupe que du filet rompu ; Marot
songe au service rendu.

Je serais tenté d'attribuer aussi à Régnier la supériorité sur la Fontaine en comparant sa fable du *Loup*,

---

[1] Service.

la Lionne et le *Mulet* dans sa troisième satire, avec
la fable de la Fontaine, *le Renard, le Loup et le Cheval.*

Or, entends à ce point ce qu'un Grec en escrit.
Jadis un Loup, dit-il, que la faim espoinçonne,
Sortant hors de son fort, rencontre une Lionne,
Rugissante à l'abort et qui montroit aux dents
`L'insatiable faim qu'elle avoit au dedans.
Furieuse elle approche, et le Loup, qui l'advise,
D'un langage flatteur lui parle et la courtise :
Car ce fut de tout temps que, ployant sous l'effort,
Le petit cède au grand, et le foible au plus fort.
Luy, dis-je, qui craignoit que, faute d'autre proye,
La beste l'attaquast, ses ruses il employe.
Mais enfin le hasard si bien le secourut
Qu'un Mulet gros et gras à leurs yeux apparut.
Il cheminent dispos, croyant la table preste,
Et s'approchant tous deux assez près de la beste,
Le Loup, qui la cognoist, malin et deffiant,
Luy regardant aux pieds, lui parloit en riant :
« D'où es-tu? qui es-tu? Quelle est ta nourriture;
Ta race, ta maison, ton maistre, ta nature ? »
Le Mulet, estonné de ce nouveau discours,
De peur ingénieux, aux ruses eut recours;
Et, comme les Normands, sans luy répondre, voire!
« Compère, ce dit-il, je n'ay point de mémoire ;
Et, comme sans esprit ma grand'mère me vit,
Sans m'en dire autre chose, au pied me l'escrivit. »
Lors il lève la jambe au jarret ramassée,
Et d'un œil innocent il couvroit sa pensée,
Se tenant suspendu sur les pieds en avant.
Le Loup, qui l'apperçoit, se lève de devant,
S'excusant de ne lire avecq' ceste parolle,
Que les Loups de son temps n'alloient point à l'escolle ;
Quand la chaude Lionne, à qui l'ardente faim

Alloit précipitant la rage et le dessein,
S'approche, plus sçavante, en volonté de lire.
Le Mulet prend le temps, et, du grand coup qu'il tire,
Luy enfonce la teste, et, d'une autre façon
Qu'elle ne sçavoit point, lui apprit sa leçon.
Alors le Loup s'enfuit, voyant la beste morte,
Et de son ignorance ainsi se réconforte.
N'en déplaise aux docteurs, cordeliers, jacobins,
Pardieu! les plus grands clercs ne sont pas les plus fins[1].

Voici maintenant la fable de la Fontaine :

LE RENARD, LE LOUP ET LE CHEVAL.

Un Renard jeune encor, quoique des plus madrés,
Vit le premier Cheval qu'il eût vu de sa vie.
Il dit à certain Loup, franc novice : « Accourez,
    Un animal paît dans nos prés,
Beau, grand, j'en ai la vue encor toute ravie.
— Est-il plus fort que nous? dit le Loup en riant.
    Fais-moi son portrait, je te prie.
— Si j'étais quelque peintre ou quelque étudiant,
Repartit le Renard, j'avancerais la joie
    Que vous aurez en le voyant.
Mais venez, que sait-on? Peut-être est-ce une proie
    Que la fortune nous envoie. »
Ils vont; et le Cheval, qu'à l'herbe on avait mis,
Assez peu curieux de semblables amis,
Fut presque sur le point d'enfiler la venelle[2].
« Seigneur, dit le Renard, vos humbles serviteurs
Apprendraient volontiers comment on vous appelle. »
Le Cheval, qui n'était dépourvu de cervelle,

---

[1] Régnier, satire III, la *Vie de la Cour.*
[2] Prendre la fuite. *Venelle,* petite rue.

Leur dit : « Lisez mon nom; vous le pouvez, messieurs :
Mon cordonnier l'a mis autour de ma semelle. »
Le Renard s'excusa sur son peu de savoir :
« Mes parents, reprit-il, ne m'ont point fait instruire;
Ils sont pauvres et n'ont qu'un trou pour tout avoir.
Ceux du Loup, gros messieurs, l'ont fait apprendre à lire. »
      Le Loup, par ce discours flatté,
      S'approcha; mais sa vanité
Lui coûta quatre dents : le Cheval lui desserre
Un coup, et haut le pied, voilà mon Loup par terre,
      Mal en point [1], sanglant et gâté.
« Frère, dit le Renard, ceci nous justifie
      Ce que m'ont dit des gens d'esprit :
Cet animal vous a sur la mâchoire peint
Que de tout inconnu le sage se méfie [2]. »

La Fontaine a évidemment imité Régnier et ne l'a
point surpassé. Ce vers charmant du loup de Régnier
s'excusant de ne pas savoir lire et disant :

Que les Loups de son temps n'alloient point à l'escolle,

a fourni à la Fontaine les vers de son renard :

Le Renard s'excusa de son peu de savoir.
« Mes parents, reprit-il, ne m'ont point fait instruire :
Ils sont pauvres et n'ont qu'un trou pour tout avoir.
Ceux du Loup, gros messieurs, l'ont fait apprendre à lire. »
Le Loup, par ce discours flatté...

C'est la vanité et la gourmandise qui, dans les deux
poëtes, poussent la lionne ou le loup à sa perte.

---

[1] Maltraité.
[2] Liv. XII, f. XVII. — La Fontaine avait déjà traité le même sujet,
liv. V, f. VIII, le *Cheval et le Loup*.

Ces traits, qui peignent l'homme sous la figure des animaux, et que nous trouvons plus marqués cette fois dans Marot et dans Régnier que dans la Fontaine lui-même, n'oublions pas que c'est la Fontaine qui nous a appris à les goûter· dans la fable; de telle sorte que, dans les deux fables citées, en mettant la Fontaine au-dessous de ses deux devanciers du seizième siècle, nous le jugeons sur la mesure qu'il nous a lui-même enseignée, et nous ne lui préférons que ceux qui ont eu avant lui le mérite qu'il a eu plus que personne après eux.

Marot et Régnier, mêlant des fables à leurs épîtres et à leurs satires, témoignent de la popularité qu'avait la fable au seizième siècle. Il y a, dans la littérature du seizième siècle, outre ces fables éparses, des recueils entiers de fables traduites aussi d'Ésope et de l'antiquité : les *Fables du très-ancien Ésope Phrygien*, de Gilles Corrozet, poëte et libraire; les *Trois cent soixante-six apologues d'Ésope*, etc., de Guillaume Haudent; les *Emblèmes*, de Guillaume Gueroult, etc. Je ne veux citer, de ces fables du seizième siècle, que celles que la Fontaine a retraduites et qu'il s'est appropriées par la grâce qu'il leur a donnée. Voyez, par exemple, le *Cerf et les Bœufs* dans Corrozet :

> Un Cerf fuyoit devant les chiens courans ;
> Pour se sauver se meit en une estable;
> Leans estoient plusieurs Bœufz demourauz,

Auxquelz requist qu'on luy fust favorable
Et qu'on permist qu'en ce lieu secourable
Il se mussast[1]. L'un des Bœufz luy va dire :
« Tu n'es pas bien, il n'est point de lieu pire
Que cestuy-cy pour y trouver mercy :
Car, si tu es trouvé caché icy,
Tu souffriras la mortelle poincture[2]. »
Le Cerf fuytif[3], de crainte tout transy,
Y demoura, print le hazart aussi[4]
De vie ou mort pour dernière adventure.
Le serviteur, pour appaiser la faim
De tous ces Bœufz, leur vint donner repas.
Le Cerf estoit caché dedans le fein[5]
Si très-avant, qu'il ne le trouva pas.
Le maistre aussi vint après, pas à pas,
Lequel ainsi que dans le fein cherchoit,
Trouva le Cerf qui dessoulz se cachoit.
Là il fut pris et occis tout à l'heure.

Quelle sécheresse de récit! quel manque d'intérêt!
A peine même si nous pouvons découvrir la pensée de
la fable, c'est-à-dire la supériorité de l'œil du maitre,
qui voit là où les valets n'ont rien vu. Dans la Fontaine,
le récit nous indique et nous montre la moralité qu'il
s'agit d'enseigner :

L'on va, l'on vient, les valets font cent tours,
L'intendant même, et pas un d'adventure

---

[1] Il se cachât.
[2] La mortelle douleur.
[3] Fugitif.
[4] Accepta le hasard.
[5] Foin.

> N'aperçut ni cor, ni ramure,
>   Ni Cerf enfin.

Le cerf se croit sauvé, et il remercie les bœufs.

> L'un des Bœufs, ruminant, lui dit : « Cela va bien ;
> Mais quoi? l'homme aux cent yeux n'a pas fait sa revue ;
>   Je crains fort pour toi sa venue.
> Jusque-là, pauvre Cerf, ne.te vante de rien. »

Quel est donc l'homme aux cent yeux? Le maître du logis. La propriété donne une clairvoyance particulière. Elle fait de nous tous des Argus et des lynx. Les domestiques, toujours plus ou moins indifférents à l'intérêt du maître, ne voient pas, parce que leur esprit ne regarde pas. L'attention fait seule la justesse et la perspicacité du regard ; la passion, à son tour, fait seule l'attention. Passion de la propriété ou passion de l'amour, la Fontaine les met, en finissant, sur le même pied :

> Phèdre, sur ce sujet, dit fort élégamment :
>   Il n'est pour voir que l'œil du maître.
> Quant à moi, j'y mettrais encor l'œil de l'amant.

Cette fable de l'*OEil du maître* est une des plus belles de la Fontaine. Je retrouve, dans les fabulistes du seizième siècle, le sujet aussi de deux de ses chefs-d'œuvre : le *Chêne et le Roseau*, les *Animaux malades de la peste*. Voyons d'abord le *Chêne et le Roseau*, de Guillaume Haudent :

Un Chesne dur, puissant, robustre et fort,
Contre un Roseau foyble et débile et tendre,
Pour démonstrer sa puissance et effort,
Jadis voulut quereller et contendre [1],
En soutenant qu'il n'oseroit prétendre
Se comparer à luy quantan puissance [2] :
Car, s'il le faict, luy offre sans attendre
Livrer assault et lui porter nuysance.
Quand le Roseau eust ouy les contends [3]
Et les propos de ce Chesne orgueilleux,
Il luy a dict : « On pourra voir en temps
Lequel sera le plus fort de nous deux. »
Or cependant qu'ils devisoient entre eulx
De leur pouvoir, voicy venir un erre [4]
De vent de bise, aspre et impétueux,
Qui faict tomber le Chesne sur la terre
Quand il se veist en ce poinct abatu
Et le Roseau estre debout encoire [5],
Il demanda par quel' force et vertu
Il avoit peu obtenir la victoire.
Il luy a dict pour raison péremptoire
Que ce a esté pour avoir obey
A cestuy vent, car luy estoit notoire
Qu'il fust rompu, s'il eust desobey.

Le tour de cette fable est vif et piquant : comme
dans la Fontaine, c'est le chêne qui, par son orgueil,
insulte au roseau. Aussi, lorsqu'il est brisé par le vent,
nous ne sommes pas fâchés de sa chute : il l'a mé-

---

[1] Lutter, rivaliser.
[2] Quant à la puissance, à la force.
[3] Prétentions.
[4] Tourbillon.
[5] Encore.

ritée. Mais la Fontaine, au lieu de nous dire, par un
simple récit, que le chêne querelle le roseau, nous fait
assister à la dispute :

> Le Chêne, un jour, dit au Roseau :
> « Vous avez bien sujet d'accuser la nature :
> Un roitelet pour vous est un pesant fardeau.

Quelle orgueilleuse satisfaction dans toutes les paroles du chêne, soit qu'il décrive à plaisir la faiblesse
du roseau, en pensant à sa propre force, soit qu'il décrive avec complaisance sa force et sa puissance en
songeant à la faiblesse du roseau !

> Le moindre vent qui d'adventure
> Fait rider la face de l'eau
> Vous oblige à baisser la tête ;
> Cependant que mon front au Caucase pareil,
> Non content d'arrêter les rayons du soleil,
> Brave l'effort de la tempête.
> Tout vous est aquilon ; tout me semble zéphyr.

L'orgueil du chêne n'est pas un orgueil féroce et
inhumain : c'est un orgueil protecteur, une des formes
les plus tentantes de l'orgueil, et une des plus désagréables à qui la supporte, même quand il en profite.

> Encor si vous naissiez à l'abri du feuillage
> Dont je couvre le voisinage,
> Je vous défendrais de l'orage.

Comme l'emploi multiplié du moi montre bien la vanité du chêne ! Comme il a soin de n'oublier aucun

des effets de sa puissance, aucun des bienfaits qu'il prodiguerait au roseau! Sa charité même est orgueilleuse.

> La nature envers vous me semble bien injuste.

Ne vous laissez pas tromper, en effet, par ce ton de compassion : le chêne plaint bien moins le roseau qu'il ne se glorifie lui-même. Ce mot

> La nature envers vous me semble bien injuste,

veut dire seulement : la nature envers moi a été bien libérale et bien magnifique. Le roseau ne s'y trompe pas, car il répond au chêne d'un ton sec et piqué :

> — Votre compassion, lui répondit l'arbuste,
> Part d'un bon naturel; mais quittez ce souci. »

Il ne veut pas se faire le client de l'orgueilleux qui s'offre à lui pour protecteur; il n'est pas, après tout, aussi faible que le dit le chêne. Il a son genre de force : il plie et ne rompt pas. Et c'est ainsi que le développement des deux caractères, celui du grand et celui du petit, nous amène au dénoûment et nous le fait approuver. L'orage arrive en effet.

> L'arbre tient bon, le roseau plie;
> Le vent redouble ses efforts,
> Et fait si bien, qu'il déracine
> Celui de qui la tête au ciel était voisine
> Et dont les pieds touchaient à l'empire des morts.

Quomodo cecidit potens? est-il dit dans l'Écriture ;
mais l'Écriture parle ainsi pour nous enseigner l'instabilité des choses humaines, et pour nous avertir que
Dieu seul est grand ; ou bien, c'est le cri d'un peuple
pleurant le héros qui le défendait[1] ; ce n'est pas la
joie du petit s'applaudissant de la chute du grand.
Telle est, en effet, la joie du roseau et qu'il nous
communique. Cette joie est-elle bonne? Vient-elle d'un
sentiment généreux et élevé? — L'orgueil est puni. —
J'entends ; mais l'envie est satisfaite.

Un poëte et un fabuliste allemand, Lessing, a fait
une fable pour réfuter ce côté de la fable de la Fontaine : « Pendant une nuit d'orage, la violence du vent
du nord avait renversé un chêne élevé. Il gisait étendu
sur le sol. A sa vue, un renard, qui sortait le matin de
son terrier, s'écria : « Quel arbre! je n'aurais jamais
« pensé qu'il fût si grand. » Ici, point d'envie ni de satisfaction mesquine en voyant la chute du chêne. Cette
chute même révèle au renard la grandeur de l'arbre ;
sentiment naturel et vrai. Il y a des grandeurs qu'on
ne comprend que lorsqu'elles sont tombées ; il y a des
colosses dont on ne mesure la hauteur que lorsqu'ils
sont couchés à terre. Le malheur leur donne alors une
majesté singulière. Que de héros ont eu besoin de l'infortune pour que la foule dît d'eux, comme du chêne

---

[1] *Machabées,* liv. Ier, ch. ix, v. 20.

de Lessing : « Je ne croyais pas qu'ils fussent si
grands! » La pitié alors nous enseigne la justice, et de
la justice nous passons souvent à l'admiration. Je suis
vieux, et j'ai déjà vu tomber deux ou trois gouverne-
ments; je n'en ai vu aucun qui n'ait été, après sa chute,
mieux jugé et plus respecté qu'il ne l'était auparavant.
La première heure qui suivait la chute était donnée,
comme toujours, à la joie des vainqueurs, aux insultes
de la foule, à la bassesse des serviteurs de la fortune.
C'était l'heure de l'écume; bientôt la lie tombait au
fond du tonneau, et la seconde heure appartenait à
la justice, c'est-à-dire aux honnêtes gens, qui disaient,
comme le renard de Lessing à l'aspect du chêne renversé : « Je n'aurais pourtant jamais cru qu'il fût si
grand. »

Il y a dans la morale de la fable de la Fontaine quelque chose qui me déplaît : « Qu'avez-vous fait pendant
la *Terreur?* demandait-on à Sieyès. — J'ai vécu, répondit-il;

> Je plie et ne romps pas. »

Le mot du roseau est l'original du mot de Sieyès. Je
ne dis point que, pendant la *Terreur*, il ne fût pas difficile de vivre; mais il y a des morts que la conscience
publique préfère à ces vies-là. L'habileté qui fait vivre
porte avec soi sa récompense; le courage et la fierté
qui font qu'on meurt n'ont pour consolation que l'es-

time de la postérité. Il ne faut pas leur ôter cette consolation. Il vaut mieux souvent se faire briser par la tem-
pête, comme fait le chêne, que de s'incliner comme le
roseau. Ne louons pas la souplesse du roseau. Elle a
son mérite, puisqu'elle lui sert à la fois à plier pendant l'orage et à se redresser après. Le roseau est du
nombre des gens qui se retrouvent toujours sur leurs
pieds, parce qu'ils n'ont pas la prétention de rester
toujours debout.

Guillaume Haudent a fait, comme la Fontaine, une
fable des animaux malades de la peste, sous le titre de
Confession de l'Ane, du Renard et du Loup. Guillaume Gueroult a traité le même sujet sous le titre *du
Lion, du Loup et de l'Ane.*

Les deux vieilles fables sont charmantes. La confession du loup au renard, du renard au loup, et l'absolution réciproque qu'ils se donnent, sont de vraies scènes de comédie. Quelle hypocrisie comique que celle
du loup s'agenouillant devant le renard et se confes-
sant à Dieu et à lui !

> Un jour passé dessus une terrasse
> Je rencontray une coche fort grasse,
> Que je mengeay, pour autant qu'en l'estable,
> Comme cruelle et mère détestable,
> Ses cochonnets laissoit mourir de faim.
> Considérant encore lendemain
> Siens cochons orphelins demourez
> De leurs parens, je les ai devourez

> Par la pitié que j'ai du avoir d'eux,
> En les voyant estre ainsi souffreteux.
> Si j'ai péché en ces deux cas icy,
> J'en quiers pardon en vous criant mercy,
> Et suppliant par grand' dévotion
> De m'en donner vostre absolution,
> Ayant égard à ma grand' repentance...

Qui ne serait touché d'un pareil repentir et d'un pareil pénitent? Qui ne serait disposé à lui pardonner? Aussi voyez avec quelle bénignité le renard confesseur traite le loup pénitent!

> . . . . . Certes, vous n'avez pas
> Fort offensé n'aussi commis grand cas,
> Vu que la coche (ainsi comme l'entends)
> Étoit aux champs, où prenoit passe-temps,
> Sans tenir compte ni avoir soing et cure
> De ses cochons estant sans nourriture,
> Seuls en l'estable, où de faim ils mouroient.
> Considérant après qu'ils demouroient
> De père et mère orphelins, par pitié
> Qui vous tenoit, non par inimitié,
> Vous les avez tous mangés en la fin...
> Je vous absous entièrement de tout,
> Vous enjoignant de dire bout à bout
> *Pater noster*, une fois seulement.
> Ce qu'il promit très-libéralement.

Voilà-t-il pas un habile casuiste? Décidément, la coche n'a pas été dévorée par gloutonnerie; elle a été condamnée par justice, et le loup n'a fait qu'exécuter un arrêt équitable. Il a continué sa bonne action en

dérobant les cochonnets aux conséquences de leur abandon. Pauvres orphelins de père et de mère, pouvaient-ils
vivre? Ils seraient morts de faim; quelle souffrance!
Il valait mieux que le loup les mangeât.

Une fois le loup devenu confesseur, il n'est pas
moins habile casuiste. Il est vrai que le renard, devenu
pénitent à son tour, est plein de bons sentiments; il
avoue qu'il a trouvé

> . . . L'aultrier[1] en un repaire,
> Un fier Coq, despit et orgueilleux,
> Fort importun et si très-merveilleux,
> Qu'il meurtrissoit de ses griz et ses croqz[2]
> Et debelloit pour vray tous autres coqs,
> Et outre plus, tant le jour que la nuit,
> Estourdissoit par impétueux bruit
> Petitz et grands, et en espécial .
> Les ceux à qui la teste faisoit mal.
> Par quoi voyant de cestuy Coq l'orgueil,
> En mon courage[3], en conçus un tel deuil,
> Que je l'ai pris comme il se pourmenoit
> Emmy les champs où ses poules menoit ;
> Puis l'ai mangé en lui tordant le col,
> Pour et afin qu'il ne fist plus du fol.

Le coq tué, il a bien fallu tuer les poules, qui ne
cessaient d'accuser et d'injurier le renard. Après cette
confession sincère, le loup absout le renard, non sans
lui imposer une pénitence :

[1] L'autre hier.
[2] Griffes.
[3] Cœur.

. . Le Loup pour toute pénitence
Lui enchargea qu'il s'abstînt volontiers
De manger chair par trois jours tout entiers
De vendredi ; mais c'étoit à sçavoir
S'il n'en trouvoit ou n'en pouvoit avoir :
Ce que promit faire de point en point...

Voilà déjà deux pénitents absous l'un par l'autre.
Reste le troisième, c'est-à-dire l'âne.

Tout cela fait, le pauvre Asne est venu
A confesser son cas par le menu,
A tous les deux leur disant : « Mes amis,
Vous cognoissez que nature m'a mis
Sur terre, affin de porter peine et fais,
Et endurer travail, ce que je fais
Patiemment : ce nonobstant encoire [1]
Le plus souvent (ainsi qu'il est notoire)
Je suis bastu et me fait-on jeûner.
Donc, quelquefois, comme sans déjeuner,
Un serviteur au moulin me menoit
Et que lié après lui me tenoit,
Pus [2] adviser, lors en marchant mon train,
C'est à sçavoir deux ou trois brins d'estrain [3]
Outre le bord de ses souliers passans.
Quand je les vis estre ainsi surpassans,
Je vins iceux à tirer et haller
Pour les manger. Depuis, à vrai parler,
Je ne sais pas qu'il en est advenu :
Mais s'aucun mal lui en estoit venu,
Je prie à Dieu de me le pardonner.

[1] Encore.
[2] Je pus.
[3] Paille.

Et que veuilliez m'en absoudre et donner
Et encharger pénitence condigne,
Juste et selon que le cas en est digne ;
Lequel vous ai à présent diffini. »
Pas n'eut si tost ce povre Asne fini
Soñ dit propos, que le Renard et Loup
Ne soient venus à crier bien à coup :
« O meurtrier et larron tout ensemble !
Tu as commis un cas (comme il nous semble)
Irrémissible et bien digne de mort,
Vu et connu le grand excès et tort
Que tu as fait au povre serviteur,
Lequel par toi (ô meschant proditeur !)
A souffert mort (possible est) grave et dure
En endurant en ses pieds là froidure,
Pour luy avoir cestuy feurre [1] arraché,
Lequel estoit en ses souliers caché
Pour lui tenir ses dits pieds en chaleur.
Or, affin donc qu'avec ton grand malheur,
Nous punissions ton offence et pesehé,
Par nous sera à présent despesché
Incontinent. » Cela conclu entr'eux,
Ils vous ont pris ce povre Asne tous deux,
Et puis vous l'ont tellement dévouré,
Qu'un seul morceau de chair n'est demouré.

La fable de Gueroult n'est pas moins plaisante ni moins significative. C'est le lion qui commence par se confesser au loup et qui avoue tous ses méfaits,

Disant qu'il a par bois, montaigne et plaine,
Tant nuit que jour, perpétré divers maux·

---

[1] Paille.

Et dévoré grand nombre d'animaux,
Bœufs et chevreaux et brebis portant laine;
Dont humblement à Dieu pardon demande
En protestant de n'y plus retourner.
Ce fait, le Loup le vient arraisonner,
Lui remontrant que l'offense n'est grande.
« Comment, dit-il, seigneur plein d'excellence,
Puisque tu es sur toutes bêtes roi,
Te peut aucun établir quelque loi [1]?
Il est loisible à tout prince de faire
Ce qu'il lui plaît sans contradiction.
Pourtant [2], seigneur, je suis d'opinion
Que tu ne peux en ce faisant mal faire. »

Le loup ici n'est pas seulement un casuiste, c'est un publiciste : il sait les droits de la toute-puissance. Le roi peut tout sur son peuple, et le peuple ne peut rien sur le roi. Ce loup-là sans doute a lu la consultation que Louis XIV, forcé de mettre de gros impôts sur le peuple et ayant des scrupules, demanda à des docteurs de Sorbonne, qui déclarèrent que le roi, étant propriétaire de tous les biens de ses sujets, il ne devait pas se faire scrupule de leur prendre une partie de leurs biens par l'impôt, puisque tout ce qu'il leur en laissait était de pure grâce.

Ayant si bien défendu le principe de l'autorité dans le lion, le loup est sûr maintenant de trouver faveur auprès de lui, quelques péchés qu'il ait commis. Il

[1] Quelqu'un peut-il t'imposer une loi.
[2] Aussi.

avoue donc qu'il a dévoré des moutons, des juments,
des chevaux ; à quoi le lion répond négligemment :

> . . . . . Ceci n'est pas grand cas :
> Ta coutume est d'ainsi faire, est-ce pas ?
> Outre à cela t'a contraint la famine.

Et alors le lion dit à l'âne de faire, à son tour, sa
confession :

> . . . Or, conte-nous ta vie
> Et garde bien d'en omettre un seul point ;
> Car, si tu faux, je ne te faudrai point ,
> Tant de punir les menteurs j'ai envie !
> L'Asne, craignant de recevoir nuisance,
> Répond ainsi : « Mauvais sont mes forfaits,
> Mais non si grands que ceux-là qu'avez faits,
> Et toutefois j'en reçois déplaisance.
> Quelque temps fut que j'étois en servage
> Sous un marchand qui bien se nourrissoit
> Et au rebours pauvrement me pansoit,
> Combien qu'il eust de moy grand avantage.
> Le jour advint d'une certaine foire
> Où, bien monté sur mon dos, il alla ;
> Mais arrivé, jeun il me laisse là,
> Et s'en va droit à la taverne boire.
> Marri j'en fus, car celui qui travaille
> Par juste droit doit avoir à manger ;
> Or je trouvai, pour le conte abréger,
> Ses deux souliers remplis de bonne paille.
> Je la mangeai sans le sçu de mon maître ;
> En ce faisant j'offensai grandement,
> Dont je requiers pardon très-humblement,

---

[1] Car, si tu manques, je ne te manquerai point

N'espérant plus telle faute commettre.
— O quel forfait ! ô la fausse pratique !
(Ce dit le Loup fin et malicieux).
Au monde n'est rien plus pernicieux
Que le brigand ou larron domestique.
Comment ! la paille aux souliers demeurée
De son seigneur, manger à belles dents !
Et, si le pied eust été là dedans,
Sa tendre chair eust été dévorée.
— Pour abréger, dit le Lion à l'heure,
C'est un larron, on le voit par effet.
Pour ce il me semble et j'ordonne, de fait,
Suivant nos lois anciennes, qu'il meure. »
Plutost ne fust la sentence jetée,
Que maître Loup le pauvre Asne étrangla,
Puis de sa chair chacun d'eux se soûla.
Voilà comme elle fut exécutée.

Prendrai-je maintenant le chef-d'œuvre de la Fontaine, les *Animaux malades de la peste*, pour le comparer aux deux vieilles fables ? Tout est supérieur dans la Fontaine, et d'une supériorité d'autant plus remarquable, que les deux fables du seizième siècle sont excellentes. Dans Haudent et Guéroult, les trois animaux se rencontrent, ici dans un pèlerinage, là par hasard. Pourquoi leur prend-il fantaisie de se confesser l'un à l'autre ? Je n'en sais trop rien. La Fontaine amène la confession des divers animaux d'une manière naturelle et dramatique. Les animaux sont attaqués de la peste :

Ils ne mouraient pas tous ; mais tous étaient frappés

Quel tableau d'une société désolée par la contagion!
Vous souvenez-vous de la description de Thèbes en
proie aussi à la maladie que les dieux ont envoyée aux
Thébains, pour les punir de l'indifférence qu'ils ont
montrée à punir le meurtre de Laïus? Le peuple vient
trouver Œdipe et lui demande de chercher les moyens
de conjurer le fléau destructeur. Mêmes malheurs et
même douleur chez les animaux. De même aussi le roi
convoque son conseil pour chercher le remède aux
maux de ses sujets.

> Le Lion tint conseil et dit : « Mes chers amis,
>   Je crois que le ciel a permis
>   Pour nos péchés cette infortune.
>   Que le plus coupable de nous
> Se sacrifie aux traits du céleste courroux :
> Peut-être il obtiendra la guérison commune.
> L'histoire nous apprend qu'en de tels accidents
>   On fait de pareils dévouements.
> Ne nous flattons donc point, voyons sans indulgence
>   L'état de notre conscience;
> Pour moi, satisfaisant mes appétits gloutons,
>   J'ai dévoré force moutons.
>   Que m'avaient-ils fait? Nulle offense.
> Même il m'est arrivé quelquefois de manger
>   Le berger.
> Je me dévouerai donc, s'il le faut; mais je pense
> Qu'il est bon que chacun s'accuse ainsi que moi;
> Car on doit souhaiter, selon toute justice,
>   Que le plus coupable périsse.
> — Sire, dit le Renard, vous êtes trop bon roi;
> Vos scrupules font voir trop de délicatesse.

Eh bien! manger moutons, canaille, sotte espèce,
Est-ce un péché? Non, non. Vous leur fîtes, seigneur,
     En les croquant beaucoup d'honneur;
     Et, quant au berger, l'on peut dire
     Qu'il était digne de tous maux,
Étant de ces gens-là qui sur les animaux
     Se font un chimérique empire.
Ainsi dit le Renard, et flatteurs d'applaudir.
     On n'osa trop approfondir
Du tigre, ni de l'ours, ni des autres puissances
     Les moins pardonnables offenses;
Tous les gens querelleurs, jusqu'aux simples mâtins,
Au dire de chacun étaient de petits saints.
L'Ane vint à son tour, et dit : — J'ai souvenance
     Qu'en un pré de moines passant,
La faim, l'occasion, l'herbe tendre, et, je pense,
     Quelque diable aussi me poussant,
Je tondis de ce pré la largeur de ma langue;
Je n'en avais nul droit, puisqu'il faut parler net.
A ces mots, on cria haro sur le baudet.
Un Loup quelque peu clerc prouva par sa harangue
Qu'il fallait dévouer ce maudit animal,
Ce pelé, ce galeux, d'où venait tout leur mal.
Sa peccadille fut jugée un cas pendable.
Manger l'herbe d'autrui! quel crime abominable!
     Rien que la mort n'était capable
D'expier son forfait. On le lui fit bien voir.

Le loup *quelque peu clerc* est dans Guéroult un véritable orateur du ministère public, ardent à trouver partout le crime et accusant les intentions, quand il ne peut pas accuser les actions. Comment! dit-il, quand l'âne vient d'avouer qu'il a mangé la paille des souliers de son maître,

Comment! la paille aux souliers demeurée
De son seigneur manger à belles dents!
Et, si le pied eût été là dedans,
Sa tendre chair eût été dévorée.

Cette hypothèse accusatrice et déclamatoire vaut le trait de la Fontaine :

Manger l'herbe d'autrui, quel crime abominable!

Nous avons vu quel est le caractère général de la fable depuis l'antiquité jusqu'à la fin du seizième siècle. Il est temps d'aborder les fables de la Fontaine, de voir en quoi il a conservé à la fable son caractère original, et en quoi il l'a changé.

NEUVIÈME LEÇON

DU CARACTÈRE ET DE LA VIE DE LA FONTAINE

———

Avant d'étudier le caractère des fables de la Fontaine, il est bon de dire un mot de la vie et du génie de la Fontaine : l'homme explique le poëte.

Je prendrai dans les ouvrages de la Fontaine lui-même tout ce que je veux dire de sa vie. Je dois, en effet, remarquer que, de tous les auteurs du dix-septième siècle, la Fontaine est celui qui parle le plus volontiers de lui-même, de ses sentiments, de ses goûts, de ses habitudes. Cherchez dans Corneille, dans Molière, dans Racine, des détails sur leur vie et sur leurs sentiments, vous n'en trouverez pas. Ils s'effacent complétement derrière leurs héros. Dans Boileau, il y a

quelques mots sur sa famille et sur sa vie, mais courts
et réservés. La Fontaine, au contraire, nous entretient,
avec une sorte de confiance amicale, de ses goûts, de
ses idées et de ses sentiments. Il va même jusqu'à nous
parler de son appartement et de ses meubles. Il avait,
par exemple, acheté les bustes en terre cuite des plus
grands philosophes de l'antiquité, et il en avait orné
sa chambre. Il aimait les arts, la musique, et il avait
un clavecin dans sa chambre à côté de ses philosophes;
Il voulait que ses amis

> Pussent avoir quelque musique
> Dans le séjour philosophique.
> Vous vous moquez de mon dessein;
> J'ai cependant un clavecin.
> Un clavecin chez moi! Ce meuble vous étonne.
> Que direz-vous, si je vous donne
> Une Chloris de qui la voix
> Y joindra ses sons quelquefois?
> La Chloris est jolie, et jeune; et sa personne
> Pourrait bien ramener l'amour
> Au philosophique séjour.
> Je l'en avais banni : si Chloris le ramène,
> Elle aura chansons sur chansons;
> Mes vers exprimeront la douceur de ses sons.
> Qu'elle ait à mon égard le cœur d'une inhumaine,
> Je ne m'en plaindrai point, n'étant bon désormais
> Qu'à chanter les Chloris et les laisser en paix[1].

---

[1] Œuvres complètes de la Fontaine, édit. Walckenaër, grand in-8°,
p. 651. — Didot, 1840.

C'est peu de nous dire ses goûts et ses plaisirs, il
nous parle de sa santé, de ses rhumatismes, de son âge
qui les lui donne. Autrefois, et quand il était jeune, il
ne craignait rien ; aujourd'hui, il craint tout.

> Rien ne m'eût fait souffrir, et je crains toute chose ;
> En ce point seulement je ressemble à l'Amour.
> Vous savez qu'à sa mère il se plaignit un jour
>   Du pli d'une feuille de rose :
> Ce pli l'avait blessé. Par quels cris forcenés
>   Aurait-il exprimé sa plainte,
> Si de mon rhumatisme il eût senti l'atteinte ?
> Il eût été puni de ceux qu'il a donnés [1].

Pourquoi le moi de la Fontaine ne nous déplaît-il
pas ? C'est ici un des grands mystères de la littérature
ou plutôt de l'âme humaine. Le *moi* est ordinairement
ennuyeux et désagréable. Plus nous l'aimons en nous,
moins nous le supportons en autrui ; et les auteurs qui
se laissent aller à parler d'eux-mêmes déplaisent vite aux
lecteurs. Mais il y a des *moi* aimables et naïfs qui échap-
pent à cette loi ; il leur sied de se montrer ; on leur
sait gré de se répandre ; leurs confidences plaisent ; ils
nous disent quels sont leurs goûts, leurs penchants,
leur humeur ; et, quand même cette humeur ne serait
pas la nôtre, elle nous attire et nous charme. Ils peuvent parler aussi de leurs défauts : nous ne leur en
voulons pas de ce qui nous choquerait dans les autres

----

[1] Œuvres complètes de la Fontaine, etc., p. 658.

et qui nous séduit en eux. Ce talent de plaire aux
autres en leur parlant de soi est un don particulier. Heureux ceux qui l'ont, comme la Fontaine!
Mais bien malheureux, ou plutôt bien maladroits ceux
qui, ne l'ayant pas, l'inventent et le contrefont! Les
humoristes de bon aloi sont charmants; les humoristes
par imitation sont insupportables.

Avec le goût que la Fontaine a de parler de lui, et
avec le goût surtout que nous avons de l'écouter, l'histoire de sa vie est facile à faire : il la raconte lui-même
à tout propos. Ses confidences remplacent ses mémoires.

Né en 1621, à vingt ans il entre à l'Oratoire, croyant
avoir une vocation religieuse. Au bout de deux ans, il
quitte l'Oratoire et se marie à vingt-deux ans, croyant
avoir une vocation conjugale, qui ne fut ni plus forte
ni plus durable que sa vocation religieuse. Je ne veux
point chercher si, dans le ménage de la Fontaine, ce
fut le mari ou la femme qui eut le plus de torts. Je mets
sans hésiter les plus gros torts sur le compte du mari :
il y a dans la Fontaine je ne sais combien d'aveux de
son peu de vocation pour le mariage et pour le ménage. Je ne parle pas seulement de son inconstance,
confessée et presque professée; il a aussi une doctrine
sur le mariage, et cette doctrine n'est rien moins qu'é-
difiante. Voyez la lettre qu'il écrit au prince de Conti,
en 1689, sur la cassation en parlement du mariage de

mademoiselle de la Force avec le fils du président
Brion. C'était un procès singulier. Une fille de grande
noblesse, mademoiselle de la Force, s'était fait épouser
par le fils d'un président au parlement qui était très-
riche; et le président demandait la cassation de ce mariage. Elle fut prononcée par le parlement, malgré les
efforts de la maison de la Force et des plus grands seigneurs du royaume. La Fontaine rend compte de cette
affaire, et il en profite pour expliquer sa doctrine sur
le mariage.

> Pleurez, habitants d'Amathonte !
> La Force, non sans quelque honte,
> A vu rompre les doux liens
> Qui lui promettaient de grands biens.
> Doux liens? ma foi! non, beau sire.
> Sur ce sujet, c'est assez rire.
> Je soutiens et dis hautement
> Que l'hymen est bon seulement
> Pour les gens de certaines classes.
> Je le souffre en ceux du haut rang,
> Lorsque la noblesse du sang,
> L'esprit, la douceur et les grâces
> Sont joints au bien; et lit à part
> Il me faut plus à mon égard.
> Et quoi? De l'argent sans affaire;
> Ne me voir autre chose à faire,
> Depuis le matin jusqu'au soir,
> Que de suivre en tout mon vouloir.
> Femme, de plus, assez prudente
> Pour me servir de confidente;

> Et quand j'aurais tout à mon choix,
> J'y songerais encor deux fois[1].

Ainsi, selon la Fontaine, le mariage n'est bon dans la société qu'en haut et en bas : en haut, pour perpétuer les grands noms, les grandes familles; en bas, pour qu'il y ait un peuple. Quant aux gens d'élite et de bonne compagnie, quant aux lettrés surtout, point de mariage, à moins que le mariage ne leur donne beaucoup d'argent sans affaires et sans soucis, beaucoup de loisir et de liberté en tout genre. Que dites-vous de cet égoïsme voluptueux? Est-ce là la vie du père de famille? Aussi la Fontaine a-t-il horreur des devoirs du père de famille :

> Toi donc, qui que tu sois, ô père de famille !
> — Et je ne t'ai jamais envié cet honneur,

dit-il à la fin de la fable du *Fermier, le Chien et le Renard*.

> T'attendre aux yeux d'autrui quand tu dors, c'est erreur.
> Couche-toi le dernier, et vois fermer ta porte.
> Que si quelque affaire t'importe,
> Ne la fais point par procureur.
> (Liv. XII, f. 3.)

Sachant si bien les devoirs du père de famille, la Fontaine n'a jamais voulu les pratiquer. D'ailleurs, il n'aimait pas les enfants, et il nous le dit sans cesse

---

[1] Œuvres complètes de la Fontaine, etc., p. 665.

dans ses fables, comme il nous dit tout ce qu'il pense
et tout ce qu'il sent, tout ce qu'il aime et tout ce qu'il
hait. Vous savez dans les deux Pigeons :

> Mais un fripon d'enfant
> (Cet âge est sans pitié!)
> Prit sa fronde, et, du coup, tua plus d'à moitié
> La volatile malheureuse...

Ailleurs, dans la fable des *Dieux voulant instruire
un fils de Jupiter :*

> L'enfance n'aime rien.

Ainsi, cet amour de l'enfance qui a si heureusement
inspiré les poëtes et les peintres de nos jours, la Fontaine, c'est-à-dire le poëte de la grâce et de l'agrément, choses qui sont si propres à l'enfance, la Fontaine en fait fi; et il a raison avec ses goûts de
célibataire épicurien. L'enfant représente la famille; il
en fait les joies et les chagrins; il en fait la force.
Qui de nous ne sait les beaux vers de M. Hugo sur l'enfant ?

> Il est si beau l'enfant avec son doux sourire,
> Sa douce bonne foi, sa voix qui veut tout dire,
>   Ses pleurs vite apaisés,
> Laissant errer sa vue étonnée et ravie,
> Offrant de toutes parts sa jeune âme à la vie,
>   Et sa bouche aux baisers.
> Seigneur, préservez-moi, préservez ceux que j'aime :
> Frères, parents, amis, et mes ennemis même,

> Dans le mal triomphants
> De jamais voir, Seigneur, l'été sans fleurs vermeilles,
> La cage sans oiseaux, la ruche sans abeilles,
> La maison sans enfants!

Quelle image charmante dans ces vers, charmante et grave comme quelques-unes des madones de Raphaël! Derrière cette tête d'enfant, si belle avec ses blonds cheveux et son doux sourire, je vois la grave et touchante image de la famille, son paisible bonheur, ses tristesses consolées par la communauté de souffrance et de patience, ses devoirs qui sont des plaisirs, ses soucis qui sont des vertus, tout ce qui rend la famille douce et sacrée, tout ce que la Fontaine fuyait comme un embarras. Son caractère ôtait à son génie une des meilleures et des plus gracieuses inspirations de la poésie.

La Fontaine n'a-t-il jamais, soit comme poëte, soit comme homme, regretté les douceurs du ménage et de la famille? Quelques personnes charitables l'ont voulu croire en lisant les vers de *Philémon et Baucis* :

> Baucis devint tilleul; Philémon devint chêne.
> On les va voir encor, afin de mériter
> Les douceurs qu'en hymen Amour leur fit goûter.
> Ils courbent sous le poids des offrandes sans nombre.
> Pour peu que des époux séjournent sous leur ombre,
> Ils s'aiment jusqu'au bout, malgré l'effort des ans.
> Ah! si... Mais autre part j'ai porté mes présents.

Cette exclamation, *ah! si* est le seul signe de vo-

cation conjugale que la Fontaine ait montré dans ses
œuvres.

Le célibat n'est possible, en quelque sorte, qu'à Paris. En province, il est intolérable. La Fontaine, après
avoir vécu jusqu'à trente-trois ans à Château-Thierry,
moitié marié et moitié célibataire, faisant de la littérature, et grand lecteur surtout de toutes sortes de livres,
anciens et modernes, vint à Paris et fut présenté à
Fouquet, qui lui fit une pension de mille livres.

Fouquet a un nom dans l'histoire littéraire et dans
l'histoire politique du dix-septième siècle. Il avait peut-
être l'ambition de succéder à Richelieu dans le patro-
nage de la littérature comme dans l'autorité politique,
ou du moins il comprenait mieux que Mazarin le genre
d'appui que la littérature peut donner au pouvoir. Cette
ambition de Fouquet perce dans la dédicace du poëme
d'*Adonis*, que la Fontaine lui adressa en 1658. Les
auteurs ne louent jamais leurs patrons que des qualités que ceux-ci veulent avoir, et, quand j'entends la
Fontaine dire à Fouquet, dans cette dédicace, « que
l'État ne se peut passer de ses soins et que les ministres
de plus d'un règne n'ont point acquis une expérience
aussi consommée que la sienne ; » — quand il ajoute :
«Les Muses, qui commençaient à se consoler de la mort
d'Armand par l'estime que vous faites d'elles, en vous
voyant malade, se voyaient sur le point de perdre encore une fois leurs amours; » je crois que cette compa-

raison avec Richelieu était ce qui plaisait le plus à Fouquet. Louis XIV n'était pas disposé à être Louis XIII, et Fouquet fut arrêté après les fêtes de Vaux, en 1662. Cet homme d'esprit avait fait une grande faute : il n'avait pas compris ce qu'était le jeune Louis XIV; il l'avait jugé sur son âge et sur son éducation, et non sur son caractère qu'il n'avait pas pris la peine d'étudier. Il avait cru qu'un roi jeune et ami du plaisir n'aimerait pas en même temps les affaires, et qu'il aurait toujours besoin d'un ministre principal. Ce ministre, selon Fouquet, et j'ajoute selon presque toute la cour, ne pouvait être autre que lui-même. Ce fut là la faute qui perdit Fouquet. Il fut accusé de concussion, et il pouvait l'être. Il avait peut-être moins prévariqué que Mazarin, qui mourut riche et honoré; mais il avait prévariqué comme tous les ministres de ce temps, comme prévariqua lui-même Colbert, son accusateur, qui fit une immense fortune, et la fit, comme tous les ministres du temps, en se réservant une part plus ou moins forte dans la perception des deniers publics.

L'arrestation et la captivité de Fouquet furent une grande épreuve pour la fidélité de ses amis. Il y a toujours dans chaque siècle deux ou trois épreuves de ce genre. Beaucoup d'amis de Fouquet y succombèrent; la Fontaine en sortit pur et glorieux. Sa fidélité à Fouquet fait partie de sa renommée. Il déplora sa disgrâce en beaux vers; mais je préfère à tous ces beaux vers

cette lettre écrite par la Fontaine à son ami Maucroix,
au moment où il vient d'apprendre le malheur de Fouquet.

« Ce samedi matin, (septembre 1662.

« Je ne puis te rien dire de ce que tu m'as écrit sur
mes affaires, mon cher ami ; elles ne me touchent pas
tant que le malheur qui vient d'arriver au surinten-
dant. Il est arrêté, et le roi est violent contre lui, au
point qu'il dit avoir entre les mains des pièces qui le
feront pendre... Ah ! s'il le fait, il sera autrement cruel
que ses ennemis, d'autant qu'il n'a pas, comme eux,
intérêt d'être injuste. Madame de B... a reçu un billet
où on lui mande qu'on a de l'inquiétude pour M. Pel-
lisson : si ça est, c'est encore un grand surcroît de malheur. Adieu, mon cher ami : je t'en dirais beaucoup
davantage, si j'avais l'esprit tranquille présentement ;
mais, la prochaine fois, je me dédommagerai pour aujourd'hui. »

L'homme se montre surtout dans cette lettre, et
j'aime à l'y voir, parce que plus tard, en admirant le
poëte et les beaux vers qu'il a consacrés à la disgrâce
de Fouquet, je saurai qu'il y a là une véritable inspiration du cœur.

C'est l'homme encore que je trouve mêlé au poëte

dans les lettres à sa femme, pendant qu'il accompagne
en Limousin son ami Jannart. Ce voyage en Limousin
est encore une suite de la disgrâce de Fouquet. Jannart
était un des substituts de Fouquet, quand celui-ci était
procureur général du parlement de Paris. Il fut exilé à
Limoges ; la Fontaine le suivit : il passa par Amboise
et visita le château, où Fouquet avait été enfermé pendant quelque temps. Il admira la vue qu'on a du haut
de ce château ; car la Fontaine a le goût des belles vues
et des beaux paysages, plus qu'on ne l'avait de son
temps. Puis, faisant un retour sur le malheur de son
bienfaiteur : « De tout cela, dit-il, le pauvre M. Fouquet ne put jamais, pendant son séjour, jouir un petit
moment : on avait bouché toutes les fenêtres de sa
chambre, et on n'y avait laissé qu'un trou par le haut.
Je demandai de la voir : triste plaisir, je vous le confesse ; mais enfin je le demandai. Le soldat qui nous
conduisait n'avait pas la clef ; au défaut, je fus longtemps à considérer la porte, et me fis conter la manière dont le prisonnier était gardé. Je vous en ferais
volontiers la description : mais ce souvenir est trop af-
fligeant.

> Qu'est-il besoin que je retrace
> Une garde au soin non pareil,
> Chambre murée, étroite place,
> Quelque peu d'air pour toute grâce,
>   Jours sans soleil,
>   Nuits sans sommeil,

Trois portes en six pieds d'espace ?
Vous peindre un tel appartement,
Ce serait attirer vos larmes :
Je l'ai fait insensiblement :
Cette plainte a pour moi ses charmes.

Sans la nuit, on n'eût jamais pu m'arracher de cet endroit[1]... »

La Fontaine ne se contentait pas de pleurer la disgrâce de Fouquet, il le défendait par ses vers, il lui ramenait peu à peu la pitié. Comme les surintendants des finances n'étaient jamais populaires et que le peuple détestait les impôts dans l'homme qui les levait et qui les administrait, la disgrâce de Fouquet avait excité dans le public une de ces joies ignorantes et envieuses qui sont de tous les temps. Les amis de Fouquet avaient à changer en pitié cette malignité publique : ils y réussirent, et la Fontaine plus qu'un autre par ses beaux vers. Il le savait et se rendait justice sur ce point : ainsi, dans le *Songe de Vaux*, publié après la disgrâce de Fouquet, la Fontaine, célébrant les merveilles du château de Vaux :

Les arts vantent ici tour à tour leurs merveilles.
Je soupire en songeant au sujet de mes veilles.
Vous m'entendez, Ariste, et, d'un cœur généreux,
Vous plaignez comme moi le sort d'un malheureux.
Il déplut à son roi : ses amis disparurent ;
Mille vœux contre lui dans l'abord concoururent.

[1] Œuvres complètes de la Fontaine, etc., p. 615.

Malgré tout ce torrent, je lui donnai des pleurs,
J'accoutumai chacun à plaindre ses malheurs [1].

Mais c'est surtout dans son élégie des *Nymphes de Vaux* que la Fontaine a fait éclater sa reconnaissance et son génie :

. . . .
Les destins sont contents : Oronte est malheureux.
Vous l'avez vu naguère, au bord de vos fontaines,
Qui, sans craindre du sort les faveurs incertaines,
Plein d'éclat, plein de gloire, adoré des mortels,
Recevait des honneurs qu'on ne doit qu'aux autels.
Hélas ! qu'il est déchu de ce pouvoir suprême !
Que vous le trouveriez différent de lui-même !
Voilà le précipice où l'ont enfin jeté
Les attraits enchanteurs de la prospérité !
Dans les palais des rois cette plainte est commune ;
On n'y connaît que trop les jeux de la fortune,
Ses trompeuses faveurs, ses appas inconstants ;
Mais on ne les connaît que quand il n'est plus temps.
Lorsque sur cette mer on vogue à pleines voiles,
Qu'on croit avoir pour soi les vents et les étoiles,
Il est bien malaisé de régler ses désirs ;
Le plus sage s'endort sur la foi des zéphyrs.
Jamais un favori ne borne sa carrière ;
Il ne regarde pas ce qu'il laisse en arrière ;
Et tout ce vain amour des grandeurs et du bruit
Ne le saurait quitter qu'après l'avoir détruit.
Tant d'exemples fameux que l'histoire en raconte
Ne suffisaient-ils pas sans la perte d'Oronte?
Ah ! si ce faux éclat n'eût point fait ses plaisirs,
Si le séjour de Vaux eût borné ses désirs,

---

[1] Œuvres complètes de la Fontaine, etc., p. 501.

1.   19

Qu'il pouvait doucement laisser couler son âge !
Vous n'avez pas chez vous ce brillant équipage,
Cette foule de gens qui s'en vont chaque jour
Saluer à longs flots le soleil de la cour ;
Mais la faveur du ciel vous donne en récompense
Du repos, du loisir, de l'ombre et du silence,
Un tranquille sommeil, d'innocents entretiens ;
Et jamais à la cour on ne trouve ces biens.

. . . .

Nymphes, qui lui devez vos plus charmants appas,
Si le long de vos bords Louis porte ses pas,
Tâchez de l'adoucir, fléchissez son courage :
Il aime ses sujets, il est juste, il est sage ;
Du titre de clément rendez-le ambitieux :
C'est par là que les rois sont semblables aux dieux.
Du magnanime Henri qu'il contemple la vie :
Dès qu'il put se venger, il en perdit l'envie.
Inspirez à Louis cette même douceur.
La plus belle victoire est de vaincre son cœur.
Oronte est à présent un objet de clémence.
S'il a cru les conseils d'une aveugle puissance,
Il est assez puni par son sort rigoureux,
Et c'est être innocent que d'être malheureux [2].

Fouquet n'était pas étranger à cette défense poétique que la Fontaine faisait de son malheur. Il la diri-
geait, pour ainsi dire, ou tout au moins la conseillait ;
et, rendons cette justice à Fouquet, il ne voulait pas
que sa défense poétique fût plus faible et plus pusilla-
nime que sa défense judiciaire. Après sa belle élégie
des *Nymphes de Vaux*, la Fontaine avait fait une ode

[1] Œuvres complètes de la Fontaine, etc, p. 518.

au roi, où il demandait la grâce de Fouquet, comme si
celui-ci était coupable et l'avouait :

> Oui, si tu crois qu'il est coupable,
> Il ne vèut plus être innocent.

Il envoya cette ode à Fouquet, et le prisonnier la
trouva trop humble. Il ne voulait pas être gracié, mais
être jugé. Nous n'avons pas la lettre de Fouquet à la
Fontaine ; mais nous avons la réponse de celui-ci, et
cette correspondance fait honneur à tous les deux :
au persécuté, qui est fier et digne ; à l'ami, qui se
fait volontiers suppliant pour la vie de son bienfaiteur.

« ..... Vous dites que je demande trop bassement
une chose qu'on doit mépriser. Ce sentiment est digne
de vous, monseigneur ; et en vérité celui qui regarde
la vie avec une telle indifférence ne mérite aucunement
de mourir. Mais peut-être n'avez-vous pas considéré
que c'est moi qui parle, moi qui demande une grâce
qui nous est plus chère qu'à vous. Il n'y a point de
termes si humbles, si pathétiques et si pressants,
que je ne m'en doive servir en cette rencontre.
Quand je vous introduirai sur la scène, je vous prê-
terai des paroles convenables à la grandeur de votre
âme. »

L'affectueuse fidélité de la Fontaine pour Fouquet
montre que, dans les éloges qu'il lui avait donnés pen-

dant sa prospérité, il n'y avait ni bassesse ni ambition.
La Fontaine aimait les bienfaits de Fouquet, parce
qu'il y trouvait le moyen de vivre selon son goût, et de
se livrer au loisir; mais il aimait aussi le bienfaiteur.
Il y avait deux choses qui devaient préserver la Fontaine de l'ingratitude : son âme était insouciante de la
richesse et du pouvoir, et elle n'était pas insouciante
de l'amitié.

S'il ne visait pas dans ce monde à être riche, il s'inquiétait aussi peu d'être noble. Cependant on lui fit un
procès pour usurpation de titres. En 1657, une com-
mission fut instituée pour rechercher les usurpateurs
de titres de noblesse. Cette manie des titres a toujours
été fréquente en France, selon la Fontaine lui-même :

> Se croire un personnage est fort commun en France.
>> On y fait l'homme d'importance,
>> Et l'on n'est souvent qu'un bourgeois.
>> C'est proprement le mal françois.
> La sotte vanité nous est particulière.
> Les Espagnols sont vains, mais d'une autre manière :
>> Leur orgueil me semble, en un mot,
>> Beaucoup plus fou, mais pas si sot.

La Fontaine n'avait aucune prétention personnelle
à la noblesse; mais sa famille avait eu cette vanité,
dont il se raille. Son père se faisait appeler *de la Fontaine*, et, dans des actes de famille que le fils avait
sans doute signés sans les lire (cela peut se croire aisé-

ment de la Fontaine), notre poëte était qualifié d'*écuyer*.
Le fisc dirigea des poursuites contre lui, et, en son absence, un arrêt par défaut le condamna à deux mille
francs d'amende. Punir la vanité par l'intérêt, c'est
justice; mais la punir dans la Fontaine, qui ne l'a-
vait pas, c'était une grande injustice particulière.
La Fontaine s'adressa alors au duc de Bouillon, qui
était seigneur de Château-Thierry, et dont la femme,
qui était une Mancini, goûtait le talent encore peu
connu de la Fontaine. Il le supplia dans une épitre de
mettre ses doléances sous les yeux de Colbert, et de le
faire décharger de cette grosse amende. La Fontaine
déclare très-volontiers qu'il n'est pas noble :

> Je ne dis pas qu'il soit juste qu'on voie
> Le nom de noble à toutes gens en proie.
> C'est un abus, il faut le prévenir,
> Et sans pitié les coupables punir;
> Il le faut, dis-je, et c'est où nous en sommes.
> Mais le moins fier, mais le moins vain des hommes,
> Qui n'a jamais prétendu s'appuyer
> Du vain honneur de ce mot d'écuyer,
> Qui rit de ceux qui veulent le paraître,
> Qui ne l'est point, qui n'a point voulu l'être;
> C'est ce qui rend mon esprit étonné.
>
> . . . .
> Que me sert-il de vivre innocemment,
> D'être sans faste et cultiver les Muses?
> Hélas! qu'un jour elles seront confuses,
> Quand on viendra leur dire en soupirant :
> Ce nourrisson, que vous chérissez tant,

Moins pour ses vers que pour ses mœurs faciles,
Qui préférait à la pompe des villes
Vos antres cois, vos chants simples et doux,
Qui, dès l'enfance, a vécu parmi vous,
A succombé sous une injuste peine;
Et d'affecter une qualité vaine
Repris à faux, condamné sans raison,
Couvert de honte, est mort dans la prison[1] !

Nous commençons à connaître la Fontaine. Suivons-le dans les événements de sa vie, qui sont ses amitiés, ses goûts, ses humeurs, ses habitudes.

C'est en 1664 que la Fontaine vint à Paris avec la duchesse de Bouillon. Il se lia avec Molière, Racine, Boileau et Chapelle. On se réunissait souvent chez Boileau, dans son appartement, rue du Vieux-Colombier. Quelle réunion! Molière déjà célèbre, Racine qui allait donner *Andromaque*; Boileau, qui publiait ses premières satires; Chapelle, qui lisait à ses amis son voyage. Ils causaient de tout, des anciens, des modernes, de la tragédie, de la comédie, des règles du théâtre; Ils s'entretenaient aussi de leurs ouvrages. La Fontaine n'avait pas encore publié ses contes et nouvelles, dont la première partie parut seulement en 1665. Il était, dans la conversation, ou très-distrait ou grand parleur et grand argumentateur, toujours vivement possédé de ses idées, soit qu'il s'entretînt avec elles, soit qu'il les

---

[1] Œuvres complètes de la Fontaine, etc., p. 535 et 536.

répandît au dehors. Était-il dans ses rêveries, il était impossible de l'en tirer; mais ces rêveries ne faisaient pas que ses amis estimassent moins son génie; et même Molière semblait mettre la Fontaine au-dessus de Racine et de Boileau. « Un jour qu'il soupait avec Racine, Boileau, la Fontaine et Descoteaux, fameux joueur de flûte, la Fontaine était encore plus qu'à son ordinaire plongé dans ses distractions. Racine et Boileau, pour le tirer de sa léthargie, se mirent à le railler si vivement qu'à la fin Molière trouva que c'était passer les bornes. Au sortir de table, il poussa Descoteaux dans l'embrasure d'une fenêtre, et, lui parlant d'abondance de cœur, il lui dit : « Nos beaux esprits ont beau se tré-« mousser, ils n'effaceront pas le bonhomme[1]. »

Si Molière estimait tant la Fontaine, celui-ci, de son côté, estimait beaucoup Molière depuis longtemps, et il est un des premiers qui aient rendu hommage à son génie. Quand, à la cour et même parmi les lettrés, Molière n'était encore que le chef d'une troupe de comédiens, La Fontaine disait déjà de lui, après la première repré sentation des *Fâcheux*, à Vaux, chez Fouquet :

> C'est un ouvrage de Molière.
> Cet écrivain, par sa manière,
> Charme à présent toute la cour.
> . . . .
> J'en suis ravi, car c'est mon homme.

---

[1] *Histoire de la Fontaine*, par Walckenaër, 3ᵉ édit., p. 141-142

Te souvient-il bien qu'autrefois
Nous avons conclu d'une voix,
Qu'il allait ramener en France
Le bon goût et l'air de Térence?

Faut-il citer quelques traits de distraction de la Fontaine? Un jour, chez Boileau, il y avait Racine, M. de Valincour et le frère de Boileau, docteur en théologie. Celui-ci se mit à disserter sur saint Augustin, et en fit un grand éloge. La Fontaine, plongé dans ses rêveries habituelles, écoutait sans entendre. Enfin, cependant, il se réveilla comme d'un profond sommeil, et, pour prouver qu'il avait bien saisi le sujet de la conversation, il demanda d'un grand sérieux au docteur s'il croyait que saint Augustin eût plus d'esprit que Rabelais, qui était un de ses auteurs favoris. Le docteur surpris le regarda de la tête aux pieds et lui dit pour toute réponse : « Prenez garde, Monsieur de la Fontaine, vous avez mis un de vos bas à l'envers. » Ce qui était vrai et ce qui faisait de la réponse de l'abbé Boileau un mot à la fois gai et grave.

Quand la Fontaine était entrain de causer et d'argumenter, il avait la même distraction sous une autre forme. Préoccupé de ses idées, il parlait et n'écoutait pas les autres. « Dans un dîner qu'il faisait avec Molière et Boileau, on se mit à discuter sur le genre dramatique. La Fontaine condamnait les *à parte* : « Rien, disait-il, n'est plus contraire au bon sens.

« Quoi ! le parterre entendra ce qu'un acteur n'entend
« pas, quoiqu'il soit à côté de celui qui parle ! »
Comme il s'échauffait en soutenant son sentiment, de
façon qu'il n'était pas possible de l'interrompre et de
lui faire comprendre un seul mot : « Il faut, disait Boi-
« leau à haute voix, tandis que la Fontaine parlait,
« il faut que la Fontaine soit un grand coquin, un
« grand maraud. » Boileau répétait continuellement
les mêmes paroles sans que la Fontaine cessât de disserter. Enfin l'on éclata de rire ; sur quoi la Fontaine,
revenant à lui comme d'un rêve interrompu : « De
« quoi riez-vous donc, demanda-t-il. — Comment, lui
« dit Despréaux, je m'épuise à vous injurier fort haut,
« et vous ne m'entendez point, quoique je sois si près
« de vous que je vous touche ; et vous êtes surpris
« qu'un acteur sur le théâtre n'entende point un à
« parte qu'un autre acteur dit à côté de lui [1] ! »

Comme Jean-Jacques Rousseau, la Fontaine aimait à
travailler en plein air. Il aimait la campagne plus qu'on
ne le faisait au dix-septième siècle ; il en goûtait le
charme. Il n'en faisait pas une doctrine, comme fit
Jean-Jacques Rousseau ; il s'en faisait un plaisir, et il
y trouvait une inspiration qui donnait à sa poésie une
grâce de description rare dans les poètes de son
temps :

---

[1] *Histoire de la Fontaine*, par Walckenaër, p. 143-144.

Je n'ai jamais chanté que l'ombrage des bois,
Les échos, les zéphyrs et leurs molles haleines,
Le vert tapis des prés et l'argent des fontaines.

Il aimait les arbres; j'allais presque dire qu'il les
respectait presque autant que font les Anglais. En
France, le plus bel arbre du monde, si, dans une allée,
il gêne l'envergure de la robe d'une dame, est à l'instant abattu. Il est vrai que, coupant sans pitié les gros
arbres, nous en replantons d'aussi gros, croyant qu'ils
pousseront, quoique transplantés, et nous applaudissant
de pouvoir ainsi en tout nous dispenser de patience.
Malheureusement, nos arbres-momies (car nous les em-
maillotons pour les conserver), ne gagnent pas la plus
petite ramure en dix ans, pour nous apprendre sans
doute qu'il n'y a de bons et doux ombrages que ceux
que fait le temps.

La Fontaine est de l'école qui vénère l'ombre que font
les vieux arbres, et celle aussi que feront les jeunes.
Voyez la fable de *la Forêt et le Bûcheron*. Le bûcheron
avait perdu le bois de sa cognée, et il demandait à la
forêt de lui laisser prendre seulement une branche,

Afin de faire un autre manche.
Il irait employer ailleurs son gagne-pain;
Il laisserait debout maint chêne et maint sapin,
Dont chacun respectait la vieillesse et les charmes.

La vieille forêt le crut, lui fournit un autre manche,
et le bûcheron se servit aussitôt de sa cognée contre la

forêt. Voilà le train du monde et de ses sectateurs, continue la Fontaine :

> On s'y sert du bienfait contre les bienfaiteurs.
> Je suis las d'en parler. Mais que de doux ombrages
>   Soient exposés à ces outrages,
>   Qui ne se plaindrait là-dessus?

En 1668, ayant déjà quarante-sept ans, la Fontaine publia les six premiers livres de ses fables, qui, dès ce moment, eurent une grande renommée. Avant ses fables, il avait déjà fait paraître en 1665 et 1666 ses *Contes et Nouvelles*. Il était donc déjà connu et célèbre. Aussi, en 1667, avait-il obtenu chez madame Henriette, duchesse d'Orléans, une charge de gentilhomme. Il n'en remplissait pas l'emploi, et ses fonctions ne faisaient aucun tort à ses chers loisirs. Il semble que tous les protecteurs de la Fontaine, entrant dans le secret de son génie, se soient entendus l'un après l'autre pour respecter sa paresse, cette paresse rêveuse et méditative, qui était son genre de travail et d'inspiration. Chez madame Henriette, il ne faisait rien, et quand, en 1671, il perdit sa charge à la mort de la princesse, et qu'il se retira chez madame de la Sablière, il n'y fit rien non plus que de se laisser aller à son génie.

Madame de la Sablière mérite d'avoir un rôle dans l'histoire littéraire du dix-septième siècle. Riche, belle, aimable et recevant la meilleure société de la cour et de

la ville, elle aimait les lettres et les sciences, les connaissait, ne s'en vantait pas, était le contraire de la
précieuse et de la femme savante, et logeait chez elle
Bernier, le voyageur et le philosophe, et la Fontaine,
qui étaient ses commensaux, sans être ni ses flatteurs
ni ses amants. Toute la famille de madame de la Sablière était littéraire. Son mari a fait des madrigaux,
qui sont des meilleurs et des plus agréables de notre
langue. Ils ne sont pas faits pour sa femme, qui les eût
mérités par sa beauté et par sa grâce, sinon par sa
vertu. Elle était du monde, de ce monde aimable et
brillant qui fut pendant longtemps celui de Louis XIV,
quoique ce monde eût dans ses opinions plus de liberté
d'esprit que le monde de la cour. Ce monde spirituel et libre devint plus tard la société du Temple,
celle des Chaulieu, des Lafare et des Vendôme, qui fut
en opposition alors avec la cour régularisée, sinon
convertie, par madame de Maintenon. Tous les amis
de madame de la Sablière n'allaient pas jusqu'à la
licence d'opinion du Temple. Plusieurs s'arrêtèrent
en route et revinrent à la religion; madame de la Sablière elle-même finit sa vie dans les pratiques de la
plus austère piété.

L'Église alors prêtait souvent au monde des évêques
et des abbés qui semblaient se souvenir fort peu des
lois de leur état; mais en revanche le monde rendait
souvent, non pas à l'Église, mais au couvent ou aux

austérités pieuses de la retraite des âmes mondaines
qui, sentant par expérience le néant du monde ou le
vide des passions, ne trouvaient qu'en Dieu la paix de
leur cœur. Le dix-septième siècle est le siècle des grands
désordres et des grandes pénitences. Au dix-huitième
siècle, les passions gardent leur ascendant et l'étendent; mais le repentir perd son autorité et son effica-
cité; l'expiation des passions se fait dans le monde e
par le monde; elle devient un châtiment et n'est plus
une réhabilitation consolatrice. Au dix-neuvième siècle
enfin, il n'y a plus ni grands désordres ni grandes pénitences. Dans la littérature, le vice prêche encore parfois avec audace; dans le monde, il n'est plus de mise :
le vice et la vertu ont transigé entre eux par l'indifférence.

. Il est facile de retrouver, dans les vers que la Fontaine a consacrés à madame de la Sablière, le ton et
l'esprit de son salon. C'est bien là l'ancienne conversation française si renommée et si oubliée. Je me gar-
derai d'essayer de la définir. L'abbé Delille a fait un
poëme de la *Conversation*, où il a essayé de la décrire,
et, quoique l'abbé Delille fût lui-même un excellent
causeur et qu'il eût l'ancienne tradition, il n'a pas
réussi à représenter ce qu'il est si difficile de définir ou
de peindre. La Fontaine y a mieux réussi en louant
madame de la Sablière. Voyez ces vers charmants :

Iris, je vous louerais : il n'est que trop aisé ;
Mais vous avez cent fois notre encens refusé ;
En cela peu semblable au resté des mortelles,
Qui veulent tous les jours des louanges nouvelles.
Pas une ne s'endort à ce bruit si flatteur.
Je ne les blâme point ; je souffre cette humeur :
Elle est commune aux dieux, aux monarques, aux belles.
Le nectar que l'on sert au maître du tonnerre,
Et dont nous enivrons tous les dieux de la terre,
C'est la louange, Iris. Vous ne la goûtez point.
D'autres propos, chez vous, récompensent ce point :
    Propos, agréables commerces,
Où le hasard fournit cent matières diverses,
    Jusque-là qu'en votre entretien
La bagatelle a part ; le monde n'en croit rien.
    Laissons le monde et sa croyance.
    La bagatelle, la science,
Les chimères, le rien, tout est bon ; je soutiens
    Qu'il faut de tout aux entretiens :
    C'est un parterre où Flore épand ses biens ;
Sur différentes fleurs l'abeille s'y repose,
    Et fait du miel de toute chose [1].

Ne voilà-t-il pas, dans ces derniers vers, la définition ou plutôt l'expression même de la vraie conversation? Point de méthode, point de sujet traité *ex professo* : disserter n'est point causer. Point de controverse et d'argumentation : discuter n'est point causer. Surtout point de monologues : qui ne sait pas écouter ne sait pas causer. Les bavards sont l'opposé des causeurs. Le causeur est l'homme qui sait lancer

---

[1] Fables, liv. X, f. 1. *Discours à madame de la Sablière.*

le volant et qui sait le recevoir, qui jette et ramasse la balle à propos, qui ne la garde pas longtemps. A qui l'envoie-t-il? Ce n'est pas à un *partner* habituel, la conversation alors ne serait qu'un dialogue appris d'avance. Il envoie la balle à tout le monde : la ramasse qui veut ou qui peut. Je ne conseille pas, en effet, à tout le monde de se mêler à tort et à travers à la conversation. Il faut de l'à-propos, de l'adresse, un peu de courage, de la promptitude. Jean Jacques Rousseau disait qu'il trouvait toujours sur l'escalier le mot qu'il aurait dû dire dans le salon. L'esprit après coup n'est pas de l'esprit. Évitez surtout les diseurs de rien, les hérauts de la banalité. Qui de nous n'a vu l'embarras et l'inquiétude d'une maîtresse de maison ayant un salon, quand elle voit un de ces diseurs de rien prêt à prendre la parole? Comme elle l'interrompt à propos! Comme elle coupe brusquement par le milieu l'histoire dont elle voit avec effroi la queue s'allonger démesurément!

La femme qui sait tenir un salon et diriger un entretien; autre talent, autre art charmant et qui ne se retrouve plus que çà et là. C'était l'art suprême du dix-septième et du dix-huitième siècle, art difficile par les qualités diverses qu'il exige. Il faut à la femme qui tient un salon beaucoup d'esprit, sans qu'elle tienne à le montrer. Il faut, non pas qu'elle le cache, mais qu'elle le mette au service du monde; qu'il soit toujours

prêt et jamais pressé. Aussitôt que l'entretien languit,
la maîtresse de maison doit le ranimer, le relever, surtout le détourner sur un autre sujet : la conversation
n'est pas tenue de dire tout et d'épuiser un sujet. La
maîtresse de maison doit, outre l'esprit, avoir un grand
fonds de bonté. Cela ne paraît pas nécessaire au premier
coup d'œil; cependant, s'il n'y a pas de bonté dans un
salon, il devient bien vite un bureau d'esprit, une cote-
rie médisante : ce n'est plus un salon. Je dis que la
maîtresse de maison doit être bonne; je ne dis pas
qu'elle doive être tendre. Si elle est tendre, elle aura
des préférences : les préférences perdent les salons. La
conversation a pour loi suprême l'égalité tempérée et
corrigée par le mérite. Il se fait des hiérarchies dans
les salons; mais ce sont des hiérarchies naturelles,
celles que tout le monde admet. Les hommes préfèrent
naturellement l'esprit à la sottise, l'originalité à la banalité. Ces préférences-là ne blessent pas, parce que
tout le monde en voit la raison. Les préférences qui
viennent de l'amour, n'ayant de raison que le goût
particulier, blessent le monde.

J'ai souvent entendu demander si une maîtresse de
salon doit être belle. Cela ne nuit pas; mais cela n'est
pas nécessaire, et surtout cela ne suffit pas. La beauté
ne dispense d'aucune des qualités que j'ai indiquées.
Une femme spirituelle et bonne peut, quoique laide,
diriger fort bien un salon. Une femme spirituelle et

belle, si la bonté manque, né le dirigera pas longtemps. Je sais bien que la beauté a cet avantage qu'elle
prête de l'esprit aux femmes. Une belle bouche ne paraît jamais dire une sottise. Cela est vrai, du moins
quand il n'y a que des hommes qui écoutent : les yeux
alors dupent l'oreille. Autre avantage de la beauté : elle
excite l'esprit des hommes, elle leur promet une récompense qu'ils envient, celle de plaire à la personne
qui plaît à tout le monde. C'est une grande cause
d'émulation ; mais c'est aussi une cause de rivalités,
et par suite d'éloignements. Le salon d'une femme
spirituelle et bonne dure ordinairement plus que celui
d'une femme spirituelle et belle.

Madame de la Sablière, si nous en croyons la Fontaine, avait, au suprême degré, les qualités qui font
une maîtresse de salon accomplie. Elle était belle ; elle
avait l'art de plaire, mais elle avait aussi celui de n'y
penser pas. Elle avait le cœur vif

> . . . . Et tendre infiniment
> Pour ses amis et non point autrement[1].

Son esprit avait « beauté d'homme avec grâce de
femme : »

> O vous, Iris, qui savez tout charmer,
> Qui savez plaire à un degré suprême,
> Vous que l'on aime à l'égal de soi-même,

[1] Liv. XII, f. xv.

(Ceci soit dit sans nul soupçon d'amour,
Car c'est un mot banni de votre cour...)

Ainsi beaucoup d'esprit, mais un esprit aussi propre
à la bagatelle qu'au sérieux, un cœur vif et tendre,
point en amour, mais en amitié, et par conséquent le
meilleur genre de bonté, puisqu'elle évite à la fois la
préférence passionnée et l'affection trop générale; voilà
les qualités que la Fontaine loue dans madame de la
Sablière et qui faisaient de sa maison un de ces rendez-
vous qu'aimait la bonne compagnie du dix-septième
siècle.

Ce qui montre l'ascendant que madame de la Sablière avait dans le monde, c'est qu'en 1684 la Fontaine, le jour de sa réception à l'Académie, n'hésita
pas à lire le discours en vers qu'il lui avait adressé.
Un pareil hommage ne se rend que lorsqu'on est sûr
d'avance de l'assentiment du public. Il y a dans ce discours quelques-uns des plus beaux vers de la Fontaine.
Sa reconnaissance inspirait bien son génie. Ce discours
est en même temps une sorte de confession que la Fontaine fait des torts qui l'avaient longtemps empêché
d'entrer à l'Académie, de ses *Contes*, de sa vie un peu
désordonnée; c'est aussi une promesse de ne plus retomber dans ses anciennes fautes; et à qui mieux
faire cette promesse qu'à madame de la Sablière, déjà
revenue à la foi chrétienne, à sa bienfaitrice, à celle
qui ajoute maintenant ses exemples à ses bienfaits?

Désormais que ma muse, aussi bien que mes jours,
Touche de son déclin l'inévitable cours,
Et que de ma raison le flambeau va s'éteindre,
Irai-je en consumer les restes à me plaindre,
Et, prodigue d'un temps par la Parque attendu,
Le perdre à regretter celui que j'ai perdu?
Si le ciel me réserve encor quelque étincelle
Du feu dont je brillais en ma saison nouvelle,
Je la dois employer, suffisamment instruit
Que le plus beau couchant est voisin de la nuit.
Le temps marche toujours : ni force, ni prière,
Sacrifices ni vœux n'allongent la carrière.
Il faudrait ménager ce qu'on va nous ravir.
Mais qui vois-je que vous sagement s'en servir?
. . . .
. . . .
J'entends que l'on me dit : Quand donc veux-tu cesser
Douze lustres et plus ont roulé sur ta vie .
De soixante soleils la course entresuivie
Ne t'a pas vu goûter un moment de repos.
Quelque part que tu sois, on voit à tout propos
L'inconstance d'une âme en ses plaisirs légère,
Inquiète, et partout hôtesse passagère.
. . . .
J'ai presque envie, Iris, de suivre cette voix :
J'en trouve l'éloquence aussi sage que forte;
Vous ne parleriez pas, ni mieux ni d'autre sorte.
Serait-ce point de vous qu'elle viendrait aussi?
Je m'avoue, il est vrai, s'il faut parler ainsi,
Papillon du Parnasse et semblable aux abeilles,
A qui le bon Platon compare nos merveilles.
Je suis chose légère et vole à tout sujet :
Je vais de fleur en fleur et d'objet en objet;]
A beaucoup de plaisir je mêle un peu de gloire.
J'irais plus haut peut-être au temple de Mémoire,

Si dans un genre seul j'avais usé mes jours ;.
Mais quoi! je suis volage en vers comme en amours [1].

Je pourrais faire bien des réflexions sur les vers que
la Fontaine a consacrés à madame de la Sablière. Je
n'en ferai qu'une. Rien dans ses éloges ne sent le parasite et le commensal : tout y sent l'ami; et la manière dont la Fontaine reçoit les bienfaits de madame
de la Sablière les rehausse, pour ainsi dire. Sa reconnaissance n'a rien d'humble et de subalterne : c'est
une affection plutôt qu'un devoir, et c'est le propre de
l'affection d'établir l'égalité partout. J'ajoute que ce
qui rend l'affection possible entre le bienfaiteur et
l'obligé, c'est que l'obligé sente son prix, sa dignité,
et que le bienfaiteur le sente aussi. La Fontaine sentait
ce qu'il valait sans s'en targuer, sans s'en faire un
droit aux bienfaits, sans croire que la société devait à
son génie une liste civile, comme cela s'est dit de notre
temps [2], sans prendre madame de la Sablière pour une
de ses contribuables. Madame de la Sablière, de son
côté, sentait tout ce que valait la Fontaine par son génie et son bon cœur. En le dispensant des nécessités et
des soins quotidiens de la vie, elle ne faisait que corriger les torts de la fortune ou plutôt ceux du caractère
de la Fontaine.

[1] Œuvres, p. 549-551, *Discours à madame de la Sablière.*
[2] Voyez la préface du *Chatterton*, de M. de Vigny.

L'égalité entre les grands seigneurs, les riches et les gens de lettres en France n'a pas seulement commencé avec Voltaire : la Fontaine l'a déjà, et je lui sais un gré infini de son égalité, car il était pauvre. Il n'avait pas, comme Voltaire, un château, un grand état de maison, toutes choses qui rendent facile le plain-pied avec les grands seigneurs de la cour ou de la finance. La Fontaine ne prenait les causes de son égalité avec les grands que dans son génie, et peut-être aussi dans l'insouciance de son caractère, qui, le rendant incapable de tout joug, non par orgueil, mais par paresse, faisait que ceux qui voulaient l'avoir et jouir de son génie devaient le chercher. La bonne et la vraie égalité est celle qui est prise, et non celle qui est donnée; prise, non point par violence, mais naturellement et sans causer d'effort ni d'étonnement à ceux qui la prennent et à ceux qui la cèdent.

Avant la Fontaine, d'ailleurs, Voiture avait déjà eu ce ton d'égalité et de familiarité avec les grands seigneurs. L'esprit en France a toujours été une puissance. C'est la dynastie la plus durable, quoique la sottise fasse de temps en temps contre elle des insurrections victorieuses pour un jour. J'aurais, à ce propos, un beau sujet d'études et de recherches littéraires à proposer à quelques-uns de mes jeunes auditeurs : *Histoire de l'influence des gens de lettres en France depuis le seizième siècle jusqu'à nos jours.* Je ne pu

que lire en courant la table des chapitres de ce livre
dont je ne voudrais faire ni une apologie de la littérature ni une satire de la société.

Premier chapitre : Comment les lettrés, au seizième
siècle, firent pendant quelque temps pencher la balance en France vers la réforme, et comment plus
tard, avec l'école de Ronsard et le parti des politiques,
ils ramenèrent la France au catholicisme tempéré par
le gallicanisme.

Deuxième chapitre : Comment Richelieu trouve qu'il
ne faut pas en France laisser la littérature et les
hommes de lettres hors du cercle du gouvernement;
comment, dans cette idée, il essaye d'en faire un corps,
créant pour cela l'Académie française, qui, malgré son
origine et son institution despotique, est restée libérale
par la vertu propre aux lettres[1].

Troisième chapitre : Comment sous Louis XIV la littérature, partout reçue et partout accréditée, s'est pré-
parée par la gloire à prendre rang dans la société, et
comment les gens de lettres, la Fontaine surtout, ont
pris l'égalité avec les grands seigneurs sans prétention
et sans orgueil.

Quatrième chapitre : Comment, au dix-huitième
siècle, les gens de lettres sont devenus des philosophes
bientôt des publicistes, et comment leur puissance, ar-

---

[1] Voir l'*Histoire de l'Académie,* par M. Mesnard.

rivée à être plus grande que celle des corps de l'État, a péri avec ces corps mêmes dans le naufrage de la Révolution. La littérature, la controverse, la presse, ne peuvent avoir qu'une force de contre-poids : ôtez-leur l'obstacle qu'elles combattent, elles perdent leur pouvoir et trouvent leur faiblesse dans ce qu'elles appellent leur victoire.

A mesure que j'approche de nos jours, cette table des matières devient plus difficile à faire.

Cinquième chapitre : Sous l'Empire, de 1800 à 1814, la littérature s'exerce à revivre plutôt qu'à parler : elle cherche la voie qu'elle doit suivre, et, ne la trouvant pas par elle-même, elle prend la consigne du pouvoir pour une inspiration. La consigne fait d'excellents soldats et de très-mauvais écrivains. La littérature sous l'Empire n'a de liberté et de force que dans l'exil ou dans la disgrâce, témoins madame de Staël, M. de Chateaubriand, M. Benjamin Constant.

Sixième chapitre : ou l'histoire de la littérature et des gens de lettres, de 1814 à 1848. Je ne veux ni faire ni même esquisser ce chapitre, j'y prendrais trop de plaisir ; on le verrait, et je ne paraîtrais pas impartial, quoique étant juste.

Enfin vient le dernier chapitre de cette histoire de l'influence des gens de lettres, le chapitre d'aujourd'hui. Comment le faire ? dans quels sentiments ? Il y a des personnes qui le feraient morose et mélancolique,

plein de désappointements et de dépits. Je ne les blâme
pas. Seulement, si j'avais à rédiger ce chapitre, je le
ferais tout différent; je le ferais en beau, tel que je le
vois, au lieu de le faire en laid. Il serait plein d'idées
et d'exemples de recueillement, de retraite, de dignité
et d'indépendance, sans aucun mélange de rancune, de
colère, de conspiration, sans aucun désaveu non plus,
d'affection et d'espérance.

Voilà le sujet d'études que je propose à mes jeunes
auditeurs, dussent-ils même changer quelque peu mon
programme.

La Fontaine a sa place dans cette histoire, comme
ayant su, un des premiers, prendre avec les grands
seigneurs le ton d'égalité qui convient aux gens de
lettres; et cela par le goût naturel que la cour, au dix-
septième siècle, avait pour l'esprit et que l'esprit avait
pour la cour, les deux supériorités, celle du rang et
celle du talent, se rapprochant volontiers. On croit que
la Fontaine était une espèce d'ours de génie, qu'il ne
cherchait pas le monde et qu'il n'était pas recherché
par le monde : grande erreur! il aimait le monde, et
le monde l'aimait. Non qu'il y allât par ambition ou par
intérêt, ou par vanité; non qu'il s'en fît une obligation
et une chaîne : c'était pour lui un plaisir, celui que les
gens d'esprit et la bonne compagnie se procurent entre
eux. Lisez ses lettres et ses épîtres; voyez-en le ton
aimable et familier, quoique s'adressant aux plus

grands seigneurs de la cour. Voltaire n'est pas plus à
son aise, et j'ajoute que Voltaire veut y être et le montrer. La Fontaine y est sans s'en occuper et s'en enivrer.
Il s'entretient, de cette manière familière et gracieuse,
avec madame la duchesse de Bouillon, avec madame de
Thiange, sœur de madame de Montespan, avec Turenne, avec le prince de Conti, avec Vendôme.

> Eh quoi, Seigneur, toujours nouveaux combats !

dit-il à Turenne.

> Toujours dangers ! Vous ne croyez donc pas
> Pouvoir mourir ? Tout meurt, tout héros passe.
> Cloton ne peut vous faire d'autre grâce
> Que de filer vos jours plus lentement ;
> Mais Cloton va toujours étourdiment.
> Songez-y bien, si ce n'est pour vous-même,
> Pour nous, seigneur, qui, sans douleur extrême,
> Ne saurions voir un triomphe acheté
> Du moindre sang qu'il vous aurait coûté [1].

Parle-t-il à Vendôme des inquiétudes qu'il a eues, le
voyant malade, voyez quel ton de familiarité aimable :

> Il semblait, à me voir, que je fusse aux abois.
> Fieubet auprès de Gros-Bois,
> Tient contenance moins contrite [2] ;

---

[1] *Histoire de l'Académie*, par M. Mesnard, p. 541.

[2] Gaspard de Fieubet, conseiller au parlement, chancelier de la reine,
et conseiller d'État ordinaire du roi; né en 1626, mort en 1694. Il se
retira aux Camaldules de Gros-Bois en 1691, après la mort de sa
femme.

Non qu'il se soit du tout privé
Des commodités de la vie :
Même on dit qu'il s'est réservé
Sa cuisine et son écurie,
Des gens pour le servir, le nécessaire enfin.

. . . .

Cet exemple est fort bon à suivre.
J'en sais un meilleur : c'est de vivre.
Car est-ce vivre, à votre avis,
Que de fuir toutes compagnies,
Plaisants repas, menus devis,
Bon vin, chansonnettes jolies,
En un mot, n'avoir goût à rien[1]?

Quand il écrit aux femmes, princesses ou duchesses, mais surtout belles, son ton est charmant. Il aime la beauté; il s'y laisse attirer. Le respect du rang ne la lui cache pas ou ne l'en détourne point. Écoutez comme il parle à la duchesse de Bouillon, sa protectrice de Château-Thierry :

« Vous fîtes dire, l'année passée, à M. de la Haye qu'il eût soin que je ne m'ennuyasse point à Château-Thierry. Il est fort aisé à M. de la Haye de satisfaire à cet ordre; car, outre qu'il a beaucoup d'esprit,

Peut-on s'ennuyer en des lieux
Honorés par les pas, éclairés par les yeux
D'une aimable et vive princesse,
A pied blanc et mignon, à brune et longue tresse?
Nez troussé, c'est un charme encor selon mon sens,
C'en est même un des plus puissants.

[1] Page 555.

Pour moi, le temps d'aimer est passé, je l'avoue ;
 Et je mérite qu'on me loue
 De ce libre et sincère aveu,
Dont pourtant le public se souciera très-peu.
Que j'aime ou n'aime pas, c'est pour lui même chose ;
 Mais s'il arrive que mon cœur
Retourne, à l'avenir, dans sa première erreur,
Nez aquilins et longs n'en seront pas la cause [1].

Et non-seulement il a ce ton aimable et familier avec les grandes dames, quand il les loue de leur beauté et de leur grâce, l'éloge ici excuse la familiarité, il a le même accent, quand il plaisante ou quand il réfléchit. Ainsi, écrivant encore à madame de Bouillon et lui parlant de sa sœur, madame de Mazarin, belle comme elle, spirituelle comme elle : « Ce serait le lieu, lui dit-il, de faire aussi son éloge, afin de le joindre au vôtre; mais, toutes réflexions faites, comme ces sortes d'éloges sont une matière un peu délicate, je crois qu'il vaut mieux que je m'en abstienne.

 Vous vous aimez en sœurs. Cependant j'ai raison
  D'éviter la comparaison.
 L'or se peut partager, mais non pas la louange.
 Le plus grand orateur, quand ce serait un ange,
  Ne contenterait pas, en semblables desseins,
 Deux belles, deux héros, deux auteurs ni deux saints [2].

Ce qui achève de détruire le la Fontaine distrait et

---

[1] Page 644.
[2] Page 655.

presque idiot de la légende, c'est que les princes et les princesses de la cour le prennent pour leur correspondant, quand ils s'absentent ; j'allais presque dire pour leur correspondant politique : c'est par lui qu'ils se font tenir au courant des choses de Paris et de la cour. Je ne dis pas que la Fontaine soit le Grimm du dix-septième siècle, c'est-à-dire le nouvelliste exact et judicieux des rois et des princes ; je ne donne pas non plus la Fontaine pour un grand politique. Cependant c'est un journaliste qui sait bien les conditions du métier :

Tout faiseur de journaux doit tribut au malin [1].

Il témoigne surtout, en faisant ce métier, d'un esprit alerte et qui prend part et intérêt aux choses de ce monde, c'est-à-dire du contraire d'un esprit distrait : « Votre Altesse Sérénissime, écrit-il à la princesse de Bavière en 1669 :

Votre Altesse Sérénissime
A, dit-on, pour moi quelque estime,
Et veut que je lui mande en vers
Les affaires de l'univers :
J'entends les affaires de France.
J'obéis et romps mon silence.
L'intérêt et l'ambition
Travaillent à l'élection
Du monarque de la Pologne.

[1] Page 646.

On croit ici que la besogne
Est avancée; et les esprits
Font tantôt accorder le prix
Au Lorrain [1], puis au Moscovite [2].
Condé [3], Neubourg [4]; car le mérite
De tous côtés fait embarras.
Condé, je crois, n'en manque pas.

. . . .

Ceux qui des affaires publiques
Parlent toujours en politiques,
Réglant ceci, jugeant cela,
(Et je suis de ce nombre-là);
Les raisonneurs, dis-je, prétendent
Qu'au Lorrain plusieurs princes tendent.
Quant à Moscou, nous l'excluons;
Voici sur quoi nous nous fondons :
Le schisme y règne, et puis son prince
Mettrait la Pologne en province.

. . . .

Au moment que j'écris ces vers
Et m'informe des bruits divers,
Je viens d'apprendre une nouvelle :
C'est que, pour éviter querelle,
On s'est en Pologne choisi
Un roi dont le nom est en ski.
Ces messieurs du Nord font la nique
A toute notre politique.
Notre argent, celui des États,
Et celui d'autres potentats
Bien moins en fonds, comme on peut croire,

---

[1] Le duc Charles de Lorraine.
[2] Le czar de Russie.
[3] Le grand Condé.
[4] Philippe-Guillaume, duc de Neubourg.

Force santés aura fait boire ;
Et puis c'est tout. Je crois qu'en paix,
Dans la Pologne désormais,
On pourra s'élire des princes ;
Et que l'argent de nos provinces
Ne sera pas, une autre fois,
Si friand de faire des rois [1].

La Fontaine se pique donc d'être *un politique*,

Réglant ceci, jugeant cela ;

Et, sans vouloir s'ériger en grand publiciste, il est
permis, je pense, de remarquer le bon sens de ses réflexions, qui ne paraissent être que l'écho de la cour et
de la ville. Ne mettez point les Russes en Pologne, ils
en feraient une province de leur empire. Cent ans après
la parole de la Fontaine, la Pologne était prise par la
Russie. En 1669, la Pologne eut le bon esprit d'élire
un roi national. La Fontaine se félicite de la leçon : la
France ne sera plus tentée d'aller si loin faire des princes à grands frais. Il a donc le bon sens en politique,
et même, à prendre sa dernière réflexion, celle qui
conseille à la France de ne plus dépenser son argent au
loin, il a le bon sens terre à terre, celui qu'il prêche
souvent dans ses fables. Cela n'empêche pas qu'il ne
se trompe parfois aussi. Les gazetiers des princes se
trompent comme ceux du peuple, et tous les deux

[1] Pages 537-538.

parce qu'ils veulent être agréables. Ainsi, en 1687,
écrivant en Angleterre à madame la duchesse de Bouillon, qui y était depuis quelque temps, et voulant plaire
au roi Jacques II, il dit qu'il serait fort tenté de passer
en Angleterre, comme on le lui propose. « Une chose
que je souhaiterais avant toutes, continue-t-il, ce serait
que l'on me procurât l'honneur de faire la révérence
au monarque; mais je ne l'oserais espérer. C'est un
prince qui mérite qu'on passe la mer afin de le voir,
tant il a de qualités convenables à un souverain, et
de véritable passion pour la gloire. Il n'y en a pas
beaucoup qui y tendent, quoique tous le dussent faire
en ces places-là. »

> Ce n'est pas un vain fantôme
> Que la gloire et la grandeur;
> Et Stuart, en son royaume,
> Y court avec plus d'ardeur
> Qu'un amant à sa maîtresse.
> Ennemi de la mollesse,
> Il gouverne son État
> En habile potentat [1].

C'est ainsi qu'il louait, en 1687, la sagesse d'un
roi qui se faisait chasser en 1688.

Autre erreur de la Fontaine, mais qui lui est commune avec toute l'élite du dix-septième siècle : il applaudit à la révocation de l'édit de Nantes, et blâme le

[1] Pages 654-655.

pape, qui la désapprouvait et qui s'honorait, et l'Église tout entière, par cette désapprobation.

> Pour nouvelles de l'Italie,
> Le pape empire tous les jours.
> Expliquez, Seigneur, ce discours
> Du côté de la maladie;
> Car aucun saint-père autrement
> Ne doit empirer nullement.
> Celui-ci, véritablement,
> N'est envers nous ni saint ni père :
> Nos soins, de l'erreur triomphants,
> Ne font qu'augmenter sa colère
> Contre l'aîné de ses enfants [1].

Il écrivait ainsi au prince de Conti, qui, si nous en croyons les mémoires du temps, n'était rien moins que dévot; et la Fontaine lui-même, à ce moment de sa vie, ne l'était guère. Mais que voulez-vous? les incrédules étaient intolérants pour faire leur cour au roi, et le pape était charitable pour rester fidèle à l'Évangile.

Même intolérance encore quand il écrit à un autre impie du temps, le duc de Vendôme :

> Louis a banni de la France
> L'hérétique et très-sotte engeance.
> Il tenta, sans beaucoup d'effort,
> Un si grand dessein : dans l'abord

---

[1] Page 666. Le roi de France avait à Rome le titre de *Fils aîné de l'Église.*

Les esprits étaient plus dociles.
Notre roi voyant quelques villes
Sans peine à la foi se rangeant,
L'appétit lui vint en mangeant [1].

On pourrait croire aisément, voyant de quel air leste
la Fontaine approuve la révocation de l'édit de Nantes,
c'est-à-dire un odieux attentat à la liberté de conscience, et de quel air leste et moqueur aussi il excuse
l'incendie du Palatinat, c'est-à-dire un odieux abus
des droits de la guerre, on pourrait croire que la Fontaine ne plaignait guère les maux qu'il ne sentait pas.
Il n'en est rien, je pense. La Fontaine cédait seulement aux préjugés populaires; le préjugé populaire
était alors contre les protestants; et de tout temps,
en France, le préjugé populaire a été indulgent pour
les abus de la guerre, je veux dire pour ceux que nous
exerçons. Vendôme, plus humain peut-être parce qu'il
était plus guerrier, blâmait l'incendie du Palatinat.
La Fontaine l'encourage à ne pas se montrer trop
doux :

Vous plaignez les peuples du Rhin.
D'autre côté, le souverain
Et l'intérêt de votre gloire
Vous font courir à la victoire.
Mars est dur; ce dieu des combats
Même au sang trouve des appas.

[1] Page 668.

I. 21

> Rarement voit-on, ce me semble,
> Guerre et pitié loger ensemble.
> Aurions-nous des hôtes plus doux,
> Si l'Allemagne entrait chez nous?
> J'aime mieux les Turcs en campagne,
> Que de voir nos vins de Champagne
> Profanés par des Allemands [1].

J'en veux à la Fontaine de cette plaisanterie employée à justifier les horreurs de la guerre ou la diversion que la politique de Louis XIV faisait faire aux Turcs contre l'Allemagne; et je ne me réconcilie pas avec lui, quand je lis dans la même lettre la description qu'il fait des plaisirs et de la liberté de la société du Temple, c'est-à-dire des Vendômes :

> Jusqu'au point du jour on chanta,
> On but, on rit, on disputa,
> On raisonna sur les nouvelles ;
> Chacun en dit, et des plus belles.
> Le grand prieur eut plus d'esprit
> Qu'aucun de nous, sans contredit.
> J'admirai son sens ; il fit rage ;
> Mais, malgré tout son beau langage,
> Qu'on était ravi d'écouter,
> Nul ne s'abstint de contester.
> Je dois tout respect aux Vendômes ;
> Mais j'irais en d'autres royaumes,
> S'il leur fallait, en ce moment,
> Céder un ciron seulement.

[1] Page 168.

Il est bon assurément de défendre, même contre les Vendômes, l'égalité de la table, et de faire qu'entre causeurs et buveurs tout soit de plain-pied. Mais la moquerie que ce libertin de bonne ou de mauvaise compagnie fait des protestants persécutés et des habitants du Palatinat, me gâte la description qu'il me fait des-plaisirs et de l'indépendance du Temple. Les libertins sont tenus d'être bons : sans cela, ils déplaisent, comme le plaisir coupable et effronté en face de la douleur innocente.

La correspondance politique et poétique de la Fontaine était-elle prise au sérieux par ses correspondants? ou bien n'était-ce qu'un moyen trouvé par la libéralité des Conti et des Vendômes pour secourir le poëte? Il serait ridicule de vouloir faire de la Fontaine un confident et un agent des princes et des grands seigneurs. Des lettres en vers ne sont jamais des dépêches confidentielles, et la Fontaine n'avait rien de ce qui convenait à un personnage politique : il n'avait ni l'esprit d'intrigue ni l'esprit de suite. La Fontaine était seulement le correspondant ingénieux des princes et des grands seigneurs, sans être pour cela autre chose que leur pensionnaire. Mais il mettait dans son métier, et c'est la seule chose que j'aie voulu prouver, de l'attention, de l'exactitude et du jugement, toutes qualités contraires à l'esprit de rêverie et de distraction qu'on lui attribue.

Y avait-il de nouveaux ministres, la Fontaine les

louait dans une lettre au prince de Conti (1689), et
je suis bien sûr que cette lettre est une de celles que
le prince aurait voulu *qui fussent vues par les person-*
nages de la cour : cela fesait un bon point au prince
et au poëte. Il louait aussi le nouveau pape, Alexandre VIII. Ailleurs, dans une lettre au chevalier de Sillery (1692), faisant toujours le politique ou exprimant
l'opinion du public, la Fontaine souhaitait que nous
fissions la conquête de tous les Pays-Bas. « On prend
des murs, dit la Fontaine. »

> . . . . . . Quels murs! vrais remparts de la Flandre,
> Qu'un autre que Louis serait dix ans à prendre.
> Ah! si le ciel voulait que nous eussions le tout!
> Quel pays! vous voyez ses défenseurs à bout.
> Je n'en dirai pas plus : notre roi n'aime guère
> Qu'on raisonne sur ces matières.

Louis XIV, en effet, n'aimait pas qu'on raisonnât sur
la politique ; il n'aimait même pas qu'on louât ses desseins ou ses projets en les expliquant. Le silence lui
semblait plus sûr que l'éloge.

Je me suis arrêté pendant quelque temps sur les lettres et sur les épîtres de la Fontaine, afin de bien montrer la place et le rang qu'il tenait dans le monde. On
a cru qu'il ne s'entretenait volontiers qu'avec ses bêtes;
il vivait dans le monde, dans le meilleur, sinon dans
le plus austère. Il me reste, pour achever l'étude de
la vie littéraire de la Fontaine, à dire un mot de

quelques épisodes de sa vie, de ses projets d'établissement en Angleterre, de sa conversion aux sentiments
et aux pratiques de la dévotion, enfin de sa mort
en 1695.

DIXIÈME LEÇON

LA FONTAINE ET LULLI
LA FONTAINE ET SAINT-ÉVREMOND — CONVERSION
ET MORT DE LA FONTAINE

Je ne parlerais pas de la querelle de la Fontaine avec Lulli, si je n'y trouvais quelques curieux renseignements sur ses goûts et sur ses sentiments.

La Fontaine n'aimait pas l'opéra, introduit en France par Mazarin. L'opéra avait eu d'abord beaucoup de vogue à Paris :

> Des machines d'abord le surprenant spectacle
> Éblouit le bourgeois et fit crier miracle ;
> Mais la seconde fois il ne s'y pressa plus :
> Il aima mieux le Cid, Horace, Héraclius[1].

La Fontaine a raison et montre ici son admirable bon sens. Les merveilles de la mise en scène excitent

---

[1] La Fontaine, *Épître à M. de Nyert sur l'opéra*, 1677. — P. 543

l'imagination plus qu'elles ne la satisfont. Quelles que
soient la beauté et la curiosité des décorations, j'irai
toujours, par mon imagination, au delà des prodiges
de l'art, et j'ai dans l'esprit un décorateur qui, sans
cordes et sans poulies, fait des merveilles plus grandes
que celles du machiniste. Comme l'art de la décoration
a pour but de créer l'illusion, on peut dire sans paradoxe que, si le public se fait à lui-même illusion; si,
avec un simple écriteau disant que le théâtre représente un jardin, les spectateurs se figurent à l'instant
les jardins de Sémiramis ou d'Armide, on peut dire que
le public n'a plus besoin de l'industrie des décora-
teurs. La lanterne magique de l'imagination est mille
fois plus belle que celle de l'opéra. J'ajoute qu'elle a
le mérite de s'épuiser moins vite. Quand le mérite
d'une pièce consiste dans la beauté des décorations,
il faut nécessairement que les décorations du second
acte soient plus belles que celles du premier; que
celles du troisième surpassent celles du second, et
ainsi de suite jusqu'à la fin. La curiosité est, de tous
les plaisirs, celui qui s'épuise et se rassasie le plus
vite. Un auteur dont je parlerai beaucoup dans ce chapitre, Saint Évremond, dit quelque part dans ses *Lettres sur l'opéra en* 1678 : « Je n'admire pas fort les
comédies en musique, telles que nous les voyons maintenant. J'avoue que leur magnificence me plaît assez;
que les machines ont quelque chose de surprenant;

que la musique en quelques endroits est touchante;
que le tout ensemble paraît merveilleux; mais il faut
aussi avouer que ces merveilles deviennent bientôt en-
nuyeuses : car, où l'esprit a si peu à faire, c'est une
nécessité que les sens viennent à languir. Après le
premier plaisir que nous donne la surprise, les yeux
se lassent d'un continuel attachement aux objets[1]. »

Est-ce que la Fontaine n'aimait pas la musique? Il
l'aimait beaucoup, la louait sans cesse et même il se
faisait donner de petits concerts[2]. Il aimait donc la
musique et n'aimait pas l'opéra : les deux choses
peuvent aller ensemble.

La Fontaine reprochait à l'opéra d'avoir discrédité
la musique de chambre, qui lui semblait plus simple
et plus touchante que les pièces à grand fracas de
l'Opéra, où les machines partageaient le mérite avec
la musique et souvent même l'éclipsaient. Il regrettait
le vieux temps, celui où quelques chanteurs et quelques musiciens suffisaient pour faire un plaisir :

Ce n'est plus la saison de Raymon ni d'Hilaire[3] :
Il faut vingt clavecins, cent violons pour plaire;
On ne va plus chercher au fond de quelque bois
Des amoureux bergers la flûte et le hautbois.
Le théorbe charmant qu'on ne voulait entendre
Que dans une ruelle avec une voix tendre,

---

[1] Saint-Évremond, *Lettre au duc de Buckingham sur les opéras*.
[2] Page 651.
[3] Mademoiselle Raymon et mademoiselle Hilaire, deux célèbres can-
tatrices qui chantaient dans les ballets du roi.

Tout cela déplaît seul et n'a plus rien de rare.
On laisse là Dubut, et Lambert, et Camus[1];
On ne veut plus qu'Alceste au théâtre ou Cadmus.

Puis, se moquant de la passion des Parisiens pour l'opéra :

Les jours de l'Opéra, de l'un à l'autre bout,
Saint-Honoré[2], rempli de carrosses partout,
Voit, malgré la misère à tous états commune,
Que l'opéra tout seul fait leur bonne fortune.
Il a l'or de l'abbé, du brave, du commis;
La coquette s'y fait mener par ses amis;
L'officier, le marchand, sur son rôti retranche
Pour y pouvoir porter tout son gain le dimanche;
On ne va plus au bal, on ne va plus au cours[3];
Hiver, été, printemps, bref, opéra toujours;
Et quiconque n'en chante ou bien plutôt n'en gronde
Quelque récitatif, n'a pas l'air du beau monde[4].

Heureusement, et pour satisfaire à la mauvaise humeur de la Fontaine contre l'opéra, le jubilé va venir en interrompre les représentations, du 20 février au 20 avril 1677. Deux mois sans opéra! quelle joie!

Mais aussi, de retour de mainte et mainte église,
Nous irons, pour causer de tout avec franchise

---

[1] Dubut, excellent joueur de luth; — Lambert (Michel), un des premiers chanteurs et le plus célèbre professeur de son temps; — le Camus, maître et compositeur de la chambre du roi.

[2] La rue Saint-Honoré.

[3] Le Cours-la-Reine, dans les Champs-Élysées.

[4] Page 544. *Épître à M. de Nyert.*

Et donner du relâche à la dévotion,
Chez l'illustre *Certain* faire une station[1].

Ayant médit ainsi de l'opéra, comment la Fontaine
se laissa-t-il aller à composer un opéra pour Lulli?
Lulli qui était un grand *impresario*, en même temps
qu'un grand musicien, s'était persuadé que la Fontaine, ayant, comme poëte, une bien plus grande réputation que Quinault, lui ferait un opéra bien meilleur. Il le cajola et le décida, ce qui n'était pas difficile.
Puis, la promesse obtenue, il voulut que la Fontaine
la remplît à jour fixe; il le pressa, le harcela, et, habitué avec Quinault à tout assujettir à la musique, il
demandait sans cesse à la Fontaine d'allonger une
scène, de raccourcir l'autre, d'ajouter ici quelques vers
et là d'en ôter. Comment la Fontaine, accoutumé à travailler à loisir et à ses heures, aurait-il pu résister à
ce tracas? Ce n'est pas cependant la Fontaine qui se
lassa le premier : ce fut Lulli, qui s'aperçut qu'il
avait eu tort de s'adresser à la Fontaine et que l'opéra
de *Daphné* ne serait jamais qu'un fort médiocre poëme
fait à contre-cœur par un très-grand poëte. Il laissa
donc la Fontaine et son opéra, sans lui rien dire, et
mit en musique la *Proserpine* de Quinault, qui fut
jouée au commencement de 1680. La Fontaine eût
peut-être gardé, sans s'en soucier, son opéra rebuté;

---

[1] Très-habile claveciniste et qui donnait des concerts

mais ses amis lui dirent que Lulli lui avait fait affront,
qu'il fallait s'en venger; et la Fontaine, alors, se mettant en colère, fit la satire du *Florentin*, qui fut sa
seule satire et qui est à la fois naïve et piquante,
comme il convenait à la Fontaine se faisant satirique.

> Le Florentin
>   Montre à la fin
>   Ce qu'il sait faire.
> J'en étais averti, l'on me dit : Prenez garde !
> Quiconque s'associe avec lui se hasarde.
> Vous ne connaissez pas encor le Florentin.
>
> . . . .
>
> Malgré tous ces avis, il me fit travailler.
>   Le paillard s'en vint réveiller
> Un enfant des neuf Sœurs, enfant à barbe grise,
>   Qui ne devait en nulle guise
> Être dupe : il le fut et le sera toujours.
> Je me sens né pour être en butte aux méchants tours.
> Vienne encor un trompeur, je ne tarderai guère.
>   Celui-ci me dit : Veux-tu faire
>   Presto, presto, quelque opéra,
>   Mais bon? Ta muse répondra
>   Du succès par-devant notaire.
>   Voici comment il nous faudra
>   Partager le gain de l'affaire.
> Nous en ferons deux lots, l'argent et les chansons :
>   L'argent pour moi, pour toi les sons;
> Tu t'entendras chanter, je prendrai les testons[1];
>   Volontiers je paye en gambades.
>   J'ai huit ou dix trivelinades

---

[1] Monnaie du temps, en argent, qui valait une livre trois deniers.

Que je sais sur mon doigt; cela joint à l'honneur
De travailler pour moi, te voilà grand seigneur.
Peut-être n'est-ce pas tout à fait sa harangue;
    Mais s'il n'eut ces mots sur la langue,
Il les eut dans le cœur. Il me persuada;
    A tort, à droit me demanda
Du doux, du tendre, et semblables sornettes,
    Petits mots, jargons d'amourettes
Confits au miel; bref, il *m'enquinauda*[1].

Voilà bien une vraie satire de la Fontaine. Ce qu'il
dit de lui-même, de sa facilité et de sa bonhomie l'emporte sur ce qu'il dit contre son ennemi, et il s'y fait
plus aimer qu'il ne fait haïr Lulli; ce qui est tout à fait
contraire au genre de la satire et conforme au caractère de la Fontaine. La pièce cependant finit par une
imprécation mêlée encore de naïveté :

Chacun voudrait qu'il fût dans le sein d'Abraham.
    Son architecte et son libraire,
    Et son voisin, et son compère,
        Et son beau-père,
Sa femme et ses enfants, et tout le genre humain,
    Petits et grands, dans leurs prières,
    Disent le soir et le matin :
Seigneur, par vos bontés pour nous si singulières,
    Délivrez-nous du Florentin.

Un esprit si peu satirique que la Fontaine ne devait
guère être difficile à réconcilier avec Lulli. Madame de
Thianges, sœur de madame de Montespan, s'en char--

---

[1] Du nom de Quinault.

gea et réussit. La réconciliation fut scellée par deux
prologues d'opéra, celui d'*Amadis* et celui de *Rol-
land*, faits pour Lulli, et ayant, comme toujours, pour
sujet la gloire de Louis XIV. De plus, la bienveillante
entremise de madame de Thianges fut consacrée par
une épître que lui adressa la Fontaine, et dans laquelle
il s'excuse de l'excès de bile qu'il a eu contre Lulli :

> Vous trouvez que ma satire
> Eût pu ne se point écrire,
> Et que tout ressentiment,
> Quel que soit son fondement,
> La plupart du temps peut nuire
> Et ne sert que rarement.
> J'eusse ainsi raisonné, si le ciel m'eût fait ange
> Ou Thiange ;
> Mais il m'a fait auteur : je m'excuse par là.

Je passe au projet d'établissement de la Fontaine en
Angleterre. Ce projet tient une place dans sa vie et dans
l'histoire littéraire du dix-septième siècle.

Il s'était formé en Angleterre, sous Charles II, une
petite colonie française d'exilés volontaires ou forcés,
qui y vivait à l'aise, grâce à l'esprit presque tout français de la cour de Charles II. Le roi Charles II était un
catholique et un Stuart plutôt qu'un Anglais. Non pas
qu'il fût bon catholique : il avait plutôt les préjugés du
catholicisme qu'il n'en avait la foi, et il avait aussi les
sentiments et les idées de sa famille, sans en avoir la
témérité opiniâtre. C'est à ce manque de foi religieuse et

à ce manque d'obstination politique, c'est-à-dire peut-être à ses deux défauts, que Charles II dut de régner en Angleterre jusqu'à sa mort, tandis que son frère Jacques II, catholique plus sincère et Stuart plus résolu, ne régna que trois ans et fut détrôné. Ce défaut de cœur et d'esprit anglais, qui était le caractère particulier et coupable de Charles II, rendait sa cour fort agréable aux réfugiés français et surtout aux deux principaux, la duchesse de Mazarin et Saint-Évremond.

Je résisterai à la tentation de faire l'histoire de Saint-Évremond et de madame la duchesse de Mazarin. Le roman y domine trop l'histoire, surtout dans la vie de madame de Mazarin. Quant à Saint-Évremond, il est, dans notre littérature, le vrai précurseur de l'esprit du dix-huitième siècle; et, comme nous le trouvons en correspondance avec la Fontaine, comme il est un des auteurs du projet d'établissement de la Fontaine en Angleterre, nous devons en dire un mot.

Tout se tient et se rencontre ici. La Fontaine est de la société du Temple, de cette société dont Voltaire a connu les derniers représentants; et Voltaire lui-même, dans son voyage en Angleterre, a retrouvé la tradition de la société de Saint-Évremond et de madame de Mazarin; de telle sorte que, dans cette question des origines de l'esprit du dix-huitième siècle, Saint-Évremond et la Fontaine, unis l'un à l'autre par les idées et les sentiments qui sont communs à la société du Temple et à celle de madame de Mazarin, viennent, chacun par un côté différent, aboutir à Voltaire.

C'est en 1661, après l'emprisonnement de Fouquet, que Saint-Évremond, sachant qu'on allait l'arrêter, s'enfuit en Hollande d'abord, et de là en Angleterre. Sa disgrâce n'eut pas seulement pour cause son amitié pour Fouquet : on lui reprochait surtout sa lettre sur le traité des Pyrénées, lettre qu'on avait trouvée dans les papiers de Fouquet. Saint-Évremond y attaquait, avec une raillerie fine et mordante, la politique du cardinal Mazarin. Il lui reprochait d'avoir pu obtenir tous les Pays-Bas, qui étaient déjà presque conquis par nos armes, et de ne l'avoir pas voulu par avarice, ne songeant qu'à garder ses trésors, ou par jalousie contre Turenne et contre les gens de guerre. « Je voudrais bien, dit Saint-Évremond dans cette lettre, pouvoir satisfaire votre curiosité, tant sur les véritables motifs de la paix que sur tout ce qui s'est passé à la conférence; mais, à vous dire la vérité, vous deviez vous adresser aux confidents particuliers de Son Eminence, qu'une longue et familière conversation avait pleinement instruits de ses secrets. Pour moi, je n'ai été qu'un simple spectateur, je ne vous puis donner que des conjectures et des lumières incertaines, que je dois à ma seule pénétration.

« Comme le plus grand mérite du chrétien est de pardonner à ses ennemis, et que le châtiment de ceux

qu'on aime est l'effet de l'amitié la plus tendre,
M. le cardinal a pardonné aux Espagnols, pour châtier
les Français. En effet, les Espagnols humiliés par tant
de disgrâces, abattus par tant de pestes, devaient attirer sa compassion et sa charité; et les Français, devenus insolents par les avantages de la guerre, méritaient d'éprouver les rigueurs salutaires de la paix.

. . . .

« Son Éminence pense judicieusement que toute paix
est bonne quand par elle on met à couvert des millions qui se consommaient de nécessité dans la continuation de la guerre. Que le bonhomme don Louis
de Haro, ministre du roi d'Espagne, n'ait eu pour but
que le service de son maître et l'utilité du public; la
maxime de M. le cardinal est : « Que le ministre doit
« être moins à l'État que l'État au ministre; » et dans
cette pensée, pour peu que Dieu lui donne de jours,
il fera son propre bien de celui de tout le royaume.

. . . . »

(Lettre au marquis de Créqui sur la paix des Pyrénées.)

La raillerie et l'ironie dans la forme, la gravité et
le sérieux dans le fond, voilà le talent particulier de
Saint-Évremond. C'est un grand esprit et un charmant
moqueur. Il était bon gentilhomme, et pendant la
Fronde il avait été un des plus fidèles et des plus

braves cavaliers du parti royaliste; mais il était rail-
leur, et cela, aux yeux de la cour et de Louis XIV, gâtait
sa fidélité. Pendant le gouvernement faible et relâché
de la Régence, on pouvait s'accommoder d'être un peu
raillé par ceux dont on était bien servi; sous Louis XIV,
on ne se croyait plus bien servi que par ceux qui ne
jugeaient pas. Il y avait donc une sorte d'incom-
patibilité d'humeur prédestinée entre l'esprit indé-
pendant, fier, moqueur, de Saint-Évremond, et le gouvernement de Louis XIV. Que faire, d'ailleurs, d'un
homme qui avouait hautement son amitié pour Fouquet, qui prenait sa propre disgrâce comme un titre
d'honneur, au lieu d'en être confus et abattu, qui ne
cachait pas qu'il avait été le confident du prisonnier
et qu'il voudrait l'avoir été encore plus : « Comme
je n'ai, disait Saint-Évremond en 1676 (c'est-à-dire
quinze ans après la chute de Fouquet), aucun mérite
éclatant à faire valoir, je pense qu'il me sera permis
d'en dire un qui ne fait pas la vanité ordinaire des
hommes : c'est de m'être attiré pleinement la confiance de mes amis; et l'homme le plus secret que
j'aie connu en ma vie n'a été plus caché avec les
autres que pour s'ouvrir davantage avec moi. Il ne m'a
rien célé tant que nous avons été ensemble; et peut-
être qu'il eût bien voulu me pouvoir dire toutes choses
lorsque nous avons été séparés. Le souvenir d'une
confidence si chère m'est bien doux; la pensée de

l'état où il se trouve m'est plus douloureuse. Je me suis accoutumé à mes malheurs; je ne m'accoutumerai jamais aux siens, et, puisque je ne puis donner que de la douleur à son infortune, je ne passerai aucun jour sans m'affliger; je n'en passerai aucun sans le plaindre[1]. »

Saint-Évremond, grâce à son séjour en Angleterre, garda toujours ce ton d'indépendance, et c'est là ce qui lui adoucissait son exil. Jamais il ne s'écarta de ces sentiments, malgré les prières de ses amis de France, qui l'engageaient à faire des démarches, c'est-à-dire des prières pour y rentrer. Je ne connais rien de plus noble à ce sujet que la lettre qu'il écrivait en 1664 au maréchal de Grammont :

« Vous me reprochez de ne point donner de mes nouvelles à mes amis, et je vous réponds qu'il faut les connaître avant que de leur écrire. On se méprend dans la mauvaise fortune, si on compte sur de vieilles habitudes, qu'on nomme assez légèrement amitiés. Bien souvent nous voulons faire souvenir de nous des gens qui veulent nous oublier, et dont nous excitons plutôt le chagrin que les offices. En effet, ceux qui veulent bien nous servir dans nos disgrâces sont impatients de faire connaître l'envie qu'ils en ont, et leur générosité épargne à un honnête homme la peine secrète qu'on sent toujours à expliquer ses besoins. Pour

---

[1] *Traité de l'amitié,* adressé à madame de Mazarin

ceux qui se laissent rechercher, ils ont déjà comme un
dessein formé de nous fuir; nos prières les plus rai-
sonnables sont pour eux des importunités assez fâ-
cheuses.

« Parmi les amis que la mauvaise fortune m'a fait
éprouver, j'en ai vu qui étaient tout pleins de chaleur
et de tendresse; j'en ai vu d'autres qui ne manquaient
pas d'amitié, mais qui... peu touchés de se voir sans
crédit en cette occasion, ont remis aisément tous mes
malheurs à ma patience. Je leur suis obligé de la
bonne opinion qu'ils en ont; c'est une qualité dont
on s'accommode le mieux qu'il est possible, et dont
on laisserait pourtant volontiers l'usage à ses ennemis.
Cependant il faut nous louer du service qu'on nous
rend, sans nous plaindre de celui qu'on ne nous
rend pas.

« La mauvaise fortune ne se contente pas de nous
apporter les malheurs, elle nous rend plus délicats à
être blessés de toutes choses; et la nature, qui devrait
lui résister, est d'intelligence avec elle, nous prêtant
un sentiment plus tendre pour souffrir tous les maux
qu'elle nous fait.

« Dans la condition où je suis, mon plus grand soin
est de me défendre de ces sortes d'attendrissements.
Quoique je montre un air assez douloureux, je me suis
rendu, en effet, presque insensible : mon âme, indif-
férente aux plus fâcheux accidents, ne se laisse toucher

aujourd'hui qu'aux offices de quelques amis et à la
bonté qu'ils m'ont conservée. Depuis quatre ans que je
suis sorti du royaume, j'ai éprouvé de six mois en six
mois de nouvelles rigueurs, que je rends aussi légères
que je puis, par la facilité de la patience. Je n'aime
point ces résistances inutiles, qui, au lieu de nous garantir du mal, retardent l'habitude que nous avons à
faire avec lui.

. . . .

« Il y a peu de personnes à la cour dont je n'aie vu
changer la réputation deux fois l'année, soit par la lé-
gèreté de nos jugements, soit par la diversité de leur
conduite. J'ose espérer que la même chose arrivera sur
mon sujet, mais plus par les réflexions d'autrui que
par aucun changement de mon côté. Un jour on me
louera d'être bon Français, par ce même écrit[1] qui
m'attire des reproches. »

En 1667 cependant, cédant aux instances du comte
de Lionne, qui lui demandait une lettre que son père,
le marquis de Lionne, ministre des affaires étrangères,
pût montrer au roi, il en écrivit une, pleine d'éloges
de Louis XIV, mais où il ne désavouait pas le blâme
qu'il avait fait de Mazarin et du traité des Pyrénées.
Louis XIV resta inflexible, pensant sans doute qu'un
homme qui se réservait un coin d'indépendance, même

---

[1] Sa lettre sur la paix des Pyrénées.

dans le passé, n'était pas un homme sûr. Saint-Évremond était en Hollande depuis quatre ans quand il apprit cette nouvelle : il se le tint pour dit, et, repassant
en Angleterre, il s'y établit pour le reste de ses jours.

Saint-Évremond avait renoncé à sa patrie, quoique
les Français aient en général peu de vocation pour
l'exil. Mais, s'il n'était pas lui-même en France, ses
écrits s'y répandaient et avaient la plus grande vogue.
La gloire l'y dédommageait de l'absence. Ses petits
traités de philosophie, de littérature et d'histoire,
étaient lus avec un empressement singulier, et qui témoigne du goût que les siècles mêmes les plus soumis
et les plus réguliers conservent souvent pour l'indépendance et pour l'opposition. Non que Saint-Évremond attaquât la politique extérieure ou intérieure de
Louis XIV : personne en France ne l'aurait imprimé ;
mais il avait l'esprit libre en religion, quoique respectueux, libre en politique, quoique louangeur au besoin,
libre en littérature, libre en histoire, libre en tout, et
cela se sentait. Il n'y avait pas un lecteur qui, en le
lisant, ne comprît que cet esprit-là né procédait pas de
Louis XIV et de la cour de Versailles : il était d'un autre temps ; il avait un autre accent. Saint-Évremond
n'est ni un républicain ni un patriote de 89 ; il ne veut
pas en France autre chose que la monarchie ; en Angleterre non plus. Il aime la cour de Charles II, sinon
son gouvernement ; mais il voudrait en France une

monarchie où il y eût, même à côté du roi, permission d'être quelqu'un, où l'homme valût plus, où l'individu eût son prix. Voilà pourquoi il ne peut pas vivre en France; mais, si son caractère, qu'il ne veut ni changer ni abaisser, est incompatible avec la France de Louis XIV, son esprit prépare en France un esprit nouveau, celui du dix-huitième siècle, un esprit de critique appliqué hardiment à tout, un esprit de mécontentement, et surtout d'innovation, encore plus peut-être que d'indépendance. Car du côté de l'indépendance, l'esprit du dix-huitième siècle malheureusement s'écarte de Saint-Évremond, quoiqu'il en vienne.

Chose curieuse à remarquer, jamais l'esprit officiel d'un siècle ne forme l'esprit de son successeur. La littérature de l'Empire, au commencement du dix-neuvième siècle, n'a pas formé la littérature de la Restauration. L'esprit du dix-neuvième siècle a cherché ses inspirations parmi les disgraciés et parmi les exilés, chez M. de Chateaubriand, chez madame de Staël, chez M. Benjamin Constant; de même que l'esprit du dix-huitième siècle avait cherché ses inspirations dans les exilés de la Fronde et dans les railleurs libertins du Temple. Les siècles procèdent entre eux par opposition plutôt que par imitation.

En 1675, madame la duchesse de Mazarin arriva en Angleterre, où Saint-Évremond devint son ami, son conseiller, son directeur philosophique. Il avait alors

soixante-deux ans; elle n'en avait pas trente. Elle avait
quitté en 1666 son mari, qui était l'homme le plus bizarre et le plus désagréable du monde, après cinq ans
de fidélité et de patience. Elle employa le reste de sa
vie à se dédommager de ces cinq ans. « Madame de
Mazarin, dit Saint-Évremond, n'est pas plutôt arrivée en
quelque lieu, qu'elle y établit une maison, qui fait
abandonner toutes les autres : on y trouve la plus
grande liberté du monde ; on y vit avec une égale discrétion ; chacun y est plus commodément que chez soi
et plus respectueusement qu'à la cour. Il est vrai qu'on
y dispute souvent, mais c'est avec plus de lumière que
de chaleur, c'est moins pour contredire les personnes
que pour éclaircir les matières, plus pour animer la
conversation que pour aigrir les esprits[1]. »

Avec ce don de savoir attirer le monde et de le
retenir, madame de Mazarin devait avoir beaucoup
d'éclat et même beaucoup de pouvoir à la cour de
Charles II, même auprès du roi; mais elle gâtait les qualités de son esprit par les caprices de son cœur. En vain
Saint-Évremond lui conseillait de s'attacher surtout au
roi, comme à son plus utile ami; en vain il lui répétait
le mot de Ninon de Lenclos, qui disait qu'elle rendait
grâce à Dieu tous les soirs de son esprit, et le priait
tous les matins de la préserver des sottises de son

---

[1] *Oraison funèbre de madame de Mazarin.*

cœur. Il lui adressa un traité sur l'amitié, qui est une sorte de manuel de conduite : « Joignez, madame, lui dit-il, joignez le mérite du cœur à celui de l'âme et de l'esprit; défendez ce cœur des rendeurs de petits soins, de ces gens empressés à fermer une porte et une fenêtre, à relever un gant et un éventail.

« L'amour ne fait pas de tort à la réputation des dames; mais le peu de mérite des amants les déshonore. »

Ces maximes n'étaient pas austères; mais c'étaient des règles, et madame de Mazarin n'aimait à en suivre aucune. Elle était très-volage dans ses goûts et changeait souvent de favori. Charles II alors se fâchait et se laissant aller à un dépit de mauvais goût, il ôtait à madame de Mazarin la pension qu'il lui faisait. C'est le privilége des grandes fortunes embarrassées, qu'elles ne se troublent pas pour un embarras de plus ou de moins. Madame de Mazarin, qu'elle eût sa pension ou qu'elle ne l'eût pas, n'en continuait pas moins à recevoir grand monde, mêlant dans son salon les grands seigneurs et les hommes de lettres. L'abbé de Saint-Réal, l'auteur de la *Conjuration des Espagnols contre Venise*, était un des adorateurs de madame de Mazarin; il l'avait connue à Turin et l'avait suivie en Angleterre; il se retira bientôt devant l'ascendant de Saint-Évremond.

Dans ce salon où Saint-Évremond régnait par son

esprit et par l'habileté qu'il avait de ne prétendre jamais qu'à la seconde place dans le cœur de madame de Mazarin, on s'entretenait de toutes sortes de sujets; on disputait sur la philosophie, sur l'histoire, sur la religion; on raisonnait sur les pièces de théâtre, sur les auteurs anciens et modernes, sur l'usage de notre langue[1].

Malheureusement ce n'étaient pas seulement les caprices de cœur de madame de Mazarin qui la détournaient des causeries littéraires de son salon. Rien ne ressemblait moins à l'hôtel de Rambouillet que la maison de madame de Mazarin, quoiqu'elle aimât beaucoup les lettres et l'esprit. Le jeu fut, pendant quelque temps, une de ses passions, et, comme toutes ses passions, elle fut irrésistible. Saint-Évremond s'en plaint dans une épître adressée à la belle Hortense, qui la lut et continua à jouer. C'était la bassette qui avait alors la vogue, et Hortense passait les nuits et les jours à jouer à la bassette.

> Qu'est devenu le temps heureux
> Où les discurs sensés de la philosophie
> Partageaient les plaisirs de votre belle vie?
> Vous jouissiez en liberté
> D'une heureuse tranquillité.

---

[1] Voir dans Saint-Évremond la *Défense de quelques pièces de théâtre par M. Corneille*, les *Réflexions sur les tragédies et sur les comédies française, espagnole et anglaise*, sur les opéras, la *comédie des opéras*, la *Dissertation sur le mot vaste*, etc. Ces divers ouvrages sont le thème ou le résumé des conversations du salon de madame de Mazarin.

Enfin on vous trouvait et trop sage et trop belle
   Pour avoir rien d'une mortelle.
   Cependant regardons la fin
   De cette vertu si complète :
   Hortense joue à la bassette
   Aussi longtemps que veut Morin [1].
Que le soleil vienne éclairer le monde,
   Il vous voit la carte à la main ;
Que, lassé de son cours, il repose sous l'onde,
   Vous veillez jusqu'au lendemain.
   Plus d'opéra, plus de musique,
   De morale, de politique.

Pendant cette fureur de bassette, les savants et les écrivains n'étaient plus comptés pour rien. A quoi pouvaient être bons Vossius, Justel, Leti, des gens qui ne jouaient pas ?

   Que sert à ces messieurs leur illustre science ?
     A peine leur fait-on la révérence ;
   Et les pauvres savants, interdits et confus,
   Regardent Mazarin, qui ne les connaît plus.

   . . . .

   Plutarque est suspendu, Don Quichotte interdit ;
   Montaigne auprès de vous a perdu son crédit,
   Racine vous déplaît, Patru vous importune,
   Et le bon la Fontaine a la même fortune.

Dans l'horreur que Saint-Évremond a pour la bassette, il est prêt à permettre à madame de Mazarin tous les autres plaisirs, ceux même qui sont les moins littéraires : « N'appréhendez pas, madame, de perdre

---

[1] Le croupier du jeu de madame de Mazarin.

vos charmes à Newmarket. Montez à cheval dès cinq
heures du matin; galopez dans la foule à toutes les
courses qui se feront; enrouez-vous à crier plus haut
que milord-Thomond [1] aux combats de coqs; usez vos
poumons à pousser des *done* à droite et à gauche [2];
entendez tous les soirs, ou la comédie de *Henri VIII*
ou celle de la reine *Élisabeth;* crevez-vous d'huîtres à
souper, et passez les nuits entières sans dormir. Votre
beauté, qui est échappée à la bassette de Morin, se
sauvera bien des fatigues de Newmarket [3]. »

Vous voyez que Saint-Évremond cite à madame de
Mazarin la Fontaine comme un de ses auteurs favoris.
Nous avons encore un autre témoignage du goût de
madame de Mazarin pour la Fontaine et pour ses vers
dans une lettre curieuse de Saint-Évremond, écrite après
la mort de madame de Mazarin, où il la regrette sans
croire pourtant qu'elle l'eût beaucoup regretté elle-
même, s'il fut mort le premier : « Jamais personne,
dit-il, n'est morte avec autant de résignation et de
fermeté. Je m'afflige de sa perte tous les jours. Elle
disait souvent un vers de la Fontaine dont je ne doute
point qu'elle ne se fût servie à mon égard, et dont
je ne saurais me servir au sien :

Sur les ailes du temps la tristesse s'envole.

[1] Grand parieur aux combats de coqs.
[2] *Done*, fait, expression anglaise, qui, en matière de pari, répond à
notre *Va!*
[3] Lettre à madame de Mazarin.

« Je voudrais pouvoir faire ce qu'elle eût fait, et ce que je ne saurais gagner sur moi. L'intérêt de ce qu'elle me devait n'a aucune part à mes regrets. Quand je songe que la nièce et l'héritière de M. le cardinal Mazarin a eu besoin de moi en certains termes pour subsister, je fais des réflexions chrétiennes qui serviront à mon salut, si elles sont inutiles pour mon payement [1]. »

Cette société moitié française et moitié anglaise, où régnaient madame de Mazarin et Saint-Évremond, et où la Fontaine était singulièrement goûté, voulut attirer le poëte en Angleterre, croyant qu'il vivait péniblement à Paris. Ils se trompaient en cela sur deux points. La généreuse amitié de madame de la Sablière et l'heureuse insouciance du caractère de la Fontaine faisaient qu'il ne sentait pas la gêne de sa pauvreté. Il y eut, du reste, dans ce projet de faire un établissement à la Fontaine en Angleterre, plus d'empressement et de coquetterie que de sérieux; et le bonhomme, de son côté, y répondit avec plus de coquetterie aussi que de sérieux, tout bonhomme qu'il était. La Fontaine était moins fait que personne pour les tracas et les dérangements d'une émigration.

Déjà, en 1685, madame Harvey, sœur de lord Montaigu, ambassadeur d'Angleterre en France, étant ve-

---

[1] Lettre au marquis de Canaples.

nue voir son frère, avait voulu attirer la Fontaine en
Angleterre. Comme il semblait qu'il n'était pas assez
estimé, surtout à la cour de France, madame Harvey
trouvait qu'il était piquant que l'Angleterre apprît à la
France le prix de son poëte, en le lui enlevant. En
1683, la Fontaine aimait trop madame de la Sablière
pour la quitter, quoiqu'elle fût déjà convertie à la
piété et qu'il ne le fût pas encore. Cependant, en
homme qui n'avait jamais su résister à une avance, il
répondit à l'empressement des Anglais pour lui par la
fable du *Renard anglais*, dans laquelle il loue madame
Harvey, les Anglais, l'Angleterre et même les renards
anglais, qu'il trouve plus fins et plus avisés que les
nôtres. Il ne reproche aux Anglais qu'un défaut : ils
n'aiment pas assez la vie :

> Mais leur peu d'amour pour la vie
> Leur nuit en mainte occasion.

Cette fable est une des plus médiocres de la Fontaine; elle semble être seulement politesse. Cependant
les vers consacrés à madame Harvey, qu'il avait vue et
dont il aimait l'esprit, sont fins et gracieux :

> Le bon cœur est chez vous compagnon du bon sens.
> Avec cent qualités trop longues à déduire,
> Une noblesse d'âme, un talent pour conduire
>   Et les affaires et les gens,
> Une humeur franche et libre, et le don d'être amie
> Malgré Jupiter même et les temps orageux,
> Tout cela méritait un éloge pompeux.

Il en eût été moins selon votre génie :
La pompe vous déplaît, l'éloge vous ennuie[1].

La négociation, rompue en 1684, fut reprise en 1687.
Cette fois, c'était madame de Mazarin et Saint-Évremond qui voulaient attirer la Fontaine en Angleterre.
Madame de la Sablière s'était de plus en plus ensevelie
dans la retraite et dans la piété. La Fontaine continuait à loger chez elle; mais il la voyait peu, parce
qu'elle s'était presque renfermée aux *incurables*, selon
un usage des personnes pieuses du monde au dix-sep-
septième siècle, qui prenaient souvent une chambre à
part dans une maison religieuse, pour s'y livrer plus à
leur aise aux exercices de la dévotion. L'ambassadeur
de France en Angleterre, M. de Bonrepaux, écrivit à la
Fontaine pour l'engager à passer en Angleterre. Une
des premières et des plus aimables protectrices de la
Fontaine, madame la duchesse de Bouillon, y était
aussi, auprès de sa sœur, madame de Mazarin. Cela
pouvait tenter le poëte; mais l'amitié qu'il avait pour
madame de la Sablière et le souvenir de ses bienfaits
le retenaient encore. De plus, il commençait à fré-
quenter la maison de M. d'Hervart. M. d'Hervart, conseiller au Parlement et ami de la Fontaine, avait épousé
une jeune et charmante femme, qui, aimant le génie
de la Fontaine et se prenant d'amitié pour lui, se fit

[1] Liv. XII, f xxiii.

sa protectrice et son intendante, tout ce qu'avait été autrefois madame de la Sablière.

Comment résister à l'ascendant d'une jeune et jolie bienfaitrice? La Fontaine trouvait dans les soins de M. et madame d'Hervart l'agrément de la société, et c'est à quoi il était surtout sensible; de plus, la dispense de tous les embarras de la vie : comment avec cela quitter la France? Aussi la Fontaine, dans sa réponse à M. de Bonrepaux, parle à peine de la proposition qui lui avait été faite d'aller s'établir en Angleterre. Il n'a pas l'air non plus de la prendre au sérieux dans sa réponse à Saint-Évremond, qui l'engageait à venir rejoindre madame la duchesse de Bouillon. Il badine et s'excuse sur les rhumatismes, qui l'empêchent de passer la mer. Mais, s'il ne répond qu'en plaisantant à la proposition qu'on lui fait, il profite de cette occasion pour causer librement, avec M. de Bonrepaux, avec madame la duchesse de Bouillon et avec Saint-Évremond, de ses goûts, de ses affections, de ses penchants, de sa morale, de ses amitiés anciennes et nouvelles, de madame de la Sablière, de madame d'Hervart. Le sujet de la négociation disparaît sous le charme de la correspondance, et les deux principaux correspondants, la Fontaine et Saint-Évremond, ne paraissent occupés que du soin de plaire.

La Fontaine commence par entretenir M. de Bonrepaux de madame de la Sablière, à laquelle M. de Bonrepaux avait écrit récemment. Il ne cache pas qu'il ne voit plus beaucoup madame de la Sablière : elle s'éloigne chaque jour davantage du monde et se renferme dans la solitude. Il n'ose même guère plus la louer : la louange est chose mondaine et qui lui déplaît.

> J'ai vu le temps qu'Iris (et c'était l'âge d'or
>   Pour nous autres gens du bas monde);
> J'ai vu, dis-je, le temps qu'Iris goûtait encor,
> Non cet encens commun dont le Parnasse abonde :
>   Il fut toujours, au sentiment d'Iris,
>   D'une odeur importune ou plate ;
>   Mais la louange délicate
>   Avait auprès d'elle son prix.
> Elle traite aujourd'hui cet art de bagatelle :
> Il l'endort; et, s'il faut parler de bonne foi,
>   L'éloge et les vers sont pour elle
>   Ce que maints sermons sont pour moi.
>
> J'eusse pu m'exprimer de quelque autre manière;
> Mais, puisque me voilà tombé sur la matière,
> Quand le discours est froid, dormez-vous pas aussi?
>   Tout homme sage en use ainsi.
> Quarante beaux esprits certifieront ceci.
> Nous sommes tout autant, qui dormons comme d'autres
> Aux ouvrages d'autrui, quelquefois même aux nôtres.
>   Que cela soit dit entre nous;
> Passons sur cet endroit : si j'étendais la chose,
> Je vous endormirais, et ma lettre pour vous
>   Deviendrait, en vers comme en prose,
>   Ce que maints sermons sont pour tous [1].

De madame de la Sablière, la Fontaine passe à ma-

---

[1] Page 650 des *OEuvres de la Fontaine.*

dame d'Hervart, dont il fait l'éloge sous le nom de
Sylvie. Son mari l'adore, et il a bien raison, quoiqu'il
soit son mari : « Comment n'aimerait-il pas une femme
souverainement jolie, complaisante, d'humeur égale,
d'un esprit doux, et qui l'aime de tout son cœur? Vous
voyez bien que toutes ces choses, se rencontrant dans
un seul sujet, doivent prévaloir à la qualité d'épouse. »

Il est tout naturel que la Fontaine, aimant à épan-
cher partout ses goûts et ses sentiments, entretienne
M. de Bonrepaux de madame d'Hervart, que celui-ci
connaissait et aimait aussi. Madame d'Hervart fit l'agrément et la douceur de la fin de la vie de la Fontaine,
non-seulement par sa bonté et sa beauté, qui charmaient le vieux poëte, mais par la société qu'elle recevait et qui avait pour la Fontaine toutes sortes d'em-
pressements, j'allais dire, de coquetteries. Il y avait,
autour de madame d'Hervart, plusieurs jeunes et belles
femmes, dont l'aspect et l'entretien égayaient le poëte.
Elles accueillaient ses vers et ses hommages avec une
complaisance gracieuse, qui faisait illusion au bonhomme et le jetait dans des rêveries charmantes. Un
jour entre autres, il vit, à Bois-le-Vicomte, dans la
maison de campagne de M. d'Hervart, mademoiselle de
Beaulieu, qui était jeune, belle, douce, aimable, qui le
ravit et ne fut pas fâchée que le poëte la trouvât belle
et le lui dit. La Fontaine devait partir pour Paris après
le dîner, et il partit; mais, livré aux rêveries que lui

inspirait le souvenir de mademoiselle de Beaulieu, au lieu de prendre la route de Paris, il prit un chemin qui le conduisit à Louvres, où il fut forcé de coucher. « J'eus beau dire l'oraison de saint Julien, le patron des voyageurs, dit la Fontaine racontant lui-même son aventure à l'abbé Verger, un des habitués de la maison de M. d'Hervart, — mademoiselle de Beaulieu fut cause que je couchai dans un malheureux hameau. Elle m'a fait consumer trois ou quatre jours en distractions et en rêveries dont on fait des contes dans tout Paris. Vous conterez, s'il vous plaît, à la compagnie l'iliade de mes malheurs. Non que je veuille vous attrister : quand je le voudrais, on ne plaint guère les gens de mon âge qui retombent dans ces erreurs.

> Ma lettre vous fera rire
> Je vous entends déjà dire :
> Cet homme n'est-il pas fou
> Dans l'entreprise qu'il tente?
> Il est plus près du Pérou
> Qu'il n'est du cœur d'Amarante?

« Vous aurez raison de parler ainsi, j'en conviens :

> Amarante est jeune et belle ;
> Je suis vieux sans être beau,
> Et vais pour quelque rebelle
> M'embarquer tout de nouveau [1]. »

L'abbé Verger ne manqua pas de lire la lettre de la

[1] Page 660.

Fontaine aux maîtres et aux hôtes de Bois-le-Vicomte. Tout le monde en rit, et la lettre ne déplut pas à mademoiselle de Beaulieu surtout.

Verger n'est pas seulement un des commensaux de M. d'Hervart, c'est aussi un des disciples de la Fontaine, un des plus spirituels, qui a fait des *contes* et même des *fables*. Sa meilleure pièce est peut-être la réponse qu'il fit à la lettre dans laquelle la Fontaine lui racontait son aventure :

« Ne soyez point en peine, monsieur : le récit de vos malheurs n'a point fait verser de larmes. On a eu là-dessus toute la fermeté que vous pouviez souhaiter ; et il n'est pas jusqu'à madame d'Hervart qui, toute bonne qu'elle est, n'en ait été fort divertie. Enfin tout le monde en a ri, et personne n'en a été surpris.

> Que vous vous trouviez enchanté
> D'une beauté jeune et charmante,
> L'aventure est peu surprenante :
> Quel âge est à couvert des traits de la beauté?
> Ulysse au beau parler, non moins vieux, non moins sage
> Que vous pouvez l'être aujourd'hui,
> Ne se vit-il pas malgré lui
> Arrêté par l'amour sur maint et maint rivage?
> Qu'en quittant cet objet dont vous êtes épris,
> Sur le choix des chemins vous vous soyez mépris,
> L'accident est encor moins rare.
> Hé? qui pourrait être surpris
> Lorsque la Fontaine s'égare?
> Tout le cours de ses ans n'est qu'un tissu d'erreurs,

Mais d'erreurs pleines de sagesse.
Les plaisirs l'y guident sans cesse
Par des chemins semés de fleurs.
Les soins de sa famille ou ceux de sa fortune
Ne causent jamais son réveil ;
Il laisse à son gré le soleil
Quitter l'empire de Neptune,
Et dort tant qu'il plaît au sommeil.
Il se lève au matin sans savoir pour quoi faire ;
Il se promène, il va, sans dessein, sans sujet,
Et se couche le soir sans savoir d'ordinaire
Ce que dans le jour il a fait.

« On s'étonne seulement, monsieur, que vous ne vous soyez égaré que de trois lieues...

« En parlant d'Ulysse, je fais réflexion que le titre d'odyssée conviendrait peut-être mieux à vos aventures que celui d'iliade que vous leur donnez. En effet, les erreurs de ce héros ne me paraissent pas avoir peu de rapport avec votre voyage. Je ne trouverais qu'une différence entre Ulysse et vous :

Ce héros s'exposa mille fois au trépas :
Il parcourut les mers presque d'un bout à l'autre
Pour chercher son épouse et revoir ses appas.
Quels périls ne courriez-vous pas
Pour vous éloigner de la vôtre ? »

Cette société aimable et spirituelle de madame d'Hervart retenait la Fontaine en France plus que ne l'attiraient en Angleterre les coquetteries un peu protectrices de madame de Mazarin et de madame de Bouillon. Il

se contentait donc d'envoyer à madame de Bouillon
des éloges de sa beauté et de son esprit. Le bonhomme
était malin et payait en la monnaie qu'on lui donnait.
Il y a plus : dans l'éloge de madame la duchesse de
Bouillon, il se faisait lui-même sa part, sans vaine mo-
destie et en homme sûr de sa gloire :

> Parmi ceux qu'admet à sa cour
> Celle qui des Anglais embellit le séjour [1],
>   Partageant avec vous tout l'empire d'amour,
>   Anacréon et les gens de sa sorte,
>   Comme Waller, Saint-Évremond et moi,
>   Ne se feront jamais fermer la porte.
>   Qui n'admettrait Anacréon chez soi?
>   Qui bannirait Waller et la Fontaine?
>   Tous deux sont vieux, Saint-Évremond aussi ;
>   Mais verrez-vous, aux bords de l'Hippocrène,
>   Gens moins ridés dans leurs vers que ceux-ci?

Il fallait répondre à tant de gracieux éloges, et,
quoique M. de Bourepaux, madame de Bouillon et madame de Mazarin fussent gens de beaucoup d'esprit, ils
voulurent cependant que la réponse fût faite de poëte
à poëte, d'auteur à auteur. Ce fut Saint-Évremond qui
s'en chargea. Il y avait comme une sorte de rivalité
polie et poétique entre les deux sociétés de Paris et de
Londres, animées du même esprit de liberté, j'allais
presque dire de licence morale et philosophique. Elles
s'envoyaient des défis et des tensons littéraires comme

---

[1] Madame de Mazarin.

les anciens troubadours, tensons surtout consacrés à célébrer la beauté des dames : la Fontaine chantant celle de madame de la Sablière, de madame d'Hervart, de madame la duchesse de Bouillon ; Saint-Évremond chantant seulement celle de madame de Mazarin. Et la comparaison que je fais en ce moment ne m'appartient pas : elle est de la Fontaine lui-même dans sa réponse à Saint-Évremond : « Puisque vous voulez, lui dit-il, que la gloire de madame de Mazarin remplisse tout l'univers, et que je voudrais que celle de madame de Bouillon allât au delà, ne dormons ni vous ni moi que nous n'ayons mis à fin une si belle entreprise. Faisons-nous chevaliers de la Table ronde : aussi bien est-ce en Angleterre que cette chevalerie a commencé. Nous aurons deux tentes en notre équipage, et au haut de ces deux tentes les portraits des divinités que nous adorons.

> Au passage d'un pont ou sur le bord d'un bois,
> Nos héros publieront ce ban à haute voix :
> *Marianne sans pair, Hortense sans seconde* [1],
>   *Veulent les cœurs de tout le monde.*
> Si vous en êtes cru, le parti le plus fort
>   Penchera du côté d'Hortense ;
> Si l'on m'en croit aussi, Marianne d'abord
>   Doit faire incliner la balance.
> Hortense ou Marianne, il faut y venir tous :

---

[1] Marianne Mancini, duchesse de Bouillon, et Hortense Mancini, duchesse de Mazarin.

> Je n'en sais point de si profane
>   Qui, d'Hortense évitant les coups,
>   Ne cède à ceux de Marianne.
> Il nous faudra prier monsieur l'ambassadeur
>   Que, sans égard à notre ardeur,
> Il fasse le partage, à moins que des deux belles
>   Il ne puisse accorder les droits,
> Lui dont l'esprit foisonne en adresses nouvelles
>   Pour accorder ceux des deux rois [1]. »

La morale de la Fontaine, telle qu'il croyait l'avoir reçue de Saint-Évremond, qu'il appelle un de ses maîtres, ne le préparait guère à la piété chrétienne. Sa conversion cependant, dont je veux faire un court récit, est une des plus belles de ce siècle qui en eut tant d'admirables, parce qu'elle fut une des plus sincères. La Fontaine a mis dans sa conversion toute la naïveté de son caractère, une naïveté qui devient grave sans cesser d'être douce, et qui nous touche sans cesser de nous plaire. C'est par là, c'est par ce caractère de sincérité, que la conversion de la Fontaine peut émouvoir et instruire notre temps.

La sincérité, qui a fait la grandeur de la foi chrétienne dans les premiers temps du christianisme, fait aujourd'hui la dignité de la piété. Elle a fait les martyrs; elle fait les honnêtes gens en religion comme dans tout le reste. Une foi sincère, fût-elle même agitée de doutes, fût-elle même mêlée de ré-

[1] La Fontaine, p. 657-58.

serves, est le seul hommage digne de Dieu. Qu'est-
ce qu'adorer Dieu du bout des lèvres? C'est l'ignorer en
le priant. Qu'est-ce que l'adorer par calcul? C'est croire
qu'on peut le tromper. Le philosophe sait que Dieu lui
a donné une âme immortelle, émanée de lui-même :
ne donnerons-nous pas tout entière cette âme qui procède de Dieu? Le chrétien sait que Dieu lui a donné son
Fils unique pour le racheter : ne nous donnerons-nous
pas tout entiers, comme Dieu s'est donné à nous? Les
dons que Dieu nous a faits, la vie, l'âme, la rédemp-
tion, sont tous des dons sincères et vrais; il n'y a là
rien de vide et de faux. Nous ne devons pas être moins
vrais avec Dieu que Dieu ne l'a été avec nous. Il a droit
à la vérité de l'hommage que nous lui rendons, quelqu'imparfait, quelque confus, quelque troublé que
soit cet hommage. Donnons-lui peu ; mais, à ce que
nous lui donnons, n'ajoutons rien pour le monde par
hypocrisie, et n'en retenons rien non plus par respect
humain : soyons vrais.

On peut oublier Dieu, on peut l'ignorer, on peut
même le nier; mais, quand on se sent disposé à s'approcher de lui, quand la réflexion, quand le malheur
nous y pousse, qui donc peut arriver à lui ou à son autel sans une émotion sincère et vraie? Sans cela, pourquoi le chercher? Qui vous y force? le caractère essentiel, à mes yeux, du sentiment religieux, ce qui
fait sa dignité et sa grandeur, c'est la sincérité. Prières

qui vous échappez des lèvres du pauvre qui souffre et qui se résigne, lamentations que le malheur arrache au cœur de l'homme et qu'il élève vers le ciel, réflexions du mondain qui cherche à retrouver la foi, doutes mêmes du philosophe qui veut savoir quelle est la nature de la divinité, murmures de Job contre l'infortune, humilité de David dans l'exil, abandon à la miséricorde de Dieu, espoir en sa justice, sentiments de toute nature, de toute condition, de tous siècles et de tous pays, qui montez vers Dieu du sein de l'humanité, je sais bien, quelque médiocres et quelque faibles que vous soyez, je sais bien ce qui vous élève à Dieu, ce qui fait qu'il vous accueille, c'est la sincérité. C'est par là que le rien que nous sommes se relève et prend son prix, même dans le ciel. O mon Dieu! vous êtes l'éternelle vérité, et nous ne sommes que la vérité fugitive et mortelle; mais c'est par la vérité que nous tenons à vous, et c'est dans la vérité seulement que vous nous reconnaissez.

La conversion de la Fontaine a ce grand et touchant caractère de vérité. En 1692, il tomba malade et sentit la fatale atteinte du temps. Madame de la Sablière, sortant de sa retraite, vint exhorter son vieil ami à se rapprocher de Dieu et de la religion. Racine se joignit à madame de la Sablière. C'étaient de puissants solliciteurs; mais la Fontaine était trop sincère pour rien donner au monde ou même à l'amitié dans la conver-

sion qui devait le ramener à Dieu. On sait que le comte
de Grammont, qui était un des plus spirituels libertins
de la cour, étant au lit de mort, le marquis de Dangeau
vint, de la part du roi, l'exhorter à songer à Dieu; et
le comte alors, se tournant vers la comtesse de Grammont, qui était fort pieuse : « Prenez garde, lui dit-il,
comtesse, Dangeau va vous escamoter ma conversion. »
Saint-Évremond et les philosophes du temps admirè-
rent fort ce mot, qui témoignait de la fermeté d'un
esprit capable de plaisanter si près de la mort, et de
plaisanter sur sa conversion. La conversion de la Fontaine fut plus grave et plus honnête.

Pendant la maladie de la Fontaine, le curé de Saint-
Roch lui avait envoyé un jeune vicaire qui n'avait alors
que vingt-six ans, l'abbé Pouget; qui depuis fut l'auteur du savant catéchisme de Montpellier. L'abbé Pouget était le fils d'un ami de la Fontaine, et il vint avec
un autre ami du poëte pour savoir de ses nouvelles.
Comme les exhortations de madame de la Sablière et de
Racine avaient déjà disposé l'esprit de la Fontaine aux
sentiments religieux, il ne fut pas difficile, dès cette
première visite, de faire tomber la conversation sur la
religion. « M. de la Fontaine, dit l'abbé Pouget dans
la relation qu'il a donnée de cette conversion, était un
homme fort ingénu, fort simple avec beaucoup d'esprit.
Il me dit avec une naïveté assez plaisante : « Je me
« suis mis depuis quelque temps à lire le Nouveau Tes-

« tament : je vous assure que c'est un fort bon livre ;
« mais il y a un article sur lequel je ne me suis pas
« rendu, c'est celui de l'éternité des peines. Je ne
« comprends pas comment cette éternité peut s'ac-
« corder avec la bonté de Dieu. » — J'avais, continue
l'abbé Pouget, ces matières fort présentes, parce que
je sortais de dessus les bans de la Sorbonne, où ces
questions sont fort agitées ; je lui expliquai sur cela,
avec étendue et vivacité, les principes de saint Augustin et des autres Pères ou théologiens [1]. »

« L'abbé Pouget se retira ; mais l'ami qu'il avait
amené resta. La Fontaine lui dit qu'il était très-satis-
fait du jeune vicaire ; que, s'il prenait le parti de se
confesser, il ne voulait pas d'autre confesseur que lui.
Mais il ajouta qu'il avait des difficultés sur lesquelles il
désirait des éclaircissements, et il pria son ami d'engager l'abbé Pouget à revenir.

« L'abbé revint dans l'après-midi et engagea seul
avec la Fontaine de nouvelles discussions. Elles furent
continuées deux fois par jour pendant dix à douze jours
consécutifs. La garde de la Fontaine, qui se trouvait en
tiers à ces longues conférences, craignait qu'elles ne
fatiguassent son malade, et elle dit à l'abbé Pouget,
qui exhortait le poëte à la pénitence : « Hé ! ne le
« tourmentez pas tant, il est plus bête que méchant. »

[1] Tout ce qui suit sur la conversion de la Fontaine est tiré de
l'*Histoire de la Fontaine*, par M. Walckenaër, 3e édit., p. 550 et suiv.

Cette femme était singulièrement touchée de sa bonté et de sa douceur. Aussi, un jour que l'abbé avait été plus véhément qu'à l'ordinaire, sur les peines réservées aux pécheurs incrédules et endurcis, elle le tira dans un coin de la chambre et lui dit avec un air de compassion : « Monsieur, Dieu n'aura jamais le courage de « le damner [1]. »

« L'abbé Pouget, dans sa relation, nous apprend que la Fontaine mit, dans ses discussions avec lui, beaucoup d'abandon et de franchise. « C'était un homme, « dit-il, qui, sur mille choses, pensait autrement que le « reste des hommes, aussi simple dans le mal que « dans le bien. Sa maladie le mit en état de faire des « réflexions sérieuses; il saisissait le vrai et il s'y rendait : il ne cherchait point à chicaner. »

« La Fontaine, après ces longues conférences, déclara à l'abbé Pouget qu'il était convaincu, et voulut se confesser à lui. L'abbé s'excusa sur sa jeunesse et sur son peu d'expérience; il offrit à notre poëte de continuer à le voir et à l'aider de ses conseils; mais il tâcha de le déterminer à prendre un confesseur plus âgé. La Fontaine ne voulut point y consentir, et il insista pour n'en avoir pas d'autre que le jeune vicaire de Saint-Roch. Alors celui-ci lui dit qu'avant de se rendre à ses désirs il fallait qu'il se soumît à quelques

---

[1] D'Olivet, *Histoire de l'Académie française.* Ces particularités ont été racontées à l'abbé d'Olivet par l'abbé Pouget lui-même.

conditions indispensables sur des points importants. Le premier était relatif à ses *Contes*. Le confesseur exigeait que la Fontaine prît l'engagement de ne faire usage du talent qu'il avait pour la poésie que pour travailler à des ouvrages de piété, et d'employer le reste de ses jours aux exercices d'une vie pénitente et édifiante; que non-seulement il promît de ne contribuer jamais à l'impression ni au débit de ses *Contes*, mais encore qu'il fît une satisfaction publique, soit devant le saint sacrement, s'il était obligé de le recevoir dans sa maladie, soit dans l'assemblée de l'Académie française, la première fois qu'il s'y trouverait; et enfin qu'il demandât pardon à Dieu et à l'Église d'avoir composé ce livre.

« M. de la Fontaine, dit l'abbé Pouget, eut assez de « peine à se rendre à la proposition de cette satisfac- « tion publique. Il ne pouvait s'imaginer que le livre « de ses *Contes* fût un ouvrage si pernicieux, quoi- « qu'il ne le regardât pas comme irrépréhensible et « qu'il ne le justifiât pas. Il protestait que ce livre « n'avait jamais fait de mauvaises impressions sur lui « en l'écrivant, et il ne pouvait pas comprendre qu'il « pût être si fort nuisible aux personnes qui le li- « raient. Ceux qui ont connu plus particulièrement « M. de la Fontaine, ajoute l'abbé Pouget, n'auront « pas de peine à concevoir qu'il ne faisait pas de men- « songe en parlant ainsi, quelque difficile qu'il paraisse

« de croire cela d'un homme d'esprit et qui connais-
« sait le monde. »

« Cette assertion de l'abbé Pouget se trouve confir-
mée par une naïveté plaisante de notre poëte, qui nous
est racontée par Louis Racine. Avant que l'abbé Pouget eût consenti à l'assister, Boileau et Racine, instruits des bonnes dispositions de leur ami, lors des
premières atteintes de sa maladie, lui avaient amené
un bon religieux pour le confesser. Celui-ci exhortait
son pénitent à des prières et à des aumônes. « Pour des
« aumônes, dit la Fontaine, je n'en puis faire, je n'ai
« rien; mais on fait une nouvelle édition de mes *Contes*,
« et le libraire m'en doit donner cent exemplaires. Je
« vous les donne : vous les ferez vendre pour les pau-
« vres. » Le confesseur, presque aussi simple que le
poëte, alla consulter un célèbre prédicateur nommé.
D. Jérôme, pour savoir s'il pouvait recevoir cette aumône.

« L'abbé Pouget, cependant, parvint facilement à
convaincre la Fontaine qu'il se trompait sur l'opinion
qu'il avait de ses *Contes*, et il le fit consentir à faire
sur ce point une réparation publique; mais notre poëte
montra beaucoup de résistance sur l'autre point exigé
par son directeur, et qui nous reste à expliquer.

« L'abbé Pouget avait appris que la Fontaine avait
composé depuis peu une pièce de théâtre qui avait paru
excellente à tous ceux qui l'avaient lue, et qu'il devait

bientôt la remettre aux comédiens pour la faire jouer. L'abbé exigeait que la Fontaine fît le sacrifice de cette pièce, se fondant sur ce que, la profession de comédien étant interdite par les lois de l'Église, il n'était pas permis de contribuer au maintien de cette profession en travaillant à des pièces pour les faire représenter. Le poëte, qui avait encore présente à l'esprit la controverse qui avait eu lieu, à ce sujet, entre Nicole et son ami Racine, trouvait cette opinion trop sévère, et il en appela au sentiment d'hommes plus âgés et plus instruits. L'abbé Pouget y consentit volontiers et promit d'acquiescer à la décision qui serait rendue par des théologiens compétents. La Fontaine consulta la Sorbonne et entre autres M. Pirot, savant professeur, qui fut depuis chancelier de l'Église et de l'Université de Paris. Pirot et les autres docteurs de Sorbonne assurèrent à la Fontaine que son jeune directeur lui avait dit la vérité et n'avait rien exagéré. Alors il jeta sa pièce au feu, et, comme il n'en avait pas de copie, elle n'a jamais été publiée.

« Ces deux articles réglés, notre poëte se prépara à une confession générale; il y employa beaucoup de temps. Sa tête était entièrement libre. Il se confessa ensuite, ajoute l'abbé Pouget, avec des sentiments de piété très-édifiants.

« Cependant la maladie de la Fontaine s'étant aggravée, les médecins jugèrent qu'il était temps de lui

faire recevoir le saint viatique. Il fixa lui-même le jour,
et convint, la veille, avec le jeune vicaire du curé de
Saint-Roch, qu'il ferait prier messieurs de l'Académie
française de s'y trouver par députés. Le 12 février 1693, jour fixé, qui était le premier jeudi de ça-
rême, les députés de l'Académie se rendirent, à dix
heures du matin, à l'église, et accompagnèrent le
saint sacrement qu'on porta chez la Fontaine. Lorsque
l'abbé Pouget fut entré dans la chambre, elle se trouva
remplie de personnes de la plus haute distinction et
d'hommes de lettres qui, pour être témoins de cet acte
pieux, s'étaient joints aux académiciens. Le saint sacrement fut posé sur une table devant le malade, qui
se trouvait assis dans un fauteuil. L'abbé Pouget fit les
prières prescrites par le rituel, et dès qu'il les eut ter-
minées, la Fontaine, en présence de cette nombreuse
assemblée, exprima, dans les termes les plus formels,
son repentir d'avoir écrit ses *Contes;* il manifesta l'intention où il était de passer le reste de ses jours dans
les exercices de la pénitence, et de ne plus s'occuper
qu'à la composition d'ouvrages de piété. Le confesseur
lui fit ensuite une exhortation pieuse et le recommanda
aux prières de tous les assistants. Tous se mirent à genoux et prièrent, tandis que le malade recevait le saint
viatique. »

Que cette sincérité est belle et grande! Que j'aime
que la Fontaine ne cède pas du premier coup aux exi-

gences de l'abbé Pouget, et qu'il veuille avoir l'avis de
la Sorbonne! Tout est grave pour lui dans l'acte qu'il
va faire; rien n'est chose convenue et de forme. Aussi,
quoiqu'il ait retrouvé la santé pendant deux ans, il
persévéra dans ses pieux sentiments; il se soumit même
par pénitence à des austérités que l'abbé Pouget ne lui
avait ni prescrites ni conseillées, et que ses amis ont
ignorées tant qu'il a vécu. Il portait sur lui un cilice
que l'abbé d'Olivet a vu entre les mains de Maucroix,
l'ami de la Fontaine, qui le gardait en mémoire de la
sincère piété de son ami; et Racine le fils a eu raison
de dire de la Fontaine dans une de ses épîtres à Jean-
Baptiste Rousseau :

> Vrai dans tous ses écrits, vrai dans tous ses discours,
> Vrai dans sa pénitence à la fin de ses jours,
> Du maître qui s'approche il prévient la justice,
> Et l'auteur de *Joconde* est armé d'un cilice.

Quand la Fontaine revint à la santé, il ne trouva plus
madame de la Sablière : elle était morte le 8 janvier
1693. Il quitta donc cette maison qu'il habitait depuis
vingt ans, et c'est alors qu'eut lieu ce touchant dialogue entre lui et M. d'Hervart : « Mon cher la Fontaine,
dit M. d'Hervart, le rencontrant au moment qu'il sortait de chez madame de la Sablière, je vous cherchais
pour vous prier de venir loger chez moi. — J'y allais, » répondit la Fontaine.

La maison de M. d'Hervart n'était pas une maison

dévote; mais tout le monde y respecta la piété de la
Fontaine, et le poëte chrétien y fut aussi aimé et
aussi honoré que le poëte mondain. Il y mourut le
13 avril 1695. Nous avons sa dernière lettre à son ami
Maucroix. Je ne connais pas de confession plus touchante et plus édifiante que ce dernier billet de la
Fontaine, et la réponse de Maucroix vaut la lettre.

A M. DE MAUCROIX.

« 10 février 1695.

« Tu tu trompes assurément, mon cher ami, s'il est
bien vrai, comme M. de Soissons[1] me l'a dit, que tu
me croies plus malade d'esprit que de corps. Il me l'a
dit pour tâcher de m'inspirer du courage; mais ce n'est
pas de quoi je manque. Je t'assure que le meilleur de
tes amis n'a plus à compter sur quinze jours de vie.
Voilà deux mois que je ne sors point, si ce n'est pour
aller un peu à l'Académie, afin que cela m'amuse. Hier,
comme j'en revenais, il me prit, au milieu de la rue
du Chantre, une si grande faiblesse que je crus vérita-
blement mourir. O mon cher! mourir n'est rien; mais
songes-tu que je vais comparaître devant Dieu? Tu sais
comme j'ai vécu. Avant que tu reçoives ce billet, les
portes de l'éternité seront peut-être ouvertes pour
moi. »

[1] De Sillery, évêque de Soissons, membre de l'Académie française.

RÉPONSE DE MAUCROIX.

« 14 février 1695.

« Mon cher ami, la douleur que ta dernière lettre me cause est telle que tu te la dois imaginer. Mais en même temps je te dirai que j'ai bien de la consolation des dispositions chrétiennes où je te vois. Mon très-cher, les plus justes ont besoin de la miséricorde de Dieu. Prends-y donc une entière confiance, et souviens-toi qu'il s'appelle le père des miséricordes et le Dieu de toute consolation. Invoque-le de tout ton cœur. Qu'est-ce qu'une véritable contrition ne peut obtenir de cette bonté infinie? Si Dieu te fait la grâce de te renvoyer la santé, j'espère que tu viendras passer avec moi les restes de ta vie, et souvent nous parlerons ensemble des miséricordes de Dieu. Cependant, si tu n'as pas la force de m'écrire, prie M. Racine de me rendre cet office de charité, le plus grand qu'il me puisse jamais rendre. Adieu, mon bon, mon ancien et mon véritable ami. Que Dieu, par sa très-grande bonté, prenne soin de la santé de ton corps et de celle de ton âme! »

Quand Fénelon apprit la mort de la Fontaine, il écrivit quelques phrases latines, qu'il donna à traduire au duc de Bourgogne, voulant graver dans la mémoire de son royal élève le souvenir de la perte que la France venait de faire.

« La Fontaine n'est plus, dit Fénelon; il n'est plus!

et avec lui ont disparu les jeux badins, les ris folâtres, les grâces naïves et les doctes muses. Pleurez, vous tous qui avez reçu du ciel un cœur et un esprit capables de sentir tous les charmes d'une poésie élégante, natu-relle et sans apprêt. Il n'est plus, cet homme à qui il a été donné de rendre la négligence même de l'art pré-férable à son poli le plus brillant! Pleurez donc, nour-rissons des muses; ou plutôt consolez-vous : la Fon-taine vit tout entier et vivra éternellement dans ses immortels écrits. Par l'ordre des temps, il appartient aux siècles modernes; mais par son génie il appartient à l'antiquité, qu'il nous retrace dans tout ce qu'elle a d'excellent. Lisez-le, et dites si Anacréon a su badiner avec plus de grâce, si Horace a paré la philosophie et la morale d'ornements poétiques plus variés et plus at-trayants, si Térence a peint les mœurs des hommes avec plus de naturel et de vérité, si Virgile enfin a été plus touchant et plus harmonieux[1]. »

Quiconque sait le prix que Fénelon attachait à ce

---

[1] Traduction de M. Walkenaër dans l'*Histoire de la Fontaine*, 5ᵉ éd., p. 581. Comme cette traduction me semble peu exacte, je crois devoir donner le texte latin de Fénelon, extrait de son histoire par le cardinal de Bausset, 1ʳᵉ éd. :

« Heu! fuit vir facetus, Æsopus alter, nugarum ludo Phædro superior, per quem brutæ animantes, vocales factæ, humanum genus edocuere sapientiam. Heu! Fontanius interiit. Proh dolor! interiere simul joci dicaces, lascivi risus, gratiæ decentes, doctæ Camenæ. Lugete, ô qui-bus cordi est ingenuus lepos, natura nuda et simplex, incompta et sine fuco elegantia. Illi, illi uni per omnes doctos licuit esse negligentem. Politiori stylo quantùm præstitit aurea negligentia! Tàm caro capiti

qu'il appelait l'ingénuité du génie antique, ne sera pas étonné que, la retrouvant dans la Fontaine, il l'ait si vivement louée. La Fontaine, en effet, est, avec Fénelon lui-même, celui des poëtes français qui nous donne le mieux l'idée de la grâce vraie et simple du génie grec.

quantùm debetur desiderium! Lugete, musarum alumni! vivunt tamen, æternumque vivent carmini jocoso commissæ veneres, dulces nugæ, sales attici, suadela blanda atque parabilis; neque Fontanium recentioribus juxtà temporum seriem, sed antiquis. ob amœnitates ingenii adscribimus. Tu vero, lector, si fidem deneges, codicem aperi : Quid sentis? Ludit Anacreon. Sive vacuus, sive quid uritur Flaccus, hic fidibus canit. Mores hominum atque ingenia fabulis ut Terentius ad vivum depingit; Maronis molle et facetum spirat in hoc opusculo. Heu! quandonam mercuriales viri quadrupedum facundiam æquiparabunt! »

ONZIEME LEÇON

COMMENT LA FONTAINE UNISSAIT L'ÉTUDE A L'INSPIRATION

———

Nous arrivons à l'examen des fables de la Fontaine.
Quel ordre suivre? Prendrai-je d'abord la morale, ensuite les caractères, puis l'invention, puis l'expression?
ou bien prendrai-je les fables au hasard, comme elles
se présentent, sans viser à être plus systématique que
la Fontaine, sans chercher à suivre dans cette étude
une méthode rigoureuse, qui donnerait aux fables de
la Fontaine l'air d'un traité de morale ou de littérature? Je veux rester aussi libre que l'est mon auteur.
Il ne faut pas cependant que la liberté que je veux
laisser aux fables de la Fontaine fasse croire que le poëte
n'avait aucun plan et aucune règle dans la manière de
composer; que tout lui venait par inspiration; qu'il ne

travaillait pas ses fables, mais qu'il les trouvait, pour
ainsi dire, toutes faites dans son génie. L'idée que les
vers de la Fontaine ne lui coûtaient aucun travail et
que le fabuliste produisait naturellement des fables,
comme la vigne produit du raisin, cette idée fait partie de la légende de la Fontaine. Mais le fabuliste sans
travail n'est pas plus vrai que l'idiot de génie. La Fontaine travaillait beaucoup ses ouvrages et les remettait
vingt fois sur le métier, suivant en cela le précepte de
Boileau. Nous voyons, dans la fable du *Loup et le Renard*, prise dans les versions que Fénelon donnait à traduire au duc de Bourgogne, nous voyons que la Fontaine nous dit lui-même :

> Ce qui m'étonne est qu'à huit ans
> Un prince en fable ait mis la chose,
> Pendant que, sous mes cheveux blancs,
> Je fabrique, *à force de temps*,
> Des vers moins sensés que sa prose [1].

La Fontaine ne se dispensait donc pas de temps et
de travail. M. Walkenaër, ayant trouvé un premier
brouillon de sa fable, *le Renard, les Mouches et le
Hérisson*, en a donné le *fac-simile* dans son histoire de
la Fontaine [2]. La fable, telle que la Fontaine l'a publiée,
n'a plus que quelques vers du brouillon primitif, et ce

---

[1] Livre XII, f. ix.
[2] Voir ce brouillon de fable à la fin de ce volume.

qu'il faut remarquer, c'est que la fable refaite, sans
être une des meilleures du fabuliste, est bien supérieure à la fable primitive. Ainsi le poëte se corrigeait
sans cesse et gagnait en se corrigeant.

Si nous ne croyons plus à la faculté instinctive de la
Fontaine, croirons-nous davantage qu'il n'eût pas sa
méthode particulière de composer et qu'il ne la défen-
dît pas, comme font les auteurs, dans ses préfaces et
dans ses avant-propos, qui sont pour tous les écrivains
les coins de prédilection que se réserve la vanité?
Le bonhomme est beaucoup moins naïf qu'il n'en a
l'air, et il ne manque jamais l'occasion de faire l'apologie de son art et de sa manière d'écrire. N'est-
ce pas par exemple, une apologie, et fort habile, que
cette première fable du livre deuxième?

> Quand j'aurais en naissant reçu de Calliope
> Les dons qu'à ses amants cette muse a promis,
> Je les consacrerais aux mensonges d'Ésope :
> Le mensonge et les vers de tout temps sont amis.
> Mais je ne me crois pas si chéri du Parnasse
> Que de savoir orner toutes ses fictions,
> On peut donner du lustre à leurs inventions ;
> On le peut, je l'essaie ; un plus savant le fasse.
> Cependant jusqu'ici d'un langage nouveau
> J'ai fait parler le loup et répondre l'agneau ;
> J'ai passé plus avant : les arbres et les plantes
> Sont devenus chez moi créatures parlantes.
> Qui ne prendrait ceci pour un enchantement?

J'admire beaucoup la Fontaine ; mais en vérité je ne

puis pas dire de ses fables plus qu'il n'en dit ici lui-
même. Oui, le charme du poëte, c'est le don admirable qu'il a de sentir la nature et de s'entretenir avec
elle; et comme il le dit encore :

> C'est ainsi que ma muse, aux bords d'une onde pure,
>   Traduisait en langue des dieux
>   Tout ce que disent sous les cieux
> Tant d'êtres empruntant la voix de la nature.
>   Truchement de peuples divers,
> Je les faisais servir d'acteurs en mon ouvrage :
>   Car tout parle dans l'univers ;
>   Il n'est rien qui n'ait son langage,
> Plus éloquents chez eux qu'ils ne sont dans mes vers[1]...

Cet art d'entendre le langage de l'univers et surtout
de savoir le rendre, cet enchantement dont la Fontaine
a le secret, rappelle, en les surpassant, les enchante-
ments de la mythologie. La mythologie, en effet, comparée à la fable d'Ésope et surtout à celle de la Fontaine, a deux défauts : d'une part, elle se substitue trop
à la nature; et de l'autre, elle manque trop souvent de
signification morale.

Un mot pour justifier les deux reproches que je fais
à la mythologie comparée avec la fable.

Voici une vallée solitaire et charmante, où coule,
entre deux bords de fleurs et de gazon, une source lim-
pide et fraîche. Le bel et jeune Hylas y vient puiser de

---

[1] Épilogue du livre XI.

l'eau. Les nymphes qui folâtrent dans la fontaine voient
l'enfant, admirent sa beauté et l'attirent à elles : Gracieux tableau, qui cache l'accident d'un enfant qui
tombe à l'eau. J'aime assurément ces belles images
dont la mythologie peuple la nature, et, quand je pé-
nètre sous l'ombre majestueuse d'un vieux bois de
chênes, je souris à l'idée que, de ces vieux troncs cou-
verts de mousse, vont sortir je ne sais combien de
dryades légères, évoquées par l'imagination antique.
Mais ôtez un instant les nymphes à la source qui baigne
la vallée, est-ce que le vallon n'aura plus rien qui nous
plaise? Le murmure du ruisseau qui l'arrose ne nous
charme-t-il que lorsque j'y crois entendre la jaserie
des naïades? Le vieux bois n'a-t-il pas son mystère et
son enchantement, quand bien même chaque chène ne
recélerait pas une dryade prompte à sortir à l'appel du
poëte? Tout, grâce à la mythologie, nous dit Boileau,

> Tout prend un corps, une âme, un esprit, un visage.

Corps charmant, visage délicieux, je le veux bien; mais
l'âme et l'esprit que la mythologie donne aux êtres
qu'elle crée, valent-ils vraiment l'âme et l'esprit humain
émus et enchantés par le spectacle de la nature? La
mythologie substitue, pour ainsi dire, l'idéal de la
forme à l'idéal de l'âme. Où est dans la mythologie ce
langage de l'univers que la Fontaine se glorifiait d'entendre? Une âme qui a le don d'animer la nature, en-

tend mille fois plus de choses, en face des bois, des eaux
et des montagnes, que ne peuvent lui en dire tous les
dieux et demi-dieux de l'antiquité. Tant pis pour ceux
qui s'ennuient en tête-à-tête avec la nature : ils n'entendent rien, parce qu'ils ne lui disent rien, et que la
nature ne répond qu'à ceux qui lui parlent. Mais ceux
qui s'ennuient avec la nature s'amusent-ils avec la mythologie? Ils n'ont pas plus l'imagination qui fait voir
les dryades sortant de l'écorce des chênes, qu'ils n'ont
l'âme qu'il faut pour entendre et pour traduire le silence des eaux et des bois. La nature, telle que l'aimait
la Fontaine, a toutes les sortes de beautés, celle qui
parle aux yeux et celle qui parle à l'âme. La mythologie ôte à la nature ces charmes divers et mystérieux;
elle ne lui en laisse qu'un, celui de la beauté divinisée
du corps humain. Elle n'agrandit donc pas la nature;
elle lui donne la réalité et la précision de la forme humaine; elle met l'unité à la place de la variété.

L'autre reproche que je fais à la mythologie comparée à la fable d'Ésope, et surtout à celle de la Fontaine,
c'est qu'elle manque trop souvent de signification morale. Le sens moral est le grand mérite de la fable, et
la Fontaine n'a pas manqué de le relever, si bien que
nous ne pouvons rien dire à l'avantage de ses fables,
qu'il n'ait dit avant nous et mieux que nous :

> Tantôt je peins en un récit
> La sotte vanité jointe avecque l'envie,

Deux pivots sur qui roule aujourd'hui notre vie.
    Tel est ce chétif animal
Qui voulut en grosseur au bœuf se rendre égal.
J'oppose quelquefois, par une double image,
Le vice à la vertu, la sottise au bon sens,
    Les agneaux aux loups ravissants,
La mouche à la fourmi; faisant de cet ouvrage
Une ample comédie à cent actes divers,
    Et dont la scène est l'univers[1].

La Fontaine nous explique ici le sens de ses métamorphoses : les hommes, ou plutôt les vices des hommes, sont métamorphosés en animaux. Le loup représente l'injustice et la violence, le corbeau la crédulité,
le renard la fourberie, la cigale la prodigalité, la fourmi
l'économie, et peut-être même un peu l'avarice. Grâce
à cette métamorphose, le poëte moralise à son aise. Il y
aurait péril peut-être à censurer les violents et les injustes sous leur forme humaine. Sous le masque du
loup et du lion, la fable les trouve moins rebelles à ses
leçons. Les métamorphoses que fait la fable servent
donc à la morale; celles que fait la mythologie et qu'a
racontées Ovide n'ont pas le même sens et la même
utilité. C'est une aventure, c'est un spectacle; ce n'est
pas une leçon. Tantôt la métamorphose a l'air d'une
punition; Lycaon, à cause de sa cruauté, est changé en
loup :

    Fit lupus et veteris servat vestigia formæ :

---

[1] Livre V, f. 1re.

Canities eadem est, eadem violentia vultus,
Idem oculi lucent, eadem feritatis imago [1].

Mais où est la moralité de cette métamorphose? Où est vraiment le châtiment? Que Lycaon soit loup ou qu'il soit homme, il exerce également sa cruauté, homme contre les hommes, loup contre les troupeaux :

. . . . . . Solitæque cupidine cædis
Vertitur in pecudes et nunc quoque sanguine gaudet [2].

D'autres fois, la métamorphose est seulement la fin et le dénoûment d'une grande affliction ou d'une grande passion. Hécube, désespérée de la mort de ses enfants, de son époux, de la perte de son empire, et ayant épuisé, pour ainsi dire, toutes les douleurs, perd aussi la forme humaine :

. . . . . . Priameia a conjux
Perdidit infelix hominis, post omnia, formam,
Externasque novo latratu terruit auras [3].

Niobé voit périr sous ses yeux ses sept fils et ses sept filles, et elle est changée en rocher :

. . . . Orba resedit
Exanimes inter natos, natasque, virumque;
Diriguitque malis [4].

[1] Ovide, *Métam.*, liv. Ier.
[2] *Ibid.*
[3] Livre XIII.
[4] Livre VI.

La nymphe consumée d'amour pour Narcisse devient
l'écho qui se cache et se plaint dans les bois [1].

Quelle est la leçon à tirer de ces métamorphoses?
La mythologie veut-elle nous enseigner qu'arrivés au
dernier degré, la passion, la douleur ou le vice ôtent à
l'homme le caractère humain? Toujours fidèle à la loi
du beau, et ne voulant pas surtout faire violence à
l'art, la poésie antique aime mieux métamorphoser
l'homme que de le défigurer : elle croit que, lorsque
la passion est excessive, l'homme disparaît. Idée juste
et profonde, qui fait le fond et ce que j'appellerais volontiers la philosophie des métamorphoses d'Ovide.
Quiconque est emporté par la douleur, par l'amour ou
par le vice, hors des limites de l'humanité, perd, dans
la fable antique, le visage et les traits de l'homme.
La métamorphose des hommes en animaux, en plantes
ou en êtres inanimés, est donc, dans la mythologie,
un procédé de l'art plutôt qu'un procédé de morale.
Quand, au contraire, Ésope ou la Fontaine changent les hommes en animaux, et qu'ils prêtent aux
bêtes les idées et les sentiments humains, ils visent
avant tout à la leçon morale : « Les animaux sont les
précepteurs des hommes dans mon ouvrage, » dit la
Fontaine dans la préface de son XIIe livre, adressée au
duc de Bourgogne. Aussi y met-il des précepteurs et des

---

[1] Livre III.

préceptes pour tout le monde, c'est-à-dire pour tous
nos vices et pour tous nos travers :

> Les bêtes à qui mieux mieux
> Y font divers personnages,
> Les uns fous, les autres sages;
> De telle sorte pourtant
> Que les fous vont l'emportant :
> La mesure en est plus pleine.
> Je mets aussi sur la scène
> Des trompeurs, des scélérats,
> Des tyrans et des ingrats,
> Mainte impudente pécore,
> Force sots, force flatteurs[1].

Tous les animaux que nous rencontrons dans la
Fontaine sont des métamorphoses, mais des métamorphoses qui ont un but moral et qui sont chargées
de nous donner des leçons, sans nous ennuyer. Il faut
que la fable plaise : c'est là la règle principale de la
poétique de la Fontaine. Il a, pour son genre de poésie,
toutes les ambitions, et il ne s'en cache pas, puisqu'il
donne à la fable le privilége d'entendre et de traduire
le langage harmonieux et mystérieux que parle l'univers, et le privilége non moins grand de peindre les
hommes et de les instruire. Mais il subordonne sans
hésiter toute sa théorie au devoir de plaire. Or, qu'est-
ce qui plaît dans la fable, est-ce la morale? non, c'est
le récit, c'est le conte :

---

[1] Livre IX, f. 1re

Une morale nue apporte de l'ennui :
Le conte fait passer le précepte avec lui[1].

La Fontaine, qui partout dans ses ouvrages aime à
faire confidence à ses lecteurs de ses goûts et de son
humeur, nous donne ici, si je ne me trompe, le secret
de sa supériorité comme fabuliste. Sa supériorité est
dans le récit. Les autres fabulistes ne font leur récit
que pour amener leur leçon. La Fontaine s'intéresse
d'abord à son récit; il nous représente ses animaux,
leurs périls, leurs joies, leurs colères, leurs peurs,
leurs ruses; il fait son drame et son tableau; la leçon
arrive ensuite, presque toujours à propos, mais parfois
d'une façon un peu imprévue et comme font quelquefois les dénoûments de Molière.

Il y a, en effet, cette ressemblance entre Molière et
la Fontaine, entre ces deux grands peintres de l'humanité, qu'ils s'occupent surtout de représenter les mœurs
et les caractères des hommes, de reproduire l'image de
la vie humaine. Si les portraits sont fidèles, l'œuvre
leur semble faite. Seulement, comme Molière sait qu'il
faut un dénoûment à la comédie, il le prend où il peut,
sans avoir l'air parfois de se soucier de le faire naître
du jeu des passions qu'il a mises sur la scène. La Fontaine soigne plus ses moralités que Molière ne fait ses
dénoûments. Il sait que la moralité est une partie plus

[1] Livre VI, f. 1re.

importante dans la fable que le dénoûment ne l'est dans
la comédie, tout important qu'il est. La moralité est le
fond même de la fable. Cependant la Fontaine semble
quelquefois abandonner la moralité, non plus même
pour se livrer plus à son aise au récit, mais pour exprimer ses sentiments particuliers. Jamais poëte n'a plus
eu besoin de se montrer à son lecteur; je ne saurais trop
le redire. Mais si le moi de la Fontaine aime à se montrer, il se montre tel qu'il est, sans se surfaire, sans se
draper. Il ne pose point; seulement il prend volontiers
toutes les occasions de se laisser voir et de répandre
ses sentiments. Voyez, par exemple, la fable intitulée :
Le Songe d'un habitant du Mogol. Il s'agit d'un ermite
que le songeur voit en enfer, et d'un visir qu'il voit en
paradis. Il se fait expliquer son rêve :

> L'interprète lui dit : Ne vous étonnez point;
> Votre songe a du sens, et, si j'ai sur ce point
>   Acquis tant soit peu d'habitude,
> C'est un avis des dieux. Pendant l'humain séjour
> Ce visir quelquefois cherchait la solitude;
> Cet ermite aux visirs allait faire sa cour.

La morale de cette fable est que les prélats ne doivent pas être courtisans, et que les courtisans doivent
quelquefois tâcher de redevenir hommes, en quittant
la cour pendant quelques heures. Mais ce mot de solitude et de retraite a charmé l'oreille et l'imagination de
la Fontaine, et le voilà qui s'écrie :

Si j'osais ajouter au mot de l'interprète
J'inspirerais ici l'amour de la retraite :
Elle offre à ses amants des biens sans embarras,
Biens purs, présents du ciel, qui naissent sous les pas.
Solitude, où je trouve une douceur secrète,
Lieux que j'aimai toujours, ne pourrai–je jamais,
Loin du monde et du bruit, goûter l'ombre et le frais?
Oh! qui m'arrêtera sous vos sombres asiles!
Quand pourront les neuf sœurs, loin des cours et des villes,
M'occuper tout entier, et m'apprendre des cieux
Les divers mouvements inconnus à nos yeux,
Les noms et les vertus de ces clartés errantes
Par qui sont nos destins et nos mœurs différentes!
Que si je ne suis né pour de si grands projets,
Du moins que les ruisseaux m'offrent de doux objets,
Que je peigne en mes vers quelque rive fleurie!
La Parque à filets d'or n'ourdira point ma vie,
Je ne dormirai point sous de riches lambris ;
Mais voit–on que le somme en perde de son prix?
En est-il moins profond et moins plein de délices?
Je lui voue au désert de nouveaux sacrifices.
Quand le moment viendra d'aller trouver les morts,
J'aurai vécu sans soins et mourrai sans remords.

(Liv. XI, f. II.)

Quel rapport ces vers délicieux ont-ils avec la fable
que la Fontaine vient de raconter? Ils en ont très-peu;
car la solitude que l'ermite ne devait pas quitter et
celle que le visir allait chercher quelquefois ne res-
semblent guère à cette vie de loisir et de paix que
souhaite la Fontaine. L'une touche à l'ascétisme ou à
la méditation, et l'autre touche aux douceurs du re-

pos et même du sommeil. Mais, que voulez-vous? la
Fontaine venait sans doute de relire les beaux vers de
Virgile :

> Me vero primum dulces ante omnia Musæ,
> Quarum sacra fero, ingenti perculsus amore,
> Accipiant, cœlique vias et sidera monstrent.
>
> . . . .
>
> Sin has ne possim naturæ accedere partes
> Frigidus obstiterit circum præcordia sanguis,
> Rura mihi et rigui placeant in vallibus amnes,
> Flumina amem silvasque inglorius. O ubi campi,
> Sperchiusque et virginibus bacchata Lacænis
> Taygeta! O quis me gelidis in vallibus Hæmi
> Sistat et ingenti ramorum protegat umbra!
>
> (Georg. II.)

La Fontaine n'a pas pu résister au désir de traduire ces vers qui l'ont enchanté ; et, quand la Fontaine traduit quelque sentiment antique, il se l'appro-
prie, il le fait sien en l'accommodant à son goût et à
son humeur. Virgile ne demande que les loisirs de la
poésie au fond de quelque riante vallée ; la Fontaine
pousse la rêverie poétique jusqu'au sommeil. Voilà
comme le poëte imite en s'appropriant, et voilà aussi
comme il répand ses sentiments avec une sorte de confiance naïve, qui dédaigne même l'à-propos.

Ayant ce goût de causer avec son lecteur, et surtout
ayant le goût de lui plaire, ne demandez pas à la Fontaine de suivre dans ses fables une méthode rigoureuse :

il va et vient, deçà, delà, variant sans cesse son ton
selon son sujet, tantôt touchant au sublime sans sortir
du simple, tantôt familier sans cesser d'être gracieux.
C'est à cette condition de plaire et d'amuser que la
fable a quelque pouvoir en ce monde; c'est à cette
condition qu'elle est de mise partout, même dans les
plus graves affaires et les plus graves discours, témoin
le jour où Démosthène lui-même, pour se faire écouter
des Athéniens, eut besoin de se servir de la fable :

Dans Athène autrefois, peuple vain et léger,
Un orateur, voyant sa patrie en danger,
Courut à la tribune, et, d'un art tyrannique,
Voulant forcer les cœurs dans une république,
Il parla fortement sur le commun salut.
On ne l'écoutait pas. L'orateur recourut
    A ces figures violentes
Qui savent exciter les âmes les plus lentes :
Il fit parler les morts, tonna, dit ce qu'il put.
Le vent emporta tout, personne ne s'émut.
    L'animal aux têtes frivoles [1]
Étant fait à ces traits, ne daignait l'écouter;
Tous regardaient ailleurs : il en vit s'arrêter
A des combats d'enfants, et point à ses paroles.
Que fit le harangueur? Il prit un autre tour :
« Cérès, commença-t-il, faisait voyage un jour
    Avec l'anguille et l'hirondelle.
Un fleuve les arrête, et l'anguille en nageant,
    Comme l'hirondelle en volant,
Le traversa bientôt. » L'assemblée, à l'instant,
Cria tout d'une voix : « Et Cérès, que fit-elle?

[1] Le peuple.

— Ce qu'elle fit! un prompt courroux
L'anima d'abord contre vous.
Quoi! de contes d'enfants son peuple s'embarrasse,
    Et du péril qui le menace
Lui seul entre les Grecs il néglige l'effet!
Que ne demandez-vous ce que Philippe fait? »
    A ce reproche l'assemblée,
    Par l'apologue réveillée,
    Se donne entière à l'orateur :
    Un trait de fable en eut l'honneur.
Nous sommes tous d'Athène en ce point; et moi-même,
Au moment que je fais cette moralité,
    Si *Peau d'âne* m'était conté,
    J'y prendrais un plaisir extrème.
Le monde est vieux, dit-on : je le crois, cependant
Il le faut amuser encor comme un enfant.

                (Liv. VIII, f. iv.)

Je ne pense pas que nous puissions douter maintenant que la Fontaine, en faisant ses fables, ne sût fort bien ce qu'il faisait : il les travaillait avec soin, attachant grand prix à son œuvre, connaissant aussi bien que personne la portée poétique et morale de la fable, l'étendant plutôt que la restreignant, faisant rentrer presque tous les genres dans ce genre de poésie, lui donnant tous les tours, et gardant toujours sa liberté d'allures, afin d'égayer sans cesse son lecteur tout en l'instruisant.

La Fontaine avait donc sa poétique; il l'indique volontiers lui-même dans ses fables, et il l'explique encore avec plus de confiance dans ses poésies diverses, où il a

mis ses goûts et ses sentiments plus qu'aucun poëte de
son temps. Voulez-vous savoir, par exemple, ce que la
Fontaine entend par la poésie? gardez-vous de croire
que ce soit la versification. La poésie ne peut pas se
passer de la versification; mais la versification ne fait
pas la poésie. Beaucoup le croient cependant. Grande
erreur :

> Il est vrai que jamais on n'a vu tant d'auteurs;
> Chacun forge des vers. Mais, pour la poésie,
> Cette princesse est morte; aucun ne s'en soucie.
> Avec un peu de rime on va vous fabriquer
> Cent versificateurs, en un jour, sans manquer [1].

Arrière donc les petits vers de société, les bouts ri-
més et toutes les fadaises littéraires! La poésie a besoin
d'inspiration, et l'inspiration elle-même a besoin d'é-
tude et de travail. Voilà la doctrine de la Fontaine. Ce
n'est pas qu'il ne sache bien que :

> Un sot plein de savoir est plus sot qu'un autre homme;
>> Je le fuirais jusques à Rome,
>> Et j'aimerais mille fois mieux
>> Un glaive aux mains d'un furieux
>> Que l'étude en certains génies.
>> Ronsard est dur, sans goût, sans choix,
> Arrangeant mal ses mots, gâtant par son français
> Des Grecs et des Latins les grâces infinies.
> Nos aïeux, bonnes gens, lui laissaient tout passer
> Et d'érudition ne se pouvaient lasser [2].

Clymène, comédie, p. 299 des œuv. comp , gr. in-8.
[2] Œuvres complètes, p. 648.

Nous reconnaissons ici les pensées de Molière dans les *Femmes savantes*, quand Clitandre et Trissotin discutent ensemble sur le mérite des lettres. La Fontaine, comme Molière, ne veut pas que les érudits, et surtout les pédants, remplacent les gens d'esprit; mais il ne veut pas non plus que la science et l'érudition soient trop décriées : elles sont nécessaires aux gens de goût et d'esprit. Les savants ridicules avaient fait honnir la science elle-même et on s'était mis à glorifier l'ignorance, comme ayant bon air et bon ton. La Fontaine résiste à cette mode.

Aux reproches que les ignorants du bel air faisaient à la science, la Fontaine oppose l'exemple de Malherbe, qui ne craignait pas d'imiter les anciens :

> Sous lui la cour n'osait encore ouvertement
> Sacrifier à l'ignorance.

Vieux débat, après tout, que celui qui existe entre la science et l'ignorance, mais qui s'agite presque toujours entre gens qui ont également tort, les uns parce qu'ils n'ont pas assez d'esprit pour la science qu'ils ont, ce qui en fait des pédants; les autres parce qu'ils n'ont pas même le peu de science qu'il faut au peu d'esprit qu'ils ont, ce qui en fait des sots frivoles. Ce débat n'a jamais été mis en scène d'une manière plus piquante que dans une conversation entre Bautru et le com-

mandeur de Jars, que nous trouvons dans Saint-Évremond :

« Vous me laissâtes hier, écrit Saint-Évremond au
comte d'Olonne, dans une conversation qui devint insensiblement une furieuse dispute. On y dit tout ce que
l'on peut dire à la honte et à l'avantage des lettres.

« La dispute vint sur le sujet de la reine de Suède,
qu'on louait de la connaissance qu'elle a de tant de
choses. Tout d'un coup le commandeur se leva, et,
ôtant son chapeau d'un air tout particulier : — Messieurs, dit-il, si la reine de Suède n'avait su que les cou-
tumes de son pays, elle y serait encore. Pour avoir appris notre langue et nos manières, pour s'être mise en
état de réussir huit jours en France, elle a perdu son
royaume. Voilà ce qu'ont produit sa science et ses belles
lumières que vous nous vantez.

« Bautru, voyant choquer la reine de Suède qu'il
estime tant, et les bonnes lettres qui lui sont si chères,
perdit toute considération, et, commençant par un serment : — Il faut être bien injuste, reprit-il, d'imputer
à la reine de Suède comme un crime la plus belle action de sa vie. Pour votre aversion aux sciences, je ne
m'en étonne point : ce n'est pas d'aujourd'hui que
vous les avez méprisées. Si vous aviez lu les histoires
les plus communes, vous sauriez que sa conduite n'est
pas sans exemple. Charles-Quint n'est pas moins admirable par la renonciation de ses États que par ses con-

quêtes. Dioclétien n'a-t-il pas quitté l'empire, et Sylla le pouvoir souverain? Mais toutes ces choses vous sont inconnues, et c'est folie de disputer avec un ignorant. Au reste, où me trouvez-vous un homme extraordinaire qui n'ait eu des lumières et des connaissances acquises?

« A commencer par M. le Prince[1], il alla jusqu'à César, de César au grand Alexandre, et l'affaire eût été plus loin, si le commandeur ne l'eût interrompu avec tant d'impétuosité qu'il fut contraint de se taire : — Vous en contez bien, dit-il, avec votre César et votre Alexandre. Je ne sais s'ils étaient savants ou ignorants : il ne m'importe guère; mais je sais que de mon temps on ne faisait étudier les gentilshommes que pour être d'Église; encore se contentaient-ils le plus souvent du latin de leur bréviaire. Ceux qu'on destinait à la cour ou à l'armée allaient honnêtement à l'académie. Ils apprenaient à monter à cheval, à danser, à faire des armes, à jouer du luth, à voltiger, un peu de mathématiques, et c'était tout. Vous aviez en France mille beaux gens d'armes et galants hommes. C'est ainsi que se formaient les Therme et les Bellegarde. Du latin! de mon temps, un gentilhomme en eût été déshonoré. Je connais les grandes qualités de M. le Prince et suis son serviteur; mais je vous dirai que le dernier connétable de Montmorency a su maintenir son

[1] Le prince de Condé.

crédit dans les provinces et sa considération à la cour, sans savoir lire. Peu de latin, vous dis-je, et de bon français !

« Tel était l'état de la dispute, quand un prélat charitable[1] voulut accommoder le différend, ravi de trouver une si belle occasion de faire paraître son savoir et son esprit. Il toussa trois fois avec méthode, se tournant vers le docteur; trois fois il sourit en homme du monde à notre agréable ignorant, et, lorsqu'il crut avoir assez bien composé sa contenance, *digitis gubernantibus vocem*, il parla de cette sorte :

« — Je vous dirai, messieurs, je vous dirai que la science fortifie la beauté du naturel, et que l'agrément et la facilité de l'esprit donnent des grâces à l'érudition. Le génie seul, sans règle et sans art, est comme un torrent qui se précipite avec impétuosité. La science sans naturel ressemble à ces campagnes sèches et arides, qui sont désagréables à la vue. Or, messieurs, il est question de concilier ce que vous avez divisé mal à propos, de rétablir l'union où vous avez jeté le divorce. La science n'est autre chose qu'une parfaite connaissance; l'art n'est rien qu'une règle qui conduit le naturel. Est-ce, monsieur (s'adressant au commandeur), que vous voulez ignorer les choses dont vous parlez, et faire vanité d'un naturel qui se dérègle, qui

---

[1] M. de Lavardin, évêque du Mans.

s'éloigne de la perfection? Et vous, monsieur de Bautru, renoncez-vous à la beauté naturelle de l'esprit pour
vous rendre esclave de préceptes importuns et de connaissances empruntées?

« — Il faut finir la conversation, reprit brusquement
le commandeur; j'aime encore mieux sa science et son
latin que le grand discours que vous nous faites.

« Le bon homme, qui n'était pas irréconciliable,
s'adoucit aussitôt, et, pour rendre la pareille au commandeur, il préféra son ignorance agréable aux paroles
magnifiques du prélat. Pour le prélat, il se retira avec
un grand mépris de tous les deux et une grande satisfaction de lui-même. »

Ce que j'aime dans la lettre de Saint-Évremond, et
ce qui la rend d'un comique charmant, c'est que l'auteur n'y prend parti pour personne, pas plus pour
l'ignorant que pour le savant; il se moque même du
prélat qui a raison, mais qui a raison sans esprit; si
bien que, dans cette scène piquante de comédie, ce
sont les ridicules qui se réfutent les uns par les autres,
. et que la raison même est critiquée parce qu'elle manque
de goût.

La Fontaine est de l'avis du prélat de Saint-Évremond; mais il en est avec des sentiments et des arguments meilleurs que ceux du prélat. Il fait grand cas
de l'érudition bien employée, et grand cas surtout de
l'imitation des anciens. Comme Racine et Boileau,

comme Bossuet et Fénelon, il est pour les anciens dans
la querelle des anciens et des modernes. Non .qu'il
veuille qu'on imite l'antiquité servilement : le bonhomme, qu'on croit si naïf et si peu réfléchi, a sur ce
point, comme sur tous les autres, une doctrine toute
faite, fort judicieuse et fort décidée. « Quelques imi-
tateurs, dit-il dans son épître à l'évêque d'Avranches,
Huet,

> Quelques imitateurs, sot bétail, je l'avoue,
> Suivent en vrais moutons le pasteur de Mantoue.
> J'en use d'autre sorte, et, me laissant guider,
> Souvent à marcher seul j'ose me hasarder.
> On me verra toujours pratiquer cet usage.
> Mon imitation n'est point un esclavage :
> Je ne prends que l'idée, et les tours, et les lois
> Que nos maîtres suivaient eux-mêmes autrefois.
> Si d'ailleurs quelque endroit plein chez eux d'excellence
> Peut entrer dans mes vers sans nulle violence,
> Je l'y transporte et veux qu'il n'ait rien d'affecté,
> Tâchant de rendre mien cet air d'antiquité[1].

Voilà la théorie de l'imitation selon la Fontaine, ou
plutôt voilà comment il s'inspirait des anciens. Il n'est
pas un détracteur des modernes; il loue volontiers son
siècle : il sait

> . . . . Qu'il n'est pas sans mérite;
> Mais près de ces grands noms notre gloire est petite;
> Tel de nous, dépourvu de leur solidité,
> N'a qu'un peu d'agrément, sans nul fonds de beauté,

---

[1] Œuvres complètes, p. 553.

Je ne nomme personne : on peut tous nous connaître.
Je pris certain auteur[1] autrefois pour mon maître ;
Il pensa me gâter. A la fin, grâce aux dieux,
Horace, par bonheur, me dessilla les yeux.
L'auteur avait du bon, du meilleur, et la France
Estimait dans ses vers le tour et la cadence.
Qui ne les eût prisés? J'en demeurais ravi ;
Mais ses traits ont perdu quiconque l'a suivi.

La Fontaine ne craint pas, comme on le voit, de
faire ses confessions littéraires, de dire quelles ont été
ses erreurs de jeunesse. Il nous dit aussi quels sont
ses auteurs favoris : il y en a d'anciens, il y en a de
modernes; car il lit de tous côtés et de tous pays :

Je chéris l'Arioste et j'estime le Tasse ;
Plein de Machiavel, entêté de Boccace,
J'en parle si souvent qu'on en est étourdi.
J'en lis qui sont du Nord et qui sont du Midi :
Non qu'il ne faille un choix dans leurs plus beaux ouvrages.
Quand notre siècle aurait ses savants et ses sages,
En trouverais-je un seul approchant de Platon?
La Grèce en fourmillait dans son moindre canton.
La France a la satire et le double théâtre[2] ;
Des bergères d'Urfé[3] chacun est idolâtre.
On nous promet l'histoire, et c'est un haut projet[4].
J'attends beaucoup de l'art, beaucoup plus du sujet.

Les autres genres baissent un peu : l'ode, par exem-

[1] Voiture.
[2] Le théâtre ordinaire, et l'opéra, qui était inconnu des anciens.
[3] Auteur de l'*Astrée*.
[4] La création des historiographes de France par Louis XIV. Pélisson,
Racine et Boileau furent les premiers et les derniers.

ple, et il a bien raison. Le dix-septième siècle est peu
lyrique :

> Malherbe avec Racan, parmi les chœurs des anges,
> Là-haut de l'Éternel célébrant les louanges,
> Ont emporté leur lyre ; et j'espère qu'un jour
> J'entendrai leur concert au céleste séjour.

J'ai voulu montrer comment la Fontaine, soit dans
ses fables, soit dans ses poésies diverses, nous révèle
partout le secret de son génie et de son travail. Les
deux choses, en effet, s'unissent en lui. Il a le génie le
plus facile et le plus naturel du monde ; mais, loin de
s'y abandonner aveuglément, il travaille avec une patience opiniâtre, méditant, lisant, étudiant sars cesse,
ajoutant la réflexion à l'inspiration, et fortifiant l'une
par l'autre.

DOUZIÈME LEÇON

DE LA MORALE DES FABLES DE LA FONTAINE

LIVRE PREMIER

On croit que les fables de la Fontaine plaisent surtout par le charme du récit; si elles n'avaient que ce
mérite, elles ne plairaient pas longtemps, et les aventures du Lapin et de la Belette, quel que soit l'ornement
de la narration, ne pourraient pas captiver longtemps
l'attention du lecteur. Les fables de la Fontaine plaisent aussi par leur morale; mais notez que je n'entends
pas seulement par morale l'affabulation ou la conclusion qui termine la fable. J'entends par morale les
idées générales que suggère la lecture des fables de la
Fontaine. Je pourrais peut-être aisément ramener ces
idées générales à deux ou trois titres de chapitre;
mais j'aime mieux montrer comment les idées géné-

rales naissent, à chaque instant de la lecture des fables
de la Fontaine, et pour cela je prends le premier livre,
que j'ouvre au hasard.

Il y a déjà, dans ce premier livre, je ne sais combien
de tableaux de mœurs humaines, je ne sais combien
de moralités, qui s'adressent à l'homme. Quelle foule
de personnages ! que d'acteurs dans ce premier acte de
l'*ample comédie* du poëte ! Ce brillant jeune homme,
bruyant et fringant, qui prend la vie comme une partie
de plaisir et qui entre dans le monde comme dans une
salle de bal de bonne ou de médiocre compagnie, qui
peut-être fait son droit, qui veut un jour arriver à la
salle des Pas-Perdus, mais qui prend le plus long et
passe par le bois de Boulogne pour aller de l'École de
droit au Palais de Justice, eh ! je le reconnais : c'est la
cigale qui

> Ayant chanté
> Tout l'été,
> Se trouva fort dépourvue
> Quand la bise fut venue.

C'est l'enfant prodigue qui ne retrouve pas son père et
pour qui personne ne tuera le veau gras. Et cet homme
prudent, laborieux, avare peut-être, quoique jeune
encore, qui sort de la ferme paternelle pour entrer
dans une étude d'avoué ou dans une clinique d'hôpital,
supportant la pauvreté, qui n'est jamais pénible dans
la jeunesse, et qui attend la fortune qui vient presque

toujours aux patients et aux économes, je le reconnais
aussi : c'est la fourmi.

> La fourmi n'est pas prêteuse :
> C'est là son moindre défaut,

Oui, le moindre des défauts, presque une vertu :
mais une vertu de la classe des vertus désagréables, de
celles qui ne profitent qu'à ceux qui les ont, tandis
que la beauté et l'honneur de la vertu, c'est de profiter
aux autres. Il y a toujours du dévouement dans la
vertu; il n'y en a pas dans l'économie. Elle n'a qu'un
mérite : elle impose l'abstention à la nature humaine.
Mais il y a des gens qui n'économisent que sur les
autres, et jamais sur eux-mêmes. Ceux-là sont les
pires économes. Je ne dis pas que la fourmi soit de
ce genre : j'ai de l'estime pour la fourmi, plus d'estime que de goût. J'y reconnais la race laborieuse et
dure des paysans, la race qui crée les capitaux. La
ville dépense; la campagne amasse et subvient aux em-
prunts de la ville; car la fourmi, de nos jours, est devenue prêteuse, à condition qu'on lui paye l'intérêt à
plus de cinq et le capital avec prime.

Qui préférez-vous, me demande-t-on, de la cigale
ou de la fourmi? — On ne préfère qu'entre choses ou
personnes qu'on aime. Je n'aime, quant à moi, ni la
cigale ni la fourmi, ni l'avarice ni la prodigalité, ni les
thésauriseurs qui prêtent ni les dissipateurs qui em-

pruntent. Si la fourmi est jeune, je lui reproche de n'avoir ni les défauts ni les qualités de son âge; elle oublie qu'elle a vingt ans.

Prêtez-moi vos vingt ans, si vous n'en faites rien,

disait un aimable vieillard, et qui devint un poëte charmant à soixante-dix ans, M. Lacretelle, un de nos professeurs les plus aimés. Non, la jeunesse ne doit jamais prêter ses vingt ans qu'au travail, et non au calcul, dut-on lui en promettre un gros intérêt. Quant à la cigale, pour laquelle, après tout, je me sens une certaine tendresse, parce que je parle peut-être devant elle[1], elle oublie qu'elle aura un jour cinquante ans. —

[1] Le lecteur voit bien que je parle à un auditoire de jeunes gens. Du reste, mes jeunes auditeurs n'ont pas désavoué leur parenté avec la cigale : voici une lettre que je reçus le lendemain de ma leçon. Elle fait le procès aux fourmis et leur impute des défauts que jusqu'ici on ne leur avait pas reprochés :

« Paris, 14 février 1859.

« Monsieur,

« Permettez à une cigale, amie de la justice, de vous adresser une petite réclamation au sujet de la fourmi, l'ennemie des cigales, depuis que, sous les yeux de la Fontaine, elle s'est permis de fermer sa porte au nez d'une de nos aïeules, mourante de faim et de froid. Il est temps de désabuser les bons esprits sur la prétendue prévoyance et la sagesse des fourmis. Non! la fourmi n'est pas l'insecte rangé, économe par excellence : c'est une hypocrite, une pharisienne, un sépulcre blanchi. — Mais, direz-vous, cigale ma mie, sur quelles preuves pourrez-vous ébranler cette croyance universelle du genre humain, à qui le consul Cicéron donnait tant d'autorité. — Mes preuves, les voici : elles sont évidentes, et Descartes lui-même, qui enlevait aux animaux l'intelligence, et réduisait les cigales et les éléphants à n'être que d'ingénieuses mécaniques, n'y trouverait rien à redire. La fourmi, ou plutôt les

Bah! me dit-on, qui arrive a cinquante ans? J'ai bien
le temps de mourir auparavant. — Qu'en savez-vous?
Qui vous dit que vous ne vivrez pas jusqu'à l'hiver
et pendant l'hiver? Ne vivez pas comme si vous ne
deviez vivre que quelques jours : le temps vous trompera. Ne vivez pas non plus comme si vous deviez
vivre toujours : le temps vous trompera. Il est assez
long et assez court pour décevoir les espérances les

fourmis (car, malgré leur égoïsme, elles ne peuvent vivre qu'en communauté) amassent durant tout l'été, alors que nous chantons sous
l'herbe, d'immenses magasins de provisions. Vous croyez que c'est pour
l'hiver, *ante focum si frigus erit ;* point du tout. Tout cela est dévoré
pendant l'automne : ce sont en septembre et octobre des festins, des
bombances, des réveillons sans fin : la république des fourmis prolonge
jusqu'à l'aurore les orgies les plus bruyantes; plus d'une fois une
pauvre cigale chanteuse y a raconté sur sa guitare, pour quelque mince
monnaie, les malheurs des Atrides et les erreurs d'Ulysse. On s'arrange
de façon à n'avoir plus, aux premiers froids, un grain de blé sur la
planche. Alors, un beau matin, on émigre : les ancêtres en tête, au
centre les femmes et les enfants, puis les guerriers. La fourmilière se
dirige vers un lieu préparé d'avance, le plus souvent vers les endroits
où la terre est bien battue, et où l'eau et le froid ne pénétreront pas.
On se glisse par une petite ouverture, et on descend à la file à la profondeur d'un ou deux pieds; on parvient bientôt à des sortes de grottes,
larges et profondes comme une coquille de noix, rangées les unes à côté
des autres. Les familles, les amis, se réunissent pour remplir un trou :
on se compte, on s'embrasse, et l'on s'endort pour trois mois. Le soleil
de février, quand il y a du soleil, réveille la république dans ses quar-
tiers d'hiver, et les fourmis sortent de leurs retraites, maigres à faire
peur, chancelantes, et s'appuyant les unes sur les autres. Malheur à la
cigale endormie qu'elles rencontreront! En un clin d'œil, l'imprudente
artiste sera dévorée par ces gloutonnes.

« Ainsi, monsieur, les fourmis ne ramassent rien pour la mauvaise
saison : elles dorment. J'ai longtemps observé le fait, et c'est parce que
j'en suis bien sûr que j'ose vous le communiquer. Il faudrait donc
chercher parmi les bêtes quelque autre modèle d'économie à proposer

plus contraires. — On est toujours maître d'en finir
avec la vie. — Ne comptez pas sur le suicide pour
faire banqueroute à vos créanciers ou pour échapper à
la misère. Le suicide est un coup de main que l'humanité répudie. L'homme tient à la vie. Il a beau souffrir
et gémir, il veut vivre.

> Un malheureux appelait tous les jours
>   La mort à son secours.
> « O Mort! lui disait-il, que tu me sembles belle!
> Viens vite, viens finir ma fortune cruelle! »
> La Mort crut, en venant, l'obliger en effet.
> Elle frappe à sa porte, elle entre, elle se montre.
> « Que vois-je? cria-t-il : ôtez-moi cet objet!
>   Qu'il est hideux! que sa rencontre
>   Me cause d'horreur et d'effroi!

aux fils de famille. Espérons qu'on le trouvera : les bêtes doivent bien
un bon exemple aux beaux fils d'aujourd'hui qui font si bien tout ce
qu'ils peuvent pour se rapprocher d'eux.

« Veuillez excuser, monsieur, la liberté que j'ai prise de vous pré-
senter mes remarques, et agréez l'hommage de mon respectueux dévouement.

« Une cigale du quartier Latin. »

J'ai eu tort de n'avoir pas demandé à mes savants confrères de la Faculté des sciences ce qu'ils pensaient de ces nouvelles observations sur
les mœurs des fourmis. Je me contentai de remarquer, en répondant à
la lettre, au commencement de la leçon suivante, qu'elle était bien de
notre temps, puisque l'auteur ne défendait les cigales qu'en accusant les
fourmis; qu'il ne s'inquiétait pas de prouver que les cigales n'étaient
pas aussi légères et aussi dissipées qu'on le disait, mais qu'il tenait à
montrer que les fourmis étaient aussi dépensières et aussi prodigues
que personne; de telle sorte que, s'il était vrai que la fourmi représentât la campagne, et la cigale représentât la ville, la moralité de la
lettre était que la campagne, dépensant aussi à sa manière, la ville serait
bien folle d'épargner. De cette façon, la dépense serait l'exemple et la
leçon que tout le monde donne à tout le monde

N'approche pas, ô Mort! O Mort, retire-toi! »
    Mécénas fut un galant homme;
Il a dit quelque part : « Qu'on me rende impotent,
Cul-de-jatte, goutteux, manchot, pourvu qu'en somme
Je vive; c'est assez, je suis plus que content [1]. »
Ne viens jamais, ô Mort! On t'en dit tout autant.

Un pauvre bûcheron, tout couvert de ramée,
Sous le faix du fagot aussi bien que des ans
Gémissant et courbé, marchait à pas pesants
Et tâchait de gagner sa chaumine enfumée.
Enfin, n'en pouvant plus d'effort et de douleur,
Il met bas son fagot, il songe à son malheur.
Quel plaisir a-t-il eu depuis qu'il est au monde?
En est-il un plus pauvre en la machine ronde?
Point de pain quelquefois, et jamais de repos;
Sa femme, ses enfants, les soldats, les impôts,
    Le créancier et la corvée
Lui font d'un malheureux la peinture achevée.
Il appelle la Mort. Elle vient sans tarder,
    Lui demande ce qu'il faut faire :
    « C'est, dit-il, afin de m'aider
A recharger ce bois; tu ne tarderas guère [2]. »
    Le trépas vient tout guérir;
    Mais ne bougeons d'où nous sommes;
    Plutôt souffrir que mourir,
    C'est la devise des hommes [3].

[1]
    Debilem facito manu,
    Debilem pede, coxa;
    Tuber adstrue gibberum,
    Lubricos quate dentes.
    Vita dum superest, bene est.
    Hanc mihi, vel acuta
    Si sedeam cruce, sustine.   (Sénèque, ep. 101.)

[2] Cela ne prendra guère de temps.
[3] La Fontaine, livre Ier, fables xv et xvi.

Puisque, heureux ou malheureux, nous voulons vivre, tâchons, dès la jeunesse, de nous préparer à vivre longtemps : faisons-nous un viatique qui puisse durer jusqu'à la fin de notre vieillesse, si nous l'avons longue. Écoutons la sagesse de Salomon dans ses *Proverbes* :

« Allez à la fourmi, ô paresseux; considérez sa conduite et apprenez à devenir sages;

« Puisque, n'ayant ni chef, ni maître, ni prince,

« Elle fait néanmoins sa provision durant l'été et amasse pendant la moisson de quoi se nourrir[1]. »

Voilà la source de toutes les fables qui préconisent la prévoyance de la fourmi. Mais ne croyez pas que les docteurs chrétiens, surtout les Pères de l'Église, n'aient expliqué la prévoyance que Salomon loue dans la fourmi, que par le soin d'amasser des richesses matérielles pour nos vieux jours. C'est la richesse morale qu'il faut acquérir quand on est jeune, pour en jouir quand on est vieux. Enrichissez votre âme, afin qu'elle ait de quoi se soutenir dans les mauvais jours, «Voyez, dit saint Augustin, la fourmi de Dieu : elle se lève tous les jours de grand matin, court à l'église, prie, entend la lecture de la parole sainte; chante les hymnes, repasse dans son esprit ce qu'elle a entendu, y réfléchit longtemps et amasse le grain qu'elle a recueilli dans

---

Ch. vi, vers. 6, 7 et 8.

l'aire... Vient l'épreuve de la tribulation, l'hiver de la
vie, l'orage de la crainte, le froid de la tristesse, la
perte des biens, le risque de la vie, la mort des siens,
la disgrâce et l'humiliation... Alors les hommes regardent cette âme fidèle avec une grande compassion :
« Quel malheur! disent-ils; le moyen de vivre après
« cela? Comment cette personne n'est-elle point acca-
« blée par tant de maux? » — Ils ne savent pas les
provisions qu'a faites la fourmi et qui la nourrissent à
ce moment; ils ne voient pas quels grains précieux elle
a amassés, et comment, renfermée dans son abri, loin
de tous les yeux, elle se soutient pendant l'hiver à
l'aide des travaux de l'été[1]. »

Voilà comment saint Augustin explique l'éloge que
Salomon fait de la prévoyance de la fourmi, prévoyance
d'autant plus louable qu'elle s'applique à des biens
plus élevés et plus solides que ceux que recherchent
ordinairement les hommes, biens qu'on ne possède et
dont on ne jouit dans la vieillesse qu'à la condition de
les avoir acquis dans la jeunesse. Ne nous y trompons
pas, en effet : notre jeunesse fait et prépare notre
vieillesse, et nous ne retrouvons dans nos greniers que
ce que nous avons semé et cultivé dans nos champs
pendant le printemps. J'ai en ce moment dans l'esprit
un exemple que je me reprocherais de ne pas citer. Il

---

[1] Œuv. de saint Augustin, édit. Parent-Desbarres, *In psalm.*, 66.

y a eu en France des hommes de lettres épris de la politique, et des hommes d'État épris de l'amour des lettres,
qui, en 1830, ont été forcés de faire une révolution
pour défendre la liberté. Pendant dix-huit ans, ces
hommes ont gouverné le pays : ils étaient ministres,
ambassadeurs, députés, administrateurs. Au bout de
dix-huit ans, une révolution faite aussi, dit-on, pour
sauver la liberté et qui l'a laissée périr, une révolution
à qui je suis forcé de reprocher sa mort autant que sa
naissance, a précipité ces hommes du pouvoir et les a
ramenés à la condition privée. Comment ont-ils supporté leur chute? Les lettres, qu'ils avaient aimées et
cultivées dans leur jeunesse, ont accueilli, consolé et
honoré leur vieillesse : ils retrouvent les provisions
qu'ils ont faites, et « ils se soutiennent pendant l'hiver
à l'aide des travaux de leur été. »

Je me suis laissé aller à causer librement sur la première fable de la Fontaine, pour montrer quelle abondance d'idées générales il y a dans les fables même les
plus simples. On peut en tirer à volonté une moralité
familière et médiocre, ou élevée et généreuse. Elles
ont de quoi répondre à toutes les questions, aux petites
comme aux grandes : tout dépend du questionneur.
Et notez que la fable de la *Cigale et la Fourmi* n'est
pas une des meilleures de la Fontaine. Aussi le mérite
que je trouve à cette fable de suggérer toutes sortes de
moralités, les plus humbles comme les plus élevées,

est le mérite propre au genre de la fable en général.

Plusieurs contemporains de la Fontaine ont traité le
même sujet, Lenoble, par exemple. Sa fable de la cigale et de la fourmi est longue; mais il y a quelques
jolis vers, surtout dans le prologue :

> « Vous que tient endormis une lâche paresse,
>   Prêtez l'oreille à ma leçon,
>   Travaillez, oisive jeunesse ;
> Il faut que le labour précède la moisson ;
> Vivez bon économe et ménagez le vôtre.
>   Faire autrement, c'est Dieu tenter,
>   Et jamais il ne faut compter
> Pour ses besoins pressants sur la bourse d'un autre.
>   Maître ventre, dit Rabelais,
>   Est un gros glouton qui demande
>   Soir et matin nouvelle offrande,
> Et qui ne laisse point dame marmite en paix.
> Donc il est toujours bon de savoir où l'on dîne,
>   Et partant tout homme d'esprit,
>   Qui bâtit,
> Commence sagement par fonder la cuisine.
>   C'est là l'ordre du bâtiment,
>   Et quiconque fait autrement
>   Se trouve court ; mais la jeunesse
> Qui s'embarrasse peu de ses futurs besoins,
> Sans songer qu'à pas lents vient l'oisive vieillesse,
> Aux frivoles plaisirs applique tous ses soins...

Dans Lenoble, la cigale n'a pas seulement le tort de
chanter et de ne pas travailler ; elle se moque de la
fourmi qu'elle voit travailler pendant l'été :

Es-tu folle, dit la Cigale,
De te donner tant de tourment ?
Sans que j'en prenne soin, la terre abondamment
De ses fruits présents me régale.
Partout je suis nourrie à bouche que veux-tu ;
Et pour un méchant grain je vois que tu te tues,
Je t'entends soupirer, tu sues,
Et presque sous le faix ton corps est abattu.
Quel esclavage ! quelle vie !
Quoi ! se voir tout le jour au travail asservie !
Il n'est rien que de vivre en repos et content.
— De votre oisiveté faites votre partage,
Dit la Fourmi ; pour moi, je songe à mon ménage,
Et chacun fait comme il l'entend.
Laissez-moi seulement achever ma journée [1]...

La cigale qui se raille du travail mérite plus d'être punie que celle qui s'en abstient seulement, et, comme la cigale est devenue plus coupable à nos yeux, la fourmi, par contre, nous paraît moins dure en refusant de la secourir. L'effet moral de la fable est mieux ménagé dans la fable de Lenoble que dans celle de la Fontaine.

Autre fable du premier livre de la Fontaine : *La Grenouille qui veut se faire aussi grosse que le Bœuf.* Ah ! si je pouvais être aussi éloquent que M. Guizot, aussi grand écrivain que M. Villemain ou M. Cousin ! (J'aime à citer des noms chers à la Sorbonne.) Si je pouvais avoir cette belle maison, si je pouvais ajouter ce bois à mes champs !

[1] Œuvres de Lenoble, tome XIV, p. 46. — Paris, 1718.

> Une Grenouille vit un Bœuf
> Qui lui sembla de belle taille.
> Elle, qui n'était pas grosse en tout comme un œuf,
> Envieuse, s'étend, et s'enfle, et se travaille
> Pour égaler l'animal en grosseur,
> Disant : « Regardez bien ma sœur;
> Est-ce assez? dites-moi; n'y suis-je point encore?
> — Nenni. — M'y voici donc? — Point du tout. — M'y voilà!
> — Vous n'en approchez point. » La chétive pécore
> S'enfla si bien qu'elle creva.
> Le monde est plein de gens qui ne sont pas plus sages :
> Tout bourgeois veut bâtir comme les grands seigneurs,
> Tout petit prince a des ambassadeurs,
> Tout marquis veut avoir des pages.

Que de commentaires faits et à faire sur cette charmante fable! non pas commentaires littéraires et écrits par des écrivains de profession, mais commentaires familiers et vulgaires, faits par la conversation de chaque jour, à la cour et à la ville, dans les châteaux et dans les villages; commentaires d'autrefois et d'aujourd'hui, car chaque pays et chaque temps a sa grenouille qui s'enfle et qui crève :

> Quoi! toujours ce noir attelage!
> Disait à son époux la marquise Doris.
> La duchesse Clotilde a six beaux chevaux gris :
> Je veux un semblable équipage.

Ainsi commence le prologue de la fable du bœuf et de la grenouille, dans Lenoble, et l'auteur finit par la réflexion suivante : « Il y a peu de femmes qui n'aient

la manie furieuse de vouloir paraître plus qu'elles ne
sont, et cette aveugle émulation qui les porte à vouloir
égaler le luxe de celles qui sont au-dessus d'elles, est la
plus fréquente source de la ruine des familles. »

La marquise Doris et les femmes qui *veulent paraître plus qu'elles ne sont* n'appartiennent-elles qu'au
dix-septième siècle? Je lisais, dans un éloquent article
de M. Eugène Pelletan, le tableau suivant :

« Du moment que la folie de la magnificence a faussé
l'opinion, qu'une nouvelle étiquette classe la société,
non en raison de la probité et du talent, mais en raison
de la représentation et de la surface, chacun naturellement cherche moins à être qu'à paraître, et travaille
à égaler en fracas, sinon à surpasser son voisin. De là
cette épidémie, cette émulation, cette enchère et cette
surenchère de profusion asiatique et de ruine; de là
cette orgie universelle de brocarts et de dentelles, cette
insolence perpétuelle au regard du passant par l'attirail
et par l'étalage, comme pour lui dire : Je tiens autant
de place que toi, et plus que toi, dans l'espace. Il le
faut, on croit du moins qu'il le faut sous peine d'humiliation, de diminution dans sa personne ou dans sa dignité.

« Voyez cette femme jeune, belle, assise ou plutôt
affaissée dans son fauteuil, la tête dans sa main, comme
la statue pétrifiée de la Douleur. Une larme coule en silence le long de sa joue, et la palpitation convulsive du

sanglot intérieur soulève et abaisse l'épingle de diamant
attachée sur sa poitrine, comme la vague agite et brise à
sa surface un reflet d'étoile. Pourquoi pleure-t-elle
ainsi dans la pâleur et l'affliction d'Hécube? La mort
a-t-elle emporté son enfant, ou bien un tremblement
de terre de la Bourse dévoré sa fortune? Non, son mari
vient de lui refuser le prix d'une quatrième robe par
jour, d'un quatrième changement à vue de toilette; et
dans ce moment d'humiliation pour la gloire trahie de
sa prochaine soirée, elle songe à quelque autre femme
de sa connaissance assez heureuse pour pouvoir muer
quatre fois du lever au coucher du soleil, et elle souffre
plus cruellement dans chaque fibre de son corps, et
elle gémit plus profondément que la bohémienne de la
borne condamnée à nouer autour d'un corps flétri un
lambeau fané de soierie[1]. »

La scène est de nos jours, comme elle était tout à
l'heure du dix-septième siècle. Voulez-vous qu'elle soit
de l'antiquité, écoutez cette épigramme de Martial :

« Torquatus a un palais à quatre milles de Rome :
Otacilius, à quatre milles, achète une chaumière. Torquatus élève en marbre des thermes magnifiques : Otacilius achète une baignoire. Torquatus plante dans son
parc un bois de lauriers : Otacilius plante cent châtai-
gniers. Torquatus est consul : Otacilius est maire de son

---

[1] *Courrier du dimanche,* janvier 1859.

village, et il ne se croit pas moins considérable que
Torquatus. Le bœuf autrefois fit crever la grenouille
qui voulait l'égaler : Torquatus fera crever Otacilius[1]. »

Luxe, vanité, envie, misère; que d'idées générales
contenues dans la fable de la *Grenouille*, et qui ne demandent qu'à en sortir à chaque siècle et à chaque
heure, dans chaque pays et dans chaque ville, sous
forme d'exemples particuliers !

De même que la comédie, qui vise toujours à faire
rire, peut avoir un dénoûment touchant et élevé, témoin le *Tartuffe* et le *Misanthrope*, de même la fable
peut, sans cesser d'être plaisante, aboutir à une leçon
de haute morale. Toute fable doit être un récit comique : c'est la condition essentielle de ce genre de
poésie. Mais la moralité est toujours sérieuse; elle
peut être grave et élevée. Je prends pour exemple la
fable de la *Besace*. Elle commence par une comédie :
Jupiter convoque les animaux et leur permet d'expliquer librement ce qu'ils trouvent *à redire dans leur*

---

[1]   Ad lapidem Torquatus habet prætoria quartum :
            Ad quartum breve rus emit Otacilius.
        Torquatus nitidas vario de marmore thermas
            Exstruxit : cucumam fecit Otacilius.
        Disposuit daphnona suo Torquatus in agro :
            Castaneas centum sevit Otacilius.
        Consul Torquatus : vici fuit ille magister;
            Nec minor in tanto visus honore sibi.
        Grandis ut exiguam bos ranam ruperat olim ;
            Sic puto, Torquatus rumpet Otacilium.
                              (Martial, liv. X, ép. 79.)

composé. Chaque animal paraît et se déclare fort content de sa figure et de sa tournure ; mais il se moque de son voisin : le singe se moque de l'ours, l'ours de l'éléphant, l'éléphant de la baleine :

> Dame Fourmi trouva le ciron trop petit,
>   Se croyant pour elle un colosse.
> Jupin les renvoya, s'étant censurés tous,
> Du reste contents d'eux ; mais parmi les plus fous
> Notre espèce excella...

Voilà la comédie : chacun raille le prochain et s'applaudit soi-même. Mais, quand nous venons à la moralité, elle s'élève peu à peu, sans changer de ton, sans cesser de garder le caractère comique :

> Nous nous pardonnons tout, et rien aux autres hommes.
> On se voit d'un autre œil qu'on ne voit son prochain.
>   Le Fabricateur souverain
> Nous créa besaciers tous de même manière,
> Tant ceux du temps passé que du temps d'aujourd'hui.
> Il fit pour nos défauts la poche de derrière,
> Et celle de devant pour les défauts d'autrui.
>
> (Liv. Ier, f. vii.)

Ai-je tort de dire que la moralité s'élève, puisqu'elle aboutit aux versets de l'Évangile ?

« Pourquoi voyez-vous une paille dans l'œil de votre frère, vous qui ne voyez pas une poutre dans votre œil ?

« Ou comment dites-vous à votre frère : Laissez-moi

tirer une paille de votre œil, vous qui avez une poutre
dans le vôtre?

« Hypocrite, ôtez premièrement la poutre de votre
œil, et alors vous verrez comment vous pourrez tirer la
paille de l'œil de votre frère[1]. »

Ainsi rien de plus contraire à la charité que l'amour-
propre, qui nous diminue nos défauts et nous grossit
ceux du prochain. Il faudrait beaucoup aimer le prochain, et peu nous aimer nous-mêmes. Ainsi le veut la
loi chrétienne. L'amour-propre fait le contraire, et,
pour mieux vous faire comprendre la leçon de charité
que contient la fable de la *Besace*, laissez-moi vous
lire le récit suivant, que j'ai tiré des *Vies des Pères du
désert*, d'Arnauld d'Andilly :

« Un solitaire de Scété, ayant commis une faute, les
anciens s'assemblèrent et envoyèrent prier l'abbé Moïse
de vouloir venir. Ce qu'ayant refusé, ils l'en firent pres-
ser une seconde fois par un prêtre, qui lui dit qu'ils
l'attendaient tous. Il vint donc, portant sur son dos
une vieille corbeille pleine de sable. Étant allés au-de-
vant de lui et le voyant en cet état, ils lui dirent :
« Que veut dire cela, mon père? — Ce sont, leur répon-
« dit-il, mes péchés que je ne vois pas parce qu'ils
« sont derrière moi; et vous me faites venir ici pour
« être juge de ceux d'autrui Ce qu'ayant entendu,

---

[1] Saint Matthieu, ch. vii, v. 3, 4 et 5.

« ils pardonnèrent à ce frère, sans lui parler davantage
« de la faute qu'il avait faite[1]. »

Nous venons de voir quelle leçon de charité nous
pouvons tirer de la fable de *la Besace*, quand nous nous
mettons à l'unisson des pensées de cette fable, et que
nous y joignons nos sentiments et nos souvenirs. Du rire
alors nous passons à la réflexion, et de la réflexion à la
résolution d'être moins clairvoyants pour autrui et
moins aveugles pour nous-mêmes. Il est bon, en lisant
la Fontaine, de se laisser aller un peu à la pente des
réflexions qu'il suggère et de ne pas toujours s'arrêter
à la lettre de ses moralités. Il y a telle fable et telle moralité qui, au premier coup d'œil, paraissent favorables
aux mauvais et aux petits sentiments, et qui l'est, au
contraire, aux bons et aux grands. Il faut, avec la Fontaine, savoir ce que parler veut dire. Prenons, par
exemple, *le Loup et l'Agneau*.

> La raison du plus fort est toujours la meilleure.

Cela veut-il dire que le plus fort a toujours raison?
Est-ce la théorie que le succès justifie tout? Non, certes!
Tant pis pour ceux qui sont pour le loup contre l'a-
gneau. Le loup représente la violence, et l'agneau
représente le droit souvent outragé et souvent opprimé.

---

[1] *Les Vies des saints Pères des déserts et de quelques saintes, écrites
par des Pères de l'Église*, traduites en français par Arnauld d'Andilly.
Paris, 1701. — T. II, p. 635.

> Un agneau se désaltérait
> Dans le courant d'une onde pure.

Voilà l'innocence et le calme du bon droit : il jouit
de son bien avec pleine et entière sécurité, se croyant
protégé par les lois.

> Un loup survient à jeun qui cherchait aventure
> Et que la faim en ces lieux attirait.

Voilà l'ambitieux et l'aventurier, celui qui n'a rien,
qui ne risque rien et qui veut tout gagner, à qui il faut
une querelle, bonne ou mauvaise, pour justifier son
usurpation. Dès les premiers mots, son langage est violent et injuste :

> Qui te rend si hardi de troubler mon breuvage ?
> Dit cet animal plein de rage.

La Fontaine n'a point cherché à peindre le loup en
beau; il n'en a point fait un conquérant audacieux, un
brillant ravisseur; il n'a pas voulu tromper ses lecteurs.
Le loup, c'est la force effrontée, insolente, cruelle, prête
au crime, prête au meurtre. Ceux qui veulent adorer
la force sous ces traits odieux savent ce qu'ils font : ils
ont peur ou ils font quelque affreux calcul de compli-
cité. Le loup n'est pas plus flatté par la Fontaine, quand
il le fait agir que quand il le fait parler :

> Là-dessus, au fond des forêts
> Le loup l'emporte et puis le mange
> Sans autre forme de procès.

Le meurtrier a bien cherché, pendant quelque temps, à faire le procès de la victime : il l'a accusée de troubler son breuvage, d'avoir mal parlé de lui; et je croirais volontiers que l'agneau a pu mal parler du loup, car comment en bien parler? ou comment n'en pas parler, quand on est agneau ou brebis? Mais le loup a voulu faire le procureur, il a voulu donner une date à son accusation, et cela a tout gâté.

Comment l'aurais-je fait, si je n'étais pas né?

a répondu l'agneau. Qu'importe que l'agneau ne fût pas né l'an passé? Il vit aujourd'hui, il est bon à manger : voilà son crime. Aussi, sans poursuivre plus longtemps le procès, le loup l'emporte et le mange. Je n'approuve le loup qu'en ce point. Mangez l'agneau, sire loup, mais ne cherchez pas à lui prouver que vous avez raison. Soyez injuste et violent, mais ne soyez pas sophiste et hypocrite. N'abusez pas contre la justice des formes de la justice; c'est le pire outrage qu'on puisse faire à la conscience humaine.

Cette prétention de prouver aux vaincus qu'ils ont tort est exprimée d'une manière vive et ingénieuse dans une fable de Faërne, fort bien traduite par Perrault : *Le Chat et le Coq.*

> Le Chat, tenant un coq et voulant le manger,
>   Mais le manger avec justice,
> « Malheureux, lui dit-il, lorsque l'homme sommeille
>   Au point du jour tranquillement,

Pourquoi, dans ce même moment,
  Faut-il que ton chant le réveille?
— Si j'ose, dit le Coq, ainsi le réveiller,
  ‹ Par le bruit que fait mon ramage,
C'est que je l'avertis d'aller à son ouvrage.

. . . . › . . . .

— Tu sais fort bien, dit le Chat, te défendre;
  On ne peut pas mieux raisonner;
  Mais je me sens las de t'entendre,
Et n'ai point résolu de ne pas déjeuner [1].

Je viens d'expliquer la fable du *Loup et l'Agneau*
comme une protestation de l'innocence et du bon droit
contre l'injustice. Est-ce de ma part un paradoxe? Non
assurément. C'est ainsi qu'on l'entendait au dix-sep-

FELES ET GALLUS

Comprensum feles gallum quum tradere ventri
Jejuno vellet, jure ut fecisse videri
Posset et hanc noxam specie velaret honesti,
Accusabat eum quod pervigili atque molesto
Turbaret nocturnam hominum clamore quietem.
Defendente illo, sese utilitatis eorum
Id causa facere, ut moniti advenientis Eoi
Ad sua quisque operum studia exercenda redirent;
Hunc rursum is naturæ hostem, infandoque sororum
Concubitu et matris fœdum incestúmque vocabat.
Ille excusabat scelus utilitate, suumque
Hinc multis dicebat herum ditarier ovis.
Tum feles tandem, perfricta fronte : Sed etsi
Argumenta tuam defendunt plurima causam,
Impastus tamen, inquit, ego hinc discedere nolo.
Vim qui inferre parat, cupidus certusque nocendi,
Frustra illum ratione premas aut jure refellas.

                             (Faërne, fable xlii.)

tième siècle, et c'est ainsi que l'explique Boursault
dans une des plus jolies scènes de ses *Fables d'Ésope*.

   Pierrot et Colinette viennent trouver Ésope pour le
prier de prendre la défense de leur pupille, un orphe-
lin, dont le seigneur du village veut usurper le patrimoine.

> Si je venons vous voir (dit Pierrot), c'est pour ce petit drille,
> Qui, s'il pouvait parler, vous dirait qu'on le pille.
> Comme il est mon neveu, je somme un peu parents.
> Il avait de bons biens pour huit ou neuf cents francs;
> Mais j'avons pour seigneur certain grand escogriffe,
> Qui de tous les seigneurs a la meilleure griffe,
> Et qui, d'un petit_pré voulant en faire un grand,
> Enchâssit dans le sien le bien de cet enfant.
> Tu sais cela par cœur : jase un peu Colinette;
> Dis ce que c'est.

COLINETTE.

>   Monsieur, l'orphelin qui me tette
> Est un petit marmot que j'avons par emprunt.
> Avant qu'il fût venu, son père était défunt;
> Dès qu'on l'eût débardé, ce fut une vipère;
> Sa mère le fesit, lui defesit sa mère,
> Et son trépassement lui laissit quelque bien
> Que ce vilain monsieur a bouté dans le sien.
> Il dit, brodi broda, mais on ne le croit guère,
> Qu'il prêtit de l'argent à monsieur son grand-père;
> Et, quand je lui montrons que cela ne se peut,
> Pour nous farmer la bouche il_nous dit qu'il le veut.
> Nos meilleures raisons sont pour lui des vétilles;
> Plus je trouvons de trous, plus il a de chevilles,
> Et, comme il est le maître et qu'il a du crédit,
> D'une seule menace il nous abasourdit.

Un bichon contre un dogue a peine à se défendre.
Si vous n'y boutez ordre, il est homme à tout prendre.
. . . .

PIERROT.

Rien n'est, mordié! pour lui trop chaud ni trop pesant.
Comme il est le seigneur, quelque chose qu'il prenne,
Il dit pour ses raisons que c'est un droit d'aubaine.
Tous les jours de sa poche il tire un droit nouviau :
Qu'on prenne une écrevisse ou qu'on tue un moiniau,
Il fait tout sur-le-champ, dans sa furie extrême,
Un biau procès de Dieu, fùt-ce à son père même.
Il prend à toutes mains et de toutes façons,
Il vendrait, s'il pouvait, l'air dont je jouissons.
Il nous dîme nos choux, nos poiriaux, nos citrouilles.

COLINETTE.

Les fossés du château sont tout pleins de grenouilles
Qui par méchanceté lui font un si grand bruit
Qu'il ne dort pas un brin tant que dure la nuit.
Par un papier qu'il a, griffonné d'un notaire,
Il veut, bon gré, mal gré, que je les faisions taire,
Et, faute jusqu'ici d'empêcher leur cancan,
Chaque maison du bourg paye un écu par an :
C'est un dogue affamé, qui toujours mord et ronge.
Empêcher des crapauds de crier! le pouvons-je,
Dites-moi?

ÉSOPE.

          De tout temps le faible eut toujours tort;
Le plus cruel des droits est le droit du plus fort.
Il faut que le plus faible ait, dans son infortune,
Pour fléchir le plus fort, trente raisons contre une.
Encore assez souvent celles qu'il peut avoir
Servent-elles de peu, comme vous l'allez voir.

Et il leur conte la fable du *Loup et l'Agneau* qu'il a
tort de refaire après la Fontaine; puis il ajoute :

Force grands font de même à l'égard des petits.
N'est-il pas vrai?

COLINETTE.

Pierrot, le joli petit conte!

PIERROT.

Et fi, mordié! le loup devrait mourir de honte :
L'agneau buvait à part et ne lui disait mot.

ÉSOPE.

Ma pauvre Colinette et mon pauvre Pierrot,-
Voilà comme à peu près, par le commun usage,
Font envers leurs vassaux les seigneurs de village.
Quand d'un bois ou d'un champ il leur plaît un morceau,
Des agneaux malheureux troublent toujours leur eau,
Et, pour peu qu'on résiste aux raisons qu'ils se forgent,
Non contents de les tondre, on voit qu'ils les égorgent.
Il sera bientôt nuit, et vous êtes de loin :
Adieu. De cet enfant ayez beaucoup de soin.
Je ne partirai point sans lui rendre justice.

(Les *Fables d'Ésope* ou *Ésope à la ville*, acte V,
scène III.)

C'est ainsi qu'en 1690, en plein théâtre, on expli-
quait la fable de *l'Agneau et le Loup*. L'agneau s'appelait alors le pupille, le paysan, tout ce qui était opprimé. Pourquoi ne serions-nous pas aujourd'hui aussi
hardis que l'était Boursault en 1690? Pourquoi ne re-
vendiquerions-nous pas ce nom symbolique de l'agneau
pour les proscrits de tous les temps, pour les suspects
de tous les régimes, pour les victimes de toutes les
oppressions, pour les condamnés de Jeffryes, le juge
inique sous Jacques II; pour les prêtres égorgés par

les septembriseurs dans la Révolution, pour Louis XVI
assassiné sur l'échafaud, pour Louis XVII périssant au
Temple de faim et de misère, pour tout ce qui a souffert et pour tout ce qui souffre, pour tout ce que nous
devons défendre par pitié et par justice, au lieu d'aller
baiser la patte sanglante du loup. La Fontaine a eu
confiance en nous; il n'a pas mis d'Ariste dans son
drame ou dans sa fable pour nous enseigner où était
le droit et où était la violence : il a pensé que nous
avions chacun un Ariste dans notre conscience, et que
personne ne traduirait jamais son vers,

La raison du plus fort est toujours la meilleure,

autrement que ne l'a fait Boursault :

Le plus cruel des droits est le droit du plus fort.

TREIZIÈME LEÇON

DE LA MORALE DES FABLES DE LA FONTAINE

LIVRE II

———

Je passe du premier livre des Fables au second, et j'essaye de faire, sur ce livre, ce que j'ai fait sur le premier, distinguant dans les fables ce qui est de la comédie, qui s'y trouve toujours; ce qui est de la morale, qui s'y trouve toujours aussi, mais très-variée et très-diverse; tantôt familière et un peu médiocre, tantôt noble, élevée et touchante sans cesser d'être simple; et, si je m'attache plus à relever ce dernier genre de morale que le premier, c'est qu'il semble à beaucoup de personnes que la Fontaine préconise surtout la morale médiocre. Ses lecteurs lui font tort en cela, mais le tort qu'ils lui font est un peu sa faute. Il a, en

effet, beaucoup donné à la morale médiocre, à celle
qui, d'ailleurs, est propre de tout temps à la fable, à
celle qui enseigne à l'homme à se tirer d'affaires en
ce monde, plutôt qu'à être vertueux, si la pratique de
la vertu doit être nuisible ou malheureuse. Le peuple
qui n'a pas beaucoup de goût pour la grande morale, a
abaissé encore de quelques crans l'enseignement des
fables pour le mettre à sa portée.

Qui de nous n'a eu occasion de remarquer le penchant qu'a le peuple à rapetisser et à trivialiser les
choses, et cela non par esprit de dénigrement, mais
tantôt par ignorance, tantôt par l'impuissance où il est
de concevoir les choses d'une manière élevée? A Versailles, il y a une pièce d'eau qui représente Latone
entourée et insultée par les paysans de la Lycie, déjà
à demi changés en grenouilles : le peuple l'appelle
la reine des grenouilles; le char d'Apollon sortant
des eaux pour venir éclairer le monde est le *chariot
embourbé;* enfin un des Titans, Encelade, enseveli
sous les rochers de l'Etna et qui lance un jet d'eau
par la bouche, est la pièce de *lance-l'eau.* Ces dé-
signations populaires ont prévalu sur les noms mythologiques. J'ajoute que cette trivialité s'aggrave en
France de je ne sais quelle ignorance irrespectueuse et
moqueuse, qui est propre à l'esprit français. Il y a des
peuples qui admirent ce qu'ils ignorent; le Français
raille ce qu'il ne sait pas ou ce qu'il ne comprend pas.

Les fables de la Fontaine ont souffert de cette disposition :- le public en a rapetissé les moralités.

Souvent il n'a pas eu grand'peine à le faire, la fable
étant déjà une comédie, et la moralité tenant aussi de
la comédie par le tour moqueur et familier que la Fontaine lui a donné. Voyez la fable intitulée : *Conseil
tenu par les Rats.*

> S'agit-il de délibérer,

dit la moralité,

> La cour en conseiller foisonne.
> Est-il besoin d'exécuter,
> On ne rencontre plus personne [1].

On sait le sujet de la fable. Les rats délibèrent sur
les moyens de prévenir les ravages qu'un chat faisait de la nation des rats. Le meilleur moyen, dit un
vieux rat, est d'attacher un grelot au cou du chat. De
cette manière, les rats avertis de sa marche pourront
s'enfuir à temps.

> Chacun fut de l'avis de monsieur le Doyen :
> Chose ne leur parut à tous plus salutaire.
> La difficulté fut d'attacher le grelot.
> L'un dit : « Je n'y vas point, je ne suis pas si sot; »
> L'autre : « Je ne saurais. » Si bien que sans rien faire
>   On se quitta. J'ai maints chapitres vus
>   Qui pour néant se sont ainsi tenus.

[1] Livre II, f. II.

Je trouve une scène de ce genre dans *le Cyclope*
d'Euripide. Le chœur est composé de satyres qui, loin
de s'associer à la brutalité du cyclope Polyphème voulant dévorer Ulysse et ses compagnons, s'en indignent
au contraire et maudissent l'hôte impie qui massacre
les suppliants réfugiés à son foyer. Aussi, quand Ulysse
leur propose de l'aider à se venger, en enfonçant un
tison ardent dans l'œil unique de Polyphème, le chœur
s'écrie avec ardeur : « Oui, je veux prendre part à son
supplice... Oui, je veux avoir le plaisir de broyer,
comme un guêpier, l'œil du maudit cyclope! » Tant
que le danger est loin, les satyres sont hardis et
fermes; ils se disputent entre eux « à qui marchera le
premier, à qui portera le tison, à qui l'enfoncera dans
l'œil du cyclope. » Mais le moment approche : le cyclope est endormi, déjà le tison est embrasé. « Allons,
dit Ulysse aux satyres, prenez en main le tison et en-
trez dans la caverne : il est suffisamment enflammé.

Le chœur. — Ne veux-tu pas régler ceux qui
doivent les premiers s'armer de l'arbre enflammé?

Demi-chœur. — Pour nous, nous sommes trop
loin de la porte pour atteindre son œil avec le tison
enflammé.

Demi-chœur. — Et nous, nous sommes tout à coup
devenus boiteux.

Ulysse. — Hommes lâches! amis inutiles!

Le chœur. — C'est que nous avons pitié de notre

dos et de nos épaules. Je ne me soucie pas de voir
sauter les dents de ma mâchoire. Est-ce là de la
lâcheté? Mais je-sais une chanson magique d'Orphée
qui fera que le tison ira de lui-même brûler l'œil
unique du géant[1]. »

Charmante raillerie des entreprises humaines! Le
chœur est bon, juste et honnête; il déteste le mal, il
aime le bien; seulement il est plus brave la veille du
combat que le jour même; il aime mieux le projet
que l'action, et la parole que l'œuvre. La chanson magique d'Orphée est un trait charmant. Grâce à cette
chanson, le tison ira de lui-même brûler l'œil unique
du géant et dispensera tout le monde de courage. Que
de conspirateurs et de révolutionnaires qui comptent
aussi sur la chanson magique d'Orphée pour faire la
révolution! Grande erreur : rien ne se fait dans le
monde qu'à l'aide du courage et du péril humains.

Voilà, soit dans les satyres qu'Euripide met en scène,
soit dans le conseil des rats, voilà l'espèce humaine un
peu fanfaronne et un peu lâche. Elle ne vaut guère
mieux dans *la Chauve-Souris et les deux Belettes* : là
elle est perfide et fausse par lâcheté; les animaux continuent à servir de caricatures aux hommes.

> Une Chauve-Souris donna tête baissée
> Dans un nid de belette; et, sitôt qu'elle y fut,

---

[1] Traduction de M. Artaud.

L'autre, envers les souris de longtemps courroucée,
     Pour la dévorer accourut.
« Quoi! vous osez, dit-elle, à mes yeux vous produire
Après que votre race a tâché de me nuire!
N'êtes-vous pas souris? Parlez sans fiction.
Oui, vous l'êtes; ou bien je ne suis pas belette.
     — Pardonnez-moi, dit la pauvrette,
     Ce n'est pas ma profession.
Moi, souris! Des méchants vous ont dit ces nouvelles.
     Grâce à l'auteur de l'univers,
     Je suis oiseau : voyez mes ailes.
     Vive la gent qui fend les airs! »
     La raison plut et sembla bonne.
     Elle fait si bien qu'on lui donne
     Liberté de se retirer.
     Deux jours après notre étourdie
     Aveuglément se va fourrer
Chez une autre belette aux oiseaux ennemie.
La voilà derechef en danger de sa vie.
La dame du logis, avec son long museau,
S'en allait la croquer en qualité d'oiseau,
Quand elle protesta qu'on lui faisait outrage :
« Moi, pour telle passer! Vous n'y regardez pas :
     Qui fait l'oiseau? c'est le plumage.
     Je suis souris : vivent les rats!
     Jupiter confonde les chats! »
     Par cette adroite repartie
     Elle sauva deux fois sa vie.
Plusieurs se sont trouvés, qui d'écharpes changeant,
Aux dangers, ainsi qu'elle, ont souvent fait la figue.
     Le sage dit : selon les gens :
     Vive le roi! vive la Ligue [1]!

---

[1] Livre II, f. v.

Cette fable est propre aux temps de révolution, et la Fontaine, qui avait vu la Fronde, avait dû y voir je ne combien de sages disant, selon les gens : *Vive le roi! Vive la Ligue!* Peut-être, par exemple, était-il à Paris, dans la foule, le jour où la Grande Mademoiselle, quoique frondeuse, « alla chez madame de Choisy, dont le « logis avait une fenêtre donnant sur la place du « Louvre, pour voir passer le roi, » qui rentrait triomphant dans Paris après la défaite de la Fronde. « Il y « avait un homme qui vendait des lanternes pour « mettre aux fenêtres, comme l'on fait les jours de ré- « jouissances, et qui criait : *Lanternes à la royale*. Je « lui criai étourdiment : N'en avez-vous point *à la* « *Fronde?* Madame de Choisy me dit : Vous me voulez « faire assommer[1]? »

Ces bourgeois de Paris qui avaient illuminé *à la Fronde* et qui illuminent aujourd'hui *à la royale*, et le peuple prêt à assommer ceux qui n'illuminent pas avec les lanternes du moment, tous sages, selon la Fontaine, tous gens prudents et qui ne se font pas d'affaire pour une cocarde. Mais, si nous voulons rire de la chauve-souris, qui se fait tantôt oiseau, tantôt souris, ou de ces bourgeois qui crient tour à tour : « Vive le roi! Vive la Ligue! » la Fontaine est tout prêt à rire avec nous. Rions-en donc à notre aise, mais

---

[1] *Mémoires de mademoiselle de Montpensier*, éd. de Maëstricht, t. II, p. 288.

au besoin imitons-les : voilà, hélas! selon la Fontaine,
la morale de la fable.

Dans les fables chinoises qu'a traduites dernièrement M. Stanislas Julien [1], la chauve-souris est un sage
d'espèce toute différente : c'est une bête philosophe
qui, lorsque les oiseaux règnent, ne veut pas aller
saluer le roi des oiseaux, parce qu'elle est souris; et,
quand les rats règnent à leur tour, elle ne veut pas
aller saluer le roi des rats, parce qu'elle est oiseau.
Elle a de la vocation pour les partis vaincus. La fable
chinoise dit qu'on proscrivit d'un commun accord
cette chauve-souris misanthrope, qui ne voulait aller
saluer aucun des pouvoirs régnants. Cette sagesse dé-
daigneuse est en effet de mauvais exemple; on fait bien
de ne pas l'imiter; et on fait bien aussi de la condamner; car si vous ne la condamnez pas, elle vous con-
damnera. Il n'y a pas de milieu. Il faut que le sage,
qui ne flatte pas, ait raison contre les flatteurs, ou que
les flatteurs aient raison contre le sage. Les flatteurs
ont pour eux la majorité, et j'allais dire le vœu uni-
versel : le sage a tort.

Voilà déjà deux genres de chauves-souris que nous
trouvons dans les fables, l'une qui se dit oiseau quand
les rats sont puissants, et qui se dit souris quand les
oiseaux règnent à leur tour, se dispensant, de cette

---

[1] *Les Avadanas*, contes et apologues indiens, suivis de fables, de
poésies et de nouvelles chinoises.

façon, de saluer et de flatter aucun pouvoir. Cette chauve-souris n'est pas d'Europe; et l'Asie, quand elle la trouve, la proscrit. L'autre, celle de la Fontaine, se sert de son caractère équivoque pour échapper au péril. Mais il y en a une troisième sans doute qui s'en sert pour tâcher de profiter de la victoire dans les deux camps, se disant oiseau avec les oiseaux vainqueurs, et souris avec les rats, quand ils triomphent. Celle-là, nous la trouvons dans les fables du moyen âge. La guerre s'étant élevée entre les oiseaux et les quadrupèdes, la chauve-souris tâche de se mettre avec les vainqueurs. Seulement la chauve-souris du moyen âge a mal calculé : elle a cru que les quadrupèdes l'emporteraient, et elle s'est hâtée de se dire quadrupède. Ce sont, au contraire, les oiseaux qui remportent la victoire et qui punissent la chauve-souris de sa trahison. La chauve-souris du moyen âge a été trop impatiente : que n'attendait-elle? Elle s'est décidée pendant la lutte : il fallait ne se décider qu'après la victoire.

Autant l'espèce humaine, représentée par les animaux de la fable est faible, timide, et par conséquent fausse en face du danger, autant elle est insolente quand elle est la plus forte, ne tenant aucun compte de la justice et du droit : voyez la *Lice et sa compagne :*

Une Lice [1] étant sur son terme [2],
Et ne sachant où mettre un fardeau si pressant,
Fait si bien qu'à la fin sa compagne consent
De lui prêter sa hutte, où la Lice s'enferme.
Au bout de quelque temps sa compagne revint :
La Lice lui demande encore une quinzaine ;
Ses petits ne marchaient, disait-elle qu'à peine.
    Pour faire court, elle l'obtint.
Ce second terme échu, l'autre lui redemande
    Sa maison, sa chambre, son lit.
La Lice, cette fois, montre les dents et dit :
« Je suis prête à sortir avec toute ma bande,
    Si vous pouvez nous mettre hors. »
    Ses enfants étaient déjà forts.
Ce qu'on donne aux méchants, toujours on le regrette.
    Pour tirer d'eux ce qu'on leur prête,
    Il faut que l'on en vienne aux coups,
    Il faut plaider, il faut combattre
    Laissez-leur prendre un pied chez vous,
    Ils en auront bientôt pris quatre [3].

Pantaleo Candidus [4], qui avait traité le même sujet
avant la Fontaine, y avait ajouté un trait piquant de
satire. La chienne, chassée de sa niche par sa méchante compagne, s'en va trouver le juge et se plaint à
lui de l'injustice qui lui est faite. Le juge l'écoute ;
« mais ne voulant pas se faire d'affaires et exciter
« contre lui tant d'ennemis, il permet à la plaignante

---

[1] Femelle du chien de chasse.
[2] Près de faire ses petits.
[3] Liv. II, f. vii.
[4] Voir VI° leçon.

« de chasser, si elle le peut, son adversaire, ou de lui
« persuader de quitter les lieux de bonne volonté. Ne
voulant pas se mettre en danger de la vie, la chienne
« perdit son droit et sa maison. La force et la violence
« l'emportent sur la justice. Ne vous fiez pas aux plus
« belles promesses : vous serez trompé, et les juges se
« hâtent peu de venir au secours des opprimés[1]. »

L'humanité jusqu'ici, sous la figure des animaux,
n'est pas représentée en beau. Cependant elle ne
souffre encore que de ses vices et de ses défauts. Le
tableau de la vie humaine ne serait pas complet, si aux
vices de l'humanité le poëte n'ajoutait pas les misères
et les malheurs, qui ne viennent pas toujours aux
hommes de leurs vices. Les choses iraient trop bien

---

[1]
Exclusus ille penatibus canis suis,
Iram dolore exasperante, judicem
Adit, querelas aggeratque maximas,
Ab eo rogans se vindicari injuria.
Judex querelas audit : ille cæterum
Nolens negotium sibi facessere
Et concitare in se tot hostes, illico
Cani querenti dat potestatem, ipsemet
Si marte posset hos suo propellere,
Bona vel hostem eliminare gratia,
Recte saluti ut ipse consuleret suæ.
Suum canis sic perdidit jus et domum.
Juri ipsa vis injuriaque prævalent.
Ne splendidis promissionibus fidem
Habeas; cave, deceptus esse ni velis.
Sæpe auxilî parum ministrant judices.

> (*Deliciæ poetarum germanorum*, t. II. p. 15
> et 154.)

en effet dans le monde, si nous n'étions jamais victime
que de nos fautes : ce serait l'empire de la justice.
L'homme ici-bas est victime de ses fautes ; mais il est
victime aussi des fautes d'autrui :

Quidquid delirant reges plectuntur Achivi,

a dit Horace parlant de la guerre de Troie, qui dans l'histoire de cette guerre trouvait l'histoire de l'humanité.

Il y a des vices dans le monde qui ne retombent que
sur leurs auteurs ; il y en a d'autres, comme l'ambition, l'orgueil, la colère, le plaisir, qui ne perdent leurs
auteurs qu'après avoir enveloppé dans leur perte je ne
sais combien d'innocents :

Deux taureaux combattaient à qui posséderait
    Une génisse avec l'empire.
    Une grenouille en soupirait.
    « Qu'avez-vous ? » se mit à lui dire
    Quelqu'un du peuple coassant.
    « Eh ! ne voyez-vous pas, dit-elle,
    Que la fin de cette querelle
Sera l'exil de l'un ; que l'autre, le chassant,
Le fera renoncer aux campagnes fleuries ?
Il ne régnera plus sur l'herbe des prairies,
Viendra dans nos marais régner sur les roseaux,
Et, nous foulant aux pieds jusques au fond des eaux,
Tantôt l'une et puis l'autre, il faudra qu'on pâtisse
Du combat qu'a causé madame la génisse. »
    Cette crainte était de bon sens.
    L'un des taureaux en leur demeure
    S'alla cacher à leurs dépens :

Il en écrasait vingt par heure.
Hélas! on voit que de tout-temps
Les petits ont pâti des sottises des grands.

(Liv. II, f. iv.)

Un des fabulistes du moyen âge, traitant le même
sujet, nous dit qu'une des grenouilles du marais s'ap-
plaudissait de cette guerre et s'en faisait un spectacle.
C'était une grenouille qui aimait les bulletins. Elle fut
la première écrasée. *Beati pacifici!* Je ne voudrais pas
mêler ici des souvenirs trop disparates; mais, en pro-
nonçant ces paroles de l'Évangile, je ne puis pas ne
point me souvenir de la belle et touchante explication
que M. Athanase Coquerel fils en faisait dans une de ses
homélies. Il prêchait contre la guerre en général, et il
disait avec beaucoup de raison que ce ne sont pas seulement les rois et les princes, même les ambitieux et les
conquérants, qui sont responsables des malheurs de la
guerre; tout le monde en est responsable, parce que
tout le monde loue et célèbre la guerre, parce que les
poëtes, les philosophes eux-mêmes n'ont que des paroles d'enthousiasme et d'estime pour les guerriers et
les conquérants. Les femmes elles-mêmes, les femmes
qui sont mères et qui ont des fils, se laissent aller à
cette prédilection de la gloire des armes. « Je ne
« m'étonne pas, continue l'éloquent pasteur, que l'être
« le plus faible, chez qui l'énergie physique est plus
« rare, et chez qui les sacrifices de toute une longue

« vie sont bien plus fréquents que les éclairs d'intré-
« pidité, je ne m'étonne pas qu'une âme dont l'imagi-
« nation s'exalte à admirer ce qui lui manque et à
« plaindre ce qu'elle admire, glorifie la bravoure guer-
« rière. Mais que ce sanglant enthousiasme est souvent
« cruellement puni ! Laissez emporter votre imagina-
« tion, mères imprévoyantes, à l'éclat de l'héroïsme
« militaire, et peut-être aussi des hommages exagérés
« qu'il reçoit; nourrissez de ces chimères l'enfance de
« vos fils, élevez-les dans le culte de la guerre; mais
« n'accusez que vous-mêmes plus tard, si le dieu ho-
« micide à qui vous les avez voués les frappe, loin de
« vous, de quelque horrible et glorieuse mort. C'est
« vous qui les avez sacrifiés, et ce que vous souffrirez,
« bien d'autres mères l'auront souffert avant vous par
« leurs mains. Jamais une mère vraiment chrétienne
« n'a détourné son fils d'un périlleux devoir, sa vie fût-
« elle en danger; mais jamais une mère chrétienne n'a
« allumé en lui l'ambition d'une gloire fausse et meur-
« trière. Nul ne doit, avec plus de ferveur que le cœur
« d'une mère, joindre ses prières et ses vœux à cette
« bénédiction prononcée par le Sauveur : *Beati paci-*
« *fici ! Bienheureux sont ceux qui procurent la paix*[1] ! »

Que nous voilà loin des grenouilles qu'écrase le taureau ! Hélas ! non. La plupart des grandeurs de l'huma-

---

[1] *Sermons et homélies*, t. II, p. 324 et 325, 1858.

nité, celles que fait la guerre surtout, ont des piédes-
taux douloureux. Il ne faut qu'une bataille gagnée
pour faire un maréchal de France. Soit! Mais combien
faut-il d'hommes tués et blessés, combien faut-il de
mères privées de leurs fils, de femmes privées de leurs
maris, de familles privées de leurs pères, pour faire une
bataille gagnée! J'entends, il est vrai, le César de Lucain qui ne veut pas que nous nous attendrissions sur
tant de soldats obscurs qui périssent pour la gloire de
leur général :

> Humanum paucis vivit genus[1] ;...

Parole impie et que le genre humain ne mérite que s'il
la laisse trop souvent répéter impunément. Non, la vie
du pauvre soldat périssant dans un coin du champ de
bataille, ou mourant plus tristement encore sur un lit
d'hôpital, n'est pas moins précieuse devant Dieu que
la vie d'Alexandre et de César. Quand la Fontaine s'é-
crie avec tristesse :

> Hélas! on voit que de tout temps
> Les petits ont souffert des sottises des grands;

voulait-il nous inspirer le mépris ou l'indifférence pour
les petits et pour les sacrifiés? Non certes. L'histoire
nous montre, il est vrai, la multitude humaine immolée
sans scrupule à la gloire des conquérants; mais l'his-

---

[1] « Le genre humain ne vit que pour quelques hommes. »

toire nous montre aussi que ces petits, si souvent et si
impunément écrasés, savent aussi parfois se défendre et
se venger. Les deux exemples se rencontrent dans
l'histoire et dans la fable. Pendant longtemps des milliers de gladiateurs périssent dans les cirques romains
pour amuser les loisirs du peuple. Un jour, un de ces
gladiateurs, Spartacus, appelle ses compagnons à la ré-
volte et fait trembler Rome. Un autre jour, dans la fable,
c'est le moucheron qui déclare la guerre au lion qui l'a-
vait insulté. Si les petits ici-bas sont écrasés sans cesse
par les grands, et si les grands sont, à chaque instant,
renversés par les petits, quelle est la leçon à tirer de ce
spectacle? Que rien n'est à l'abri des coups de la fortune, ni la petitesse, ni la grandeur; que le pauvre n'est
pas plus sûr dans son obscurité que le riche dans sa
splendeur. Cette leçon pourrait nous rendre indifférents
aux choses de la terre. Mais, puisque Dieu a voulu que
nous vivions sur cette terre, il y a une meilleure leçon
à tirer de la vue de l'instabilité des choses humaines,
c'est de nous secourir les uns les autres dans la lutte
que nous avons tous à soutenir contre le malheur,
petits ou grands: c'est de nous faire entre nous le plus
de bien que nous pouvons, persuadés qu'il y a toujours
assez de mal sur la terre et qu'il faut tâcher de le di-
minuer au lieu de l'augmenter. Or, rien ne peut plus
efficacement restreindre la part du mal sur la terre que
le support mutuel que nous nous donnons les uns aux

autres, les grands aux petits et les petits aux grands.
La charité des grands envers les petits est facile à
concevoir; mais quelle peut être, dira-t-on, la charité
des petits envers les grands? Elle est immense : elle
consiste à supporter sans envie et sans colère la prospérité des grands ; et, outre cette charité, qui est
à l'usage de tout le monde, chacun ayant toujours un
plus grand que soi, Dieu, dans l'égalité de sa bonté
infinie, ménage aussi aux pauvres et aux petits des occasions particulières de charité envers les grands. Que
d'exemples j'en pourrais citer dans l'histoire de nos
troubles civils! et, comme ils abondent dans l'histoire, la
fable n'a pas manqué d'en trouver aussi dans son monde.

Ce monde des animaux plein de rats plus hardis à
délibérer qu'à exécuter; de chauves-souris qui changent de cocarde; de lices qui gardent volontiers le bien
d'autrui; de grenouilles, pauvres contribuables, écra-
sées quand les taureaux se battent; de moucherons qui
attaquent hardiment les grands et qui périssent sous
les coups de plus petits qu'eux; de rats qui secourent
les lions, quand ceux-ci ont été bons et charitables; ce
monde plein de fautes et de misères, parce qu'il est
plein de vices; et plein aussi de patience et de charité,
parce qu'il est plein de malheurs également répartis
malgré l'inégalité des conditions humaines, n'est-ce
pas là vraiment le monde humain, tel qu'il est, en bien
et en mal?

Mais quelle est donc la loi de ce monde! qui le gou-
verne? Est-ce le hasard ou la Providence! Pouvons-
nous comprendre le mystère de son existence, soit
dans le présent, soit dans l'avenir? Pourquoi est-il fait
comme nous le voyons, et ne pourrait-il pas être mieux
ordonné? Sont-ce là des questions que la fable puisse
traiter? Oui, puisqu'elles nous viennent sans cesse à
l'esprit, et que la fable n'est que l'image allégorique
de la vie humaine. La philosophie de la Fontaine n'est
sur ces divers points ni téméraire ni raffinée. Elle se
compose de deux principes contenus et développés
dans deux fables : 1° l'*Astrologue qui se laisse tomber
dans un puits*, 2° le *Gland et la Citrouille*.

Le premier principe est qu'il ne faut pas chercher
à pénétrer l'avenir.

> Quant aux volontés souveraines
> De celui qui fait tout, et rien qu'avec dessein,
> Qui les sait que lui seul? Comment lire en son sein?
> Aurait-il imprimé sur le front des étoiles
> Ce que la nuit des temps enferme dans ses voiles?

Le second principe est qu'il ne faut pas critiquer la
Providence.

> Dieu fait bien ce qu'il fait. Sans en chercher la preuve
> En tout cet univers, et l'aller parcourant,
> Dans les citrouilles je la treuve [1].
> Un villageois, considérant

---

[1] Trouve.

Combien ce fruit est gros et sa tige menue :
« A quoi songeait, dit-il, l'auteur de tout cela?
Il a bien mal placé cette citrouille-là!
        Eh parbleu! je l'aurais pendue
        A l'un des chênes que voilà;
        C'eut été justement l'affaire :
        Tel fruit, tel arbre, pour bien faire.
C'est dommage, Garo, que tu n'es point entré
Au conseil de celui que prêche ton curé :
Tout en eût été mieux; car pourquoi, par exemple,
Le gland, qui n'est pas gros comme mon petit doigt,
        Ne pend-il pas en cet endroit?
        Dieu s'est mépris. Plus je contemple
Ces fruits ainsi placés, plus il semble à Garo
        Que l'on a fait un quiproquo. »
Cette réflexion embarrassant notre homme,
    « On ne dort point, dit-il, quand on a tant d'esprit. »
Sous un chêne aussitôt il va prendre son somme.
Un gland tombe : le nez du dormeur en pâtit.
Il s'éveille, et, portant la main sur son visage,
Il trouve encor le gland pris au poil du menton.
Son nez meurtri le force à changer de langage :
« Oh! oh! dit-il, je saigne! Et que serait-ce donc
S'il fût tombé de l'arbre une masse plus lourde,
        Et que ce gland eût été gourde?
Dieu ne l'a pas voulu : sans doute il eut raison;
        J'en vois bien à présent la cause. »
        En louant Dieu de toute chose
        Garo retourne à la maison.
                    (Liv. IX, f. iv.)

J'ai lu des docteurs qui développaient mieux que
Garo l'argument des causes finales. Mais que l'argument soit plus ou moins fort, qu'importe, pourvu qu'il

persuade? Chacun de nous a sa manière de trouver que
Dieu fait bien ce qu'il fait, tantôt en épargnant le nez
de Garo, tantôt.en appropriant les organes de la nature
à leurs fonctions.

Confions-nous donc à Dieu, et ne cherchons ni à juger
la création, ni à connaître l'avenir, ni même à comprendre toujours le présent. Le mystère de l'avenir est
grand; celui du présent n'est pas moins grand. Quiconque veut savoir l'avenir et s'adresse aux astrologues
et aux sorciers est fou. Quiconque a la prétention de
comprendre le présent et d'en tirer des conséquences
pour expliquer les volontés de Dieu, n'est pas moins
fou : il est seulement plus téméraire. Il remplace la
crédulité par la présomption : cela ne vaut pas mieux.
« Je trouve mauvais ce que je vois en usage, dit Montaigne[1], de chercher à fermir et appuyer notre religion par la prospérité de nos entreprises. Notre créance
a assez d'autres fondements sans l'autoriser par les
événements; car le peuple, accoutumé à ces arguments
plausibles et proprement de son goût, il est dangier,
quand les événements viennent à leur tour contraires
et dangereux, qu'il en ébranle sa foi. »

Ne disons donc pas que Dieu est avec nous parce que
nous réussissons; sinon, nous serons forcés de croire
qu'il est contre nous, quand nous échouerons. Faisons

---

[1] Livre I**er**, chap. xxxi.

plutôt comme le Garot de la fable : louons Dieu de toutes choses, et répétons avec Salomon :

« Quis hominum potest scire consilium Dei? aut quis poterit cogitare quid velit Dominus [1]?

« Quel homme peut connaître les desseins de Dieu? ou qui pourra comprendre ce que veut le Seigneur? »

[1] *Sagesse*, chap. IX, v. 13.

FIN DU PREMIER VOLUME.

NOTE

Page 375. — Premier brouillon de la fable intitulée : *le Renard, les Mouches et le Hérisson.*

> Un renard, tombé dans la fange
> Et des mouches presque mangé,
> Trouvait Jupiter fort étrange
> De souffrir qu'à ce point le sort l'eût outragé.
> Un hérisson du voisinage,
> Dans mes vers nouveau personnage,
> Voulut le délivrer de l'importun essaim.
> Le renard aima mieux les garder et fut sage :
> « Vois-tu pas, dit-il, que la faim
> Va rendre une autre troupe encor plus importune?
> Celle-ci, déjà soûle, aura moins d'âpreté. »
>
> Trouver à cette fable une moralité
> Me semble chose assez commune :
> On peut, sans grand effort d'esprit,
> En appliquer l'exemple aux hommes :
> Que de mouches voit-on, dans le siècle où nous sommes!
> Cette fable est d'Ésope; Aristote le dit.

Il est curieux de comparer à cette ébauche la fable définitive :

> Aux traces de son sang un vieux hôte des bois,
> Renard fin, subtil et matois,
> Blessé par des chasseurs et tombé dans la fange,

Autrefois attira ce parasite ailé
    Que nous avons mouche appelé.
Il accusait les dieux et trouvait fort étrange
Que le sort à tel point le voulut affliger,
    Et le fit aux mouches manger.
Quoi! se jeter sur moi, sur moi, le plus habile
    De tous les hôtes des forêts!
Depuis quand les renards sont-ils un si bon mets?
Et que me sert ma queue? Est-ce un poids inutile?
Va, le ciel me confonde, animal importun!
    Que ne vis-tu sur le commun? »
    Un hérisson du voisinage,
    Dans mes vers nouveau personnage,
Voulut le délivrer de l'importunité
    Du peuple plein d'avidité :
« Je les vais de mes dards enfiler par centaines,
Voisin renard, dit-il, et terminer tes peines, —
Garde-t'en bien, dit l'autre; ami, ne le fais pas :
Laisse-les, je te prie, achever leur repas.
Ces animaux sont soûls; une troupe nouvelle
Viendrait fondre sur moi, plus âpre et plus cruelle. »

Nous ne trouvons que trop de mangeurs ici-bas :
Ceux-ci sont courtisans, ceux-là sont magistrats.
Aristote appliquait cet apologue aux hommes.
    Les exemples en sont communs,
    Surtout au pays où nous sommes.
Plus telles gens sont pleins, moins ils sont importuns.
              (Liv. XII, f. 13.)

www.ingramcontent.com/pod-product-compliance
Lightning Source LLC
Chambersburg PA
CBHW070756030726
47504CB00003B/580